복만이의 화물차

복만이의
화물차

고광률 소설집

강

차 례

깊은 인연

1

농성 3주째다. 농성장 벽에 '18'이라는 숫자를 사람과 오뚝이 모양으로 써 붙였다. 이틀 전에 다녀간 구사대가 내일 중에 다시 온다는 풍문이 돌았다. 우리가 약속을 어겼기 때문에 다시 온다고 했다. 그들은 해산 통보를 약속이라고 했다.

구사대는 다시 올 때 반드시 피를 보여주겠다고 약속한 바 있었다. 나는 그 약속을 믿는다. '엉거주춤' 설강수는 한 번 뱉은 말은 반드시 지켰다. 설강수는 언행이 다르면 그 말은 물론, 말을 한 사람까지 업신여김을 받는다는 확신을 가지고 있었다. 그래서 그는 자신의 주먹보다 자신이 뱉은 말을 잘 새겨 행동하라며 급우들을 협박하곤 했다.

나는 아직껏 열지 못한 금고에 걸터앉아 쉼 없이 창을 때리는 빗줄기를 바라봤다. 냉방이 끊어져 후텁지근한 실내 공기가 김이 되어 창에 들러붙었다. 김이 서린 창은 농성자들의 저주와 기원이 담긴 낙서판이 되었다. 바람을 탄 빗줄기가 허연 김 바깥에서 부질없이 창을 두드리며 아우성쳤다.

　사장은 우리가 구청에 노조 가입 신고를 마친 날, 냉방을 끊었다. 농성 직원들이 우리까지 찜 쪄 먹을 생각이냐며 나댔지만, 이를 들어줄 사장은 행방이 묘연했다. 이미 재산과 돈을 챙겨 일본으로 떴다는 말이 돌았다. 일체의 사후 수습은 대리인으로 내세운 권 전무를 통해 공정하고 후하게 처리될 것이라고 했다.

　"똥을 밟으신 겁니다."

　나는 권 전무가 내게 하는 말인 줄 알고 당황했다. 그러나 곧 권 전무는 똥 밟은 분이 사장이라고 밝혔다. 권 전무는 자신의 능력이 부족해서 밟지 않아도 될 똥을 밟게 한 책임을 통감한다며 잔 바닥에 깔린 소주를 들이켰다.

　나는 그가 찔끔찔끔 따라주는 술잔만 받고, 그의 말은 받지 않았다. 말이 많아지는 것이 싫었고 원치 않았다. 많은 말은 오직 농성 직원들과 나눠야 올바른 것이었다.

　"금고는 정말 안전한 거지?"

　권 전무가 재차 다짐을 받듯이 금고의 안부를 물었다.

　나는 대답 대신 잔을 비우고 집게손가락 끝으로 굵은 소금을 몇 알갱이 찍어 먹었다. 그러고는 석 달가량 끊었던 담배를 빼 물었다. 권 전무의 담배였다. 전무의 담배를 마음대로 빼 피우면서 버르장머리 없이 전무와 동등하게 행동할 수밖에 없는 내 처지가 우스웠다.

　권 전무가 은밀히 나를 찾은 용건을 말하지 않기에, 나는 목구멍으로 치미는 욕지기를 참으며 줄곧 담배만 피웠다. 똬리를 트는 담배 연기 속에서 지나간 18일이 하찮게 뒤섞였다.

깊은 인연

2

18일 전, 사장이 느닷없이 폐업을 한다고 선언했다. 사장은 어디에 숨었는지 보이지 않았고, 권 전무가 조찬 간부회의에서 이를 공표했다고 했다. 이 공표가 글이 되어 게시판에 붙었다.

흥분한 직원들은 이리 뛰고 저리 뛰며 즉각 화를 내뿜었다. 일부 조심스러운 직원들은 불안한 눈초리로 흥분한 동료 직원들과 간부들 사이에서 진위 여부를 재파악하려고 애썼다. 또 폐업에 별다른 이의가 없어 보이는 직원들은 자리에 앉아 개인 사물을 정리하거나 복도에 나란히 서서 줄담배를 하염없이 피워댔다.

나는 화를 내는 직원들에게 노조 설립의 필요성을 말했다. 노조가 있어야 당장 비빌 언덕이 생기고 향후 합법적 투쟁이 가능하다고 일러줬다.

그래서 창사 십 년이 되도록 노조 없이 지냈던 직원들이 급히 노조 설립 절차를 밟았다. 노조 설립은 인·허가 사항이 아닌 신고 사항이므로 문제될 것이 없었다. 자유민주주의국가이기 때문에 정해진 설립신고서를 제출하면 즉각 '신고필증'을 받을 수 있었다. 그래서 노조설립추진위원회를 만들고, 추진위원장과 추진위원을 뽑고, 회칙 안을 만들어 창립총회를 여는 과정이 일사천리로 진행됐다.

그런데 뜻밖의 일이 터졌다. 구청 담당 직원이 연일 부재 중이라 노조 설립신고서를 접수시키지 못하게 된 것이다. 신고서를 들고 부랴부랴 찾아간 첫날은 잠시 외근을 간 것 같다고 했고, 둘째 날은 이틀 일정으로 출장을 갔다고 했고, 다섯째 날은 집안일로 연가를 냈다고 했다.

우리는 닭이 올라간 지붕을 쳐다보다 지친 개처럼 '다른 공무원 분이 접수받으면 되지 않겠느냐'며 정중히, 애원조로 말했다. 그러자 옆자리 공무원이 공무는 노가다와 달라 반드시 업무 분장에 따라 하는 것이 원칙이라며, 소관 업무가 아니므로 도와주고 싶으나 대신할 수 없어 안타깝다고 했다. 나는 노조신고서를 접수시키지 못해 십삼 년 동안 노조 결성을 못하고 있는 한국일보를 떠올렸다.

구청에 갔었던, 즉 안면이 드러난 직원들을 뺀 나머지 직원들로 잠복조를 뽑았다. 눈치와 동작이 빠른 이들이 일반 민원인으로 위장한 채 구청 여기저기에서 어슬렁거리거나 죽쳤다. 그러다가 담당 직원이 나타나면 짜놓은 방식에 따라 즉각 알리기 위함이었다. 설립신고서를 접수시킬 우리 직원들은 구청 맞은편 이층 다방에서 창밖으로 목을 뺀 채 죽치고 있었다. 이렇게 해서 어느 날, 슬그머니 나타난 담당 직원을 잽싸게 에워싸고 노조신고서를 접수시켰다.

수순에 따라 임시 위원장이 임시를 떼고 위원장이 되었다. 위원장이 집행부를 구성할 때 나는 다른 일로 돕겠다며 빠졌다. 나는 농성장 구석구석을 돌아다니며 서로의 입장과 이해관계가 달라서 생기는 문제들을 꼼꼼히 챙기겠다고 했다. 나는 안에서 일할 때보다 밖에서 일할 때, 더 많은 것이 보인다고 둘러댔다. 그래서 소수 개별 집단들의 불만과 요구 사항을 수집하여 이를 집행부에 전달하는 역할을 맡았다.

우리 회사도 여느 회사와 같이 기획은 모두 경영진이 했다. 생산은 외주업체와 기자들이 했다. 외주업체는 영어 테이프를 복제 생산했고, 기자들은 성인 및 아동 대상 잡지들을 만들었다. 영업은 대리점과 영업 직원들이 했고, 골치 아픈 수금은 거의 외주업체가 대신했으며, 회계는 경리과에서 처리했다. 테이프 복제 생산과 수금은 폐업과 관련해서 싸워서 따로 보상받아야 할 문제가 없었다.

폐업은 사업 전략과 경영 전략을 짜는 사장과 경영진의 오판으로 발생했다. 급하고 무리한 사업 확장 욕심이 화를 부른 것이다. 즉, 변화가 빠른 환경 속에서 새 판을 짤 때 시장성보다 욕심을 앞세운 것이다. 결국 오랜 시간 서서히 곪아온 것이 터진 셈인데, 곪을 때 곪고 있다고 얘기한 직원들을 사장은 모조리 구조 조정 때 잘라버렸다. 사장은 자기 욕심이 아닌 직원들의 구조 조정으로 곪아가는 고통을 견뎠다.

우리 회사의 이름은 'O&EC'다. 음란 화보집 'SOL林'—우리는 '쏠림'으로 읽었다—으로 출판업을 시작한 사장 김응삼은 카피에 능했다. 책명처럼 직설적인 사진만 복제하여 실은 덕분에 역과 터미널 가판대에서 불티나게 팔렸다. 사장은 동서양 솔로들의 쏠림 현상을 다룸에 있어 독자들에게 정직했기 때문에 성공할 수 있었다고 했다. 국가 간의 저작권 협약이 체결되기 전이었다.

'SOL林'의 대박으로 고무된 사장은 미국에서 만든 영어 교육 테이프를 그대로 들여와 한국어를 살짝 삽입했다. 얼핏 별것 아닌 듯싶은 이 교재 '개발' 방식이 동종 업계의 시장 판도를 뒤집는 엄청난 이변을 일으켰다. 이 영어 테이프의 콘셉트는 문법을 버리고 말을 중심에 세운 것이었다. "우리는 말을 하고 들으려고 영어를 배우는 것이지, 문법을 알고자 영어를 배우는 것이 아니다." 이것이 마케팅의 핵심 전략이었다. 그리고 생선회 가게처럼 '현지 직송'이라는 용어를 금박 매긴 별표 안에 넣어 강조했다.

사람들은 미국 현지인과 똑같은 방식으로 영어를 배울 수 있다는 말에 깊이 매료됐다. 변방의 한국 소비자들은 비록 미국인이 아니지만, 미국인처럼 배우는 것을 영광으로 알고 원했던 것이다. 과거 '내선일체(內鮮一體)'에서 '미한일체(美韓一體)'가 되기를 갈망하는 소비자들이 의외로 많았는데, 사장은 이들이 그저 고마울 뿐이었다.

답은 누구나 옆에 가지고 있다고 주장하던 김응삼 사장은, 이 좌우명 덕에 대박이 터졌다. 김응삼의 응도 응용의 '응(應)'자였다.

얼마 전까지만 해도 하늘도 이런 사장을 밀어주었다. 바덴바덴에서 그동안 버둥버둥거린 한국의 로비를 인정해 "서울 꼬레아!"가 차기 올림픽 개최지로 선정되면서 테이프가 동이 나는 사태에 이르렀다. 소비자들이 테이프 값을 선불로 치렀다.

사장은 테이프의 브랜드명으로 '오리지널 잉글리시'를 택했다. 전국의 잠재 소비자들이 '오리지널 잉글리시'를 통해 혀가 감기고 꼬였다가 풀리기를 앞다퉈 원했다. 따로 광고하지도 않았는데, 사람들이 '오잉'이라는 애칭까지 만들어 '오잉'을 찬양하고 다녔다. 언론과 시중에는 '오잉'을 알아야 88올림픽을 성공적으로 치를 수 있다는 말도 돌았다. 사장은 이것이 버즈 마케팅이라며 한껏 고무되어 날뛰었다. 이때부터 사장의 셈법에 문제가 생기기 시작했다. 일시적 운까지 죄 능력으로 생각한 것이다.

돈이 되는 것을 보고 지방에서 올라온 사람들이 대리점을 낼 생각이 없다며 오만하게 버티는 사장을 꼬드기고 윽박질러 겨우겨우 대리점 운영권을 따 갔다. 타고난 의심이 깊어 모든 것이 A4 용지 한 장으로 파악되어야만 직성이 풀리는 사장으로서는 감당하기 어렵고 분에 넘치는 사업 확장이었다. 날이 갈수록 대리점은 웃돈을 얹어야 겨우 계약이 성사됐다. 대금 결제 방식은 보증금 오천만 원에 무조건 현찰 선입금제였다. 들리는 말에 의하면, 초기부터 경쟁이 너무 치열해 자식을 낳듯이 몸 바쳐 대리점을 따낸 여자 점주들도 꽤 많았다고 했다.

산지사방에 흩어져 있던 이 여자 점주들도 폐업 선언 오 일째 되는 날, 모두 상경하여 농성에 합류했다. 이들은 마치 오 일 전에만 알았어도 폐업을 막을 수 있었다는 듯이 뒤늦게 안 것을 가지고 원망과 개탄을 금치 못했다. 이 점주들 중에 몇몇은 자기가 몸을 준 김웅삼 사장을 직접 만나고 싶어 했다. 유난히 예쁜 점주들은 배신감이라는 표현을 썼다. 그러나 남자 점주들은 대다수가 농성장 문을 열고 들어서며 "야, 꿍삼이. 쌔끼, 당장 나왓!" 하고 냅다 소리를 질러댔다. 소맷자락을 걷어 올리며 내지르는 소리가 마치 무단으로 집 나간 개를 찾는 소리 같았다.

대리점들은 지역마다, 목마다 맺은 계약이 달랐다. 그래서 이해관계도 얽히고설켜 제각각이었다. 나는 영업 파트의 입장과 요구 사항이 통일되지 않는 이상, 이들이 이번 투쟁에서 얻을 것이 전무하다는 판단이 섰다.

그동안 사장은 '오잉'을 한 알에 십 원 하는 줄줄이 사탕처럼 엄청 팔았다. 일일마감 시간이면 'O&EC'가 임대 사용하는 빌딩 주차장으로 봉고차 두 대가 힘겹게 들어왔다. 봉고차에 실린 20킬로그램들이 포대 자루가 경리부장의 입회하에 내려져 경리과로 옮겨졌다. 한 대에 다섯 자루씩 열 자루가 등짐으로 옮겨졌다. 모두 현찰이라고 했다.

소문에 의하면 이 수금액 가운데 일부는 회사 주거래 은행에, 또 일부는 경리과 금고에, 그리고 남은 일부는 사장 집으로 가는데, 그날그날 배를 타고 일본으로 건너가는 돈도 있다고 했다. 이 비율이 30:10:10:50이라고 했다. 나는 50이 일본으로 건너가는 방식과 건너간 50이 일본의 어디에 어떻게 쌓이는지 무척 궁금했다. 그리고 이 국부 유출에 대해 모를 리 없는 국가는 무엇을 하는지도 무척 궁금했다.

나는 갑자기 찾아온 취기 때문에 그 많은 돈을 어떻게 일본으로 빼돌릴 수 있었는지 물어볼 뻔했다. 아마도 물어봤다면, 권 전무가 나를 씹듯이 꼭꼭 씹고 있던 닭똥집 잔해가 내 얼굴로 튀었을지도 모른다.

사장을 대신한 대리인 권 전무는 금고의 안위 말고는 끝내 아무 말도 하지 않았다. 권 전무는 내게 조건을 말하라는 눈짓을 보냈으나 사업 수주하는 것도 아닌데 서로가 따로 말로 해야 될 어떤 조건이 있을까 싶었다. 있어도, 조건은 내가 아니라 먼저 보자고 한 권 전무가 제시하는 것이 옳은 게 아닌가 싶었다.

나는 이 싱거운 자리에서 손가락 끝으로 계속 소금만 찍어 먹다 벌떡 일어섰다. 붙잡아 앉히려는 낌새를 보인 권 전무가 순간 생각을 바꿨는지, 주인에게 가 소주 값과 닭똥집 값을 따로따로 물어서 계산했다.

이튿날, 내가 권 전무의 회유에도 꿈쩍 않고 꿋꿋하게 노조원들의 입장과 굳은 의지를 전달했다는 소문이 농성장에 쫙 퍼졌다. 이들은 그 증거로 소금 접시를 제시했다. 누군가가 포장마차 주인에게 양해를 구하고 가져온 소금 접시가 노조원들의 사기를 충천케 했다. 나는 노조원들의 빛과 소금이 되었다. 노조원들은 매사 신중한, 그래서 더딘 위원장보다 나를 더 따랐다. 점주들이 응원군으로 끌고 온 영업 아줌마들은 대놓고 위원장에게 가오 마담 같은 '가오 위원장'이라는 말을 썼다.

회계 및 일반 사무를 맡은 일반관리직과 영업 및 할부대금 수금을 맡았던 일부 회사 소속 직원들은 농성에서 빠졌다. 특히 할부대금 수금은 수금 즉시 자기 몫의 35를 뺀 65만 입금시키면 되었기 때문에 따로 돈으로 문제될 것이 없었다.

총무과장과 경리과장은 지난주 일요일, 구사대로 둔갑한 깡패들이 들이닥쳤을 때 설강수 뒤에서 안내역을 맡았다.

"너희가 응삼이의 개냐?"

농성자들이 내뱉은 이 말에 그동안 갈등을 겪었던 총무과장과 경리과장은 즉석에서 입장 정리를 마쳤다. 개처럼 부려먹던 응삼이도 개라는 말을 하지 않았다. 그들은 응삼이의 개가 되는 것이, 응삼이의 개라고 욕만 먹는 것보다는 훨씬 낫다고 생각한 듯싶었다.

응삼이의 개 두 마리를 꽁무니 좌우에 달고 당당히 나타난 놈이 설강수였다. 정말 극적 만남이었다. 얼추 십 년 만이었다.

엘리베이터가 멈추고 고함과 함께 열댓 명의 무리들이 나타났을 때, 나는 구사대가 왔다는 것을 직감했다. 소나기는 일단 피하라는 가르침에 따라 바리케이드에서 가장 멀리 떨어진 뒷자리로 물러났다. 그러고는 시계를 확보했다.

깊은 인연

쿵! 하고 빡! 하는 소리가 동시에 들렸다. 쿵 소리는 바리케이드로 쌓아 올린 책상 중앙을 쇠파이프로 내리치는 소리였고, 빡 소리는 쇠파이프를 정통으로 맞은 책상 상판이 반으로 쩍 갈라지는 소리였다. 쿵과 빡 사이에 설강수가 버티고 있었다. 나는 처음에 설마 했다. 그러나 마치 지팡이로 빡, 하고 홍해를 가른 모세인 양 무너진 바리케이드 너머에서 버티고 선 사람은 틀림없는 설강수였다.

3

나는 법과 세금으로 만든 국가의 공권력이 무력 앞에서 얼마나 터무니없이 무기력한가를 일찍이 고등학교 때 겪었다.

학교에 소속된 학생에게는 공권력보다 교권이 우선이었고 막강했다. 당시의 교권은 학생에게 무소불위였다. 모든 학생은 누구나 교권 앞에서 평등해야만 한다고 생각하고 있었다. 하지만 이런 생각은 순진한 착각이었다. 평등은 값나가는 명품과도 같아서 누구나 가질 수 있는 것이 아니었다. 적어도 나의 고교 시절 교권은 양심적이고 정의로운 학생들을 지켜주지 못했다.

설강수는 서클 소속원이었다. 서클은 '야코파'라 불렸다. 싸움에서는 무조건 선빵을 날려 상대의 야코를 죽이는 것이 최고라고 주장하는 설강수가 작명했다. 그러나 정작 설강수는 상대방의 야코를 제대로 죽이지 못해 넘버 쓰리에도 못 끼는 넘버 포쯤의 위치를 차지했다. 그래서 별명이 '엉거주춤'이었다.

넘버 포 설강수는 기태천을 넘버원으로 섬겼다. 배꼽바지를 입은 기태천은 노래하는 깡패였다. 체격이 장대하고 배포가 큰 그는 성악에 재주가 있었다. 기태천은 주워들은 풍월이 있어 스스로를 '음유건달'이라 칭했다. 이 음유건달 아래 열두 명의 똘마니들이 있었는데 그중 다섯 명이 2학년 8반, 즉 우리 반 급우들이었다.

음유건달은 주먹이 아닌 가곡과 말로 똘마니들을 다스렸다. 음유건달이 슬픈 곡조를 읊조리면 학급이 따라서 슬퍼해야 했고, 기쁜 곡조를 읊조리면 따라서 기뻐해야만 했다. 음유건달을 중심으로 한 이 일사불란한 분위기 조성은 설강수가 맡았다. 음유건달이 바퀴의 축이라면 우리는 바큇살이었다.

담임은 노래와 말로 훌륭하게 학급을 통솔하는 음유건달 기태천을 무척이나 아끼고 사랑했다. 그리하여 음유건달은 옆 반에서 불상사가 터진 다음날, 담임에 의해 새로운 반장으로 특임됐다. 비록 공부는 못하지만, 타의 모범이 되는 통솔력을 인정하여 발탁했다는 것이다. 주먹과 강압이 아닌, 노래와 말로 학급을 다스릴 수 있는 능력은 아무나 갖출 수 있는 게 아니라며 극찬했다. 나는 어리둥절했다. 옆 반의 불상사가 담임에게 안겨준 충격이 그 정도까지일 줄은 몰랐기 때문이었다.

옆 반에서 불상사를 겪은 선생은 상업 담당이었는데, 별명이 '돌망치'였다. 그는 스스로 돌망치라고 했다. 질문에 답을 못하는 학생이나 신경에 거슬리는 학생들의 정수리를 주먹으로 쥐어박는 것이 훈육 방식이었는데, 충격이 돌망치에 버금가는 수준이었다. 이 돌망치를 맞고 기절해 양호실로 실려간 학생도 있었다. 학생은 대야의 물을 세 번 뒤집어쓰고 세 시간 만에 깨어났는데, 병원 아닌 양호실에 의식불명인 학생을 세 시간씩이나 방치한 선생의 간덩이가 보통이 아니라는 평까지 얻었다.

이 천하무적 안하무인 돌망치에게 한 학생이 도전을 했다. 돌망치는 시험 감독을 할 때, 교단 위에 교탁을 올리고, 그 위에 책걸상을 올려 탑을 쌓았다. 그 절묘한 조형성과 기술이 완전히 만수대예술단 수준이었다. 그러고는 그 탑 위로 기어올라가 우뚝 선 채 오십 분 동안 아래를 굽어본다. 그 모습은 브라질의 리우데자네이루에 있는 예수 입상과 똑 닮았다. 그 자세로 시종일관하며 답안을 작성하는 학생들의 일거수일투족을 감시했다.

이 돌망치의 감시망에 미심쩍은 행동을 보인 한 학생이 걸려들었다. 돌망치는 즉각 책걸상 위에서 개구리처럼 점프했다. 그러고는 징검다리를 건너듯 학생들의 문제지와 답안지가 놓인 책상 위를 짓밟고 달려가 걸려든 학생의 숙인 머리통을 슬리퍼 신은 발로 냅다 걷어찼다. 스핀을 먹인 발길질에 학생이 옆으로 고꾸라졌다. 고꾸라져 처박힐 때, 교탁 위에 쌓아 올린 책걸상과 학생의 책걸상이 동시에 무너져 내렸다. 돌망치의 몰상식한 폭력과 번개 같은 동작에 학생들이 곱으로 놀랐다.

몸을 겨우 추스른 학생은 즉각 필통에서 커터 칼을 꺼내 들고 돌망치를 향해 돌진했다. 학생은 달려들고, 선생은 교실 안을 뱅뱅 돌며 도망다녔다. 창피했는지, 선생은 끝내 보다 안전한 밖으로 도망치지 못했다. 학생은 소매 깃으로 코피를 닦으며 선생의 꽁무니를 무한정 쫓았다. 진상 조사에서 학생이 "왜 차? 씨발!"을 외쳐댔고, 선생은 "너 이 새끼가 감히⋯⋯"를 연발했다고 밝혀졌다.

이 황당한 추격전은 보다 못한 반 아이들이 떼거지로 엉겨붙어 말리는 바람에 종결됐다. 학생들 덕에 선생은 칼침을 면했다. 보복에 실패한 학생은 야코파의 일원이자 나의 불알친구였다.

"너도 인마, 아무런 이유 없이 대그빡을 쓰리빠짝으로 맞아봐라. 존나 모욕감이 안 드나."

이튿날, 선생과 원만한 타협을 봤다는 친구가 뻐끔담배질을 하며 당시의 심경을 토로했다. 나는 그 원만한 타협이 어떻게 이루어졌는지 궁금하지 않았다. 칼로 면상을 긋는 것이 특기인 학생에게 돌망치인들 무슨

이의가 있을 수 있겠는가. 미리 알지 못해 개망신을 당한 게 한스러울 뿐이었을 것이다.

"감기 때문에 코 풀려고 휴지 꺼내는데, 다짜고짜 달려와서 지랄한 거야."

친구는, 주섬주섬 화장지를 꺼내 펼칠 때 돌망치가 느닷없이 달려들었다고 했다. 나는 친구의 말을 믿었다. 돌망치보다 신의가 있는 놈이었다.

어쨌든 이 사건으로 말미암아 엉뚱하게도 음유건달이 반장이 된 것이다. 급우들은 이토록 조급하고 극명하게 메시지를 전달하는 담임의 처신에 놀라움을 금치 못했다.

우리는 조회와 종례를 하루에 두 차례씩 했다. 한 번은 담임이 했고, 한 번은 음유건달이 했다. 담임은 어쩌다 생략하는 날이 있었으나, 음유건달은 생략하는 날이 없었다. 나는 나중에 군에 가서 음유건달의 조회와 종례가 유도점호와 빼닮았다는 사실을 알았다.

얼마 후 교장은 교련 선생을 통해 음유건달을 제2대대장으로 임명했다. 당시의 고등학교는 자주국방을 위해 군대식 편제도 갖추고 있었다. 일하면서 싸우는 예비군처럼 공부하면서 싸우는 학생 예비군이 있었다. 오직 대입 체력장을 위해 신체를 단련할 때만 쓰이던 운동장이 매주 월요일이 되면 연병장으로 바뀌었다. 전교생은 학년별로 3개 대대로 편성됐고, 3개 대대를 묶어 연대장을 임명했다. 교장의 명을 받아 천이백여 명을 호령하는 연대장은 보통 학생회장이 맡았다. 그런데 신성해야 할 학군 조직에 불량서클의 짱인 음유건달을 전격 발탁하여 대대장으로 앉힌 것이다.

음유건달은 처세에 능했고 조숙했다. 그는 담임을 우상화시켜 먼저 챙겼다. 그는, 내가 당신을 스승님으로서, '오야붕'으로서 신뢰하고 존경합니다, 라는 것을 누구나 의심 없이 단번에 느낄 수 있도록 행동했다.

담임은 불만이 없었다. 모든 평가 지표로 볼 때 학급이 일취월장했다. 학급비 걷기, 조기 청소, 환경미화는 물론, 학급별 체육대회에서도 우승했다. 심지어는 학급의 연합고사 성적도 음유건달의 지휘하에 조종됐다. 돌망치처럼 예민한 선생을 제외한 대다수 선생들은 학급 전체가 조직적으로 짜고 예행연습까지 거쳐 저지르는 부정행위를 찾아내지 못했다. 커닝 방법과 부정행위 방법은 음유건달의 지휘하에 계발됐다. 시험 중에 우측에서 선생을 부르면 좌측에서 커닝을 했고, 앞에서 선생을 부르면 뒤에서 커닝을 했다. 간질인 양 거짓 발작을 일으켜 감독 중인 선생을 혼란에 빠뜨렸고, 시험문제에 문제가 있다며 시비를 붙는 놈도 있었다. 급우들은 이구동성으로 가세해 이런 희생양에게 엄호와 지원 사격을 해주었다. 일심동체가 된 육십이 명이 한 명의 선생을 상대하는 것은 쉬웠다. 학급을 위해 자기를 희생한 급우는 다음번 시험에서 만회토록 우선 배려했다. 이렇게 해서 학급 전체를 아우르고 모든 평가 성적을 상위 수준으로 끌어올린 음유건달은 급우들에게 이런 노력과 성과에 대한 대가를 요구했다. 그는 절대복종하에서 학급이 한 방향으로 나아가야 한다고 강조하며, 그러기 위해서는 비용이 든다고 했다.

"현실을 긍정해야 미래가 있다"라는 담임의 훈시를 음유건달이 원용했다. 음유건달은 "현실을 긍정하지 않으면 미래가 없다"라고 뒤집어 사용했다.

설강수가 말발이 약한 음유건달을 거들며 한마디 했다.

"다윈의 '종의 기원'을 생각하라는 얘기야. 적자만이 생존 가능하다는 뜻이지."

음유건달이 격려차 유식한 설강수의 머리를 쓰다듬어주었다.

"지금이 없으면 내일도 없다."

음유건달의 격려에 고무된 설강수가 건들거리며 사족을 달았다.

설강수는 음유건달에게, 음유건달은 담임에게 복종했으며, 담임은 교장에게 충성했다. 이 틀 속에서 학급의 질서와 법칙이 단단하게 만들어져 운용됐다.

음유건달의 독재와 횡포는 자치라는 명분 속에 '합법적'으로 벌어졌다. 모범적인 학급 운영을 위하여 일주일에 두 차례씩 학급비를 거뒀다. 음성적 갹출이었다. 음유건달과 똘마니들은 이 돈으로 담배를 사 피우고, 젓가락 장단으로 노는 니나노집에 가서 술을 사 퍼마시고, 역 근처 창녀촌의 여자를 샀다. 이렇게 돈을 쓰는 근거가 학급 운영을 위한 기획 및 회의비라고 기록됐다.

그러고 남는 돈으로 학급비의 횡령과 유용을 눈가림하기 위한 이벤트를 했다. 삼복에는 매일같이 학교 담 밖으로 지나가는 과일 행상에게서 수박을 한 통 샀다. 그리고 '까치담배'를 파는 교문 앞 구멍가게에서 흑설탕과 얼음을 샀다. 잭나이프로 수박을 썰어 주전자에 담고 설탕과 얼음을 가득 채웠다. 이 화채를 무더위와 분필가루에 힘겨워하는 담임에게 드리고, 매시간 수업하러 들어오는 과목별 선생들에게도 나눠주었다. 조금씩 나눠주고 남은 것은 음유건달과 패거리 다섯 명이 꾸역꾸역 먹어치웠다.

겨울에는 날밤과 날고구마를 포대째 사서 날마다 난로에 구웠다. 이것으로 담임과 선생들을 대접했다. 다른 계절에는 토시나 양말 등을 선물했다. 선생들은 우리 학급에 오면 정이 넘친다고 했다.

우리 학급은 전교 모범 학급으로 평가받았다. 급우애로 똘똘 뭉쳐 단결 화합 정신이 뛰어나고, 작은 정성으로 어른 공경을 실천할 줄 안다는 것이 한결 같은 평가 사유였다. 교장은 이런 우리 학급을 위해 없는 상(賞)까지 만들어주었다. 최우수모범학급 상이었다.

짧은 시간에 담임과 선생들로부터 사랑과 신뢰를 듬뿍 받은 음유건달은 음악 선생에게 발탁되었다. 음악 선생은 모범적 마음씨만큼 재능이 넘친다며 학교의 명예를 걸고 음유건달을 성악가로 만들겠다고 공언했다. 이렇게 되자, 음유건달은 서클의 짱으로서 활동할 시간이 없었다. 예비 성악가가 더 이상 밤의 본정통(本貞通)을 돌며 맞짱을 뜨고 다닐 수는 없었다. 또 시간이 있다고 해도 예술가와 깡패의 길은 서로 달랐다.

음유건달은 성악의 세계에 깊이 빠져들면서 '엉거주춤' 설강수를 후계자로 임명했다. 그동안 머리와 혀를 써서 보필해준 대가였다. 그러나 설강수가 받은 권력은 서클의 짱뿐이었다. 음유건달이 직권으로 승계시켜 줄 수 있는 권력의 전부였다. 아직도 엉거주춤한 설강수는 반장도 될 수 없었고, 대대장도 될 수 없었다.

덕이 없는 설강수는 주먹을 통해 급우들에게 복종과 존경을 강요했다. 그는 담임의 지시에 의해 음유건달 후임으로 급우들이 새로 뽑은 반장을 무시하며 핍박하고 구속했다. 급우들은 설강수의 폭력적 지배에 반항했다. 힘으로는 반항할 수 없기에 설강수의 존재를 무시했다. 쳐다보지 않았고 말을 걸지 않았다. 묻는 말에만 답했다. 그것도 마치 억지로 청문회에 불려 나간 증인처럼 예, 아니요로만 답했다. 서클 소속원들도 설강수를 믿고 따르는 것 같지 않았다.

4

처음 쳐들어온 날, 설강수가 광화문광장의 이순신 장군처럼 쇠파이프를 짚고 서서 일갈했다.

"뭐야? 이거…… 죄다 아줌씨들 아냐?"

좌우를 훑으며 농성장을 살핀 설강수가 같잖다는 듯 비웃었다. 폭력을 쓰기에는 매우 자존심이 상한다는 표정이었다. 그는 아줌마들 뒤에 비록 숫자는 적지만, 남자 노조원들이 숨어 있다는 사실을 모르는 것 같았다.

"다들 이거 보이지?"

설강수가 쇠파이프로 두 도막 난 책상을 가리키며 말했다.

모두가 숨을 죽인 채 말이 없었다. 선풍기 돌아가는 소리만 크게 들렸다. 설강수의 초장 '야코' 죽이기에 강한 충격을 받은 때문이었다.

"이게 여러분의 꼴통이라고 생각해봐. 정말 끔찍하지. 그러니 아줌마들은 속히 집에 가 밥들 하셔, 쓰벌! 그라고 치마폭에 숨은 먹물 아저씨들은 우리 애들하고 한판 붙을 생각이 아니면, 내일 정오까지 여길 말끔히 비워. 알겠어?"

모두가 침묵했다.

"말이 없다는 건 서로가 그라기로 약속이 됐다는 거여."

권 전무의 말을 모아보면, 김웅삼 사장에게 남은 뒤처리는 세 가지였다. 첫째는 기밀장부가 들어 있는 금고를 무사히 되찾는 것이었고, 둘째는 두 개 층을 차지한 천여 평의 사무실을 빨리 비워주고 건물 보증금을 돌려받는 것이었고, 셋째는 농성하는 직원들에게 빨리 퇴직금을 정산해주어 사회적·정치적 파장 없이 폐업 절차를 깔끔히 마감하는 것이었다.

그러나 이 모든 것이 농성 직원들의 저항에 부딪쳐 쉽지가 않았다. 사장실을 기습해 빼낸 금고는 농성장 중앙에 신줏ㅏ단지처럼 모셔져 있었고, 입구마다 바리케이드로 틀어막은 천여 평의 농성장은 노조원들에 의해 점령당한 상태였고, 위장폐업 철회 요구를 들어주지 않는다며 노조원들이 이미 두 차례에 걸쳐 경찰청에서 세종문화회관까지 기습 가두시위를 한 바 있었다.

나는 농성자들의 약점과 한계, 그리고 사장의 약점과 한계를 미루어

짐작하고 있었다. 농성자들은 무조건 단결이 무기였다. 그런데 분야별로 입장과 이해관계가 다르다는, 그래서 한목소리를 낼 수 없다는 치명적 약점이 있었고, 또 농성의 주체 및 추동 세력이 지식인, 즉 기자들이라는 한계도 무시할 수 없었다. 숨어서 나타나지 않는 적도 문제였다. 그래서 농성 오 일째를 넘어서던 날, 해결 방안을 놓고 비노조원인 대리점 점주들과 노조원인 기자들 간에 다툼이 벌어졌다. 그리고 이 다툼이 끝나자, 기자들 간의 다툼이 또 벌어졌다.

문제가 입장과 이해관계만은 아니었다. 배우고 보고 들은 것이 많은 데다가 나름대로 머리까지 좋다고 생각하는 기자들이 개별적인 분석력과 상상력을 동원하여 각자의 가상 시나리오를 짜서 디밀었다. 그들은 노사 쟁의가 머리가 아닌 몸으로 하는 것이라는 사실을 알지 못했다. 결국 분열 조짐이 보였다.

사장은 사장대로 '내 사업 내가 그만두겠다는데 뭐?' 하는 식의 안이한 위장폐업 선언으로 예기치 못한 봉변을 치르고 있었다. 무엇보다 설마 하는 사이에 금고를 뺏긴 것이 치명적이었다. 농성이 길어져 원성이 높아갈수록 사장에 대한 공적·사적 비리가 낱낱이 드러나는 것도 지랄 같은 문제였다. 뇌물 수수 의혹과 관련된 공직자들과 정치인들의 이름이 슬슬 거명되는 것도 사장으로서는 큰 부담이었다. 농성자들의 몸이 거리로 나오는 것은 일단 백골단을 동원해 틀어막을 수 있었으나, 말이 자꾸 밖으로 빠져나가 입소문과 언론을 타고 퍼지는 것은 따로 손써볼 도리가 없었다. 농성자들의 주둥이를 일일이 틀어막을 방법은 없었다.

그래서 사장은 퇴직금과 위로금을 3퍼센트 상향 조정해서 디밀었다. 그러나 노조원들은 무조건 위장폐업 철회를 요구했고, 대리점 점주들은 보증금과 선입금액의 전액 환불 및 피해보상을 요구했다. 사장이 들어주기 버거운 요구였다. 점주들은 사장이 폐업하는 이유를 모르거나, 아예 무시하는 것 같았다. 사장과 권 전무의 전략은 최대한 빠른 시일 내에 농성자들을 아주 잘게 쪼개서 먼지처럼 흩어버리는 것이었다.

나는 농성자들의 단결과 분열 사이에 엉거주춤 있었다. 노회한 권 전무가 나의 이중성을 알아채고 접근했다. 당근은 권 전무가, 채찍은 설강수가 쥔 것 같았다.

나는 농성장 임시 무대에서 재롱을 떨었다. 응삼이와 싸우느라 심신이 지친 농성자들이 만담과 익살에 잠시 즐거워했다. 특히 산지사방에서 올라온 점주들은 가사도 모르는 민중가요를 립싱크하는 것보다 내 재롱 구경을 더 좋아했다.

씻지 못하고 옷을 갈아입지 못한 농성자들이 내뿜는 퀴퀴한 냄새 속에서, 페인트와 시너 냄새 속에서 나는 김응삼을 팔도 사투리 메들리로 성토했다. 농성자들이 서로의 꿉꿉한 살냄새를 잊고 열렬히 호응했다.

나는 재롱을 마무리 지으며, 경리과 수장고에서 가져온 빈 포대 자루를 뒤집어썼다.

"끄으응, 삼! 이 웬수 같은 돈냄새, 마누라 속곳 냄새보다 좋네."

좌중이 까르르 웃었다.

"빈 자루만 남겨두고 끙삼이가 떠났습니다. 어디 보자…… 우리 마누라 빤스 한 장 사줄 만 원짜리 한 장 어디 안 남았나……"

빈 자루를 뒤집어 탈탈 터는 시늉을 했다. 먼지만 털렸다.

"하기사 우리 끙삼 씨가 내 마누라 빤스를 사줄 이유는 없지."

나는 포대 자루를 쥐어짜는 시늉을 하며 토를 달았다.

"내일은 하늘님이 우릴 위해 비를 잠시 멈추시겠답니다. 오랜만에 위원장님 모시고 다 같이 산책 나갑시다. 어때요?"

가두투쟁 제의였다.

"좋습니다."

깊은 인연

좌중이 씁쓸한 웃음 끝에 힘차게 화답했다.

5

나는 밖으로 나와 걸었다. 아직은 사측이 농성장을 봉쇄하지 않아 드나들 수가 있었다. 임대 건물이 주는 이점도 있었다. 봉쇄를 하면 우리만이 아니라, 건물 입주자 전체와 방문객 전체가 드나들 수 없었다.

비가 마른 먼지처럼 풀풀 날렸다. 먼지 같은 비는 척후병인 양 은밀히 내려와 살갗과 옷에 실거머리처럼 들러붙었다. 비는 88올림픽의 성공을 기원한다며 무분별하게 나붙은 플래카드와 배너에도 들러붙어 늘어뜨려 놓거나 찢어놓았다. 비는 곧바로 길바닥에 떨어져 스미기도 했다. 이렇게 스민 비가, 내가 사는 반지하 방바닥 위로 모두 솟아오를 것 같아 몸서리가 쳐졌다.

기습적으로 노조 신고를 마친 이튿날 새벽에 꿈을 꿨다. 꿈이 꿈 같지 않아 꿈속에서 또 꿈을 꾼 것 같다. 팔색조를 쫓았다. 새는 꽁지 끝으로 제 몸에서 여덟 가지 색을 뽑아 뿌리며 날았다. 날 수 없는 나는 허둥지둥 뛰었다. 도저히 따라잡을 수 없겠다는 생각에 길가의 돌멩이를 집어 던졌다. 몇 번의 헛손질 끝에 던진 돌이 팔색조의 재색 꽁지에 겨우 맞았다. 나는 중심을 잃고 허공에서 뒤뚱거리는 팔색조를 향해 두 손을 벌린 채 달렸다. 몸을 추스른 새가 허공을 힘겹게 선회했다. 조금만 더 움직이면 잡을 수 있을 것 같았다. 그런데 갑자기 몸이 무거워지면서 움직여지지가 않았다. 잿빛 저수지가 펼쳐지더니 턱밑까지 차올랐다. 나는 팔색조를 향해 뻗었던 팔을 거둬 물속을 저었다. 새가 물속으로 잠기는 내 머리 위를 날았다. 새는 팔색조가 아닌 단색조였다.

버둥거리다 가까스로 눈을 떴을 때, 온몸이 흠뻑 젖어 있는 걸 알았다. 처음엔 땀인 줄만 알고 수건을 찾아 닦았다. 하지만 땀이 아니었다. 방으로 빗물이 들어오고 있었다. 창밖에서 올지 안 올지 모르겠다던 장맛비가 다시 내리고 있었다. 반지하 방이라 창문턱과 마당 높이가 같았다. 누가 마당을 지나가면 창으로 신발 밑창이 보였다. 콘크리트로 덮은 마당에 떨어진 비가 튀어 올라 방문턱을 넘어 들어왔다.

철야농성 때문에 옷가지를 꾸려 창문 아래 놓아둔 쇼핑백이 물을 먹어 묵직했다. 벽지에 무늬를 그리며 흐른 물기를 닦았다. 그러고는 계속 물길을 좇아 방바닥에 고인 물을 훔쳤다. 물은 창문 아래에만 고인 것이 아니었다. 비닐 장판을 들췄다. 호수였다. 물기 정도가 아니라 물이 찰랑거렸다. 물은 걸레나 빗자루가 아닌 쓰레받기로 퍼내야 했다. 그러나 물은 퍼낸 만큼 다시 고였다.

쓰레받기를 내던지고 집주인에게 달려갔다. 주인은 생뚱맞다는 표정으로 그럴 리 없다는 말만 반복했다. 내 손에 끌려와 방바닥에서 찰랑대는 물을 보면서도 주인은 이럴 리가 없다는 말을 반복했다. 주인은 내 방과 붙어 있는 다른 반지하 방의 멀쩡함을 증거로 내세웠다. 주인은 죽자사자 항의하는 나를 달래느라, 장마철이 끝나면 업자를 불러 방수 작업을 다시 할 테니 기다리라고 했다.

이사 온 지 한 달 만에 한 평짜리 부엌을 포함하여 여섯 평짜리 방이 완전히 수장됐다. 아내를 데려와 함께 살기 위해 부랴부랴 얻은, 보증금 오백만 원에 월 십오만 원짜리 방이었다.

나는 비닐 쇼핑백 속에서 물 먹은 속옷과 체육복을 꺼내 물기를 짰다. 그러고 다시 쇼핑백에 넣어 들고 방을 나왔다. 농성장에서 널어 말려 입을 작정이었다.

나는 그날 시내버스를 기다리는 동안 갑자기 팔색조가 떠올라 지갑을

깊은 인연

뒤져 복권을 열 장 샀다.

 아무리 생각을 해봐도 물이 솟는 방에 아내를 들일 수 없었다. 그렇다고 만삭의 아내를 언제까지 지방에 홀로 둘 수도 없는 노릇이었다. 돌봐줄 일가붙이라도 있다면 모를까, 만삭의 몸이 되어 직장까지 그만둔 아내였다. 백수였던 나를 그동안 벌어 먹인 아내였다. 나는 직장을 버리고 애를 낳겠다는 아내를 필사적으로 말리고 싶었지만 그럴 수 없었다. 아내의 희망은 내가 아니라 아기였다.

 방은 당장 이사를 가야 해결될 문제였다. 올림픽복권은 오백 원짜리 한 장만 당첨되고 모두 꽝이었다. 내가 꿈에 최종적으로 본 것이 단색조였기 때문이었다. 나는 꽝이 된 복권을 지갑에서 꺼내 비 오는 길거리의 휴지통에 버렸다.

 서울역 앞에서 걸음을 멈췄다. 나는 흠뻑 젖어 있었다. 안개비 속에서 서울역을 등지고 바라본 대우빌딩은 여전히 건재했다. 대우빌딩이 건재하는 한, 내 꿈 또한 건재할 수 있을 것 같았다.

 나는 삼 개월 전 선배의 힘으로 겨우 O&EC에 입사하여 서울에 입성했다. O&EC는 '오리지널 잉글리시 엔터에듀케이션 컴퍼니'의 약자다.

 부끄러운 얘기지만, 나는 지난 삼 개월 동안 여기를 다섯 번이나 찾아와 울었다. 상경 직장인으로서 어려움과 서러움을 다섯 번가량 겪었다는 얘기다. 나는 올 때마다 지금 이 자리에 서서 대우빌딩을 바라봤다. 남산타워가 서울 시민의 상징이라면, 내게 대우빌딩은 오랜 우상이자 기원을 담고 있는 거대한 탑이었다. 초등학교 수학여행 때 여섯 시간 남짓 완행열차를 타고 와서 처음으로 대우빌딩을 봤다. 서울보다 서울 앞에 버티고 선 대우빌딩을 먼저 본 것이다. 나는 내 시선을 가로막은 거대한 초콜릿색 빌딩을 보고 무척 놀랐다. 규모와 웅장한 위용 때문이었다. 나는 그때 대우빌딩을 꿈으로 받아들인 것 같다. 내가 저 안에 있든지, 아니면 저 너머 어딘가에 있어야 한다고 생각했던 것 같다. 남산도 남산타워도 대우빌딩 옆구리에 야트막하게 빌붙어 겨우 보였다. 그래서 나는 서울역을 등지고, 당차게 붙박여 있는 한국의 중심, 대우빌딩을 한참 동안 노려봤다. 담임선생이 붙박인 나를 뽑아 낚아챌 때까지 나는 그 거대한 탑을 향해 기원했다.

나는 탑돌이를 하듯이 대우빌딩을 크게 감싸 한 바퀴 돌았다. 나는 이 농성에서 얻을 것이 없다면, 더 머뭇거리지 말고 속히 떠나야 했다. 물이 솟는 방을 얻느라 빌린 원금의 이자를 곧 지불해야 하고, 방세를 내야 하고, 당장 먹고살아야 했기 때문이다. 농성장에서는 돈이 나오지 않았다. 회사가 이미 망했다고 공표했으니, 무직자가 되어 은행 대출도 받을 수 없었다. 사채는 쓸 수 없는 노릇이었다. 사채는 요단강이었다.

나는 남산으로 오르는 비탈에서 동전을 꺼내 라면을 사 먹었다. 점심과 저녁 사이였다. 오백 원에 오뚜기 라면과 허연 김치 세 조각이 나왔다. 라면을 먹고 또 걸었다. 꼭대기에서 서울을 내려다봤다. 서울이 흐려 멀리서 가물거렸다. 나는 안경을 벗고 눈자위를 닦았다.

위에서 멀리 내려다보는 서울은 매정하고 막막했다. 하지만 대한민국의 9할을 야무지게 챙겨 쥐고 있기에 만만해 보이기도 했다. 이 많은 9할 속에서 내 자리를 찾지 못하면, 1할 속에서 찾을 가능성은 더욱 희박했다. 아니, 나는 이미 1할 속에서 아무것도 찾지 못해 상경한 사람이었다. 때문에 저 9할의 틈 속에서 내 몫을 반드시 찾아야 할 터였다.

잿빛 속에서도 날이 저물고 있었다. 서울의 불빛은 수평으로 번지기 전에 수직으로 치솟았다. 어둠 속에서 고층빌딩의 불빛들이 별들과 나란히 자리를 잡았다. 그 아래로 헤드라이트를 밝힌 차들이 앞다투어 바삐 흘러갔다.

깊은 인연

나는 남산을 등지고 수직으로 뻗어 올라간 빌딩의 불빛 속으로 걸었다. 허우적허우적 걸었다. 숭례문을 지나 시청 앞에서 오른쪽으로 방향을 틀었다. 번개가 쳤고, 뒤따라 소나기가 내렸다.

O&EC가 세 든 건물 앞을 석 대의 닭장차들이 틀어막고 있었다. 그런데 닭장차 안팎에 당연히 있어야 할 투구 쓴 전경들이 없었다. 빈 차만 남겨 둔 채 전경도 백골단도 보이지 않았다.

나는 이 터무니없는 공백 앞에서 몸서리쳤다. 예감이 맞는다면, 지금 구사대가 농성장을 기습하여 유린하고 있을 티였다. 내일 가두시위가 있다는 계획을 누군가가 권 전무 측에 찔렀을 것이다. 그래서 먼저 구사대를 투입했을 것이다. 집단 폭력을 방관할 수밖에 없는 전경과 백골단은 사전 연락을 받고 아예 자리를 비워 구사대의 기습을 간접 지원했을 것이다.

나는 닭장차 틈을 비집고 들어가 농성장으로 가기 위해 엘리베이터 앞에 섰다. 수위가 내 몸에서 대책 없이 줄줄 흘러내리는 물을 보고 눈살을 찌푸렸다.

잠시 후, 엘리베이터가 땡, 하는 신호음을 지르며 쩍, 하고 열렸다. 신경이 예민해진 탓인지 땡과 쩍 소리가 무척 크게 들려서 흠칫 놀랐다. 그러나 정작 더 놀란 것은 엘리베이터에서 불쑥 튀어나온 설강수 때문이었다. 설강수는 마치 관에서 살아난 시체처럼 그로테스크한 모습으로 엘리베이터에서 걸어 나왔다.

설강수와 눈이 마주치는 순간, 나는 뺨을 얻어맞은 것처럼 얼굴이 화끈거렸다. 설강수가 걸음을 멈췄다. 검정양복에 빨간 점박이 넥타이를 맨 설강수도 놀랍다는 듯이 잠시 나를 바라봤다. 그러고는 곧 입꼬리를 비틀어 묘한 미소를 지었다. 눈에 그의 비웃음이 박힐 때, 그가 내뿜는 향수가 코끝을 찔렀다. 알은척을 하고 뭔가 말을 붙일 것같이 머뭇거리던 설강수가 그대로 내 앞을 스쳐 현관을 향해 걸어갔다. 공작새의 날개처럼 좌우와 뒤에 거느린 오십여 명의 똘마니들 속에서 '가오'를 잃지 않으려는 행동 같았다. 똘마니들의 검은 구두에 둘러싸인 설강수의 백구두가 빛을 발했다.

"또 보자. 쥐새끼 같은 놈."

설강수가 갑자기 걸음을 멈추고, 고개를 돌려 중얼거리듯 말했다.

나는 애써 설강수를 마주 바라봤다. 십 년 전의 설강수가 십 년 뒤의 나를 비웃고 있었다. 나는 심한 모멸감에 뛰어가 달려들고 싶었다.

설강수와 똘마니들이 다녀간 농성장은 도굴된 고대의 무덤처럼 고요하고 적막했다. 바리케이드는 무너져 흩어졌고, 벽마다 빼곡히 써 붙였던 구호들은 모두 찢기어 발자국이 찍힌 채 바닥에서 굴러다녔다. 가두시위용 피켓과 현수막도 성한 것이 없었다. 지치고 잔뜩 겁에 질린 농성자들은 금고 주위에 들러붙어 있었다. 금고를 사수하다가 부상당한 농성자들은 여기저기 흩어져서 신음을 토하며 응급처치를 받고 있었다.

설강수의 '또 보자'라고 한 말이 금고를 찾으러 다시 오겠다는 의미로 받아들여졌다.

노조원들이 폭력 증거 수집을 위해 부상당한 노조원들과 부서진 집기들을 일일이 촬영했다. 구사대의 폭언이 녹음된 테이프를 재생시켜 확인하는 노조원도 있었다.

나는 자리를 비운 것이 미안했다. 약국으로 달려가 가지고 있는 돈을 모두 털어 구급약과 빵을 사왔다. 그러고는 말없이 무너진 바리케이드를 다시 쌓고, 부서진 피켓들을 수리했다. 시야가 자꾸 흐려져 피켓을 수리할 때 망치로 손가락을 찧었다. 손가락이 멍들고, 급기야 피가 흘렀다.

습격당한 뒷정리를 하는 사이에 노조원들이 하나둘씩 짐을 싸서 빠져나갔다. 그들은 가면서 끝까지 함께하지 못해 미안하다고 했다. 스스로 나가고, 부모가 와서 데려가고, 남편과 아내 그리고 애인과 친구들이 와서 어르고 달래 하나하나 데려갔다. 버둥대며 질질 끌려가는 노조원도 있었다. 나는 생각과 사는 방식이 다른 그들을 잡아둘 재주가 없었다. 비노조원을 빼고 이백여 명으로 시작된 노조원이 팔십여 명으로 줄었다. 노사 간의 싸움에서 노의 최고 무기는 숫자인데, 농성 18일 만에 육십 퍼센트가 빠져나갔다는 것은 파장 분위기로 봐야 했다.

부상자 치료가 끝나고 망가진 농성장이 수습되자, 사태 수습과 향후 대책을 위한 긴급 총회가 열렸다. 총회는 십인십색, 백가쟁명이었다. 흥분과 분노가 가시지 않아 이성과 합리성과 타당성이 실종된 채 정체가 모호한 증오만 무성했다. 그 칼날 같은 증오로 농성자들끼리 서로 베고 찌르고 막고 난리였다. 느슨한 투쟁 방식에 문제를 제기했고, 위원장과 집행부의 문책론이 대두됐다.

총회는 권 전무의 바람대로 흘러가고 있었다. 팽팽한 의견 대립 속에서 갖가지 방안이 난무했고 서로에 대한 성토와 욕설로 다시 아수라장이 됐다. 아예 농성 시작 자체를 문제로 보는 노조원도 있었다. 처음부터 사장과 대화하지 않고 덜컥 노조부터 결성하여 뒤통수를 친 바람에 국물도 없게 됐다고 주장하는 축도 있었다. 우리가 사장을 배신했다고도 말했다. 충격을 받은 위원장은 총회를 수습할 기운이 없었다. 집행부 또한 구 사대의 기습을 예견하지 못했고, 또 기습에 적절히 대응하지 못한 탓에 할 말이 없었다. 위원장은 우리가 자꾸 다퉈 더 이상 이탈하는 노조원이 생기면 안 된다는 말만 신음처럼 되뇌었다.

나는 긴급 의사진행 발언을 통해 십 분간만 휴회를 하자고 했다. 그러고는 위원장과 쟁의부장을 복도 끝으로 불러 따로 만났다. 나는 내부 정보를 빼돌리는 간자(間者)를 잡아낼 것과 여당인 민정당사 점거농성을 제의했다. 위원장과 쟁의부장이 흠칫 놀랐다. 그러나 내 말의 속뜻을 알아들은 그들이 집행부 긴급 회의를 열었다. 그러고 난 뒤에 위원장과 집행부가 총회에서 간자 색출을 내세워 겨우 회의의 주도권을 잡았다. 이렇게 해서 만장일치로 합의된 것이 구사대를 법에 제소하자는 것이었다. 그런데 민정당사 점거농성에 따른 작전 논의 중에 뜻밖의 일이 터졌다. 구사대에게 맞아 병원으로 실려간 임신부가 유산을 했다는 소식이었다. 나는 논의를 중단하고 위원장과 함께 농성장을 빠져나왔다. 문병을 하는 것이 먼저였다.

계단 입구에서 위원장이 잠깐 화장실에 들른 사이에 한 노조원이 급히 다가왔다. 그가 쪽지를 건넸다. 재빨리 쪽지를 펼쳐 읽었다.

서부역 건너편 물새다방
저녁 9시

나는 전처럼 쪽지를 찢지 않았다. 그러고는 쪽지를 건네고 돌아선 남자를 불러 세웠다. 지난번에도 이 남자가 권 전무의 말을 전했다. 이 남자가 간자였다.

"민정당사 점거농성 계획은 전하지 마시오."

나는 그의 자필 쪽지를 흔들어 보이며 말했다. 전달하면 간자를 찾고 있는 농성자들에게 쪽지를 공개하겠다는 협박이었다.

빗길을 더듬거리며 병원으로 가는 택시 안에서 설강수를 떠올렸다. 변하지 않은 그의 당당함이 어디서 비롯되는 것인지 그 근원이 새삼 궁금했다. 여전한 그 당당함을 이해할 수 없었다.

음유건달로부터 권력 승계를 받은 지 한 달쯤 지난 어느 날이었다. 설강수는 아침 조회를 끝낸 담임이 나가자마자 교단 위로 성큼 올라섰다.

놈은 바지 주머니를 뒤적여 알록달록한 천 쪼가리를 꺼내 머리에 뒤집어 썼다.

"아다라시를 따먹었다."

손바닥만 한 꽃무늬 팬티였다. 꽃무늬 팬티를 뒤집어쓴 설강수는 니나노집의 늙은 작부들과 질적으로 다른 '아다라시'를 따먹었노라며 자랑했다. 놈은 말 탄 개선장군처럼 들떠 흥분하며 신성한 교실을 능멸했다. 급우들이 수치심에 뜨악한 표정을 지었다. 그러자 놈은 의미를 모르는 새끼들이라며 화를 냈다. 급우들이 어쩔 수 없이 박수를 쳤다. 그런데 급우들이 보낸 박수가 과했기 때문인지, 팬티를 뒤집어쓴 지 석 달쯤 지났을 때 사단이 생겼다. 팬티 주인이 임신을 했다는 소문이 돌았다. 나는 여자 나이 열일곱에도 섹스와 임신을 할 수 있다는 사실에 놀랐다.

이 소문이 널리 퍼질 즈음에 자전거 도난 사건이 벌어졌다. 천여 대의 자전거가 등하교를 하는 학교에서 자전거 도난 사건은 가끔 있는 일이었다. 그러나 열 대의 자전거가, 그것도 구입한 지 얼마 안 되는 값비싼 자전거만 골라 도난당한 것은 개교 이래 처음이라고 했다. 자전거는 야간 자율학습 시간에 야코파 패거리들과 더불어 감쪽같이 사라졌다.

범인과 범행 동기가 뻔했다. 나는 확실한 심증을 믿고 범인을 추적했다. 도난당한 피해 아이들을 한명 한명 만나 개별 자전거의 상표와 특징을 조사했다. 그리고 이 조사 결과를 들고 학교를 중심으로 반경 이 킬로미터 이내에 있는 중고 자전거포와 수리점을 찾아다니며 물증과 증언을 확보했다. 사진관에서 빌린 똑딱이 카메라로 찾아낸 물증들을 찍었다. 나는 이틀을 결석했다. 내가 범인 색출에 열을 올린 데는 그만한 이유가 있었다. 낡은 내 자전거는 도난당하지 않았다.

체육시간에 축구 시합을 할 때였다. 체육 선생은 패만 갈라주고 교무실로 들어갔다. 두 패로 나뉘었는데 나는 설강수 편이었다. 지는 편이 짜장밥을 사는 경기였다. 0:1로 우리 편이 지고 있는 상황이었다. 골을 몰고 페널티 박스 왼쪽을 급히 치고 들어갈 때였다. 나를 막고자 상대팀 수비수 세 명이 달려오고 있었다. 설강수가 건너편에서 패스를 해달라고 손을 들어 고함을 질렀다. 설강수는 당황해 허둥대는 골키퍼만 달랑 앞에 둔 무인지경에 있었다. 당연히 패스를 해야 하고, 그러면 골이 만들어질 상황이었다. 설강수가 다시 고함쳤다. "야이 씨부랄 개새끼야, 빨리 차!" 고함이 명령이고 욕이었다. 순간 나는 공을 밟고 넘어질까 하다가, 골문 위로 공을 힘껏 내질렀다. 허공에 붕, 하고 떠오른 공이 학교 담장을 넘어 큰길 쪽으로 날아갔다. 끼이익, 하며 자동차들이 날아온 공을 피해 급브레이크를 밟는 소리가 연이어 들려왔다.

설강수가 공을 찾아오려고 달려나가는 나를 불렀다. 놈은 내게 무릎을 꿇고 용서를 빌라고 명령했다. 나는 놈에게 무릎을 꿇고 용서를 빌어야 할 이유를 몰랐다.

빡! 하는 소리와 함께 눈앞에서 불꽃이 튀었다. 나는 정신이 아득해지며 나가떨어졌다. 몸을 급히 추슬러 일어난 나는, '씨발!' 하며 욕설을 내질렀다. 이 욕설을 신호로 설강수의 똘마니 네 놈이 엉겨붙어 나를 개 패듯이 팼다.

두들겨 맞고 나서 속개된 경기에서 나는 멋지게 한 골을 쑤셔 넣었다. 비겼기 때문에 짜장밥은 각자 사 먹든지 말든지 할 일이었다. 나에게 농락당했다고 판단한 설강수가 시합이 끝난 뒤, 나를 따로 불러 훈계했다.

"인생 복잡해지게 반항하며 살지 마라. 그러다가 일찍 뒈지는 수가 있다."

나는 훈계가 같잖아 반응하지 않았다. 설강수의 훈계는 패자의 자기 위안이었다.

나는 수집한 물증과 증언을 경찰에 즉각 넘길까 하다가 생각을 바꿨다. 담임에게 자각의 기회를 주고, 학교의 명예 보존을 참작해 담임에게 넘겼다. 그런데 담임의 반응이 예상 밖이었다.

"놓고 가."

교무실 한쪽 구석에서 내 신고를 접수한 담임이 내지른 말이었다. 조사한 사진과 문건을 두고 얼른 나가보라고 했다. 나는 신고에 상응하는 어떤 조처가 있을 것을 기대했다. 그러나 열흘이 지나도 아무런 조처가 없었다. 나는 조처에 관해 조심스레 담임에게 물었다.

"이 새끼! 너, 빨갱이야?"

"예?"

놀란 내가 되물었다.

"친구들을 찔러박는 건 5호담당제를 하는 빨갱이새끼들이나 하는 짓이야, 인마!"

나는 졸지에 급우를 찔러박은 '파렴치한 빨갱이새끼'가 되어 교무실을 나왔다.

"어휴, 저 골통 같은 새끼!"

담임이 내 뒤통수에 대고 화풀이하듯 욕을 퍼부었다.

빨갱이라는 말에 대해서는 아니라는 확신이 있어 참을 수 있었으나, 골통이라는 말은 견딜 수 없었던 나는 설강수 패거리를 경찰에, 담임선생을 도교육위원회 감사반에 각각 고발했다. 그런 다음 나는 자퇴했다.

택시가 병원 현관 앞에 멈췄다. 위원장과 나는 곧 병실을 찾았으나 들어갈 수가 없었다. 병실 입구에 검정양복 차림의 험상궂은 사내 두 명이 떡 버티고 서 있었다. 복도에도 같은 차림의 사내들이 대여섯 명가량 깔려 똥 찾는 강아지처럼 어정거리고 있었다.

"경찰은 대체 뭐하느라고 아직도 안 오는 거야?"

카메라와 취재 수첩을 든 기자들이 시계를 들여다보며 신고를 받고도 출동하지 않는 경찰을 원망하고 있었다. 험악한 사내들이 취재를 막는 것 같았다.

복도에서 오 분가량 망설이던 나는, 빨리 여기를 떠야겠다는 판단이 섰다. 깍두기 중 한 명이 위원장을 알아본 듯 동료 깍두기와 무언가를 속닥거리는 낌새를 본 때문이었다. 만약 위원장이 저놈들 손에 납치 감금이라도 되는 날이면 일이 예측 불가하게 꼬일 수 있었다. 나는 재빨리 위원장의 손을 잡아끌었다.

현관 앞에 줄줄이 대기 중인 택시를 탔으나, 택시는 소낙비로 더욱 번잡해진 병원 입구를 빠져나가느라 하염없이 더듬거렸다. 빗발과 바람이 거세 차량을 통제하던 주차 안내 직원도 보이지 않았다. 택시가 더듬거리는 사이에 깍두기들이 탄 승용차가 따라붙어 상향등을 껌벅였다. 택시 기사가 따라붙는 승용차에 신경을 쓰며 망설였다. 내가 빨리 가달라고 사정하며 재촉했다. 큰길로 나가 교통신호에 걸렸을 때, 깍두기들이 승용차를 옆에 가져다 붙이며 택시를 길가에 세우라고 윽박질렀다. 물에 빠진 생쥐처럼 흠뻑 젖은 깍두기가 창문 밖으로 머릴 빼내 욕설과 고함을 내질렀다.

나는 택시 기사에게 급하게 앞뒤 사정을 간추려 설명하고 내처 달려줄 것을 간곡히 부탁했다. 잠시 난색을 보이던 택시 기사가 승용차에서 야구방망이를 들고 막 내려서는 깍두기들을 보는 순간, 얼른 차를 출발시켰다. 야구방망이로부터 차를 보호하기 위해서인 것 같았다. 다행히 택시는 맨 앞에서 신호 대기 중이었다.

깍두기들이 택시를 쫓아 뛰다가 다시 승용차에 오르는 사이에 일단은 따돌렸으나, 계속해서 따돌리는 것은 무리였다. 나는 기사에게, 앞에 보이는 네거리를 돌자마자 정차해줄 것을 부탁했다. 그리고 위원장에게는 정차하자마자 차에서 내려 다른 택시를 잡아 탈 것과 다른 깍두기들이 농성장 입구에서 위원장을 기다리고 있을지 모르니까 농성장으로 들어가기 전에 집행부에 연락해 에스코트를 받으라고 일렀다.

네거리를 돌아 택시가 멈추고 위원장이 내렸다. 그러고 나서 택시가 다시 달렸다. 나는 나까지 내리라고 안 하는 택시 기사가 고마웠다. 그러나 깍두기들의 승용차가 일차선 도로에서 택시 옆구리를 밀치며 차머리를 막아섰을 때, 나는 택시에서 내렸다.

승용차에서 내린 세 명의 깍두기가 중앙선 근처에서 나를 에워쌌다.

"사람 살려!"

나는 비바람이 치는 도로 복판에서 행인들을 향해 미친듯이 소리쳤다. 비 오는데 '불이야!'를 외칠 수는 없었다. 그러나 행인들은 소리치는 나를 피해 가던 길을 더욱 재촉했다.

깍두기들이 반항하는 나를 냉큼 낚아채 차에 실었다. 그러고는 한강 둔치로 갔다. 한강 둔치에서 약 올리고 속이고 따돌렸다는 이유로 깍두기들이 내게 분풀이를 했다. 깡패들 수준은 언제나 한결같았다. 무릎을 꿇어 진정으로 용서를 빌라 했고, 농성에서 빠지겠다는 각서를 쓰라고 했다. 나는 둘 다 할 수 없다고 했다. 그러자 한 깍두기가 하찮은 놈 때문에 자존심이 팍 상한다며 잭나이프를 꺼내 휘둘렀다. 영화 속에서나 봤던 물건이 눈앞에서 현란한 재주를 부렸다. 뽑아낸 칼이 상하로 돌다가 좌우로 돌고, 상하가 하상으로, 좌우가 우좌로 정신 사납게 돌았다. 돌다가 멈추기도 했고, 또 보였다가 안 보이기도 했다. 칼은 놈의 말과 행동만큼이나 자발맞고 천방지축이었다. 빗속에서 천방지축으로 설쳐대는 칼을 넋 놓고 바라보던 나는 어느 순간에 옆구리 한쪽이 뜨끔한 것을 느꼈다. 어느 틈에 내 옆구리를 찌른 칼이 놈의 손에서 마무리 재주를 부리고 있었다.

칼은 깊이 들어온 것 같지 않았다. 죽이려고 찌른 것이 아니라 경고용으로 찔렀기 때문이었다. 깍두기들이 떠난 뒤, 홀로 남은 나는 꾸역꾸역 피가 흐르는 옆구리를 손수건으로 틀어막고 물새다방으로 향했다. 차비가 없는 나는 물새다방까지 삼십 분을 걸었다.

물새다방 입구에서 아내에게 공중전화를 걸어 상경 날짜를 보름쯤 미뤄줄 것을 사정했다. 아내는 자기 입장은 생각 안 하고 남자가 자꾸 말만 바꾼다며 짜증을 냈다. 말이 길어지는 아내를 가까스로 달래 통화를 마쳤다. 그러고 나서 농성장으로 전화를 걸었다. 위원장은 다행히 무사귀환을 했다. 통화를 하면서 나도 모르게 자꾸 신음이 나왔다.

서부역 이마빼기에 붙은 대형 전자시계가 'PM 09:30'이라는 불을 밝히고 있었다. 걸을 때마다 옆구리의 강한 통증 때문에 자꾸 인상이 구겨졌다.

어둠침침한 다방 구석에 자리 잡은 권 전무가 놀란 표정으로 손을 들어 나를 맞이했다. 레지는 내가 앉을 자리에 얼른 수건을 깔았다. 권 전무는 육십이라는 나이를 나타내주는 주름 속에 애써 놀라움을 감추고 있었다.

나는 자리에 앉자마자 옆구리를 틀어막았던 손수건을 탁자 위에 던졌다.

"이게 뭡니까?"

핏물이 든 손수건을 본 권 전무가 몸을 뒤로 빼며 물었다.

"제가 물어보고 싶은 말인데요…… 왜 이러셨어요?"

나는 감당하기 힘든 통증으로 잔뜩 인상을 찡그리며 말했다.

"이럴 게 아니라, 당장 병원부터 갑시다."

권 전무가 황급히 자리에서 일어섰다. 그 바람에 다탁 위의 물잔이 엎어졌다.

깊은 인연

가수 이남이가 구성진 목소리로 자꾸 울고 싶다며 노래하고 있었다. 당근 역을 맡은 권 전무의 표정이 노랫말처럼 정말 울 것 같아 보였다.

"자초지종은 나중에 듣기로 하고, 우선 병원부터 갑시다. 내가 사장님께 직접 보고를 드리고, 치료비와 보상을 받을 수 있게 책임지겠소. 그러니까 딴 생각 마시고 제발 어서……"

상황 보는 눈치 없이 어찌 그 높다는 전무 자리까지 올랐겠는가. 권 전무는 창상(創傷)에 대한 사연을 미루어 짐작하는 듯싶었다.

병원에서 응급조치를 받고 상처를 꿰맬 때 권 전무가 보이지 않았다. 당직 의사가 내일 아침까지 입원을 하는 것이 좋겠다고 했다. 나는 그럴 형편이 못 되는지라 지나가는 말로 들었다. 치료를 받고 나올 때, 다시 나타난 권 전무가 아무 말 없이 봉투를 꺼내 건넸다.

"시간이 해결해줄 겁니다."

봉투를 받아 챙기며 내가 무심코 말했다. 늙은 전무가 고생하는 모습이 안쓰러워 내뱉은 인사였다.

"시간에 개입하지만 말게."

권 전무가 고개를 끄덕인 뒤, 당부했다.

순간, 나는 내 말이 권 전무가 원하는 것이었을지도 모른다는 생각이 들었다. 시간이 급했지만, 시간만이 사태를 종결지을 수 있는 힘이라는 것을 믿는 것 같았다. 권 전무는 내가 무연히 흐르는 시간을 막고 비틀어서 활용할 수 있다고 본 것 같았다. 그래서 애초부터 나를 통해 무엇을 어떻게 해보려던 것이 아니라, 얼마간 붙잡아둘 목적으로 나를 만나 관리한 것일 수도 있겠다는 생각이 들었다.

어찌 됐든 권 전무가 지금 나에겐 팔색조였다.

6

"칼 맞은 아저씨가 왔다!"

농성장으로 돌아온 나는 영웅이었다. 납치 위기에 처한 위원장을 용기와 기지로 구해낸 때문이었다. 옆구리 창상 얘기는 굳이 설명 없이도 다 안다는 눈치들이었다. 내가 앉은 자리 앞에 음료수와 과일 그리고 김밥들이 쌓였다. 병문안과 격려였다. 나는 받은 먹거리들을 조금씩 먹은 뒤, 되돌려 나눠주고 수건을 챙겨 화장실로 갔다. 이때 짧은 치마를 입은 한 여자가 나를 불러 세웠다.

"아저씨가 자해공갈단이야?"

"뭐?"

나는 이 여자를 알고 있었다. 시위와 농성을 하면서 「떠나가는 배」와 「남자는 배 여자는 항구」를 야무지고 야릇하게 부르고, 허벅지가 훤히 드러나는 짧은 치마만 고집스럽게 입는 여자였다.

처음 가두시위 때 세종문화회관 앞에서 백골단이 이 여자의 팬티를 벗겨낸 뒤 질질 끌고 갔다. 여자는 경찰서에서 조사 중에도, 심문 중에도 다리를 벌리고 앉아 빤스를 돌려달라고 악을 썼으며, 훈방될 때도 경찰서 앞에서 행인들이 오가는 길거리에 대고 빤스를 찾아내라며 시종일관 고래고래 고함만 질러댔다. 결국 팬티를 벗긴 백골단이 벗긴 팬티와 새 팬티를 사 가지고 와 엎드려 사과를 했다. 그녀는 새 팬티를 백골단의 얼굴에 집어던졌다. 그러고는 "너는 개새끼야, 나를 성고문한 거야. 책임져야 해!"라고 소리치며 돌려받은 헌 팬티를 챙겨 입었다.

내가 이런 여자에게 걸려든 것이다.

"혹시 이런 말 들어봤어여. 기는 놈 위에 나는 년 있다."

짧은 치마가 손에 든 쪽지를 화투패처럼 펼쳐 보이며 웃었다.

깊은 인연

"아저씨가 수상해서 뒷조사 좀 했어여."

저고리를 벗어놓을 때, 돈 봉투만 챙기고 쪽지를 미처 챙기지 않은 것이 후회됐다. 내가 간자를 협박하려고 보관한 쪽지를 짧은 치마가 채뜨린 것이다.

나는 여자가 어떤 경로로 나를 의심했는지 짐작이 안 갔다. 여자 스스로 알아낸 것인지, 아니면 권 전무가 역으로 알린 것인지, 그도 아니면 간자와의 접선을 우연히 목격한 것인지 알 수 없었다. 하지만 중요한 것은 내 행위가 탄로 났다는 사실이었다.

"쫄 거까지는 없구여."

"……"

"아저씨 정체를 까밝힐 생각은 없어요."

"……"

"지금 상황으로 봐서 아저씨 정체가 밝혀지면 좋아할 사람은 응삼이밖에 없기 때문이에요. 그러고 보니, 끙삼이가 아저씨를 살려준 셈이네여."

"……"

"또 그러고 보니, 우리 모두가 응삼이의 손바닥 위에서 다 같이 노는 것 같아 기분이 더럽네요."

짧은 치마가 수건을 들고 칫솔을 문 채 엉거주춤 서 있는 나에게 쪽지를 건네고 돌아섰다.

민정당사에서 열리기로 예정된 88올림픽 대비 주거 재개발 관련 정책 세미나가 일주일 미뤄졌다. 점거농성도 따라서 연기됐다.

사장의 금고는 탈취 이십일 만에 열렸다. 뒤에 발생할지 모를 문제에 대비코자 금고는 누가 어떤 수단으로 열었는지 알 수 없었다. 농성장 복판에 있던 금고를 다시 사장실로 옮겼고, 복면을 쓴 다섯 명의 남자들이 도둑처럼 사장실에 들어가 금고를 열었다. 새벽에 온 금고 전문가가 자신의 신변 안전을 위해 네 명의 남자들을 위장용으로 세워두고 작업을 한 것이다.

우여곡절과 천신만고 끝에 열린 금고에는 사장 직보용(直報用) 약식 당기순이익표와 보유 자산명세표, 자금보유현황표 그리고 미화 만 오천 달러와 칠 부짜리 다이아 목걸이가 들어 있었다. 당기순이익표와 자금보유현황표는 김응삼 사장이 주장한, 손실로 인한 폐업이 말짱 거짓임을 드러내주었다. 또 자산명세표에 의해 그가 전국 곳곳에서 음성적으로 사들여 증식시키고 있는 부동산이 무려 이백억 원대임이 드러났다. 그리고 다이아 목걸이는 디자인으로 볼 때 숨겨둔 젊은 애인을 위한 것이라는 가십성 얘깃거리가 덧붙었다. 하지만 이 모든 것 가운데 어느 하나도 사태 해결에 도움이 되어주지 못했다. 모두가 굳게 믿고 기대했던 비위 관련 기밀장부는 없었다.

일간지와 방송은 금고가 열린 날, 우리의 농성을 처음 보도했는데, 요지를 O&EC 김응삼 사장이 직원들의 노조 결성에 반발해 회사를 자진 폐업했다고 썼다. 사실은 사장이 회사를 위장폐업했기 때문에 노조를 결성한 것인데 언론은 원인과 결과를 뒤바꿔버렸다. 당시 노조에 대한 고용주들의 반발이 사회적 이슈로 떠올랐기 때문에 O&EC 기사도 이런 맥

깊은 인연

락의 한 사례로 이용당하고 만 것이다.

억울해진 우리가 대뜸 정확한 사실을 담아 정정을 요구하는 보도 자료를 냈지만, 언론은 그게 그거라며 반응하지 않았다. 엄청난 이윤 발생에도 불구하고 왕창 손실을 봐서 폐업했다는 엄청난 거짓말을 언론은 문제 삼아 밝히려 하지 않았다. 언론은 언론의 문제가 아니라 O&EC의 문제라고 했다. 빼낸 회사 돈으로 사들여 명의를 흩어놓은 이백억 원대의 개인 부동산도 보도하지 않았다. 그 부동산이 불법이라는 것을 우리가 입증하면 보도해주겠다고 했다. 그러면서 언론은, 금고 속에서 나온 출처 불명의 종이쪽지를 디밀고, 왜 우리에게 무조건 믿으라고 윽박지르느냐며 언론 탄압을 그만하라고 했다.

"이중 금고요. 금고 속에 금고가 또 있소."

권 전무는 금고가 안 열렸으면 좋겠지만, 열어도 금고 속의 위장된 금고는 열지 말아달라고 부탁했다.

나는 금고털이 전문가가 위장 금고를 찾아내지 못했다고는 생각할 수 없었다.

인사동 민정당사로 출정하는 날, 나는 금고에 대한 경호를 소홀히 할 수 없어 당초 스무 명으로 잡았던 점거농성자 수를 다섯 명으로 줄여 정예화하자고 건의했다. 그러나 농성자들이 나서서 내 말을 묵살했다. 악에 바친 농성자들은 최후의 해결 방안이 집권 여당인 민정당사에 있는 양, 그래서 민정당사에 가는 것이 최후의 결전장에 가는 것인 양 민정당사 농성에 집착했다.

팔십여 명 중 삼십여 명이 가겠다고 나섰다. 위원장이 삼십여 명이 떼거리로 이동하면 민정당사 측에서 눈치챌 수 있다며 어르고 달래 열 명을 주저앉혔다. 하지만 민정당사에 도착해서 자리를 잡았을 때, 스물여섯 명이나 온 것으로 최종 확인됐다. 나는 불안했다. 농성장을 오십 명 남짓이 지키기는 힘겨울 것이기 때문이다. 농성자가 구사대와 동수(同數)였다.

불안 속에서 시간이 되자 정책 세미나가 시작됐다. 텔레비전으로만 볼 수 있었던 유명 국회의원들이 일곱 명이나 단상 위에 올라앉아 있었다. 아마도 전국 재개발 지역 소속 여당 의원들이 다 모인 듯싶었다. 단 아래에도 네댓 명의 의원들이 또 있었다.

써 붙인 주제가 '88올림픽의 성공적인 개최를 위한 주거 환경 개선에 대하여'였다. 사회자가 개회 선언을 한 뒤, 한국정치학회 소속의 한 연구 교수가 불필요한 헛기침을 해대며 부지런히 발제문을 낭독했다.

"뭐니 뭐니 해도 아파트가 주거 환경 개선의 가장 현실적 대안임을 인정해야만 합니다. 땅은 현실입니다. 집은 땅 위에 짓는 겁니다. 땅을 만들 수 있습니까? 일부 몽상가들이 군사문화적인 주거 문화 어쩌고 해가며……"

발제 내용이 약장수의 선전문구 같았다. 보고 읽는 것도 서툴러 더듬댔다. 우리가 그 더듬대는 틈을 잽싸게 파고들었다.

"위장폐업 실체 밝혀 이백여 노조원의 민생 안정 찾아달라!"

"찾아달라, 찾아달라, 찾아달라!"

우리는 유관순 열사가 태극기를 뽑아 들듯이 가슴팍에서 구호가 적힌 도화지를 뽑아내 번쩍 치켜들었다. 시위 도구 없이 온 노조원들은 허공에 주먹질을 매기며 구호만 외쳤다.

발제가 멈추고, 단상 단하의 참석자들이 모두 똥 밟은 표정으로 일어서서 시위자들을 일별했다. 곧 청원경찰이 달려왔다.

우리는 가슴에서 꺼내 외친 구호를 잽싸게 유리창에 덕지덕지 붙이고 바닥에 주저앉아 서로의 팔을 걸고 누웠다. 그러고는 출정가를 힘차게 불렀다.

깊은 인연

싸으랑도 명예도 이름도 남김없이……

놀란 의원들과 발제 및 토론자로 참석한 교수 및 연구원들이 딱하고 어처구니없다는 표정으로 우리를 뜯어보다가 세미나장에서 나갔다.

"나는 인천의 이갑습이오. 나와 대화를 나눕시다."

휩쓸려 나가지 않고 머뭇거리던 한 의원이 말을 걸었다.

"우리가 왜 의원님과 대화를 나눕니까? 지역구 문제로 찾아온 게 아닌데요."

"내가 이래뵈도 정책위 위원장이오. 민정당 의원들에게 노래를 들려주려고 여기 온 건 아니잖소?"

위원장이 말을 받았다. 자신감이 넘쳐 보였다.

"말을 하려고 온 것도 아닙니다."

"허, 참!"

의원이 혀를 차고 말을 이었다.

"민주와 정의는 말로 하는 거요. 그리고 말을 하지 않으면 우리가 알 수 없고, 우리가 알 수 없으면 우리 민주정의당이 도와드릴 수가 없지 않소?"

"우리는 O&EC에서 왔어요. 집권당의 정책위 위원장쯤 되시면 우리가 말을 안 해도 왜 왔는지 잘 아실 텐데요."

짧은 치마가 당차게 나섰다.

"아, 허허허……"

말을 붙였던 의원이 짧은 치마의 허벅지를 훔쳐본 뒤 헛된 웃음을 지었다.

이갑습 위원장이 우리의 처지와 진행 경위, 요구 사항 등을 처음부터 중언부언 설명했다. 위원장의 입가에 침 거품이 고였다.

나는 말과 말이 섞이고 꼬여 서로 따지는 틈바구니에서 자꾸 불안해졌다. 점거농성을 하러 왔지만, 왠지 이 정책위 위원장이 우리를 잡아두기 위해 시간을 끌고 있다는 의구심이 들었다. 우리가 민정당사에 쳐들어왔다는 사실을 김응삼도 거의 실시간으로 알았을 것이다. 간자가 알려주지 않았다 해도 민정당사 쪽에서, 아니면 경찰 쪽에서 알려주고 책임을 따져 물었을 것이다. 바보가 아닌 김응삼은 마땅히 민정당사보다 금고가 있는 농성장으로 구사대를 보냈을 것이다.

나는 자리를 박차고 일어나 문을 막아선 청원경찰을 밀친 뒤, 큰길을 향해 냅다 뛰었다. 택시를 잡아 O&EC로 빨리 가자고 소리쳤다. 그러나 택시는 오백 미터도 채 못 가서 퇴근길 혼잡에 갇혔다. 나는 수중에 돈이 없다는 사실을 뒤늦게 알았다. 돈도 없고, 택시도 갇혀 꼼짝을 못했다. 명함을 놓고 택시에서 내려 뛰었다. 차들 틈에 갇힌 기사가 창밖으로 머리를 빼 욕을 퍼부었다.

통증 때문에 빨리 뛸 수가 없었다. 옆구리를 쥐고 뛸 때, 만삭의 아내가 떠오르고 물이 솟는 방이 떠올랐다. 나의 현실이었다. 점점 더 통증이 밀려오고 숨이 가빠지면서 수박이 떠오르고 자전거도 떠올랐다. 횡단보도를 건널 때, 날카로운 경적음이 등골을 타고 올라와 머릿속을 찔렀다. 빗줄기 속에서 빨간 불이 나를 노려봤다.

O&EC 앞 주차장에서 금고가 봉고에 막 실리고 있었다. 현관 앞까지 쫓아 나온 농성자들이 빗속에서 코가 빠진 채 발만 구르고 있었다.

"안 돼, 못 가!"

내가 비에 젖은 금고로 엎어지며 소리쳤다. 금고는 나와 우리 모두의 또 다른 팔색조였다.

그때 봉고 앞에 서 있던 흰색 에쿠스 승용차 문이 열리며 백구두가 삐죽이 나왔다. 차 문 밖의 똘마니가 잽싸게 우산을 받쳤다. 설강수였다.

"오랜만이다. 우리 인연이 너무 깊다. 깊으니까 좆같네. 다시 안 만났으면 했는데, 정말 유감이여."

내가 하고픈 말을 대신한 설강수가 침을 뱉고 턱짓을 했다. 그러고는 차에 올랐다. 턱짓은 똘마니들에게 나를 치우라는 지시였다.

"햐, 이 새끼! 지난번에 너무 얕았나 보네? 이번에는 쬐끔 더 깊이 담가줄까?"

한강 둔치에서 재주를 보여준 칼잡이였다. 칼잡이가 엄지와 집게손가락을 벌려 칼로 찌를 깊이를 가늠해 보여줬다. 그러나 칼잡이가 폼 잡는 사이에 깍두기들이 먼저 덮쳤다. 덮칠 때, 전경들은 지휘관의 턱짓에 따라 일제히 금고 쪽을 등졌다. 나는 또 공권력의 경호하에 개처럼 맞았다.

빗줄기처럼 모진 깡패새끼들의 발길질 속에서 자꾸 달아나는 의식의 끝자락을 힘껏 부여잡았다. 내가 피눈물 속에서 살고자 버둥거릴 때, 슬금슬금 다가서던 농성자들이 고함을 지르며 깡패새끼들의 등에 껍딱지처럼 하나둘 들러붙었다. 비가 속절없이 내렸다.

복만이의
화물차

공항을 더디 벗어난 버스가 곧게 뻗은 도로 위를 바삐 달렸다. 세계적인 투자회사 맥쿼리가 돈을 대 만들었다는 민자 도로였다. 그래서 통행료가 비싸다는 도로를 바삐 달릴 때, 성복만이 전화를 걸어왔다. 복만의 목소리에 짜증과 투정이 배어 있었다. 보름가량 통화가 안 된 이유를 물었다.

"네팔에 갔다가 오는 길이다."

나는 양편에 바다를 끼고 달리며 답했다.

"가방끈 긴 놈은 팔자도 좋구나."

질투인지 빈정대는 것인지, 아니면 부러움의 색다른 표현인지 알 수 없는 반응이었다. 나는 팔자 좋은 것하고는 무관한 여행이었다는 사실을 해명하듯 시시콜콜 밝혔다.

가방끈이 아무리 길고 질겨도 시간강사는 방학 중에는 백수였다. 일 년 오십이 주 가운데 삼십 주만 강의가 있고, 이십이 주는 쉬어야 했다. 그러나 강사도 삼백육십오 일 밥은 먹어야 하기에 이십이 주 동안 먹고 살 방편이 필요했다. 이십 년째 이런 식으로 살고 있다.

1학기 십오 주 강의를 마친 나는 여름방학 십일 주 동안을 먹고살려면 온갖 허드렛일을 닥치는 대로 다 해야만 한다. 계절학기 강의나 입시학원에서의 논술 강의나 문화센터 특강 등 긴 가방끈을 써먹는 정신노동도 있었으나, 문사철이 구조 조정을 당한 시대에 문학 전공자가 할 수 있는 돈벌이는 별로 없었다. 그래서 사정이 다급해지면 노가다와 대리운전도 했다. 노가다는 거주지 대전이 아닌, 천안·공주·청주를 돌며 뛰었다. 그래도 알아보는 제자들이 있었다. 이십 년을 떠돌며 보따리 장사를 한 죄였다.

지난겨울에는 논문 몇 편을 끼적거리면서 대리운전을 했다. 유사시를 대비해 연구 실적을 관리하다가 일거리를 얻지 못한 때문이었다. 대학에 진학하는 딸아이의 모자라는 입학금과 등록금을 채우기 위해서였다. 가르치는 학생들의 등록금 중 일부를 강사료로 받아서는 딸의 등록금을 해결할 수 없기에 가욋일을 해야만 했다. 대리운전을 했다. 아이들의 과외비를 위해 전에도 가끔 해왔던 일이었다.

나는 대리운전이 정말 싫었다. 그러나 나 싫다고 해서 아내나 아이들로부터 무능한 가장이라는 소리를 듣는 것은 더 싫었다. 그래서 종종 울면서도 대리운전을 했다. 점잖은 손님을 만나면 고마워서 울었고, 거친 손님을 만나면 서러워서 울었다. 내 공부가 내 삶에 원죄가 되리라고는 생각지 못했다. 대리운전을 위해 콜을 받고 낯선 손님을 찾아갈 때마다 두려웠다. 행여 아는 사람을 만날까 싶어 모자와 알이 없는 안경 그리고 마스크까지 썼다. 하지만 만날 사람은 무슨 짓을 해도 만나게 되어 있었다. BMW 뉴 328i 컨버터블을 모는 운전자를 만났다. 컨버터블을 대리운전 시키는 사람도 있구나 싶었다. 나는 내가 가르쳤던 학생을 손님으로 모시고 학교 앞 술집에서 유성의 한 호텔까지 운전했다.

"아이씨! 운전, 완전 헐이다."

복만이의 화물차

갑자기 아, 하고 비명을 지른 여자아이가 성질을 부렸다.

룸미러로 보니, 여자아이의 치마 속에서 남자아이의 손이 급히 빠져나오고 있었다. 급정거할 때 손가락 끝에 찔린 모양이었다. 앞서 가던 차가 바뀐 신호에 뒤늦은 반응을 하며 급정거한 때문이었다.

"요즘은 소나 개나 대리운전을 하잖니."

남자아이가 나를 소나 개로 취급하여 아파하는 여자아이를 위로했다. 목적지까지 가는 빠른 길을 생각하다 앞차의 부주의까지 겹쳐 급브레이크를 밟았던 나는 망치로 뒤통수를 얻어맞은 기분이었다. 얼굴이 화끈거리며 달아올랐다. 이놈들이 다시 내 강의를 들으면 반드시 F를 주겠다고 다짐하며 울분을 삭였다.

이 일을 겪은 뒤로 대리운전을 때려치운 나는 매필(賣筆)을 결심했다. 매필은 매혈과 같아 할 수 없다는 신념이 있었으나, 신념이 밥을 당해내지는 못했다. 적어도 양아치 같은 술꾼을 상대할 일은 없다 싶었다. 정말 매필만은 안 하고 싶었지만, 내가 안 하고 싶대서 안 하면 되는 세상이 아니었다. 고스트 라이터라는 직업도 있고, 또 먹고 가르치며 살려면 뭐든 해야만 했다. 돈 많은 남자보다 지적인 남자가 좋다며 소크라테스 흉내를 내 나와 결혼한 아내는, 그 대가로 나이 마흔일곱에 학습지 방문 교사를 하며 생활비를 보태야 했다. 아내는 꿈을 포기한 십 년 전부터 돈 없이 학식만 많은 남자에 대해 이를 갈았다.

하고 싶다고 해서 생기는 일도 아니었지만, 매필도 쉽지 않았다. 보통 강의가 네 개 대학 다섯 과목에 마흔두 시간 안팎이었다. 네 개 대학 중 한 개 대학은 서울이었다. 케이티엑스를 타고 어물거리다가 역에서 택시를 타면 강의비가 곧 교통비였다. 그래도 서울 소재 대학의 강의는 경력과 이미지 관리를 위해 필요했다. 어쨌든 마흔두 시간가량 강의를 하고 자서전을 대필한다는 것은 물리적으로도 쉬운 일이 아니었다.

삼류 작가라는 이유로 제시한 대필료 가운데 삼분의 일을 깎았다. 천만 원에 원고지 천 매짜리 자서전을 써야 할 판이었다. 교통비 등 필요경비를 빼면 헐값이었다. 돈의 양과 글의 질이 정비례하기도 한다는 사실을 무시하는 삼류 부자를 만난 탓이었다.

의정동우회 사무실에서 만난 삼류 부자는 첫 면담 자리에서 출신 학교와 직업을 물었다. 나는 지방 사립대학을 나온 지방 사립대학의 시간강사라고 곧이곧대로 고했다. 출신 학교와 직업은 미리 알고 있었는데, 굳이 물어본 것은 가격을 깎기 위한 수작이었음을 나중에 알게 되었다. 삼류 부자는 출신 학교와 직업이 글쓰기의 질과 관계가 깊다고 생각한 듯싶었다. 아니, 어쩌면 자신이 삼류 부자임을 알고 삼류 작가를 택한 것인지도 모를 일이었다. 나는 이런 이야기를 성복만에게 주절주절 시시콜콜 들려줬다.

"그래도 생각이 있는 사람이니까 해외여행까지 시켜준 것 아니겠어."

"맞다. 생각 많은 분이다."

돈을 깎고 좋은 글을 원한 삼류 부자가 수정 보완과 최종 탈고를 위해 네팔 여행을 권했다. 생각이 있는 분이라, 집필자를 격리시켜야 집중할 수 있을 것이라는 판단과 그의 막내아들이 운영한다는 '비전여행사'의 매출을 증진시켜줄 수 있을 것이라는 판단으로 권한 것이었다. 「고린도전서」의 말씀을 빌려 인생 모토가 모든 사람을 널리 이롭게 하는 것이라 했는데, 사실이지 싶었다.

삼류 부자는 치대 나온 큰아들에게 병원을 물려줬고, 독일 유학을 다녀온 둘째 아들에게는 사립대학의 전임 자리를 사줬는데, 자유분방함 때문에 공부를 소홀히 한 막내아들에게는 여행사를 차려줬다고 했다. 각자의 달란트에 맞는 각자의 몫을 줬다는 것이다. 그런데 말이 자유분방이지 방랑벽 때문에 돌아다니며 놀기만 했던 막내아들이 여행사를 붙들고 제대로 운영할 리 없었다. 그래서 자서전에 큰 걱정이라고 써달라 했다.

삼류 부자는 바람 피워 덤으로 얻은 배다른 막내아들에게 각별한 애정을 보였다. 회사 운영 자금을 다달이 따로 대주고, 마이너스통장까지 만들어줬다. 아마도 이 각별한 애정이 막내아들을 망친 것 같았다. 막내아들에 대한 애정이 팔팔 끓어 넘침에도 불구하고 막내아들을 낳은 여자에 대해서는 일언반구 언급이 없었다. 미루어 짐작건대 데리고 일하던 간호사인 것 같았다. 삼류 부자는 막내아들의 올바른 정체성 확립과 장래를 위해 돈을 주고 친권을 사왔다고 했다. 삼류 부자는 막내아들과의 인터뷰 제안을 한사코 거절했다.

어쨌든 삼류 부자는 대지주였다는 부모로부터 물려받은 부를 불려 자식들에게 고루 나눠주었다. 치과 의사로 벌 수 있는 돈이 한계에 이르자, 사채와 건설업에 투자했다.

"왜?"

무슨 일로 줄창 찾았느냐고 뒤늦게 물었다.

복만은 전화 건 용건은 말하지 않고, 들으나마나 한 내 말만 듣고 있었다. 복만은 무소식이 희소식이었다. 복만으로부터의 소식은 곧 문제가 생겼다는 것이었다. 대학 시절부터 그랬다. 데모 중에도 여자를 사귀었다. 지사 기질과 함께 한량 기질도 갖고 있었다. 최루가스와 돌팔매질 속에서 여자를 사귀는 여유와 재주가 있었다. 빼어난 언변과 세심한 배려에 녹지 않는 여자가 없었다. 물론 허우대도 멀쩡했다. 복 많이 받으라고 지어줬다는 촌스러운 이름만 빼면 뭐든 준수했다.

복만은 여자를 사귈 때 나를 찾지 않았다. 사귀는 여자 몸에 이상이 생겼거나, 여자와 헤어질 때는 나를 찾았다. 내가 위로와 도움을 주는 것도 없었는데 나를 찾았다. 되레 욕만 바가지로 퍼부어댔는데도 나를 찾았다. 교도소를 갔다 오고 졸업을 하고도 같은 식이었다. 좋은 일이 있으면 혼자 놀고 속상한 일이 있으면 나를 찾았다. 데모하다가 교도소에 갔을 때는 나만 찾았다. 나는 그의 동아리 후배인 여동생과 함께 한 달에 한 번 꼬박꼬박 면회를 갔다.

나를 보름 동안이나 찾았다는 것은 무슨 일이 있다는 뜻이었다.

"언제까지 이렇게 놀 수만 없잖아. 그래서……"

"그래서, 뭐?"

나는 대뜸 소리를 내질렀다. 북쪽이 한번 붙어보자면 굳이 마다할 이유가 없다는 식의 호전적인 대통령 담화를 듣던 승객들이 일제히 나를 힐끔힐끔 쳐다봤다. 나는 얼른 고개를 까딱해 미안하다는 뜻을 표했다.

나도 모르게 조건반사적으로 지른 소리였다. 공사판에 다니며 막노동하는 것을 논다고 표현하는 것은 다시 새로운 사업을 해보겠다는 우회적 표현일 수 있었다. 복만은 '일=사업'이었다. 참 특이한 인식 구조였다. 그는 결혼 이후부터 자기 정체성이나 자존감 그리고 자아 성취의 궁극적 가치를 사업 성공에 두고 있었다. 아니, 정확히 말하자면 부에 뒀다. 그는 자신의 경제적 성공이 정의의 구현이자, 진짜 자본주의의 희망이라고 했다. 내가 듣기로는 요설이었다. 그는 혁명이나 복권 당첨 또는 돈 많은 과부와 깊은 만남 등이 부를 얻을 수 있는 방편인데 그건 모두 요원한 일이고, 오직 실현 가능성 큰 것이 사업이라고 했다. 내가 볼 때 사업이 그에게 먹고사는 방편은 될 수 있어도 부를 가져다줄 것 같지는 않았다. 나는 시차 때문에 몹시 졸리니까 저녁에 만나 다시 얘기하자며 전화를 끊었다.

날이 더웠다. 천구백육십 미터 고지인 간두룩 밀란호텔에서는 더위를 몰랐는데, 자면서도 땀을 흘렸다.

일어나 세수를 하고 이메일을 열었다. 스팸 메일을 포함해 백열여덟 통

복만이의 화물차

의 메일이 와 있었다. 밀린 회비를 독촉하는 학회의 메일과 강의계획서를 입력하라는 메일을 먼저 열어 읽었다. 지난 학기에 강의를 나갔던 한 대학에서는 '강사 분들께 보내는 강의 기강 확립을 위한 지침'이라는 이상한 제하의 메일을 보내왔다. 메일을 열어 지침을 숙지했다. 대학에서 보낸 것이 아니라, 학과에서 보낸 메일이었다. 수강 학생들의 학습 태도 및 능력을 폄하하는 발언을 공공연히 하지 말 것과 학점 거품을 빼줄 것을 당부하는 내용이었다. 학생을 업신여기는 강사와 인기를 위해 학생의 눈치만 보는 강사에게 보내는 경고 같았다. 묵은 메일을 열어 모두 확인한 결과, 2학기는 두 과목이 줄어든 서른여섯 시간 강의라는 것을 알았다.

기존 강의를 폐지한 학과의 학과장에게 일언반구 없이 과목을 폐지한 사유를 묻고 싶었으나 그만뒀다. 자칫, 따지는 것이냐 또는 항의하는 것이냐, 라며 되치기를 당할 수 있기 때문이었다. 세상이 이치가 아닌 힘으로 움직인다는 사실을 깨달은 지 이십 년째였다. 시간강사 따위가 전임에게 심기 불편한 뭔가를 묻거나 토를 다는 것은 곧 따지거나 항의하는 것으로 취급받았다. 강의를 주면 고맙고, 안 주면 그동안 줬던 것을 고맙게 생각하고 조용히 물러나는 것이 이 세계의 불문율이자 생존 기술이자 예의였다. 개 싸가지 없더구먼. 시간강사 주제에 학사 행정을 문제 삼더라고. 이런 구설수에 오르면 곧 퇴출 선고를 받은 것이나 다름없었다. 만나면 고분고분 인사 잘하고, 눈치껏 밥 잘 사고, 때 되면 꼬박꼬박 선물 잘 챙기고 해야 기본을 갖춘 '준비된 강사'가 된다. 나이가 열 살이 아래인 후배여도 전임이라면 먼저 깍듯이 인사를 올렸다. 전임이 같은 연배여도 마찬가지였다. 다른 연배들과는 야자를 트고 지내도, 학과 관련 전임은 선배처럼 모셔야 했다. 이렇게 사는 나를 부러워하는 복만이가 나는 부러웠다.

비가 대차게 내렸다. 아내가 쌓아둔 공과금 고지서를 챙겨 들고 집을 나왔다. 나는 차가 없었다. 유치원에 다니는 둘째 딸이 차가 없는 이유를 물었을 때, 그 이유를 진지하게 설명했다. 자연, 환경, 에너지 절약, 지구 온난화, 건강 등을 마구 끌어다 버무려 자가용을 불구대천의 원수로 만들었다. 그리고 이를 뒷받침하기 위해 중국의 노자와 미국의 엘 고어 전 부통령을 끌어다 댔다. 그래도 이해가 안 된다는 딸을 위해 국민을 위해 일하는 대통령이 차 대신 자전거를 타라며 전국에 자전거 도로를 열심히 닦는 중이라고 덧붙였다. 딸아이는 아, 그래서 뱃길도 만드는 거구나, 라고 했다. 하나를 일러주면 둘을 아는 아이였지만, 그건 경우가 다르다고 아주 길게 설명해주었다. 그냥 등록된 자동차 천칠백육십사만 칠천칠백구십구 대 중 한 대를 끌고 다닐 능력이 없어 미안하다면 될 걸 가지고 구차한 변명을 늘어놓았던 것이다. 돈이 없어서 발치한 자리에 임플란트를 못 하면서도 자연 상태의 몸이 좋은 것이라 안 하는 것이라고 둘러대고 있는 것과 같은 이치였다. 내 긴 설명을 엿들은 아내가 지적인 남자도 가끔 쓸 데가 있다고 퉁을 놨다. 나를 아이 앞에서 타박하지 않고 퉁으로 끝내준 아내가 고마웠다.

　비가 바람을 타고 계통 없이 내렸다. 앞에서 뿌렸다 뒤를 때렸고 옆으로도 들이쳤다. 빗줄기가 굵고 강해 내린다기보다 곤두박질친다는 표현이 옳을 듯싶었다. 살이 부러진 우산이 찢어졌다. 인간이 자연을 닮지 않으니, 별수 없이 자연이 인간을 닮는 것 같았다. 은행에 들러 공과금을 내고 통장을 찍었다. 삼류 부자가 송금한 잔금을 확인했다. 한 시간 남짓이 남아 있었다. 서점에 들러 신간들을 들추며 시간을 죽였다.

　약속 장소인 '선양집'이 보이지 않았다. 시민들이 이십여 년 전 번화가를 구도심이라고 불렀다. 이 구도심을 고치고 꾸며 젊은이들의 거리로 만들었다고 했다. 죄 음식점 아니면 술집 아니면 노래방이나 오락실 등을 갖춘 유흥가였다. 젊은이들은 밤마다 찾아와 이 거리에서 먹고 마시고 노래하며 춤췄다. 그러다가 새벽이 오면 먹고 마신 걸 토해내고는 지쳐 돌아갔다.

'선양집'을 찾느라 헤맨 것은, 이십 년 전처럼 젊은이들이 찾는 술집이 아니라는 점과 '선양집'으로 꺾어지는 골목 입구에 있던 상점들이 바뀐 때문이었다. 좌측에 '우리상회'라는 구멍가게와 골동품 상점이 있었고, 우측에 만홧가게를 겸한 문구점이 있었다. 근방에 양팔 길이 폭으로 비슷비슷한 좁은 골목이 여럿 있었는데, 모두 여중 뒷담 쪽으로 뻗은 큰길을 물고 있었다. 그래서 머릿속 약도에는 '우리상회'를 끼고 돌면 '선양집'이 나온다고 입력되어 있었다. 그 '우리상회'와 골동품 상점이 SSM(기업형 슈퍼마켓)인 '롯데마트'로 바뀌어 있었고, 커피테이크아웃 점은 '스타벅스'로 바뀌어 있었다. 나는 내 머릿속 약도를 '롯데마트'와 '스타벅스'로 즉각 바꿔 입력해야 할 판이었다. 「아이 엠 샘」의 '샘'을 생각하며 '스타벅스'를 돌았다. 나는 퀴퀴한 골목을 걸으며 굳이 찾기 힘들어진 '선양집'을 약속 장소로 잡은 복만을 탓했다.

먼저 온 복만이 흠뻑 젖은 몰골로 소주를 마시고 있었다. 대학 때 만나 사귄 지 삼십 년이 됐다지만, 복만의 음주 매너는 여전히 못마땅했다. 기와집인 '선양집'은 콘크리트 빌딩과 슬라브 지붕들 틈에 끼어 콕 처박혀 있었다.

7080 노래를 배경으로 기와를 때리며 울리는 빗소리가 듣기 좋았다. 댓 평쯤 되는 마당으로 쏟아지는 빗줄기와 빗소리가 안주였다. 나도 복만을 따라서 자작으로 연거푸 석 잔을 내리 마시고 두부두루치기 한 점을 집어 먹었다. 옛 맛 그대로였다. 그러나 맛과 달리 손님들은 적었다. 언제 오든 늘 앉을 자리가 없었는데, 이제는 옛말이 되고 말았다.

넉 잔째 자작을 하려 할 때 복만이 병을 빼앗아 따랐다. 술을 받던 나는 복만의 손가락이 붕대에 감긴 것을 보았다. 오른손이었는데, 장지와 약지 손가락이 한 마디씩 없었다.

"뭐야?"

깜짝 놀란 나는 받던 잔을 상 위에 올리고 물었다.

"뭐긴…… 술 따라주고 있잖아."

먼저 자작을 한 이유와 내가 자작을 하도록 놔둔 이유가 따로 있었던 것이다. 잘린 손가락 때문이었다. 그라인더로 쇠파이프를 자르다가 손가락도 같이 잘랐다고 했다. 미안하다고 했다.

버스 안에서 통화하며 소리 지른 것이 후회스러웠다. 그래서 화가 났다.

"야이, 씨발! 좆같은……"

속절없이 화가 욕이 되어 나왔다. 나는 목이 메어 "새끼야!"라는 뒷말은 잇지 못했다. 버스에서처럼 드문드문 앉은 손님들이 나를 흘겨보거나 째렸다.

"너, 내가 전화 안 받는다고 손가락을 잘랐냐?…… 그랬냐고?"

나는 말 같지 않은 말을 씹어 뱉으며 술상을 잡고 꺼이꺼이 울었다. 복만이가 채우다 만 소주잔을 눈물로 채웠다. 가수 둘다섯이 「긴 머리 소녀」를 부르고 있었다. 복만이가 결혼식 때 축가로 불러달라고 해서 부른 노래다. 긴 머리 소녀가 신부라고 했다.

"이 친구가 술이 취해서 그래요."

복만이가 나를 불편해하는 주위 손님들에게 사과하며 양해를 구했다.

"나가자."

술상을 짚고 엉거주춤 일어선 내가 복만을 잡아끌었다. 치료 중에 술을 마셔서는 안 될 것 같았다.

"거, 씨발! 좆같이…… 앉아."

복만이가 잡힌 팔을 뿌리치며 나를 주저앉혔다.

"술 마실 만하니까 마시는 거야. 네가 꼰대냐? 꼭, 만날 때마다 가르치려고 지랄이야."

"네가 왜 그라인더를……"

손가락 신경이 온전치 않은 손으로 그라인더는 왜 사용했느냐고 묻고 싶었다.

"말하지 마. 먹고살려면 다 해야 할 일이야. 술이나 마셔."

성한 검지를 입술에 대며 말했다. 눈이 충혈된 복만은 한마디만 더 지껄이면 상을 때려 엎고 나가겠다며 위협했다. 나는 소주와 눈물이 섞인, 그가 따르다 만 잔을 들었다. 마당의 빗소리와 옆자리 손님들의 잡담과 담배 연기 사이로 주인아주머니가 선곡한 채은옥의 「빗물」이 흐느끼며 흘렀다.

시집 온 지 팔 일 된 베트남 신부를 흉기로 찔러 죽인 살인자의 형량이 어이없다는 비난이 등뒤에서 들렸다. 비난하는 말이 외교적 수사 같았다. 어떻게 무기징역을 때려놓고, 정신분열증에 따른 심신미약을 핑계 삼아 십이 년 형으로 감경할 수 있느냐며 흥분했다. 정신 멀쩡한 놈은 천인공노할 살인을 저지를 수 없기 때문에 정신분열을 이유로 삼은 것은 문제라고 했다. 무기징역과 십이 년 사이에 어긋난 민족주의가 버티고 있는 게 틀림없다며 게거품을 물었다. 또 우리말이 서툴러 못 알아들은 중국 동포를 두들겨 패 반병신을 만들고, 삼십대 탈북자가 같은 일을 하고 반값 노임을 받는 차별 때문에 세 평짜리 방에 불을 질렀다는 이야기들도 두서없이 주고받았다.

머리를 조아린 채 양손을 가지런히 모아 사타구니에 꽂은 추레한 다섯 명의 젊은 남자들이 입안에 든 안주와 침을 튀기며 이야기를 주고받는 양복 차림의 중년 남자들 주변에 얌전히 붙어 앉아 있었다. 생김새와 옷차림으로 보아 아마도 회식 자리에 불려 나온 동남아시아 노동자들 같았다.

이십오 년 전 「입영전야」를 불렀던 최백호가 「낭만에 대하여」를 불렀다. 그때 입영하여 제대한 세대가 남성호르몬이 적어져 낭만 찾을 나이가 됐지 싶었다. 입영과 낭만 사이에 이룬 것이 없었다. 적어진 남성호르몬 탓인지 다시 눈물이 맺혔다.

"자식…… 너 미쳤냐?"

복만이 술을 따르며 말했다.

"야이, 씨발! 말하지 말라니까. 술이나 마시라고."

이번에는 내가 소리를 질러 복만의 입을 막았다.

「입영전야」는 바로 이 '선양집'에서 복만이가 나를 위해 불렀던 곡이다. 복만이가 나만 군대에 보내서 미안하다고 했다. 나는, 나만 성한 몸으로 군대를 가게 되어서 미안했다. 복만은 대학 2학년에 재학 중이던 스물하나의 나이에 손을 떨었다. 고문 후유증이었다. 교련과 병영집체훈련을 반대하는 집회를 열 때, 앞에서 주먹 쥐고 구호를 선창한 것에 대한 대가였다. 대통령이 반역으로 어긴 국법을 국민도 어길까 봐 잔뜩 겁먹은 전두환의 졸개들이 구호 선창에 대한 책임을 야만적으로 물었다. 본때를 보이기 위함이라고 했다.

안기부가 복만이 할아버지의 독립운동 경력과 사회주의 활동 경력 가운데 사회주의운동 경력만을 골라냈다. 그러고는 열 손가락 끝에 전선을 감고 죽은 할아버지 사상과 복만이 사상과의 관계를 대라고 족쳤다. 고문 기술자가 삼십오 년 전인 1947년에 미 군정하에서 고문을 받다 죽은 할아버지와 1961년에 태어난 손자 사이의 연관성을 찾아내려고 전기를 끌어다 복만의 몸을 지지고 볶고 구웠다. 그러나 복만의 몸에는 할아버지의 사상이 살지 않았다. 무에서 유를 창조해온 고문 기술자가 무진 애를 쓰다가 자존심에 상처를 입어 게거품을 물었다. 그래서 복만의 손을 망가뜨렸다.

복만의 할아버지는 사회주의 독립운동을 한 투사였다. 인동 장터 만세

운동을 했고, 상하이로 밀항하여 조선공산당에 입당했다. 1946년 남조선
신민당·조선인민당·조선공산당이 합당할 때 박헌영 중심의 남조선노동
당에 반발하여 여운형의 사회노동당에 동참했다. 그러다가 사회노동당
을 탈퇴하여 남조선노동당에 동참했고, 1947년 미 군정 포고령 위반으로
검거되어 고문으로 죽었다. 할아버지는 독립투사가 아닌 빨갱이로 죽었
다. 복만의 아버지는 할아버지의 '사회주의 죄업'을 씻기 위한 면죄부를
얻고자 6·25 전쟁에서 전공을 세우려 성급히 뛰어다니다가 미군의 용산
오폭으로 상이군인이 되고 말았다. 복만의 아버지는 북한군과의 전투가
아닌 미군의 오폭으로 상이군인이 된 것을 분하고 부끄럽게 여겼다. 그
러나 중요한 것은 자유민주주의를 위해 불구자가 됐다는 사실이었다.

할아버지는 잃어버린 나라를 찾기 위해 싸웠고, 아버지는 찾은 나라를
지키기 위해 싸웠으나, 모두 미국과의 악연으로 흐지부지되었다. 복만은
이들이 찾은 나라를 똑바로 지키려고 구호를 선창했다. 그런데 이적 행
위를 한 용공분자가 된 것이다.

그날 '동지'들이 모인 환송식 자리에서 복만은 술잔을 받을 때마다 따
른 술의 삼분의 이만 마셨다. 나머지는 상 위에 흘렸다. 고문 후유증 때
문이었다. 그의 옆에 앉아 그 모습을 본, 나와 사귀자며 졸졸 따르던 여
학생이 표정을 일그러뜨렸다. 아주 짧은 순간이었지만 내게는 충격이었
다. 나는 논산훈련소에 입소한 뒤 그 여학생과 절교했다. 돈 많은 집안에
서 자란 바르고 참한 처자를 버렸다고 복만이가 많이 아쉬워했다.

골목을 타고 온 비바람이 방으로 들이쳤다. 돼지고기수육을 입에 문
남자가 동남아 노동자들에게 두부두루치기를 권했다. 그러면서 돼지고
기도 못 먹게 하는 나라가 이상하다며 이상한 말을 지껄였다.

전과와 고문 후유증 때문에 취직이 안 된 복만은 아버지를 도와 자영
업을 했다. 다리를 저는 아버지가 자본 없이 할 수 있는 자영업은 초라했

다. 엿장수와 고물장수를 하며 헌책과 잡동사니 골동품을 모았다. 그러고는 시장 끄트머리에 겨우 빌붙어 무허가 판잣집을 지어 가게를 열었다.

복만이가 아버지의 헌책방을 꾸린 지 십 년쯤 지나자 손님이 줄었다. 사양 업종이 된 것이다. 돈을 아끼려고 또는 희귀 서적을 구하려고 서점을 헤매는 사람들이 줄었다. 대다수가 새 책을 샀고, 새 책을 살 돈이 없는 사람들은 도서관으로 가거나 아예 책을 읽지 않았다. 지금은 문사철이 홀대받는 시대라 희귀서나 케케묵은 고서적을 찾으러 다니던 학자나 전문가도 희귀해졌다.

복만은 아버지의 헌책방을 팔아 PC방을 차렸다. 인근에 학교가 있어 만화방을 곁들였다. 그러나 PC방은 몇 년 반짝하다가 스러졌다. 집집이 PC가 있는데 굳이 어두컴컴하고 담배 냄새로 찌든 PC방에 처박혀 놀 이유가 없었다. PC방은 탈선 비행 청소년과 백수건달들의 온상이 되었다. 이들만으로는 돈이 되지 않았다. 그나마 유해업소 단속을 이유로 경찰들이 수시로 드나들면서 이들마저도 뜸해졌다. PC방을 서둘러 정리해 당구장을 차렸다. 이것이 문제였다. 학교 코앞에 차렸지만 학생들이 예전만큼 당구장을 찾지 않았다. 복만이가 변한 세상을 따라잡지 못한 것이다. 대학생들이 '선양집'을 찾지 않는 것과 같은 이치였다. 소주와 막걸리에 두부두루치기와 수육을 마시고 먹던 시대가 간 것이다. 놀이 문화도 바뀌었다. 파리 날리는 당구장을 어쩌지 못해서 이 년이나 껴안고 있다가 겨우 처분했다.

업종 전환 때마다 판단이 더뎌 가진 돈은 줄고 빚만 늘었다. 복만은 당구장을 처분하고 남은 돈으로 겨우 재개발 예정 지역 입구에 있는 구멍가게를 인수했다. 당구장에서 다섯 평짜리 구멍가게로 옮길 때, 복만의 '긴 머리 소녀'가 따라오지 않았다. 사는 게 구질구질하다는 이유였다. 복만에게서는 더 이상 희망을 찾을 수 없어 견딜 수 없다고 했다는 것이다.

나는 복만의 아내가 왜 복만에게서만 희망을 찾는지 알 수가 없었다. 부부가 나눌 수 있는 희망이 부부에게 같이 있을 터인데, 왜 그 희망을 복만에게서만 찾았다는 것인지 이해할 수 없었다. 복만의 아내를 만나서 그 이유를 묻고 싶었다.

"이혼하재."

나는 깜짝 놀라 술을 흘렸다. 복만이가 혹여 내 생각을 훔친 것인지, 술 취해 잘못 들은 것인지 몰라 멍한 표정을 지었다. 복만은 이혼이 오래된 얘기라고 했다.

"누가?"

표정만큼 멍청한 질문이었다.

"민성 엄마가…… 오천만 원 달래."

"뭐?"

나는 먼저 이혼을 하자고 한 여자가 위자료를 요구한다는 것이 신기했다.

"오천만 원이 있으면 이혼하자고 안 했을지도 모를 텐데…… 안 그러냐?"

오천만 원이 없어 이혼하자면서 오천만 원을 요구했다는 것이 아이러니했다. 복만은 오천만 원이 없어서 이혼하고 싶어 하는 여자의 요구를 들어주지 못해 미안해하는 것 같았다. 내가 오천만 원이 있다면 당장 쥐어주고 싶었다.

복만의 아내는 복만을 자랑스러워했었다. 민주 투사로 받들었다. 투사의 아내가 될 수 있도록 수수방관해준 내게도 고마워했다.

그러나 세상이 바뀌었다. 사랑도 움직이는데 가치관이 그대로일 수는 없었다. 시대가 투사를 필요로 하지 않자 투사에 대한 관심과 존경도 사라졌다. 명분이 사라진 시대에 돈 못 버는 투사는 헛것이었다. 복만의 아내는 전직 대통령이 부엉이바위에서 떨어져 죽은 뒤부터 더욱 본격적으로 이혼을 요구했다고 한다. 현명한 여자 같았다. 복만은, 아내가 성공한 투사의 말로를 보고 깨달음을 얻은 때문이라고 했다. 그의 아내는 정의가 타살당하는 시대에 더 이상 정의를 구하며 살 수 없기 때문에 남은 삶을 감당하기 어렵다는 뜻을 밝혔다고 한다. 나는 욕이 나오려는 걸 참았다.

나는, 사람이 아닌 명분과 결혼시킬 수 없다는 말에, 명분이 아닌 사람과 결혼하는 것이라며 그토록 당당히 맞섰던 여자가 세상이 변했다는 이유만으로 말과 생각을 바꾼 것을 용서할 수 없었다. 그녀가 입에 올린 정의의 실체도 궁금했다. 정의를 위해 싸워왔다던 여자가 정의를 위해 더는 싸울 수 없다는 것을 이혼 사유로 삼았다는 것이 이해되지 않았다. 나는 그녀가 요구한 오천만 원이 그녀가 싸워왔다는 정의의 실체가 아닌가 싶었다.

복만의 구멍가게는 길 건너 맞은편에 SSM인 '홈플러스 익스프레스'가 생기면서 망했다. 대기업이 골목길까지 파고들어 코흘리개의 동전까지 채뜨려 갔다. 전국에 팔백 개가 넘는다는 SSM 점포 중 한 곳이 구멍가게 맞은편에 생긴 것이다. 길 가다 담배 찾는 행인만 가끔 들렀다. 한국토지주택공사가 118조 원의 빚더미에 올라앉고 부동산 경기가 죽으면서 재개발도 요원한 꿈이 되고 말았다. 복만은 구멍가게를 늙은 아버지에게 맡기고 집 짓는 공사판을 찾아다녔다. 기술이 없는 그는 나처럼 외국인 근로자들과 함께 허드렛일을 했다. 외국인 근로자들이 받는 처우를 같이 받는다고 했다. 그라인더에 손가락이 잘린 것은 아마도 기술을 배우려고 무리하다가 생긴 일 같았다.

공과금 내고 남은 돈으로 계산을 치렀다. 계산을 치를 때 '선양집'은 변하지 않았는데 우리가 변한 것 같아 미안하고, 지금껏 남아 있어 고맙다는 실없는 농담을 던졌다. 미끄러져 넘어지는 바람에 꼬리뼈가 부러져

앉아서 인사할 수밖에 없다는 주인아주머니가 허한 웃음을 지었다. 아마도 우리가 나눈 허망한 말들을 죄 엿들은 눈치였다.

복만과 나는 배추 한 포기가 만 육천 원 한다는, 그래서 중국 배추를 급히 사들였다는 호들갑스러운 뉴스를 들으며 '선양집'을 나왔다. 앳된 아나운서가 4대강 공사 때문이 아니라 날씨 탓으로 작황이 나빠진 때문이라는 말을 네댓 번 반복했다. 서울시가 배추를 사서 시민들에게 싸게 판다는 요사스러운 뉴스가 따라붙었다. 술과 뉴스에 취한 발길이 비틀댔다.

서울 시내 한복판의 물난리가 천재 탓이라고 발뺌하듯, 정부가 배춧값 폭등을 날씨와 부도덕한 중간상 탓으로 돌렸다. 그래도 지대 낮은 곳과 지하에 사는 것을, 비싼 배추를 못 사 먹는 것을 무능한 국민 탓으로 돌리지 않는 것이 다행이다 싶었다. 나라의 권력과 금력을 쥔 자들이 서로 담합하여 자신들에게 유리한 제도를 만들어 다스렸다. 이런 제도를 탓하는 사람은 좌파요 불만 세력이요 무능력자였다. 일 퍼센트를 위한 제도에 맞춰 사는 구십구 퍼센트 백성들의 고된 삶을 친자본주의적 삶이라고 주장했다. 임시 혹은 일용직으로 사는 사람들은 불가촉천민과 다름없게 되었다. 불가촉천민은 꿈꿀 자격마저 없어졌다. 국민을 위해 써야 할 돈을 멀리 4대강에 가져다 버렸다. 정권이 국민의 무지몽매를 질책하면서, 국민을 위해 버리는 것이라고 했다. 잘못된 제도와 정책을 바꾸려 하지 않고, 올바른 사람들을 그 잘못된 제도와 정책에 맞추려고 관과 공권력을 동원해 어르고 달래고 윽박질렀다. 일 퍼센트를 위한 제도에 구십구 퍼센트가 지입해서 살아야 하는 세상으로 급히 바뀌어가고 있었다.

복만이 구공탄 삼겹살구이집을 지나며 인도와 차도 사이에 버려진 연탄재를 발로 찼다. 빗물을 머금은 연탄재는 돌덩이 같았다. 복만은 주저앉아 발가락을 주물렀다. 삼십 년 전 대학 시절에 연탄재를 발로 차 부수는 일이 복만의 스트레스 해소 방법이자 술버릇이었다. 복만은 만취하면

새벽녘까지 연탄재를 찾아 골목마다 누비고 다녔다. 그는 청소부 아저씨들에게 야단맞으면서도 연탄재를 차 부쉈다.

"연탄재니까 내 발길질을 받아주는 거야, 그치?"

"연탄재가 많았으면 좋겠다."

내가 허튼소리로 받았다.

"내가 연탄재를 많이 차서 벌을 받는 것 같다."

복만이 버스정류장에서 헤어지며 말했다. 불러낸 용건은 끝내 말하지 않았다. 언제부턴가 복만은 문제의 원인과 책임을 자신에게 지웠다. 불의를 찾아내 세상과 싸웠던 투사가 아니었다. 이런 변화가 내 탓이오쯤으로 설명될 자기반성은 아니었다. 현실을 등진 자기 위안 또는 자기 보호 본능 같았다.

나는 걷다 말고 버스에 오르는데 마음이 짠했다. 연탄재 찬 벌을 받기에는 그의 삶이 너무 뜨거웠기 때문이다. 연탄재를 함부로 찰 수 없었던 나와는 다른 사람이었다.

"에베레스트 정기로 쓴 글입니다."

내가 용비어천가를 지어 바치는 충성스러운 신하인 양 말했다. 안 해도 될 말이었다.

삼류 부자는 프린트된 원고가 자신의 전체인 양 엄숙히 바라보다가 조심스레 집어 들었다. 잔을 받드는 초헌관 같은 자세였다. 하와이에서 여름을 보내고 온 삼류 부자는 시차 적응 문제로 힘들어하는 기색이었다. 그래도 서둘러 프린트물을 뒤적이며 꼼꼼히 살폈다. 아마도 자신이 재(再)기술을 지시한, 자신이 못마땅해했던 부분을 찾아 확인하는 듯싶었다.

"왜 사실을 사실대로 보지 않고 삐딱하게 보는 거요."

복만이의 화물차

삼류 부자는 초고를 살필 때 나의 세상 보는 방식을 꼬투리 잡았다. 남의 가치관과 세계관을 함부로 문제 삼는 몰상식에 치가 떨렸다. 그러나 삼류 부자는 돈이 세상 가치의 준거이며, 타인의 가치관과 세계관 따위는 얼마든지 돈으로 바꿀 수 있다고 믿는 사람 같았다. 시의원 출신이기도 한 그는 돈으로 나의 글 솜씨를 살 때 가치관도 같이 산 것이라고 말했다. 오십 평생을 갈고닦은 내 필력과 가치관이 천만 원이라는 얘기처럼 들렸다.

"세상을 임의로 해석하려 하지 마시오. 있는 그대로 보시오. 그게 팩트요. 현실이 곧 사실이라는 말이오. 제 주제를 모르고 세상 물정 어두운 놈들이 좌우를 간섭하며 깝죽대고, 다 지난 일을 가지고 따지려 드는 것이오. 세상을 두루 살피고 고르게 다스리는 사람은 좌우와 앞뒤를 탓하지 않소."

세상을 모르는 놈이 어쩌지도 못할 불만을 갖고 주제넘게 현실을 탓한다는 소리였다. 삼류 부자는 그러면서 자기 자서전이니까 자기 기준에 맞춰 쓰라고 닦아세웠다.

일어서야 했으나 일어설 수 없었다. 수정 보완만 남았다. 뜸 들이고 있는 밥솥을 엎고 싶지 않았다. 나와 아내와 딸들의 밥이 담긴 솥이었다.

"할 수 있는 것이 해야 될 것에 우선하는 법이오. 할 수 없는 것을 가지고 해야 된다고 주장하는 사람들은 정치인이 아니라 몽상가나 선동가요."

고된 자리였다. 삼류 부자가 곧 세상의 선악을 판단하는 가치 기준이었다. 풀뿌리민주주의가 서민들에게 또 다른 족쇄인 이유를 알 것 같았다. 삼류 부자는 풀뿌리를 뜯어먹고 사는 토착 부호였다. 전두환을 대통령으로 선출한 통일주체국민회의와 미국산 쇠고기 수입에 관련한 촛불 시위와 초등학교 무상급식과 세종시 건설에 대한 부분을 부정의 시각이 아닌 긍정의 시각으로, 과거가 아닌 미래의 시각으로, 소모적이 아닌 생산적인 시각으로 손보라고 했다. 통일주체국민회의 대의원과 민선 4기 시의원 재임 시기의 시대상을 당대의 시각으로 보라고 주문했다. 통일주체국민회의에서 11대 대통령 후보로 단독 출마한 전두환에게 총 투표자 이천오백이십오 명 가운데 기권 한 명을 제외한 전원이 찬성표를 던졌다. 국민을 대표하는 대의원들이 대통령을 뽑았기 때문에 전두환 각하를 민선 대통령으로 적으라 했다. 쇠고기 수입 반대 촛불시위는 '노빠'들의 불장난이었고, 무상급식은 자유민주주의를 벗어난 빨갱이적 발상이며, 세종시 건설 강행 주장은 지역 패권주의에 기댄 인위적 생떼라고 규정했다. 그대로 받아썼다.

나는 유령작가로서 삼류 부자의 이런 강퍅한 주장에 논리적 근거를 대줘야 했다. 그렇지 않으면 자서전이 달밤에 개 짖는 소리가 될 판이었다. 내가 그의 주장에 필요충분조건을 붙여주고 보편타당한 논거를 찾아줬다. 억지였고 곡필 아세였다. 결국 생산과 소비의 법칙, 수요와 공급의 법칙에 따라 삼류 부자와 삼류 작가의 이해 사이에서 돈과 글이 유통됐다.

"생각보다 이해가 빠른 친굴세."

삼십 분 가까이 프린트물을 살핀 삼류 부자가 흡족한 표정으로 말했다.

벌어둔 것 없고, 이렇다 할 벌이도 없는 나이 오십에 이해 못할 것이 무엇이겠는가. 이렇게 될 것이었다면, 차라리 좀 더 일찍 이렇게 살며 벌지 못한 것이 후회스러웠다.

원고가 마음에 든 삼류 부자가 로트바일러와 함께 대문간까지 따라 나왔다. 그러고는 헤어질 때 봉투를 건넸다. 백만 원권 수표 두 장이 들어 있었다. 나는 걸음을 멈춰 뒤를 돌아 삼류 부자의 전원주택을 올려다봤다. 돈이 나오는 곳을 다시 보고 싶었기 때문이다. 담벼락과 대문에 고루 설치된 CCTV가 '중익재(衆益齋)'를 에워싸고 있었다. 내가 봉투 속 수표

를 헤아렸던 모습이 대문에 설치된 CCTV에 찍혔을 것 같았다. 속을 들
킨 것 같아 민망했다.

'중익재'에서 버스 기착지까지는 마사토로 다져진 길을 이십여 분쯤
걸어야 했다. 이십여 분을 걷는 중간에 비가 뿌렸다. 시동을 걸고 대기
중인 버스에 허겁지겁 뛰어올랐을 때 휴대전화가 울렸다.

"나야."

복만이였다. 어제 못한 말을 하려는 것 같았다.

"중고 화물차를 한 대 살까 해."

생계 수단을 노가다에서 운전으로 바꾸겠다는 말이었다. 육천만 원을
들여 8톤짜리 대형 화물 트럭을 사서 끌겠다고 했다. 돈은 구멍가게를 팔
고 빚을 조금 얻으면 된다고 했다. 권리금과 차 값을 주고 지입 차주가
되면 고정 일거리를 보장받게 되어 아들 민성이의 학비와 먹고사는 일이
해결된다고 했다. 나는 지입 화물차를 끌겠다는 말이 무저갱에 들어가겠
다는 말로 들렸다.

"안 돼!"

"왜?"

"대형 운전면허도 없잖아."

"운전면허는 문제가 안 돼."

권리금과 차 값을 내면 면허쯤은 덤으로 해결해준다고 했다.

"어쩌다 1톤 트럭을 몰 때도 툭하면 사고 쳤잖아."

위험해서 안 된다고 했다. 8톤 화물차 운전은 아무나 하는 것이 아니라
며 말렸다. 고문 후유증으로 손을 떠는 그가 어떻게 운전을 업으로 삼겠
다는 것인지 이해가 되지 않았다.

"지금 물류회사 근방에서 차주를 만나 계약 끝냈어. 내일 트럭을 받는
다."

복만은 내 말을 받지 않고 자기 말만 했다. 한탕 뛰면 삼십사만 원쯤 받는데, 부가세와 유류비와 통행료를 제하고 한 달에 삼백이십만 원가량 떨어지는 일이니 걱정하지 말라고 했다. 또 매일 같은 부품을 싣고 같은 거리를 운행하기 때문에 사고 위험이 적다는 소리를 강조하며 되풀이했다.

"……"

시동을 건 채 한참 동안 가릉가릉 가래 끓는 소리를 내던 버스가 출발했다.

"지난주에……"

복만이 말을 하다가 말았다.

"지난주에, 뭐?"

"숙려 기간이 끝나서 이혼했다. ……미안하다."

자칫 숙려 기간 때문에 이혼을 못하고 있었다는 말로 알아들을 뻔했다. 무엇이 미안하다는 것인지 알 수 없었다. 미리 말을 안 해서 미안하다는 것인지, 나와 상의 없이 이혼한 것이 미안하다는 것인지, 내가 네팔에 가 있는 사이에 이혼한 것이 미안하다는 것인지. 왜 내게 미안해해야 하는지 알 수 없었다. 나는 되레 고마웠다. 스스로도 감당하기 힘들었던 삶 속에서 마음이 떠난 내 누이동생을 먼저 버리지 않고 그동안 살아준 그가 고마웠다. 내 누이동생이 버릴 때까지 버텨준 그가 고마웠다.

나는 버스에서 내려 낯선 길을 걸었다. 성글고 촘촘한 빗줄기가 바람을 타고 떼밀려 왔다. 길이 보이지 않았다.

"오천만 원은 못 줬다. 산재보상으로 받은 이천만 원만…… 미안하다."

"그래, 잘났다 이 새끼야! 야이, 개새끼야! 너 잘났다, 개애새끼야아!"

나는 비 오는 거리 한복판에 서서 송화기를 입에 대고 고래고래 소리쳤다. 경적을 울리며 맞은편에서 달려오던 승용차가 차창을 열었다.

"야, 이 새끼야! 뒈지고 싶지 않으면 앞을 보고 똑바로 걸어!"

욕설을 퍼부은 승용차가 빗속으로 멀어졌다.

포스터칼라

1

　길욱은 중학교 1학년이던 열네 살에 첫사랑을 경험했다. 그 나이 때 흔히들 그렇듯 대상은 선생님이었다. 그 첫사랑이 죽어 매장한 지 채 이 년이 되지 않았는데 다시 화장을 해야 한다고 했다.

　"명바기가 4대강을 하고 있잖냐."

　갑자기 웬 화장이냐는 물음에 옛 동창이 생뚱맞은 답을 했다. 돈 못 버는 것을 무능한 대통령 탓으로 돌리는 친구였다.

　"……?"

　"우리가 높으신 선생님을 낮은 곳에 묻었나벼."

　'묻었나벼'가 귀에 거슬렸다. 아직까지도 옛 기억을 가차 없이 헤집어 놓는, 참 듣기 싫은 사투리였다. 길욱은 조건반사적으로 전화를 끊고 싶었다. '우리'라는 말도 유난히 거슬렸다.

　강 선생님의 장례에 길욱은 끝내 가지 못했다. 부끄럽고 죄스러워 갈 용기가 나지 않았다. 그래서 할당받은 장례 비용만 냈다. 그러니까 낮은 곳에 장지를 정했다는 '우리'와 길욱은 무관했다. 동창들은 선생님의 주검을 거둬 미호천 물줄기가 한눈에 잡히는 야산 자락을 골라서 묻었다. 추억이 많이 있는 곳에 모셔야 죽어서는 적적하지 않으실 것 같아 그리했다고 했다. 이해가 되지 않는 궤설이었다. 살아서 만고풍상을 겪은 선생님이 죽어서 따로 적적할 것이 무엇이란 말인가. 또 추억은 산 사람이나 꺼내 되씹는 것이지, 죽은 사람의 몫은 아닌 듯싶었다.

우리는 선생님의 근본을 알지 못했고, 알 수 없었다. 선생님의 직업이 현직 교사라는 것 말고는 아는 것이 없었다. 남쪽 땅에 근본이 없었던 것이다. 그래서 미술반 동기 일곱 명은 선생님의 근본이 되어드리겠다는 평계로 서로가 눈에 들려고 애썼다. 근본 없는 길욱은 더욱 절절했다. 각자 혈혈단신인 까닭이었다.

"니 맘 모르는 건 아닌디…… 이번에는 꼭 오지 그러냐."

"어, 그……"

길욱은 어정쩡한 말로 우물거린 뒤, 휴대전화 폴더를 닫았다. 마치 자맥질을 끝내고 물 밖으로 막 나온 듯싶었다.

'어, 그……'는 간다, 안 간다와 무관한 말이었다. 다만 사투리가 역겨워, 아니 사투리가 끄집어 올리는 옛 기억이 힘겨워 더 이상의 통화가 힘들어진 때문에 얼버무린 것이었다. 다 지난 일이지만, 대체 강 선생님은 끈적거려 메스꺼운 만근의 사투리가 왜 감칠맛 나게 좋다고 한 것인지 겨우 이해가 될 것 같았다. 선생님은 수단 방법을 가리지 않고 나를 떼어내야 했던 것이다. 마치 중절 수술을 하듯이 말이다.

연구실 벽에 걸린, 턱없이 큰 쟁반 같은 시계가 8시 5분을 가리키고 있었다. 강의 시간에서 오 분을 빼먹고 있었다. 먹지 같은 유리창에 길욱의 얼굴이 배어 어른거렸다. 그는 어기적대며 교재와 우산을 주섬주섬 챙겨 연구실을 나섰다.

포스터칼라

"인문학도 돈이 된다는 걸 보여주세요."

총장은 마치 교수에게 마술을 요구하듯 말했다. 말투가 당당하고 거침없었다. 마술을 못 하는 길욱은 대신 어릿광대짓을 선택했다. 인문학적 경영 사례를 찾고, 그 경영 사례를 인문학에 꿰맞춰 '우리 고전으로 마케팅하기'라는 긴 이름의 교과목을 만들어냈다. 문예창작과 교수가 리바이스 청바지와 지포 라이터와 말보로의 스토리마케팅 전략을 분석하여 우리 고전과 어떻게 교접·교배시킬 것인가를 강의했다.

길욱의 강의를 두고 문창과 폐지를 주장하던 학과조정위원장은 학제간 접목이니 통섭이니 해가며 잔뜩 치켜세웠다. 길욱의 교과목이 지향해야 할 모범 사례라고 했다. 신자유주의 시대에 들어와서 대학은 학문의 근본보다 돈벌이가 가미된 퓨전 과목을 선호했다. 그러나 학과의 운명은 여전히 풍전등화였다. 총장은 '풍'을 시대적 추세라고 했다. 그 시대적 추세가 자기같이 유행 좇는 사람들이 동원되어 만든 것이라는 사실을 애써 외면하는 것 같았다. 아니, 모를 수도 있었다.

비가 거셌다. 떨어진 비가 바닥을 때리고 다시 댓 뼘씩이나 튀어 올랐다. 길이 끓어오르는 튀김 냄비 같았다. 펼친 우산이야말로 장대비 앞에서 풍전등화였다. 같은 하늘, 같은 시각에 내리는 빗발이 변태처럼 제가끔이었다. 실과 빨랫줄과 손가락 굵기의 빗줄기가 난삽하게 뒤엉켜 내렸다. 게다가 번개는 딸꾹질하듯이 거침없이 밤하늘을 자꾸 찢어발기고 있었다. 하늘에서 바늘 쌈지가 터져 내리는 것 같았다. 경박한 밤이었다.

파헤친 미호천의 물길을 당장 잡아 틀지 않으면 마을에 물난리가 나게 되므로 선생님의 묘를 하루속히 이장하라는 통보를 받았다. 묘주로 등록된 만근이 그 통보를 받았다고 했다. 유사 이래 물난리와 상관없던 평안한 물가 마을을 물난리 권으로 몰아넣고, 엄한 선생님의 묘를 트집 잡아 공사를 강행하려고 덤벼드는 정권의 졸개들이 어처구니없었다. 아니, 총장 눈치를 보느라 4대강 반대 운동에 서명조차 못하는 자신이 더 가엽고 우습다는 생각이 들었다.

만근은, 내일이 제시한 만료일인데 내일 중으로 이장하지 않으면 선생님의 묘를 페이로다 삽날로 푹 떠서 미호천 깊은 물에 흩어버릴지도 모른다고 했다. 현 노가다 출신 정권의 업무 추진력을 너무 깔보면 안 된다고 했다. 그래서 아무리 거센 비가 와도 이장을 강행한다고 했다.

2

만근이 만근쯤 됨 직한 굴삭기를 실은 1톤 트럭을 몰고 둔덕 아래에 나타났다.

길욱은 교수라고 유세 떤다는 말이 듣기 싫었다. 표리부동, 배은망덕한 놈이라는 말도 더 이상 듣기 싫었다. 모두 사실과 다른 말이었지만, 따로 변명하기 싫었다. 변명한들 아무도 자신의 말을 제대로 들어줄 것 같지도 않았다. 서른두 가지 색깔의 포스터칼라보다 더 많은 길욱과 강성애 선생님의 관계를 동창들이 속속들이 알 리 없었다. 강 선생님은 길욱을 자기의 연애에 끌어들여 이용했고, 좀도둑으로 몰아 개망신에 유기정학까지 당하게 했고 친구까지 갈라놨다. 그래서 부모 없이 근본도 모르고 크는 놈, 별수 없다는 말을 들었다. 길욱은 이런 빌미를 제공한 선생님 밑에서 더는 배울 수 없기에 그림을 포기했다. 꿈도 환쟁이에서 글쟁이로 바꿨다.

농구 코트 세 배 크기의 솔밭과 축구장만 했던 습지는 찾아볼 수 없었다. 6·2 지방선거 이후 갑자기 서두르는 4대강 지천 정비 사업이 백 년생 소나무 수백 그루를 베어버린 것이다. 비용도 비용이지만 파서 옮길

포스터칼라

시간도 없었던 듯싶었다. 정권의 욕심을 위해 자연을 죽여야 하는 이치였다. 밑동을 전기톱으로 삭둑 자르고 뿌리는 불도저로 밀어버렸다. 솔밭에 의지해 근근이 먹고살던 주민들은 그루당 시가 천만 원짜리 소나무들이라고 했다. 소나무가 준 부가가치를 생각하면 더 될 수도 있었다. 사라진 솔밭을 등지고 중명중학교 16기 미술반 멤버 중 다섯 명이 엉거주춤 늘어섰다. 유성도는 시장(市長) 밑에서 서울을 디자인하느라 바빠 못 온다고 했고, 영업용 택시 모는 모경상은 지각 같았다.

천막을 쳤으나 바람에 날려 옆으로 들이치는 장맛비를 막기는 역부족이었다. 솔밭마저 없어져 비바람이 중구난방으로 불었다. 제상의 촛불이 비 맞아 꺼지고 명태포와 유과가 바람에 날아갔다. 증권사 고객지원센터 부장인 박종식이 날아가 물구덩이에 처박힌 포와 유과를 주워 와 제상에 올리며 빨리 절들 하라고 재촉했다. 종식은 절이 끝날 때까지 쪼그려 앉은 채 양손으로 포와 유과를 누르고 있었다. 간단한 흉내로 개장토지제를 갈음했을 때 등뒤에서 빠앙, 하는 경적음이 들렸다. 벤처 사업을 하다 말아먹고 택시를 끄는 모경상이었다.

"에잇, 이 근본 없는 상것들……"

택시에서 내려 십여 미터에 이르는 둔덕까지 한달음에 달려온 경상이 냅다 야단을 치다가 길욱을 힐끔 보고는 급히 뒷말을 삼켰다. 경상은 아무리 급해도 유해를 비 맞게 할 수 없으니, 비가 잦아들 때까지 기다려야 마땅하다고 했다. 머리 벗겨진 박종식이 언제 그칠지 모를 비를 어떻게 무작정 기다리느냐며 즉각 반발했다. 일요일이지만 일이 있는 듯싶었다. 빗발이 종식을 거들듯이 더욱 굵어졌다.

"십 분이면 개장이 끝난다."

화가 이능서의 말이었다.

오전은 기다려보자고 했다. 경상과 능서는 장소팔 고춘자 콤비처럼 예나 지금이나 죽이 잘 맞았다.

"예약한 화장 시간이 있을 텐데."

꼼꼼하고 까다로운 공무원 정동수가 챙겨 물었다. 고위직과 하위직의 중간급인 5급 공무원이었다.

"두시에서 세시 사이로 잡았는데 늦출 수 있을 거야."

세웅장묘 회사 대표 만근이 색 바랜 우비를 챙겨 입으며 답했다.

"당연히 늦춰야지. 묘바람 탈 일 있어. 이렇게 비 오는 날, 어떤 미친놈이 장례를 치르겠어."

경상이였다.

"오해가 있는 것 같아 하는 말인데, 우리가 택일한 게 아니야. 위에서 장마철 물난리를 예방한다며 당장 이장하라고 해서…… 안 그러냐, 동수야?"

"그걸 왜 나한테 물어. 장마한테 물어야지."

동수가 만근의 말을 받아 퉁을 놨다.

"담당 공무원께서 모르시면 누가 아시나?"

"……"

"선거에 지니까, 장마를 볼모로 4대강을 하는 건가? 장마 끝나면 뭘로 하냐?"

"왜 날 갖고 지랄이야."

동수가 짜증을 부리며 돌아앉아 담배를 빼 물었다. 경상이 눈치껏 불을 댕겨주었다.

"우리가 삽질할 일은 없다니까, 한잔씩들 하자. 목을 풀어야 이바구도 할 거 아녀."

부동산업을 한다는 성태구가 일회용 잔을 빼 돌렸다. 모두 군말 없이 잔을 받는 것으로 보아 일단 오후 개장에 동의한 듯싶었다.

포스터칼라

태구는 신행정수도에 투자한 것이 꽁꽁 묶여 곧 망할 예정이라고 했다. 정치 경제가 중앙에 너무 쏠려서 일부를 지방으로 옮겨 국토 균형 발전을 시키겠다고 떠들던 정치인들이 지금에 와서는 균형을 팽개친 채 정치 경제의 성장·발전에 전혀 도움이 안 된다며 트집을 잡는 게 이치에 맞느냐며 흥분했다. 스스로 한 약속을 팽개치는 짓은 양아치도 안 한다고 했다. 술을 못해 돌아앉아 있던 길욱은, 세상이 이치대로 돼야 한다고 화내는 태구가 어이없었다. 그는 이치대로 안 됐기 때문에 돈을 번 부동산업자였다.

얼른 첫 잔을 받아 마신 만근이 분묘 앞에 푯말을 박아 세웠다. 매직으로 '강성애'라고 또박또박 눌러쓴 푯말이었다. 존칭이 빠진 푯말이 불경스러워 보였다. 손바닥만 한 즉석카메라로 세 평 남짓한 봉분을 찍고, 뒤로 댓 걸음 물러나 여섯 평 남짓한 묘지 전체를 찍었다. 관에 제출할 사진 같았다.

만근은 어정쩡한 자세로 천막 가에 쪼그리고 앉은 인부 두 명에게 소주 한 병과 젖은 포를 건넸다. 지린성 창춘에서 왔다는 인부들이 머리를 조아려 두 손으로 받았다.

만근이 구시렁대며 봉분 곁에 난삽하게 늘어놓은 작업 도구들을 따로 챙겨 트럭 짐칸에 올렸다. 곡괭이, 호미, 쇠꼬챙이를 모두 왼손으로 다뤘다. 삽과 몽당비만 남겨 두고 도구를 모두 치운 만근이 길욱에게 혀를 차며 말했다.

"동포 2세들이라 말이 서툴러. 유실된 봉분을 찾을 때 쓰는 장비들은 내릴 필요가 없다고 했거든……"

웅크린 인부들이 자신들을 힐끔힐끔 쳐다보며 말하는 만근을 향해 웃어 보였다. 길욱이 따라 웃었다. 만근은 따라 웃는 길욱을 보며 인상을 구겼다.

만근은 오른손의 엄지와 검지 사이 인대가 끊어져 없다. 그래서 오른손으로 물건을 쥐지 못한다. 삼십육 년 전, 이 근처에서 인대가 끊어졌다.

"왜 훔쳤댜?"

"사투리 쓰지 마. 듣기 싫어."

쉰밥과 된장과 들깨와 참기름을 버무려 만든 떡밥을 주물럭거리던 길욱이 동문서답했다.

"짜식, 훔치긴 훔친겨?"

만근의 말이 주는 빈정거림과 끈끈한 사투리에 왈칵, 하고 화가 치솟았다. '신한 포스터칼라'를 통째로 훔친 것은 사실이었지만 도둑질이 목적은 아니었다. 강 선생님의 푸들이 된 만근이 그걸 알 리 없었다. 포스터칼라를 훔친 것은 길욱과 강 선생님만이 아는 사실이었다. 그런데 만근이 이 사실을 알고 있다는 것은 강 선생님이 일러줬다는 뜻이었다. 배신감에 치가 떨렸다.

"넌 질박한 사투리를 어쩜 그렇게 곱고 이쁘게 잘하니? 참 재주다. 호호호……"

"뭘유우. 히히."

만근이 사투리를 더욱 길게 빼며 강 선생님의 칭찬에 화답했다. 길욱은 불같은 질투가 솟았다. 길욱을 '배신'한 강 선생님이 만근에게 홀랑 붙은 때문이었다.

"홍대까지 가줘유. 얼매나 걸리나유?"

서울역에서 짜장면을 먹을 때 묻은 '따장(춘장)'이 아프리카 토인처럼 두툼한 만근의 입술 가에 들러붙은 채 굳어 있었다.

길욱이 듣기 싫다는 눈짓을 주며 팔꿈치로 만근의 옆구리를 툭, 하고 쳤다. 멍청도 사투리를 써서 얕잡아 보이면 서울 깍쟁이들에게 봉변을 당할 수도 있으니 조심하라고 강 선생님이 일러준 때문이었다. 그런 선생님이 되레 만근을 두둔, 아니 칭찬을 했다. 강 선생님은 결정타를 날리듯이, 쐐기를 박듯이 자기가 만근의 편이라는 사실을 길욱에게 일깨워준 것이다. 이렇게 해서 엊그제 선생님은 서울역에서 홍대까지 가는 택시 안에서 애완 푸들을 만근으로 바꿨다.

천구백칠십오 년에 실시한 홍익대 전국 초·중·고교 미술실기대회에서 길욱은 입상조차 하지 못했다. 선생님의 표리부동한 행동에 분개해다 그린 그림을 찢어버린 때문이었다. 직전 연도에는 풍경화 부문에서 대상을 받아 학교의 명예를 드높였다. 선생님은 그림을 찢어버렸다는 이유로 길욱의 종아리를 멍들게 때렸다. 종아리를 맞을 때 길욱은 선생님의 관심이 남아 있다는 사실이 고마워서 아픈 줄 몰랐다.

솔밭 아래 이젤을 세운 뒤 쪼그려 앉아 주먹만 한 돌에 떡밥을 짓이겨 고정시키던 길욱이 벌떡 일어나 만근을 노려봤다. 천렵용 유리 어항의 출구에 촘촘한 그물망을 덮고 고무줄을 감던 만근이 능글맞게 웃었다. 본래 웃음이었는데 능글맞게 느껴졌다. 길욱은 떡밥을 붙인 넓적돌을 냅다 물속에 던져 넣었다. 그러고는 타고 온 자전거에 올랐다.

"가는겨? 길욱아, 그냥 가면 어떡혀!"

자전거 안장에 엉덩이를 걸치고 막 페달을 밟으려 할 때, 만근이 허둥지둥 따라오며 소리쳤다.

길욱이 고개를 힐끔 돌려 만근을 째렸다. 유리 어항 두 개를 양손에 든 만근이 펼쳐놓은 이젤과 설치한 텐트를 가리키며 달려왔다. 스케치 숙제와 천렵을 안 하고 그냥 가면 어쩌느냐는 뜻 같았다. 화가 난 길욱은 못 들은 척 힘껏 페달을 밟았다. 그때 빠른 걸음을 막 뜀박질로 바꾸려던 만근이 진흙 펄을 밟고 미끄덩 넘어졌다. 퍽, 하는 소리와 함께 으악, 하는 비명이 들렸다. 만근이 유리 어항을 옆구리에 낀 채 앞으로 고꾸라졌다.

길욱은 자전거를 팽개치고 만근에게 달려갔다. 짙은 초콜릿색 진흙 펄 위에 맨발로 달려오던 만근이 엎어져 있었다. 엎어지며 팔꿈치를 디딘 곳이 움푹 패어 있었다. 패인 곳에 피가 고여 있었다. 손과 팔목에서 피가 쏟아졌다. 일어선 만근이 서너 차례 피를 털어대다가 씩, 웃으며 말했다.

"거봐. 가지 말라니까……"

길욱은 러닝셔츠를 벗어 만근의 다친 손을 둘둘 말고 자전거에 태워 병원을 향해 내달렸다.

천구백칠십오 년의 동네 의원은 손가락 사이의 끊어진 인대를 잇지 못했다. 만근은 악력 장애인이 되었고, 새옹지마라 해야 할지 군 입대를 면제받았다.

3

"곧 전쟁 치를 것 같던데."

계속 부동산 경기를 걱정하는 태구에게 경상이 잽을 던지듯 말했다.

"그런데?"

"하루 만에 이백사십만 명의 사상자가 날 판에 부동산 경기가 뭔 소용이겠냐고."

"전시군사작전권도 없는 나라가 어떻게 전쟁을 하겠냐?"

"먼저 건 시비잖아."

"안 그래도 비상근무 지겨우니까 날궂이 하는 소리 그만들 해라."

5급 공무원 정동수가 짜증스레 끼어들었다.

어디선가 개구리가 그악스레 울었다.

포스터칼라

만근과 미호천으로 야외 스케치를 가기 일주일 전이었다. 길욱은 자전거를 몰고 만근의 집으로 갔다. 만근이네는 부자 동네에 살았다. 밤나무와 은행나무로 겹겹이 둘러싸인 도지사 관사와 향교를 이웃하고 있었다. 삼남 제일의 향교라고 했다. 공자를 비롯한 오성(五聖)과 이철(二哲) 그리고 십팔선현(十八先賢)을 배향하는 향교 곁에 만근이네의 한옥이 붙어 있었다. 만근이 사는 한옥은 민망스럽게도 향교와 규모가 맞먹었다. 그래서 볼 때마다 무엄해 보였다.

만근의 아버지는 주로 먹고 놀며 정치판을 기웃거렸다. 벌어먹는 것이 아니라, 먹기만 하면 되는 그의 아버지는 늘 집에 눌어붙어 있었다. 만근의 아버지는 평등 세상을 꿈꾼다고 했는데, 아들이 근본도 없는 놈과 평등하게 붙어 다니는 것을 몹시 상스럽고 못마땅하게 생각했다.

"다리몽둥이를 분질러 논다."

길욱은 친구의 다리몽둥이를 부러뜨릴 수 없어 지대가 높은 향교 담장 위에 턱을 괴고 만근의 집안 동정을 살폈다. 까치발을 딛고 빗속에서 반나절을 살핀 끝에 겨우 만근을 불러낼 수 있었다. 점심을 먹은 만근의 아버지가 출타를 한 것이다. 길욱은 만근에게 하이킹을 가자며 꼬드겼다. 만근을 통해 강성애 선생님의 진심을 캐고 싶었다.

"조치원으로 갈까?"

멀리 가야 함께할 시간이 길어지고, 그래야 많은 말을 나눌 것 같았다.

"조치원?"

만근이 깜짝 놀라서 되물었다. 대성동에서 조치원까지는 어림잡아 이십여 킬로미터였다. 꽤 먼 거리였다.

"조치원이 아니라, 조치원 가는 쪽……"

길욱이 얼른 말을 바꿨다.

무심천 다리를 건널 때, 거미줄 같은 가랑비가 나부꼈다. 만근과 길욱은 비에 감기며 페달을 굴렸다.

한 달 전에 한 우산을 쓰고 선생님과 나란히 본정통(本町通) 화방(畵房)에 들렀던 기억이 생생했다.

"내 아들이에요. 호호."

화방 여주인이 길욱을 보며 누구냐고 묻자, 농으로 답한 말이었다. 놀란 길욱은 하마터면 길바닥에 털썩 주저앉을 뻔했다. 선생님의 깊은 사랑에 새삼 감격한 때문이었다.

음악경연대회장에서 도망쳐 나오길 잘했다 싶었다. 변태 같은 음악 선생에게 야단맞을 일이 걱정되었지만, 그건 빨라도 내일에나 당할 일이었다.

강성애 선생님은 매주 일요일마다 길욱을 찾았다. 대부분 자기 전셋집으로 오라고 했으나, 한 달에 한두 번쯤은 학교로 오라고도 했다. 잔무가 있거나, 채점이 있거나, 당직인 날에 학교로 불렀다. 아침에 도서관에 간다며 '성 빈센트의 집'에서 나왔다. 현관 밖까지 따라 나와 길욱을 불러 세운 젬마 수녀님이 무슨 말인가를 하려다 접고, 배웅만 했다. 성 빈센트의 집은 대성동 뒷산을 넘어 용담동에 있었다. 학교까지는 자전거로 사십여 분 걸렸다. 길욱은 길바닥에 고인 물웅덩이들을 피해가며 무심천변을 달렸다. 이미 물오른 상태에서 비를 흠씬 맞은 버드나무 잔가지들이 잔뜩 늘어진 채 바람결에 찰랑댔다. 길욱은 바람 맞은 버드나무 실가지처럼 들떠 콧노래를 불렀다. 음정도 박자도 없는, 근본 없는 곡이었다. 「태권동자 마루치 아라치」의 주제곡도 뽑았다. 곡 끝에 '음하하하하하……' 하며, 악당 파란해골 13호의 웃음소리까지 흉내 냈다.

"정지!"

운천교를 건너, 뚝방 밑으로 머리를 내민 중명중을 십여 미터쯤 남겨 뒀을 때, 누군가가 갑자기 튀어나와 자전거 앞을 막아섰다. 길욱은 하마

포스터칼라

터면 자빠질 뻔했다.

"너, 중명중 학생이지?"

음악 선생이었다.

"예."

중명중으로 가는 외길이었기에 중명중 학생이 아니면 이 시간에 그 길을 갈 중학생이 드물었다. 눈이 째지고 수염 자국이 짙은 음악 선생을 알아본 길욱은 주눅이 든 목소리로 말했다.

"이짜아식 봐라, 예?"

관등성명을 대라는 것이었다.

"2학년 4반 26번 양길욱 학생입니닷."

재빨리 자전거를 세우고 부동자세로 복명했다.

"야, 악단장!"

"예, 악단장 여기 왔습니닷!"

교황청 근위병 복장을 한 악단장이 대열 앞에서 짝다리를 짚고 섰다가 달려와 부동자세로 복창했다.

"모두 여기서 잠깐 대기하도록."

"넷!"

브라스 밴드를 거느린 키 크고 비쩍 마른 악단장이 뻣뻣한 동태 꼴로 답했다.

지시를 한 음악 선생이 길욱의 자전거를 빼앗아 올라탔다. 그러고는 길욱을 짐받이에 태운 음악 선생이 자전거를 달려 학교 끄트머리에 있는 목조 별관 음악실로 데려갔다. 그러고는 손가락질로 거대한 나팔꽃 모양의 수자폰을 가리켰다. 수자폰을 부는 아이가 감기로 결석을 했다며 대신 땜빵을 명령했다. 길욱은 별수 없이 수자폰을 비틀대며 목에 걸어 어깨에 멨다.

"타라!"

길욱이 다시 짐받이에 엉덩이를 걸쳤다. 음악 선생은 어기적거리며 페달을 밟았다. 그는 교문 쪽으로 곧바로 가지 않고 운동장을 질러 교사(校舍)로 향했다. 안장에서 볼록한 엉덩이를 치켜들고 창을 통해 교무실 안을 구석구석 찬찬히 살폈다. 살피면서 말했다.

"메고만 있으라우."

"어떻게……?"

"부는 시늉만 하라우."

음악 선생이 브레이크를 잡고, 교무실에 시선을 박은 채 성의 없이 답했다. 브레이크를 잡을 때, 휘청하며 중심 잃은 수자폰이 음악 선생의 뒤통수를 때렸다. 선생이 아, 하며 뒤통수를 만졌으나 길욱은 아랑곳 않고 말했다. 아, 소리에 교무실에 있던 강 선생님이 고개를 들어 음악 선생을 바라봤다.

"저는 야, 약속이 있어……"

"뭐얏?"

고개를 돌려 눈을 부라렸다.

음악 선생의 고함 소리에 강 선생님이 다시 고개를 들었다.

"아까 들려준 콧노래 실력이면 돼."

쐐기를 박듯 말했다.

이윽고 교무실을 찬찬히 살핀 음악 선생이 페달을 힘껏 밟았다. 빵빵한 엉덩이를 안장에서 떼고 실룩거리자 자전거가 비탈을 타고 단숨에 뚝방 위로 올라섰다. 뚝방에 올라선 자전거가 바람처럼 내달렸다.

길욱은 짐받이에서 내려 대열의 후미를 쫓았고, 음악 선생은 자전거를 내처 타고 브라스 밴드를 인솔했다. 그러나 길욱은 음악경연장에서 기어코 도망쳐 나왔다. 자전거는 음악 선생이 시건 장치를 잠그고 열쇠를 뽑

포스터칼라

아 갔기 때문에 포기하고 몸만 빼 나왔다. 그러고는 강아지처럼 학교까지 사 킬로미터를 달려가 강성애 선생님을 만났다. 선생님은 시내로 나오는 택시 안에서 물었다.

"왜 늦었어?"

질문이 이상했다. 음악 선생과 같이 있는 것을 봤을 텐데, 왜 묻는 것인지 알 수 없었다.

"젬마 수녀님과 면담이 있었어요."

길욱은 슬쩍 둘러댔다. 왠지 음악 선생에게 붙들렸다는 말을 하면 안 될 것 같았다.

"젬마 수녀님과 통화했어. 오늘, 우리 집에서 자고 가."

"예."

길욱은 잘 길들여진 푸들처럼 답했다.

화방을 나와 그림 전시회를 보고, 영화 「로마의 휴일」을 보고, 청주의 빵집 중 가장 고급스럽고 비싸다는 '장글제과'에서 늦은 저녁으로 빵을 먹었다.

"어머, 내 손!"

빵을 집으려던 선생님이 놀란 눈으로 길욱을 빤히 쳐다보며 비명을 질렀다. 밥상머리에서 소맷귀에 손을 감춘 선생님이 장난스럽게 영화 속 그레고리 펙의 장난을 흉내 내며 웃었다. 길욱도 놀란 척 맞장구를 치고는 눈치껏 따라 웃었다. 길욱은 연인놀이를 하는 것 같아 얼굴이 붉어졌다.

그날 밤, 창밖에서 십여 분 간격으로 세 차례 휘파람 소리가 났다. 낮에 본 「로마의 휴일」 주제가였다. 음악 선생의 휘파람 부는 재능은 놀라웠다. 선생님은 휘파람 소리를 들으며 난데없이 길욱을 꼭 껴안았다. 길욱은 자면서 꿈을 꾸었다. 다음날 아침, 팬티에 코 같은 것이 묻어 있었다.

"눈 가리고 아웅 하는 거 재밌다. 생까는 것도 재밌고. 아니면, 말고."

동수가 꼬인 혀로 지껄였다.

"공무원이 너무 불경스럽다. 이번 정권에서는 괘씸죄도 부활한 것 같더구먼."

휴대전화 문자를 확인한 종식이 나섰다.

"먼저 쳐들어가서 부순 다음에 쳐들어가 부순 이유를 찾는 세상이야. 부시가 만든 예방 전쟁이라는 거다. 프리벤티브 워. 선빵을 날리는 거지. 형님 나라가 이런데, 동생 나라에서 말로 겨우 몇 마디 내지른 걸 가지고 시비를 걸면 쓰나."

그 시비 때문에 곧바로 주가 폭락과 환율 폭등이 있었는데, 국민 세금으로 장차 뒷감당해야만 할 몫이라고 했다. 술이 돌자 정권 때문에 살겠다는 축과 죽겠다는 축으로 패가 나뉘었다. 죽고 사는 게 대통령 한 사람에 따라 손바닥 뒤집히듯 갈리는 나라가 우스웠다.

"그걸 속담에서는 말 한마디에 천 냥 빚을 진다고 하지."

모두가 허허롭게 웃었다.

자전거가 시내 중심가를 더디게 지나 변두리 고갯길을 나란히 달렸다. 그새 비는 주춤했지만, 옷은 이미 흠뻑 젖어 물이 줄줄 흘렀다. 길욱은 한 달 가까이 담아둔 궁금증을 말로 뱉지 못한 채 페달만 굴렸다. 만근과 앞서거니 뒤서거니 했지만 만근보다 한 걸음 앞서 달리려고 악을 썼다. 강 선생님이 음악 선생에게 보내는 편지에 대해서도 묻고 싶었다. 푸들이 된 만근은 교무실의 선생님 책상 청소당번이라 마음만 먹으면 서랍 속의, 혹은 숄더백 속의 편지를 훔쳐 볼 수 있을 것 같았다. 편지의 정체를 아는지 묻고 싶었고, 모른다면 알아달라고 부탁하고 싶었다.

강성애 선생님은 길욱이 중명중학교에 입학하던 해에 전근 왔다. 선생

포스터칼라

님은 전근 온 지 석 달 만에 미술반을 떠맡았다. 정년을 일 년 남긴 고참 미술 선생이 떠넘긴 때문이었다. 정년이 가까워서였다기보다 대외 입상 실적도 형편없고 말썽만 부려대는 미술반이 골치 아파서였다. 그런데 그해 2학기가 시작되면서부터 중명중 미술반이 뜨기 시작했다. 길욱을 비롯한 일곱 명의 1학년생들이 번갈아 가며 참가한 대회마다 대상·최고상·우수상 등을 번갈아 휩쓸기 시작한 것이다. 그 가운데 길욱의 입상 성적은 자못 출중했다. 교원 인사고과에 높게 반영되는 도교육청 주관 대회에 나가 데생 부문 1위도 차지했다. 보름 동안의 연습만으로 거둔 성적이었다.

강성애 선생님은 양길욱 학생으로 인해 빛났다. 신이 난 강 선생님은 길욱을 끼고 살며 가르쳤다. 길욱은 데생뿐만 아니라 그해 열린 홍익대 주관 사생실기대회에서도 이사장상인 최우수상을 받았다. 지방 신문은 천재 소년 화가 탄생이라며 이례적으로 지면을 할애해 치켜세웠다. 물론 천재 소년 화가의 재능을 발굴하여 계발시킨 강 선생님도 덩달아 떴다. 강 선생님은 길욱과 단둘이 스케치 여행을 다녔다. 시외버스를 타고 물 좋은 화양계곡, 산 좋은 속리산, 섬 닮은 담양팔경 등을 두루 다녔다. 다닐 때면 강 선생님이 손수 김밥이나 샌드위치를 만들어 왔다. 미술 도구도 강 선생님이 직접 사서 챙겨줬다. 물론 미술반 운영비로 샀다. 길욱은 데생, 풍경, 정물, 구성 등 네 개 부문에 걸쳐 모두 능했다. 신한 수채화 물감과 신한 열두 개들이 포스터칼라를 사줬고, 데생을 위해서는 비싼 일제 톰보 4B 연필과 일제 전지(全紙)를 사줬다. 우리나라 4B 연필은 심이 고르지 않아 사용 중에 종이를 긁거나 찢는 경우가 허다했다. 그러나 톰보 4B 연필은 아무런 걸림 없이 부드러웠다. 목탄을 쓰지 않는 길욱으로서는 정말 귀한 선물이었다. 길욱은 4B 연필을 자랑삼아 교복 상의 주머니에 꽂고 다녔다.

길욱이 강 선생님의 사랑 속에서 중학 생활 일 년 반을 보내는 동안 그림 실력은 꽃놀이패와 같았다. 길욱은 하루하루가 자긍심으로 가득 차 즐겁고 행복했다. 그렇게 벅찬 기쁨 속에서 꿈꾸듯 살던 어느 날, 괴이한 소문을 접했다. 음악 선생과 미술 선생이 그렇고 그런 사이라는 것이었다. 근본 없어 이혼 당한 여자가 근본 없는 행실로 학교 분위기를 추접하게 만들고 있다는 말도 들렸다. 얼굴값 하는 것이라고도 했다. 길욱은 그럴 리 없다고 생각했다. 언제나 미술 선생과 붙어 지낸 그로서는 미술 선생이 따로 음악 선생을 만나 그렇고 그런 짓을 벌일 시간이 없다고 생각한 때문이었다. 그러나 물리적인 시간이 있어야만 사랑을 나눌 수 있다는 생각은 어린 길욱만의 어린 생각이었다.

길욱은 믿기지 않던 소문의 진상을 직접 눈으로 확인했다. 청천벽력이었다. 길욱은 진상을 본 날, 수업을 빠진 채 변소 뒤 똥통 뚜껑 위에 쪼그려 앉아 슬피 울었다. 마흔다섯의 유부남과 서른 살 처녀의 사랑은 불륜이었다. 길욱은 그렇게 배웠다.

4

길욱은 전날 저녁에 강 선생님 댁에서 함께 먹은 탕수육 때문에 탈이 났다. 하루 지난 탕수육을 프라이팬에 슬쩍 데워 먹은 것인데 상한 모양이었다. 선생님은 두어 점 집어 먹었지만 길욱은 소스를 부어 남은 십여 점을 모두 집어 삼켰다.

"I enjoy Jo's company. 여기서 컴퍼니는 회사나 단체가 아니다. 나는 조의 회사에서 즐긴다, 가 아니라, 나는 조와 함께 있는 게 좋다, 라고 번역해야만 한닷! 알긋나?"

포스터칼라

영어 선생이 쾅, 하고 팔 길이만 한 정신봉으로 교탁을 내리칠 때, "으예" 하는 우렁찬 답이 터져 나왔다. 길욱은 이 우렁찬 답이 끝나자마자 똥 마려운 강아지처럼 낑낑거렸다.

"이 야릇한 소리…… 어떤 놈이얏?"

영어 선생이 터프하게 내질렀다.

"저, 똥이 마려워서……"

길욱이 손을 들어 겨우 말했다. 수업 시간의 배변 행위는 잡담이나 졸음과 동격으로 금기 사항이었다. 때문에 똥이 마렵다는 것은 정신력에 흠이 생겼다는 것과 일맥상통했다. 그래서 선생은 평소에 똥 마렵다는 학생을 똥자루 굵기의 정신봉으로 쳐서 나오려는 똥을 밀어 넣어주었다. 가끔 미처 못 밀어 넣어서 똥을 싼 학생도 더러 있었다. 이런 경우, 대부분 설사였다. 그러나 길욱은 학교의 자랑이자 영웅이어서 특별 케이스였다. 학교에서는, 지금으로 치면 김연아급의 대우를 받았다. 특히 영어 선생은 다른 속셈이 있어 길욱을 더욱 애지중지하며 살뜰히 챙겼다. 길욱이 이 특별한 수혜로 설사를 하러 가던 길에 소문의 진상을 목도하게 된 것이다. 터져 나오려는 설사 때문에 길게 자세히 보지는 못했다. 길게 자세히 볼 일도 아니었다.

음악실에서 「당신은 모르실 거야」가 흘러나왔다. 신성한 학교에 유행가라니…… 교장이나 교감 선생이 들으면 꾸중 들을 일이었다. 혜은이의 노래를 미술 선생이 부르고 있었다. 음정 박자가 제법이었다. 쪽유리마다 습자지를 발라 덮은 유리창 틈새로 음악실을 엿봤다.

당신은 모르실 거야
얼마나 사랑했는지
뒤돌아보아주세요

당신의 사랑은 나요

강 선생님의 가창력만큼이나 피아노 연주력이 빼어난 음악 선생이 한 손으로 건반을 더듬어 짚으며, 다른 한 손으로는 강 선생님의 치마 밑을 더듬어댔다. 강 선생님은 엉덩이를 더듬는 음악 선생의 손을 빼내서 편지를 쥐여주었다.

강 선생님이 음악 선생과 눈을 맞추며 '당신의 사랑은 나요'라고 할 때, 조인 괄약근이 풀어지며 똥을 지렸다. 길욱은 변소에 쪼그려 앉아 설사를 하고 팬티에 지린 똥을 신문지 조각으로 닦아내며 울었다. 길욱은 선생님의 막가는 사랑을 이해할 수도, 용서할 수도 없었다. 둘 사이에는 십오 년의 나이 차까지 있었다.

"누락반승(漏落飯昇)."
"또 문자질이냐?"
경상의 말을 능서가 받았다.
둘은 중학교 때, 끝말잇기 하듯이 사자성어 잇기 게임을 하며 한자를 익혔다.
"택시 끌면 문자도 못 쓰냐?"
경상이 되받았다.
"천안함 사건으로 비상근무 했다. 죽은 박정희 모시고 사는 기분이다. 조기청소 하자고 할까 봐 겁난다. 나, 무지 피곤하다."
동수였다.
"학교 운동장에 반공호도 다시 파고 교련도 어서 부활해야 할 텐데."
종식이도 끼어들었다.
"누락반승이 뭔 뜻이냐?"

포스터칼라

만근이 물었다.

"눈물이 흘러내려도 밥숟가락은 올라간다."

길욱은 눈물에 젖어 도시락 뚜껑을 열었다. 그는 혼분식 검사를 마치고 도시락 뚜껑을 덮었다. 사는 게 싫으니 밥냄새조차 역겨웠다. 담임인 영어 선생은 '천재 소년 화가'가 우는 까닭을 알지 못했다. 당시 급우들은 친구 만근을 위한 눈물로 알았다. 만근의 잘난 아버지는 팔뚝에 둘렀던 삼베 헝겊만을 남겨둔 채 감쪽같이 사라졌다. 검은 지프가 와서 덥석 잡아갔다고 했다. 지프에 태울 때, 검정양복 차림의 남자들이 만근 아버지의 삼베 헝겊을 벗겨 마당에 팽개치고 갔다고 했다. 삼베 헝겊은 유신 헌법 찬반투표 결과에 따른 분노와 박정희 정권에 대한 조의의 표식이었다. 조총련계 재일교포 칠백여 명의 추석 방문 성묘를 추진하고, 민방위대 창설을 다그치던 시기에 이적 행위를 저지른 것이다. 만근은 발자국이 선명하게 찍힌 삼베 헝겊을 주워 아버지인 양 쥐고 울었다.

삼베 헝겊 사건 이후 만근의 집은 야금야금 망했다. 고문당해 병이 든 만근 아버지의 뒤치다꺼리 때문이었다. 길욱은 만근이 학교까지 가져와 코를 풀어가며 울다 버린 삼베 헝겊을 주워 깨끗이 빨았다. 그러고는 주머니에 넣고 다니며 변소에 갈 때마다 꺼내 자지를 살살 문질렀다. 자지는 기껏 음악 선생의 집게손가락만 했다. 세마포가 아니라 껍질이 벗겨지고 부어올라 아리고 쓰라렸지만 치약까지 발라가며 단련시켰다. 삐죽이 올라오는 거웃이 다치지 않도록 주의했다.

음악실 사건 이후, 강 선생님이 길욱을 찾는 일이 점점 뜸해졌다. 아니, 음악경연장에서 수자폰을 팽개치고 도망친 뒤에 음악 선생에게 앞니가 쪼개져 나가도록 두들겨 맞은 이후인 것 같다. 음악 선생은 길욱을 강 선생님 앞에서 팼다.

"주둥이 다물라. 니빨이래 꽉 깨물라우."

그러고는 솥뚜껑만 한 손바닥으로 밥뚜껑만 한 얼굴을 가격했다.

경연대회에서 대상을 못 받은 책임을 길욱에게 몽땅 물은 것으로 생각했다. 멍까지 들어서 부었던 뺨이 가라앉을 즈음, 강 선생님이 이사를 한다고 했다. 전세 만기 기간인 이 년이 되지 않았는데, 별다른 이유 없이 갑자기 이사를 서두르는 선생님이 이해되지 않았다. 더 수상쩍은 것은 음악 선생이 사는 집과 불과 십 분 거리에 이사할 방을 구한 것이었다.

이사할 때, 선생님은 길욱을 부르지 않았다. 선생님이 길욱과 노골적으로 거리를 두는 것 같았다. 그러나 길욱은 난생처음으로 자존심을 접어서 성당에 두고, 얼굴에 철판을 간 채 성 빈센트의 집에 있는 리어카를 끌고 땀을 삐질삐질 흘리며 선생님 집으로 갔다. 선생님은 쳐다보지도 않았지만, 길욱은 그러거나 말거나 1톤 트럭에 싣고 남은 짐들을 리어카에 실었다. 두 개의 이젤과 두 개의 나무 화구 박스와 단지 몇 개를 차곡차곡 실었다. 선생님과 겸상했던 호마이카 상도 실었다. 길욱은 눈물이 찔끔 솟았다.

이층 슬라브 집으로 오르는 쪽문 앞에 이삿짐을 대충 부린 운전기사가 운임료만 챙겨 슬그머니 도망쳤다. 일곱 명의 중학생들에게 짐 들이는 일을 몽땅 떠맡긴 것이었다. 뒤늦게 일곱 명이 리어카를 몰고 씩씩대며 왔을 때, 선생님은 쪽문 앞에서 황당한 표정으로 어쩔 줄 몰라 했다.

"주인아저씨께 인사하고 나오니까, 달아나고 없는 거야."

선생님이 여섯 명을 향해 변명하듯 말했다. 그러고는 돈을 먼저 준 게 잘못이라며 푸념을 쏟아냈다.

비키니 옷장, 책장, 5단 목제 수납장, 이불 두 채, 앉은뱅이책상, 주방 용기, 캔버스 등이 습기 찬 담 밑에 모여 있었다. 홀로 사는 서른 살 노처녀의 살림살이였다. 5단 목제 수납장이 가장 컸다. 그리고 비싸 보였고,

포스터칼라

비싼 만큼 무거워 보였다. 캔버스는 1호부터 100호까지 오십여 점쯤 됨 직했다. 먼저 냄비와 식기와 들통 등 주방 용기를 골라 올렸다. 선생님은 이층으로 올라가 부엌에서 달그락거리며 주방 용기 정리에 매달렸다. 남은 짐은 우리가 알아서 옮기라는 뜻이었다. 동수와 태구와 성도는 옷과 이불, 캔버스를 옮기고, 길욱과 만근과 경상과 능서는 5단 목제 수납장의 네 귀에 매달렸다. 오동나무로 짰다는 수납장은 고상한 모양만큼 무게도 만만치 않았다. 대체 홀로 사는 처녀가 이런 수납장을 왜 샀나 싶었다. 서랍과 몸체를 새끼줄로 묶어 고정시켰다. 옮길 때, 서랍이 빠지지 않도록 하기 위해서였다. 그러나 거미줄로 목 맨 양 어설픈 고정이었다. 계단을 오를 때, 힘이 약한 능서 쪽 귀퉁이가 기우뚱하면서 새끼줄이 풀어져 서랍이 와르르 쏟아졌다.

민망한 내용물들이 층계에 깔렸다. 손바닥만 한 꽃무늬 팬티와 밥공기만 한 브래지어와 스타킹과 레이스가 달린 나이트가운 들이었다. 일부는 주인집 현관 입구로 날아갔다. 현관에서 이사를 내다보던 주인아저씨가 얼른 방으로 들어갔다. 벽에 붙어 앞쪽 귀를 잡았던 길욱은 층계 위에 흩어진 내용물들을 허둥지둥 쓸어 담았다. 스웨터와 코르덴 재킷, 모피 코트를 주워 팔에 걸치면서 추스르던 길욱은, 열린 종이 상자 근처에 흩어진 대여섯 장의 사진들을 보고 깜짝 놀랐다. 결혼사진이었다. 웨딩드레스를 입은 선생님과 어떤 남자가 서로 팔짱을 낀 채 다소곳이 서 있었다. 각이 진 남자의 굳은 표정이 완고해 보였다. 폐백 사진도 보였다. 주로 결혼식장에서 찍은 사진들이었다.

선생님이 결혼을 하셨구나, 아니 하셨었구나. 그런데 왜 시치미를 떼고 미스인 척 행세하고 다니셨을까? 이혼을 하셨다면, 왜 이런 사진들을 아직껏 보관하고 있을까?

길욱의 심정이 까닭 없이 꼬였다. 갑자기 선생님이 측은해졌다. 착잡

한 심정에 고개를 드니 멀리 시커먼 연기를 내뿜는 공단 굴뚝들이 보이고, 음악 선생의 양옥집이 빠끔히 보였다. 정체가 모호한 질투심과 배신감이 오갔다.

길욱은 흩어진 결혼사진들 틈에서 편지도 봤다. 두께가 두툼한 다섯 통의 편지였는데, 수신자와 발신자의 이름은 있는데 주소가 따로 없었다. 우표도 없었다. 종이 질도 조악해 보였다. 거칠고 누런 마분지였다.

길욱은 갑자기 가슴이 뛰며 뒤꼭지가 불편했다. 그래서 터진 종이 상자 안에 편지와 사진들을 서둘러 쑤셔 넣었다. 너무 서둔 탓인지 헐렁한 마분지 봉투 속에서 내용물이 툭 빠져나와 발 앞에 떨어졌다.

성애에게
황해도 사리원에서 아바지와 오마이가
1974년 동짓달에

길욱은 떨어진 종이쪽을 냉큼 집어 뒤집었다. 흑백사진이었다. 흑백사진 속에서 두 노인과 한 중년 사내가 힘겹게 웃고 있었다. 길욱은 지지리 궁상인 그 사진을 얼른 봉투 속에 끼워 넣고 상자에 도로 담았다. 가슴이 벌렁벌렁거렸다. 선생님의 속살을 본 느낌이었다. 잠자리에서 잠꼬대를 하던 선생님이 갑자기 자신을 안았을 때보다 곱절 이상 당황스러워 가슴이 떨렸다. 선생님은 그날 이사를 도운 우리들에게 점심으로 사리원 냉면과 왕만두를 사주었다. 선생님의 비밀을 알았지만, 선생님은 여전히 길욱을 냉랭하게 대했다. 아예 길욱과 눈조차 맞추려 하지 않았다. 대신 위로한다는 구실로 만근을 가까이했다. 길욱이 보기에는 찜쩍대는 것이었다. 길욱은 선생님과 말을 하고 싶었다. 갑자기 내친 이유를 따져 물으며 응석이라도 부리고 싶었다.

포스터칼라

"로만아, 남의 물건을 훔치는 짓은 하나님의 영광을 욕되이 하는 짓이란다."

초등학교에 입학해서 친구의 미제 연필을 훔쳐 왔을 때, 젬마 수녀님이 따로 불러 타이른 말이었다. 훔친 연필로 숙제하는 모습을 본 것 같았다. 성 빈센트의 집에서 미제 연필을 사준 바 없으니 훔치거나 빌린 것이 분명했다. 쓰면 닳아지는 연필을 빌려주는 친구는 드물다고 봐야 했다. 결국 수녀님이 짐작만으로 슬쩍 넘겨짚은 것이다. 훔친 연필 한 자루가 젬마 수녀님의 관심을 얻는 매개가 되어주었다.

길욱은 여름방학에 들어가기 직전에 미술반에서 서른두 색들이 신한 포스터칼라를 훔쳤다. 금방 산 신상품이었다. 열두 색, 스물네 색들이가 아닌 서른두 색들이였다. 미술반이 생기고, 아니 우리나라에서 포스터칼라가 만들어진 이래 처음 나온 서른두 가지 색이었다. 이 서른두 가지 색을 통째 훔쳤다. 미술반이 홀랑 뒤집혔다. 3학년 선배들이 방과 후 밤중에 미술반원 모두를 변소 뒤로 집합시켰다. 그러고는 곰삭는 똥냄새 속에서 고문에 준하는 심문과 구타를 했다.

"이게 뭐하는 짓들이얏! 다들 들어가."

변소 뒤로 찾아온 강성애 선생님이 히스테리컬하게 소리쳤다. 모두 뿔뿔이 흩어질 때, 선생님이 길욱만 따로 불러 세웠다.

"따라와."

길욱을 꽁무니에 단 선생님이 복도를 앞서 걸었다. 삐걱삐걱 내지르는 오래된 목조 복도의 신음이 길욱의 마음 같았다.

"왜 그랬어?"

교무실에 들어온 선생님이 대뜸 물었다. 달빛에 비친 선생님의 얼굴에 노여움이 가득했다.

"저는…… 저, 저는……"

길욱이 말을 더듬었다.

"안 훔쳤다는 거지?"

선생님이 영어 선생의 책상 위에 놓인 몽둥이를 집어 들며 교무실 불을 모두 켜라고 명령했다. 밝은 곳에서 지켜보며 진실을 찾아 밝히겠다는 작정 같았다.

"너, 그런 자식이었어? 몰래 훔쳐보고, 도둑질하고……"

스위치를 올리고 돌아온 길욱을 선생님이 몽둥이로 내리쳤다. 길욱은 등짝을 맞으면서 대체 뭘 훔쳐봤다는 말인지 궁금했다. 음악 선생과의 변태 짓을 훔쳐봤다는 것인지, 이삿짐 속의 비밀을 훔쳐봤다는 것인지 궁금했다. 그러나 물을 수는 없었다.

"저는, 저는 단지……"

도둑질을 왜 했는지, 아니 왜 도둑질을 할 수밖에 없도록 자신을 몰아붙였는지 되레 따져 묻고 싶었다. 하지만 어느 하나도 말이 되어 나오질 않았다.

"단지, 뭐?"

선생님은 매질을 멈추지 않았다. 마치 도리깨질하듯이 때렸다. 길욱은 차라리 맞아서 죽고 싶었다. 그때였다.

"강 선생님!"

영어 선생이었다. 몽둥이를 낚아챈 영어 선생이 어눌하게 말했다.

"이건 몽둥이가 아니라 정신봉입니다."

영어 선생이 몽둥이를 빼앗아 들고 나갔다. 말리는 영어 선생이 야속했다.

길욱은 그날 영어 선생이 늦게까지 학교에 남아 있었던 이유를 알고 있었다. 두 살 연하이면서, 연상인 미술 선생을 짝사랑하기 때문이었다. 영어 선생은 미술과 음악 선생 사이에 떠도는 소문을 알면서도 그 틈 속

포스터칼라

에 끼어 괴로워하면서도 미술에 대한 사랑을 접지 못했다. 학생들과 다른 선생들은 조치원 갑부의 외아들이, 청주 시내 본정통의 깡패들도 제압한다는 소문난 싸움꾼이 왜 미술을 좋아하는지, 왜 좋아하면서 어쩌지 못하는지 이해하지 못했다. 아무튼 그날은 끼어든 영어 선생 덕에 매는 피할 수 있었지만 원하던 얘기를 하지도, 듣지도 못했다.

5

코앞의 다리만 건너면 조치원이었다. 결국 이십여 킬로미터를 달린 것이다. 서해를 낀 충남에는 통금이 있고 내륙인 충북에는 통금이 없던 시절이었다. 조치원은 충남이어서 귀가가 늦어진 술꾼들이 통금 직전에 충북 땅으로 달려올 때 이용한다는 다리였다.

길욱이 조치원에서 빵을 사 허기를 달래며 미술 선생이 음악 선생에게 전해준 편지에 대해 물었다.

"발신자 강성애, 수신자 강도철, 아버님이던걸."

만근이 소보로빵을 한입에 우겨 넣으며 말했다. 이사할 때 본 겉봉과 같은 이름이었다.

전영문 영어 선생은 교사지만 건달이기도 했다. 수업 시간에 'to 부정사'를 설명하기 위해 t를 쓸 때 먼저 내리긋고 나중에 건너그었는데, 좌에서 우로 건너그을 때 분필이 딱 하고 부러지며 교단 위로 날아갔다. 영어 선생은 이 '순간의 멋'을 즐겼다. 분필이 날아갈 때 그가 맨 빨간 넥타이도 함께 날았는데, 학생들이 너도나도 흉내를 낼 정도로 인기였다. 영어 선생이 때리는 매를 세 대 이상 맞아본 학생이 없었다. 두 대 혹은 세대에 모두 나가떨어졌다.

　검정양복에 옅은 핑크 와이셔츠를 입고 빨간 체크무늬 넥타이를 매고, 백구두로 다니는 멋쟁이기도 했다. 영어 선생의 트레이드 마크였다. 수업 전에 양복저고리를 벗어서는 둘둘 말아 교탁 안에 쑤셔 넣었고, 바짓가랑이를 훌러덩 접어 올렸다. 터프했다. 이렇게 터프한 선생이 미술에게 속수무책 묶였다. 묶인 영어 선생은 사소한 일이 꼬여 그해 겨울 함박눈이 속절없이 내리던 추운 날 새벽에 비명횡사했다.

　"어떻게 이러실 수가 있습니까?"

　"뭘요?"

　"제가 봤습니다. 이 두 눈으로 똑똑히 봤어요."

　"그런데요?"

　"예?"

　"아, 그쪽이 저를 사랑한다고 한 거?"

　"……"

　"저는 근본 없는 년이라 사랑 같은 건 몰라요."

　길욱은 방과 후, 미술반에서 강 선생님과 전 선생이 다투는 모습을 훔쳐봤다. 전 선생이 미술 선생을 미술반까지 쫓아온 듯싶었다. 훔쳐보려고 한 것이 아니라, 유기정학을 통지받고 미술반에서 쫓겨난 길욱이 밤늦게 그림과 소지품을 챙기러 갔다가 목격한 것이다.

　"넌 더 이상 비전이 없어. 원숭이 새끼일 뿐이지. 그러니까 이제는 그림 그리지 마."

　최후통첩이었다. 길욱은 이 말을 듣는 순간 '쌍년', '똥갈보 같은 년'이라고 생각했다.

　전영문 선생이 무엇을 본 것인지는 모른다. 그러나 길욱은 이튿날 등굣길에 눈길에서 전 선생의 주검을 봤다. 길욱은 전 선생이 눈 내려 언

포스터칼라

빙판길에 왜 새벽같이 오토바이를 몰고 조치원에서 청주까지 내달려 오려 했는지 알 것 같았다.

다투고 나서 미술반을 나오던 전 선생이 길욱을 보고 눈을 찡긋하며 말했다.

"빨리 사과해야겠지?"

"……"

미술 선생을 정리한 길욱은, 전 선생의 바보 같은 자제력에 말없이 고개만 주억거려주었다. 그때 도리질을 해주지 않은 자신이 원망스러웠다.

"비 그쳤다. 얼렁 파자."

술에 취한 박종식은 말이 거칠었다. 고객지원센터 부장이라는 것이 안 믿어졌다.

굴삭기에 오르려던 만근이 버르장머리 없는 종식을 째렸다.

"이 풍진 세상…… 팍팍 파서, 활활 태워서, 싹싹 갈아서 보내드리자, 씨발."

"이 아이는 미성년잡니다."

동석 요구가 받아들여지지 않자 젬마 수녀님이 조사 시간을 삼십 분 안쪽으로 못 박으며 졸랑졸랑 따라왔다.

"알겠소."

안기부 직원이 귀찮다는 듯 고개를 끄덕였다.

"미성년자를 아무런 혐의도 없이 강제 구인하신 거예요. 참고인이 아니라 피의자 다루듯이 심문하실 거라면 지금 알려주세요. 변호사를 대겠습니다."

"참고적으로 몇 가지만 묻는다니까."

"삼십 분이 넘으면 주교님께 전화 올릴 겁니다."

젬마 수녀님이 끈질기게 따라오며 안기부 직원을 볶아댔다. 그러나 안기부 직원은 길욱의 목덜미를 낚아채 취조실로 밀치고는 얼른 문을 닫았다.

"네 죄가 가볍고 미성년자라 이리로 데려온 거야."

직원이 8절지를 펼치며 안기부 고문실이 아닌 경찰서로 데려온 이유에 대해 말했다. 죄가 가볍다는 말은, 죄가 있다는 말이었다. 기선을 제압하려는 협박 공갈 같았다. 하지만 길욱은 이미 산전수전 다 겪은 고교 1년생이었다.

"머리 좋다는 거 안다. 잔머리 굴리지 말자. 이거 보고 아는 놈, 아니 한 번이라도 본 놈이 있으면 찍어라."

턱짓으로 누런 8절지를 가리키며 말했다. 8절지에는 국민학교 때 '바른생활'에서 배운 가계도 같은 것이 그려져 있었다. 직원은 계보도, 조직도라고 했다.

"……?"

"어서 찍어!"

직원이 막무가내로 윽박질렀다.

길욱은 오십여 명쯤으로 보이는 손톱만 한 사진 중에 음악 선생과 미술 선생을 손가락 끝으로 쿡쿡, 찍었다.

오성철 중명중 음악 교사 – 연락책
강성애 중명중 미술 교사 – 포섭 대상자

길욱은 꼬깃꼬깃 때에 전 8절지에 자신의 이름이 없는 게 다행이다 싶었다.

포스터칼라

수채화 물감을 사면 검은색과 흰색은 무조건 뺐다. 무채색인 검정과 흰색은 자체가 단순하기도 했지만, 다른 색과 어울리지 못해 쓸 일이 없기 때문이었다. 그러나 어른들은 이 두 가지 색으로만 세상을 그리려고 했다. 흑 아니면 백이었다. 직원이 머리를 쥐어박으며 아는 흑을 찾아내라며 을러대고 있었다.

"강성애 선생과 가까운 사이였지?"

"……?"

가깝다는 의미를 알지 못했다. 혹, 알아도 답하고 싶지 않았다. 강 선생님과는 이미 모든 것이 과거완료형으로 깔끔히 정리된 상태였다.

"한솥밥 먹고, 한이불 속에서 자고 했다며. 다 알아보고 묻는 거야, 인마."

"예, 이 년 전 일인데요."

"이 짜식이…… 그 이 년 전을 말하라는 거야. 머리가 좋은 놈이니까 기억력도 좋겠지."

직원의 주먹이 잠깐 올라갔다 내려왔다. 당찬 말투가 못마땅한 모양이었다. 주먹을 내린 직원이 뜸을 들이며 말을 뱅뱅 돌렸다. 심문 방법을 바꾼 것 같았다.

길욱은 밖에 젬마 수녀님이 버티고 있는 한 두려울 것이 없었다. 안기부 직원은 수녀님을 거추장스러워했다.

"기억에 남는 심부름을 했다거나, 어떤 물건을 보관해주었거나, 보관하고 있다거나…… 그런 거 없어?"

조직도를 뒷받침할 증인과 물증을 찾는 것 같았다. 왠지 결과에 과정을 짜 맞추려는 안간힘 같았다.

"예?"

질문의 뜻을 모르는 양 되물었다. 이미 성 빈센트의 집에 쳐들어와 길욱의 방을 샅샅이 수색하지 않았는가.

"강성애 선생은 오성철 선생과 접촉한 일을 다 불었다."

오성철은 음악 선생의 이름이었다. 순간, 길욱은 이 년 전 이사 중에 쏟아진 서랍장을 챙기며 느꼈던 불안과 공포가 불현듯 떠올랐다.

"강 선생이 몸까지 바쳐가며 김일성이를 모셨더구만."

강 선생님이 몸 바쳐 모신 사람은 김일성이 아니라 오성철 선생이었을 것이다. 안기부 직원의 상상력과 추리력과 논리력은 필요와 상황에 따라 언제든지 서너 단계를 건너뛰는 것 같았다. 길욱은 자신보다 더 많은 것을 아는 직원에게 새롭게 들려줄 말이 없었다. 오히려 들어야 할 판이었다.

"오성철이, 그 새끼는 말이 선생이지 완전 호색한 색마야. 사그리 주워 먹었더구먼."

직원은 오 선생이 포섭 대상 여성들을 닥치는 대로 주워 먹는 바람에 고정 간첩단을 일망타진하는 쾌거를 올리게 됐다고 했다. 헛물만 켜고 입맛만 다시던 직원은 별로 아는 게 없는 길욱을 젬마 수녀에게 인계하며 떠벌렸다.

"너처럼 예쁘장하면 아줌마들이 눈독을 들일 만하지. 수녀님도 그렇고."

젬마 수녀에 대한 불만을 성희롱으로 앙갚음하려는 것 같았다. 쌍칠 년도, 그러니까 내가 중2 때 겪은 사랑이었다.

나중에 밝혀진 사실이지만, 오성철 선생은 고첩도 연락책도 아니었다. 다만 강 선생님의 서신 교환을 도운 브로커가 그의 친구였고, 술자리를 통해 불법 서신 교환 사실을 알게 된 것이었다. 그래서 이를 빌미로 심부름을 자처하다가 몸을 요구한 것이고, 이를 피하자 편지를 훔쳐 고발하겠다며 협박을 한 것이다. 그러다가 훔친 편지가 눈치 빠른 그의 마누라

포스터칼라

손에 들어가는 바람에 일이 엉뚱한 방향으로 튄 것이었다. 남편 바람기 고쳐준다고 경찰을 끌어들인 것인데, 그만 남편을 간첩단 사건과 연계하여 연락책으로 둔갑시키게 된 것이었다.

미호천 물가의 주민들과 환경단체 사람들이 편을 먹고 공사장 인부들과 붙어 싸웠다. 전경들이 끼어들어 뜯어말렸다. 솔밭과 습지를 잃은 물가 마을은 버려진 고무신짝 신세라며 절규했다.

굴삭기가 묘지에 솟은 밥사발 모양의 봉분만 파헤쳤다. 유해를 비를 맞힐 수는 없었다. 만근이 짐칸에서 손바닥만 한 비닐 봉투를 꺼내 다섯 명에게 나눠주었다. 일회용 우비였다. 그러고는 인부들과 함께 천막을 들어 묘혈 위로 옮겼다.

"삽질은 세 명씩 두 개 조로 돌아가면서 하자."

마스크를 챙겨준 만근이 삽 세 자루를 꽂고, 서둘러 묘혈 둘레에 물고랑을 팠다.

"이게 뭐냐?"

삽질을 하던 능서가 엄지손가락 굵기의 잔고구마 같은 걸 들고 물었다.

"마(麻)다. 깎아 먹어라."

마를 빼앗은 만근이 옷깃에 쓱쓱 문질러 흙을 닦아낸 뒤, 한 입 베어 물었다. 이렇게 해서 먹으라는 시범이었다. 네댓 번 교대를 하고, 대여섯 조각의 마가 나왔을 무렵, 선생님의 시신이 드러났다.

만근이 다시 폴라로이드를 꺼내 사진을 찍었다. 그러고는 한지를 깔고 준비해온 칠성판을 올린 뒤 다시 한지를 깔았다. 흰 장갑을 낀 만근이 몽당비로 시신의 흙을 비질하며 정성껏 수습했다. 썩어가는 유해가 녹아 뭉그러진 초콜릿 케이크 조각 같았다. 모두 코를 막고 고개를 돌렸다. 구경거리가 못 됐다.

강성애 선생님은 서신 교환, 월북 기도 등의 혐의로 육 개월 구형을 받았으나 집행유예로 풀려났다. 무조건 잡아갔으니 무조건 벌을 준 것 같았다. 잡아간 안기부 직원을 고려한 선고 같았다. 길욱은 제자 보호를 위해 자신을 희생한 강 선생님을 뵐 낯이 없었다. 그래서 삼십 년이 지나서야 겨우 선생님의 환갑 자리에 찾아갔다.

"이게 네 그림 맞지?"

선생님이 예의 그 5단 오동나무 서랍장 속에서 돌돌 만 그림 한 장을 꺼내 펼쳤다.

"예."

길욱이 중2 때, 마지막으로 그린 정물화였다. 늦은 밤 챙기러 갔을 때 미처 찾지 못한 정물화였다.

"선생님도 훔칠 줄 아시네요?"

길욱이 웃으며 말했다.

"고흐가 색약이었다는 얘기 들어봤어? 적록색약."

선생님이 머리와 손을 같이 떨며 말했다. 고문 후유증이었다.

"……"

아, 길욱은 답을 할 수 없었다. 삼십 년 만에 선생님의 진심을 안 것이다. 그것도 선생님의 언질을 통해 겨우…… 길욱은 무릎을 꿇고 고개를 떨군 채 흐느꼈다.

―넌 더 이상 비전이 없어. 원숭이 새끼일 뿐이지. 그러니까 이제는 그림 그리지 마.

길욱은 선생님의 집을 뛰쳐나와 무심천 뚝방을 걸었다. 버드나무가 뽑

포스터칼라

힌 자리에 벚꽃이 무성했다. 본정통의 화방도 장글제과도 자취를 찾을 길이 없었다. 길욱이 청주를 다시 찾은 것이 이십칠 년만인 때문이었다. 길욱은 이튿날, 결강을 하고 대학 부속병원 안과를 찾았다.

"아니, 양 교수. 이게 56으로 보여? 58인데…… 적록색약 맞아요."

길욱이 자꾸 숫자를 우기자, 이번에는 둥근 원 속에 표시된 길을 찾아 보라고 했다.

"그 길이 아니야. 적록색약이 맞구먼."

"어떻게……?"

"자신이 적록색약인지 모르는 사람이 많아. 적록색맹은 적색과 녹색을 아예 구별 못하는 데 비해 적록색약은 색조(色調)는 느끼지만 감수 능력이 굼떠 비슷한 색조를 구별 못하지. 색약은 전색약(全色弱), 적록색약, 청황색약으로 대별되는데 적록이상(赤綠異常)이 많은 편이지. 회갈색이나 황색이 적색 곁에 있으면 녹색으로 보이고, 녹색 곁에 있으면 적색으로 보이는 것이 특징이야. 색맹과 같이 반성열성유전인데 의학적으로 치료가 불가능해."

우리나라 성인 중 1퍼센트에서 4퍼센트가 해당된다고 했다. 길욱은 알지 못하는 부모가 물려줬다는 적록색약이 신기했다.

6

화장장은 엎어놓은 밥공기 같은 무덤들 속에 주저앉아 있었다.

선생님의 유해가 화장로에서 탈 때, 다시 찔끔찔끔 비가 내렸다. 길욱은 만근에게 담배를 빌려 물었다. 담배 연기처럼 불타 사라지는 선생님의 유해를 생각하자 겨우 참고 있었던 눈물이 다시 솟았다.

"그만해라. 너무 티 나서 보기 흉하다."

만근이 장갑 낀 손으로 금방 산 유골함을 닦으며 핀잔을 줬다.

"울어야 할 사람은 만근이다. 선생님이 길욱이를 위해 만근이를 이용한 거잖아."

능서가 길욱의 등을 도닥이며 낮은 소리로 말했다.

"네가 색을 쓰는 걸 보고 처음에는 개성인 줄 알았지. 그런데 이상해서 자세히 살펴보니까 틀림없는 색약이었어."

강 선생님의 말이 떠올랐다. 당시에 색약이면 미술대학 신체검사에서 불합격이었다. 필기와 실기시험에 모두 붙어도 미대를 다닐 수 없었다.

수골실에서 몇 조각의 뼈를 수습하여 빻았다. 빻아 가루가 된 유분을 유골함에 담아 안고 나왔다.

길욱은 만근이 1톤 트럭에 실으려는 유골을 달라고 했다.

"왜? 아, 좋은 차로 모시려고."

만근이 길욱의 BMW를 보며, 혼자서 멋쩍게 묻고 답했다.

"장가는 잘 가고 볼 일이야."

술이 덜 깬 성태구가 아직도 풀리지 않은 혀로 거들었다.

BMW 뒤를 에쿠스와 1톤 트럭 포터가 차례로 따라붙었다. BMW가 좌회전을 하자, 곧바로 휴대전화가 울렸다.

"미호천은 우회전이야."

만근이었다.

"그냥 따라와라."

길욱이 문의 나들목으로 방향을 잡으며 휴대전화 폴더를 닫았다.

"어딜 가는 거야?"

톨게이트가 보일 때 조수석에 탄 종식이 물었다.

포스터칼라

"임진강."

"뭐?"

금강으로 빠지는 미호천에 유분을 뿌릴 수 없었다. 미호천에서 황해도까지는 너무 멀었다. 멀어서 선생님이 닿을 수 없었다. 임진강 하구쯤에 뿌리고 싶었다. 임진강까지 배웅해드리면 선생님은 황해도 앞바다까지 넉넉히 알아서 가실 수 있을 것 같았다. 가시면, 살아서는 찾지 못했던 근본을 찾으실 것 같았다.

길욱은 거센 빗줄기를 헤치며 가속 페달을 밟았다.

"너, 미쳤냐?"

뒷자리의 동수가 빽, 하고 소리쳤다.

결국 동창들의 성화로 임진강까지는 가지 못했다. 선생님의 유분은 자정 무렵 일산대교 밑에 뿌려졌다. 동창들은 임진강 물이 가까이 붙어 있다고 했다. 그러니까 걱정 말라 했다.

이튿날, 집을 나서 연구실에 도착한 길욱은 주머니에 챙겼던 마를 꺼내 살펴보다가 입에 넣어 천천히 씹었다. 마를 씹으며, 학과조정위원장이 전해준 이면 각서를 찾아 찢었다. 승진과 정년 보장 조건으로 학과조정위원장이 내건 조건이 학과 포기 각서였다. 학과 선임교수인 길욱은 퓨전 교과목을 더 만들어 버텨야 할지, 학과와 동료들을 버려야 할지 판단이 서지 않았다. 목에 걸린 마가 삼켜지지 않았다.

순응의 복

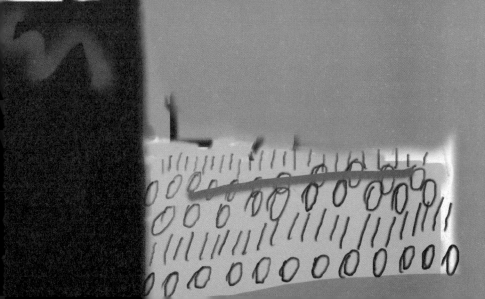

'왜 저러지? 부딪칠 텐데……'

상가 진입로에서 큰길 쪽으로 차머리를 뺀 채 좌우를 살피던 모기출은 좌측에서 대책없이 내처 달려오는 오토바이를 보고 깜짝 놀랐다. 오토바이가 불을 향해 달려드는 불나방 같았다. 놀란 기출이 어쩌지 못하는 사이에 다가온 오토바이는 운전석 문짝 아래쪽을 쿵, 하고 박았다. 달리던 속도 그대로 들이박은 오토바이가 쓰러지며 1톤 트럭 앞바퀴 밑에 처박혔다. 운전자는 이차선 도로 쪽으로 튕겨 나갔다. 사고 실험이 아니라면, 이해가 안 되는 사고였다. 순간, 기출은 생니를 뽑아 허전해했던 간밤의 꿈이 떠올랐다.

오토바이는 시계가 뻥 뚫린 이차선 도로를 타고 시속 삼사십 킬로미터 속도로 달려왔다. 기출이 오토바이를 발견했을 때에는 십여 미터 거리 밖에 있었다. 분명 오토바이 운전자는 정면을 주시하며 달려왔다. 그러니까 사고 날 상황이 아니었다. 신호를 받고 좌우를 두리번거리며 횡단보도를 건너던 한 꼬부랑 노인이 어어어, 하며 창을 하듯이 한참 소리를 지를 정도였다는 것은, 얼마든지 멈추거나 피해 갈 수 있었다는 얘기였다.

기출은 일단 차에서 내렸다. 직진 차로로 차머리를 한 발짝가량 빼낸 것이 죄가 될 듯싶었다. 때문에 오토바이 운전자의 상태가 더욱 신경 쓰였다. 그때 도로 위로 나자빠졌던 운전자가 오뚝이처럼 발딱 일어났다. 넘어지자마자 마치 넘어진 뒤 일어날 준비를 하고 있었던 양 발딱 몸을 일으키는 모습이 신비롭기까지 했다. 운전자가 기출에게 다짜고짜 덤벼들었다. 막무가내로 욕을 하며 멱살을 움켜잡으려 했다.

"야이, 씨벌 놈아! 병원으루 가자."

많아야 이십대 후반쯤 됐을까 싶은 남자였다. 올이 굵은 황색 털 스웨터에 때 아닌 코르덴 누비코트를 걸쳤는데, 달려들 때 술냄새가 났다. 복장이나 욕하는 품새가 가당치 않았다. 말로 문제를 풀어나갈 상대는 아니지 싶었다.

"신고부터 합시다."

휴대전화를 꺼내 든 기출이 욕과 기침을 해대며 멱살을 잡으려 달려드는 남자의 손을 뿌리치며 말했다. 사고가 났으면 일단 신고부터 해야 했다. 그런데 누비코트는 달리 생각하는 것 같았다.

"이 개새끼가…… 신고는 무슨 신고…… 히야, 씨벌!"

욕이 언어인 듯싶었다. 말보다는 욕을, 욕보다는 몸을 선호하는 젊은 이였다.

납품할 물건을 차에 잔뜩 실은 기출은 난감했다. 돈 몇 푼 쥐여주며 달랠 일이 아닌 듯싶었다. 작정하고 덤벼드는 놈 같았다. 자해공갈단일지도 모른다는 생각이 들었다. 하지만 자해공갈단으로 보기에는 사고가 허술하고 어설펐다. 누비코트의 욕지거리와 행패에 행인들이 하나둘 몰려들었다. 사고 신고를 하려는 기출의 휴대전화를 빼앗으려 누비코트가 덤벼들었다. 기출이 몸을 돌려 가까스로 피했다. 씩씩대던 누비코트가 상가 앞 공중전화 부스로 달려갔다. 그 틈에 기출은 112에 전화를 걸었다.

신고를 마쳤을 때 정수리에 빗방울이 떨어졌다. 누비코트의 제법 긴 통화 내용을 모두 들을 수 없었으나, 씨발, 좆같은 놈이…… 어쩌고 하는 욕설은 알아들을 수 있었다.

연체동물 닮은 스카이댄서가 속옷 가게 개점 홍보를 위해 계통 없이 꼬고 비틀고 엎어지고 넘어지고 나자빠지는 일을 반복했다. 그 옆에서 짧은 치마와 탱크톱을 걸친 두 명의 댄서도 스카이댄서처럼 사지를 흔들어댔다.

기출은 앞바퀴 밑에 걸친 '씨티 100' 오토바이와 차의 문짝을 살폈다. 차는 문짝이 우그러졌을 뿐 멀쩡했고, 오토바이도 외형상 멀쩡했다. 그런데 멀쩡해 보이는 오토바이에 번호판이 없었다. 남자는 음주에, 안전 장구 미착용에, 무적(無籍) 오토바이를 몬 것이다. 면허는 있을까 싶었다.

전화를 마친 누비코트가 다시 다가왔다. 공중전화 부스로 갈 때는 뛰어갔던 그가 다리를 절룩이며 기출에게 다가왔다. 그러고는 또 싹수없이 멱살을 잡으려 덤벼들었다.

"야이, 씨발아. 너, 돈 많아?"

당장 병원에 가자던 놈이 펄펄 뛰며 계속 덤벼들었다. 완전히 경우도 법도 없는, 양아치 같은 놈이었다.

"돈 없어."

기출이 덤벼드는 누비코트를 요리조리 피하며 답했다. 놈이 젊다고는 하지만 술 먹은 몸이 굼떠 얼마든지 피할 수 있었다.

"돈도 없는 놈이 사람을 왜 쳐?"

와서 박고, 쳤다고 덤벼드는 놈에게 따로 할 말이 없었다. 말이 안 되는 말을 욕과 버무려 내뱉는 것이야 어떻게 참아본다고 해도, 자꾸 손과 발을 뻗어 엉겨붙는 것은 견디기 힘든 문제였다. 또 견뎌야 할 이유도 없었다. 쇠파리떼처럼 꾸역꾸역 몰려든 구경꾼들의 호기심 어린 시선도 불편하고 불쾌했다.

기출은 다시 휴대전화 폴더를 열었다. 교통사고처리반은 대략 언제쯤 오냐고 물었다.

"언제쯤 갈지는 내가 모르고요, 곧 갈 겁니다."

앳된 목소리의 의경이 말 안 되는 답을 내지른 뒤, 전화를 끊었다.

누비코트는 전화를 거는 동안에도 기침을 해대며 날벌레처럼 달려들었다. 구경꾼들은 이십대의 젊은 놈이 오십 줄의 어른에게 욕설과 헛손질을 해대며 패악을 떠는 모습이 재미있는지 그저 구경만 했다. 기출은 어쩔 수 없이 다시 112에 전화를 걸어 신변 보호를 요청했다. 사고처리반이 오기 전에 맞아 죽든지, 때려죽이든지 둘 가운데 하나가 될 것 같으니, 예상되는 폭행 사태를 막아달라고 사정했다. 112는 가까운 지구대로 연락을 취해 즉시 조처하겠다고 했다. 그 답을 듣는 순간 퍽, 하고 놈의 주먹이 가슴팍으로 날아들었다. 기출이 가슴을 감싸 쥐며 주저앉자 남자가 헤드록을 걸었다. 기출은 버둥대며 목을 빼냈다.

그러고 나서 십오 분쯤 지났을까, 경찰이 어기적거리며 다가왔다. 잎사귀를 네 개 단 경사였다. 다가오는 모습이 천하태평이었다. 경사 뒤로 대평지구대 입간판이 보였다. 백 미터가 채 안 되는 거리였다.

경사는 차가 밀린 게 안 보이냐며, 대뜸 차와 오토바이를 치우라고 호통쳤다. 사고현장을 보존하라고 해야 할 경찰이 무턱대고 사고현장을 먼저 정리하라며 윽박지르는 것이 이해되지 않았다. 그래서 머뭇거렸다.

"이 양반아, 냉큼 차 치워!"

경사가 눈을 부라리며 반말 짓거리로 재촉했다. 신변 보호를 위해 왔다는 경찰이 되레 화를 돋우었다. 기출은 다급한 대로 우선 휴대전화를 꺼내 사고현장을 찍었다. 그러고는 댄서를 사고 목격자로 확보하고 휴대전화 번호를 땄다.

순응의 복

"찍고 자시고 할 것도 없는 빤한 사고구먼."

경사가 비 맞은 중처럼 중얼댔다. 왜 지체하느냐는 핀잔 아니면, 적당히 합의 보고 끝낼 일을 왜 번거롭게 하느냐는 뜻으로 들렸다. 경사는 1톤 트럭 운전수의 신변 보호를 위해 불려온 것에 몹시 자존심이 상한 듯싶었다. 기출은 경사가 어찌 생각하거나 말거나 모든 사고에는 증거가 중요하다는 상식에 따라 부지런히 현장 사진을 찍고 목격자까지 확보했다.

오토바이를 꺼내고 차를 치우려 운전석에 앉았을 때 휴대전화가 바르르 떨었다.

"저녁 시간이 다 됐는데, 물건 안 가져옵니까?"

5시였다. 주부들이 저녁 장을 볼 시간이었다. 포도를 납품해야 하는데, 어이없는 교통사고로 발이 묶인 것이다. 질긴 비 때문에 닷새 동안이나 거봉을 딸 수 없었다. 해가 귀한 날씨였다. 4대강 사업으로 줄어든 경작지도 생산량 감소에 한몫했다. 그래서 과일도 귀했다. '화랑마트' 점장이 짜증을 섞어 독촉하는 이유였다. 가게는 차로 십 분 거리에 있었다. 누비코트에게 양해를 구하고 배달을 하고 와도 되지 싶었다.

"존나 경우 없네. 다친 사람은 길바닥에 버려놓고 과일 배달을 하겠다고요? 내가 거봉만도 못하다는 건가, 씨발."

양아치에게 양해를 구해보겠다는 생각 자체가 무리였다. 기출은 길가의 빈 공간을 찾아 차를 우겨 넣었다. 그러고는 경사를 쫓아 터벅터벅 대평지구대로 갔다. 빗방울이 잦아졌다. 하지만 일기예보에 따라 많은 비가 올 것 같았다. 경사가 열쇠를 꺼내 가정집 대문을 열듯 잠긴 지구대 문을 땄다. 지구대마다 구조 조정을 당해 경찰이 부족해진 때문에 문을 잠그고 다니는 것 같았다. 누비코트는 여전히 기출의 등짝에 들러붙어 쉼 없이 욕지거리를 내뱉었다. 욕와 욕 사이에 주먹으로 옆구리를 툭툭 쳤다.

열댓 평 남짓한 지구대는 어둡고 눅눅하고 칙칙했다. 기출은 구석에 놓인 정수기를 찾았다. 잊고 있던 혈압약과 당뇨약을 챙겨 먹었다. 기출이 급히 약을 챙겨 먹을 때 누비코트는 화장실로 달려갔다. 화장실에서 욕지기하는 소리가 들렸다. 마신 술을 토해내보려고 버둥대는 듯싶었다.

아침에, 두 달 전 이혼하자며 집 나간 마누라가 전화를 걸어왔다. 약속한 생활비 백만 원과 큰딸 학비를 왜 안 부치느냐고 닦달을 했다. 약속한 적은 없지만 약속 여부를 떠나 줘야 마땅한 돈이었다. 마누라가 집에서 나갈 때 두 딸을 데려간 때문이었다. 매일같이 사채 수금원이 들이닥쳤다. 돈 빌린 곳이 여러 곳이라 찾아오는 수금원도 제각각이었다. 수금원이 들이닥쳐 배통 내밀고 드러누워 행패를 부리는 집에, 그래서 동정과 무시와 눈총이 쏟아지는 고향 마을에 자신은 물론, 자식들도 둘 수 없다는 것이 이유였다. 기출은 마누라의 결정이 고마웠지만, 고맙다고 말을 할 수는 없었다.

개인 기업을 한 것이 죄였고, 대기업과 거래를 튼 것이 죄였고, 대기업을 상대로 싸운 것이 죄였다. 마누라는 비록 지방지이지만 신문사 기자라는 안정된 직장을 팽개치고, 공장을 만들어 속 썩이고, 대기업의 말만 믿고 사업을 확충한 결과 파탄 지경에 올라앉았는데, 그것도 모자라 이기지도 못할 소송까지 건 것을 문제 삼았다. 이기심과 자존심 때문에 남은 것마저 모두 날려 가족을 알거지로 만든 것이 이혼 사유라고 했다. 기출은 가족의 생계는 어떻게 해서든 책임지겠다고 말했다. 그러나 말만 믿다가 망한 기출의 말을 마누라는 믿지 않았다. 당연한 이치였다. '어떻게 해서든' 될 수 있는 일이 세상에는 흔치 않았다. 마누라가, 상식으로 당한 것을 법으로 되찾을 수 있다고 생각하는 사람이 정상인이냐고 따져 물었다. 자식새끼들 밥값과 학비도 못 대는 인간이 정상인이냐는 핀잔을 듣지 않으려면 어서 물건을 배달하고 수금해서 생활비와 학비를 냉큼 송금해야 했다.

"여기 안티프라민 같은 거 없나?"

까지고 멍 든 팔꿈치를 쳐든 누비코트가 경사를 바라보며 혼잣말처럼 웅얼댔다.

"없지."

경사가 누비코트의 말투를 빌려 받았다.

"주민에게 사랑을 듬뿍 준다면서……"

지구대 이마빡에 건 슬로건을 끌어대 구급약도 없는 지구대가 어디 있느냐며 야지를 놓았다.

"에취! 씨발."

누비코트가 기출의 얼굴에 대고 기침을 해댔다. 침이 튀었다. 기출이 얼굴에 튄 침을 닦을 때 놈은 콧물을 훔쳤다.

"덧나면 좆같은데…… 아저씨 지금이라도 병원에 가자. 가서 응급조치 먼저 하자, 응."

정수기를 끼고 앉아 계속 물을 마시던 누비코트가 눈을 부릅뜨며 을러댔다. 다섯 잔째 마시는 물이었다. 병원에 안 가겠다던 놈이 이제 당장 병원에 가자고 졸랐다. 지구대를 빨리 벗어나겠다는 수작 같았다. 누비코트는 술을 깨려고 용을 쓰면서 사고처리반을 피하려고 기출을 다그쳤다.

"……"

기출은 대꾸를 안 하는 게 상책이다 싶었다.

"구급약이 없다잖아, 씨발!"

서랍을 열어 부스럭거리며 뒤적이던 경사가 누비코트에게 무언가를 던졌다. 후시딘이었다.

"어이, 아저씨. 오토바이 수리비와 치료비와 벌금을 계산하고 빨랑 끝내지."

누비코트가 후시딘을 받아 바르며 다시 시비를 걸었다.

―빨리 계산하자니까. 현물도 받아줄게. 어떤 걸로 줄래? 딸, 마누라, 장기(臟器). 뭐든 다 받아준다니까.

냉장고에서 우유를 찾아 마신 수금원이 기출의 정수리와 뺨을 톡톡 치며 말했다.

딸도, 마누라도, 장기도 줄 수 없었다. 기출이 줄 수 있는 것은 자신의 정수리와 뺨뿐이었다. 콧잔등이 주저앉아 틀어진 점박이 수금원이 기출의 뺨을 때리다가 몸뚱이를 차고 밟았다. 아프지 않았다. 마누라와 아이들이 없어 다행이라는 생각만 들었다.

―알아, 안다니까. 정의는 있어. 하지만, 있는 것과 이루어지는 것은 달라.

마누라는 경제에 정의 따위는 없으니 그만 맞서라고 했다. 기자 출신이 무지하다며 몰아췄다. 충고가 아닌 최후통첩이었다. 그러나 상식적 사고를 가진 기출은 그만둘 수 없었다. 소송 비용을 대려고 오 층짜리 건물을 상의 없이 처분한 것은 절대 용서할 수 없다고 했다. 정의감의 탈을 쓴 빌어먹을 이기심과 알량한 자존심이 끝내 집안을 풍비박산 내서 가족을 알거지로 만들었다고 했다. 맞는 말이었다. 돈이 곧 정의인 세상에서 정의를 찾겠다며 돈까지 빌려 썼으니 미친 짓이었다. 정의가 빚더미 속에 파묻혀 더 이상 찾을 수도 없게 되었다.

제철소에서 나오는 쇳가루와 '기레빠시'를 모아 팔았다. 기레빠시는 고물처럼 돈 주고 사야 했지만, 쇳가루는 폐기물 취급을 받아 공짜로 얻을 수 있었다. 쇳가루를 재가공할 방법이 없기 때문이었다. 쇳가루는 고열에서 녹기 전에 풀풀 날아 흩어졌다. 기출은 먼지처럼 풀풀 날아 재가공이 불가하다는 쇳가루를 뭉쳐 상품으로 만들었다. 고열에 견디는 쇠틀을 짜서 그 속에 쇳가루를 넣고 압축해서 가열했다. 다식판에서 다식을 찍어내는 이치와 같았다. 송편 크기로 뭉친 쇳가루를 중국에 팔았다. 우리나라에서는 순도가 떨어져 쓰지 않는다고 했다. 소문을 들은 무역상이 찾아와서 찍어내기만 하면 알아서 중국으로 실어다 주고 돈을 줬다. 내다 팔 걱정 없이 찍어내기만 하면 됐다. 이렇게 해서 번 돈으로 선박 제작용 후판을 가공처리해 '대성조선'에 납품했다. 대성조선은 빼어난 가공 기술과 저렴한 납품 가격을 인정해 오 년 장기 계약을 했다. 기출의 회사가 새로운 공법으로 가공한 후판은 부식을 견뎌내는 힘이 월등했다.

일 년 뒤, 대성조선은 후판의 질보다 가격이 우선이라고 했다. 가공한 후판 가격이 가공 전 가격보다 싸야 한다는 요구를 받아들일 수밖에 없었다. 상식을 떠나, 종이어음 이십 퍼센트에 전자어음 삼십 퍼센트를 받는 상황에서 결코 들어줄 수 없는 요구였다. 그러나 회사가 살기 위해 들어줘야 했다. 기출은 이미 대성조선에 코가 꿴 상태였다. 한시적인 불공정 거래일 것이라고 자위했다. 하지만 안정적인 거래처 확보가 치명적인 약점이 되어버렸다.

"아직도 안 온 거야, 씨발!"

술기운 탓인지 사타구니에 고개를 처박고 꾸벅꾸벅 졸던 누비코트가 흠칫 놀라며 벌떡 일어섰다. 그러고는 누비코트를 벗어던지고 웃통을 걷어 올리며 욕지거리를 뱉었다. 아마도 공중전화로 부른 누군가를 기다리는 듯싶었다. 볼록 튀어나온 배통에서 용 문신이 출렁댔다.

누비코트가 허우적거리며 지구대 문을 들락날락했다. 비가 쏟아지는지, 밖으로 나갔다가 들어오는 누비코트의 옷에서 물이 흘렀다.

경사의 대머리 위에 걸린 전자 벽시계가 'PM 05:36'라고 일러줬다. 리모컨을 쥔 경사는 텔레비전으로 녹화 중계하는 인사청문회와 개그콘서트를 번갈아 보고 있었다. 그는 개그콘서트를 심각하게 보고, 청문회를 보면서는 피식피식 웃었다. 웃다가 멈춘 경사가 담배를 빼 물었다. 누비코트가 경사에게 빌붙어 담배를 얻어 피웠다.

─쌍용차 파업 진압은 가장 보람 있는 법 집행이었다고 생각합니다.

"아저씨. 전화 좀 씁시다."

담배를 빤 누비코트가 제 머리칼을 쥐어뜯는 시늉을 하다가 말했다.

"미친놈!"

경사가 리모컨을 조작하며 욕을 했다.

"예?"

누비코트가 눈을 부라렸다.

"너 말고."

"아, 씨발! 왜 반말이야?"

"뭐?"

경사가 리모컨을 집어던지며 벌떡 일어났다. 가만둘 것 같지 않은 기세였다. 이때, 지구대 문이 열리고 한 떼의 남자들이 들이닥쳤다. 모두 다섯 명이었다. 누비코트가 세번째 들어서는 양복 차림에게 구십 도로 각을 잡아 인사했다. 인사하는 누비코트의 머리통이 인사 받는 양복 차림의 사타구니에 처박혔다.

"형님! 오셨습니까요!"

양복 차림이 누비코트의 인사를 무지르고 경사를 향해 깍듯이 인사했다.

"형님, 평안하셨습니까요?"

"어어, 넌 깡필이…… 네가 어쩐 일이냐?"

자리에서 벌떡 일어난 경사가 엉거주춤한 자세로 기출의 눈치를 보며 악수를 청했다.

"도 경장님은요?"

순응의 복

"시위 진압에 동원됐다가 발톱이 빠졌다."

"어쩌다가요?"

"시위대에게 밀리다가 발가락을 밟혔대."

"도 경장은 재수도 존나 없네요. 하하하."

대화 내용으로 보면 지원 나온 동료 사이였다.

"의원님은 요즘 어떠신가?"

"저기 계시잖아요."

텔레비전 화면을 가리키며 말했다.

"보면서도 몰랐네."

"우리 의원님이 점잖으셔서 말수가 적으시잖아요."

양복 차림이 송수화기를 들어 다방에 커피를 주문했다.

"그런데 쟤는 누구냐? 나한테 씨팔 놈이란다, 씨발!"

경사가 누비코트를 손가락질하며 일러바치듯 말했다.

"죄송함다, 형님. 이 새끼는 술만 처먹으면……"

뒷말을 삼키고 송수화기를 들어 누비코트의 정수리를 쥐어박았다.

―유족과 국민에게 송구스럽습니다. 노 전 대통령을 비하하려는 의도
는 없었습니다.

깡필이와 경사가 다방 커피를 시켜 마시는 사이에 네 명의 배꼽바지
남자들이 기출에게 들러붙었다.

"바쁜 경찰은 왜 오라 가라 하고 그러세요."

"일 년에 전국적으로 구십칠만 칠천오백삼십오 건의 교통사고가 난대.
삼백육십오 일로 나누면, 이천육백칠십팔 건이야."

"아저씨가 애기야? 경찰 불러 징징거릴 일 있어?"

"아그가 아니라 아빠구먼."

"당사자끼리 깔끔하게 해결하면 좀 좋아. 안 그래요, 형님들?"

질문을 받은 형님 깡패와 형님 경사가 동시에 고개를 돌렸다.

배꼽바지 넷과 누비코트가 눈을 부라리며 기출에게 들러붙어 '돌림빵'을 놓았다.

"신고 취소하셔."

누비코트가 동료의 휴대전화를 낚아채 112를 찍어 건네며 윽박질렀다.

—아니, 이게 공정거래위원회에 가서 징징거릴 일인가요?

대성조선이 계약을 어기고 거래를 끊었다. 납품 단가 조정과 어음거래에 대해 투덜댄 대가였다. 기출이 납품 단가를 올리려고 하청업체들의 담합을 선동했다며 몰아쳤다. 하청업체 사장들과의 모임에서 술 한잔하며 투덜거린 것이 담합 선동으로 둔갑한 것이다. 그날 기출이 술값 치른 것을 선동 증거라고 했다.

기출이 아무런 반응을 보이지 않자 누비코트가 형님 깡패에게 다가가 귓속말을 했다. 무면허에, 음주에, 미등록 오토바이를 몰았다는 얘기를 주고받는 듯했다. 귓속말을 다 들은 형님 깡패가 곧바로 누비코트와 경사를 데리고 밖으로 나갔다.

"저기요, 경찰 아저씨."

기출이 형님 깡패가 달고 나가는 경사를 불러 세웠다.

"저 친구 음주 측정은 언제 합니까?"

누비코트를 가리키며 말했다.

"우린 사장님 신변 보호만 합니다. 음주 측정은 이따가 사장님이 부른 사고처리반 사람들이 와서 직접 할 거요."

경사의 말투에 핀잔이 섞여 있었다.

신고한 지 두 시간이 가까워오고 있었다. 술이 깬 뒤의 음주 측정이 무슨 소용 있으랴 싶었다. 게다가 지금 밖으로 나가는 이유가 미심쩍었다. 아무래도 술 깨는 약을 먹으러 가는 듯싶었다.

벽시계가 'PM 06:50'을 알렸다.

"벌금 백, 오토바이 수리비 이십, 치료비 오십…… 어때?"

나갔다 들어온 누비코트가 땀 찬 얼굴로 가쁜 숨을 몰아쉬며 값을 흥정하듯 말했다. 술을 깨려고 빗속에서 뜀박질을 하고 온 듯싶었다. 입에서는 생약 냄새도 났다.

"……"

기출은 대꾸하지 않았다.

누비코트가 사전 합의를 보면 내지 않아도 될 벌금까지 계산에 넣어 내놓으라고 했다.

"말을 해, 이 씹새…… 아저씨야."

족제비 상을 한 배꼽바지가 끼어들어 우산을 쳐들며 윽박질렀다. 치켜든 우산에서 빗물이 떨어져 기출의 대머리를 적셨다. 대머리에 떨어진 빗물이 이마와 콧잔등을 타고 흘렀다. 형님 깡패와 함께 나간 경사는 함흥차사였다. 자리를 피해준 것 같았다.

—공정위가 검찰에 고발해줄 사안이 아닌데…… 일을 참 어렵게 끌고 가시네.

자재3팀장의 말이었다. 대성조선은 거래 중단에 이어 일을 참 복잡하게 끌고 간다는 이유로 밀린 대금 정산을 중단했다. 자재3팀장의 말마따나 공정거래위원회는 대성조선 편이었다. 기출은 불공정 거래 행위에 대한 고발을 미루고, 대금 변재 거부를 걸어 제소했다. 검찰청과 법원을 들락날락했으나 법이 시간을 끌었다. 기출은 받을 돈과 갚아야 할 돈 사이에서 끌 수 있는 시간이 별로 없었다. 받지 못하면 갚을 수 없었고, 갚지 못하면 부도였다. 기출은 받아야 될 돈을 제때에 받고자 또 돈을 써야 했다.

대성조선은 법정에 대리인을 보내 돈을 안 주는 것이 아니라 못 주는 것이라고 말했다. 미국발 세계 경기 불황으로 해운 물동량이 급감한 것을 이유로 댔다. 지난 해 9월에는 세계 3위의 선사(船社)인 프랑스 CMA CGM사가 모라토리엄을 선언해 해운업이 줄초상을 치르는 중이라고 했다. 조선업이 타격을 받아 수주받던 40만 톤 급의 초대형 벌크선 세 척이 한꺼번에 해약됐다고 했다. 조선업은 다른 업종과 달라 해약이 돼도 계약금 가운데 돌려줘야 하는 돈이 있다고 했다. 진행된 공사비를 제외한 나머지를 따져서 돌려주는 게 법이라고 했다. 조선업이 어느 정도 위기냐 하면, 채무 불이행 발생 가능성을 놓고 금융 상품(CDS 신용부도스왑)이 만들어져 시판되고 있는 실정이라고 했다. 이런 이유 등으로 회사가 파산 직전이라 지금은 대금 정산이 불가하다고 했다. 돈은 있는데, 다른 사람 줄 돈은 있고 기출에게 줄 돈은 없다는 뜻으로 들렸다. 결국 기출의 회사는 파산했으나, 대성조선은 아직까지 파산하지 않았다.

"오면 얘기합시다."

배꼽바지에 둘러싸인 기출이 집단 협박 속에서 뻗댔다.

'PM 07:05'였다.

"그때는 늦지."

"늦는 게 아니라, 얘기가 불필요하지."

"신경 쓸 일이 존나 많아지는 거이지. 마누라 조심시켜야지, 자식새끼들 조심시켜야지…… 본인 밤길 조심해야지."

"그렇게."

기출이 배꼽바지들의 말을 받았다.

"뭐?"

"조심하겠다고."

"어쭈, 새끼 봐라. 여기서 팍 쑤실 수도 있어."

순응의 복

약이 오른 누비코트가 주머니칼을 빼내 옆구리에 들이밀었다. 그때, 끼이익 하며 문이 열렸다. 비에 젖은 경찰이 들어왔다. 잎사귀가 세 개였다. 경장은 목발을 짚고 있었다. 목발 짚은 모습이 어설퍼 보였다.

"애들 뭡니까?"

약봉지를 책상 위에 던진 경장이 뒤따라 들어온 경사에게 물었다.

'애들'이라는 말에 흥분한 배꼽바지들이 눈을 부라렸다.

경장이 이내 주눅 든 표정을 지었다. 경사가 주눅 든 경장을 한쪽 구석으로 데려가 귀엣말을 쏙닥거렸다. 상황 설명을 해주는 것 같았다.

기출의 휴대전화가 부르르 진저리를 쳤다.

"이런 식으로 납품하실 거면 그만두세요. 거래 끊겠습니다."

SSM(기업형 슈퍼마켓)의 과일 담당자였다. 지난번 납품할 때, 무작위로 뜯어본 상자에서 터진 포도송이가 나왔다는 이유로 상자당 이천 원씩을 깎았다. 오천 원씩에 떼 온 이 킬로그램들이 거봉을 사천 원에 넘긴셈이었다. SSM이건 일반 마트건 품질과 가격이 대동소이한 공산품을 팔아 남기는 이윤이 적었다. 과일과 야채에서 인건비를 빼야 비로소 영업수지를 맞출 수 있었다. 아무리 그렇다고 해도 SSM은 일반 마트에 비해 거래 가격이 야박했다. 하지만 대기업이 매일같이 일반 마트를 사들여 SSM으로 전환하는 마당에 '야박'을 문제 삼는 것은 시대착오적 발상이었다.

'PM 07:21'였다.

사고처리반은 이천육백칠십팔 건의 사고 틈서리에 끼어 옴짝달싹 못하고 있는 듯싶었다. 늦어지는 사고처리반을 기다리면서 양아치들에게 시달리는 사이에 이백 상자의 포도가 짐칸에서 짓물러 터지고 있을 터였다. 포도가 눅눅하고 비 오는 날씨를 견뎌줄 리 없었다. 기출은 돈이 되는 시간을 뺏으면서 생돈까지 뺏으려고 덤벼드는 양아치들에게 화가 났다.

"30모 3125 아저씨 적당히 합시다. 비도 오는데, 날궂이 하는 것도 아니고……"

"야, 인마! 너희들 뭐야? 자해공갈단이얏?"

기출은 벌떡 일어나 고함을 내질렀다. 수수방관하는 경찰들에게 내지른 고함이었다. 그러고는 누비코트에게 달려들었다.

"쑤셔! 쑤셔봐. 인마!"

열댓 평 남짓한 지구대가 쩌렁쩌렁 울렸다.

"자, 어디…… 찔……"

배를 걷어 들이밀려 고함을 지르던 기출이 갑자기 뒷목을 감싸 쥔 채 주저앉았다. 머릿속에 가득 찬 분노가 폭발하는 것 같았다.

"뭐야? 개그 해?"

누비코트가 짚단처럼 바닥에 주저앉는 기출을 향해 비아냥거렸다.

먼산 바라보듯 구경만 하던 경장이 급히 달려와 기출의 팔다리를 주물러댔다. 경사는 송수화기를 집어 들었다. 119를 부르려는 것 같았다.

"뭐하는 짓들이야? 당사자만 남고 다들 내보냇! 당장!"

경사가 송수화기를 집어 든 채 형님 깡패에게 냅다 고함을 질렀다. CCTV를 의식한 행동 같았다. 기출이 몸을 움직이자 경사가 송수화기를 내려놓았다.

"경찰도 119를 불러요?"

족제비였다.

"니들 나가 있어."

형님 깡패가 똘마니들을 밖으로 내몰았다. 똘마니들이 몰려 나가며 문을 열자, 면발 같은 비가 들이쳤다. 거친 바람이 빗줄기를 이리저리 낚아채고 있었다.

짐칸에 포장을 씌워야 하는데…… 기출은 움직일 기력도 말할 기력도

순응의 복

없었다. 잠시 굳었던 몸은 돌아왔으나, 정신이 멍했다. 바지 주머니 속에서 휴대전화가 진저리를 쳤다. 몸을 주무르던 경장이 휴대전화를 꺼내 기출의 뺨에 붙였다.

"애, 학교 안 보낼 작정이야?"

마누라였다. 큰딸 2학기 등록금을 보내주기로 한 날이었다.

"……"

입이 굳어 말을 할 수 없었다. 말이 입안에서만 뱅뱅 돌았다.

"사정해서 하루 연기시켜놨으니까 내일까지 보내줘."

아내의 말투가 수금원의 말투를 닮았다.

올여름은 시도 때도 없이 하늘이 흐렸고, 그러다가 비가 내리고는 했다. 비는 찔끔찔끔 자주 내렸다. 라니냐가 이상기온을 부른 때문이라고 했다. 야채와 과일이 품귀였다. 4대강 변의 경작지를 갑자기 없앤 것도 한몫했다. 상추는 고온다습한 일기 탓에, 시금치는 고온이 지속되어 생육이 부진해진 탓에, 대파는 일기불순으로 출하 작업이 부진한 탓에 생산과 출하량이 줄었다. 값은 뛰었으나, 물량을 구할 수 없어 장사를 망쳤다. 사고가 아니어도 오늘까지 큰딸의 돈을 해댈 수 없는 상황이었다.

똘마니들의 그림자가 지구대 안으로 밀려들었다. 번쩍이는 경광등 불빛 때문이었다. 사고처리반이 온 것 같았다. 씨발, 하며 기출을 흘겨본 누비코트가 문가에서 경찰을 막아섰다. 취기가 약해진 누비코트는 점점 기고만장이었다. 사고처리반이 어처구니없다는 듯이 누비코트를 옆으로 밀치고 지구대 경찰과 인사를 나눴다.

"아으씨, 당사자들끼리 다 해결 봤으요."

누비코트가 사고처리반의 면전에 바싹 붙어서며 어르듯 말했다.

"뭘 해결 봐?"

문밖에 선 남자들과 누비코트를 번갈아 살핀 경찰이 물었다. 불온한 분위기를 읽은 것 같았다.

"당신 술 마셨어?"

또 다른 경찰이 물었다. 인상이 잔뜩 구겨져 있었다.

"예?"

당황한 누비코트가 경찰을 바라봤다.

"당사자들끼리 해결 봤다는데…… 그만 가지."

형님 깡패가 갑자기 사고처리반을 문밖으로 내몰며 을러댔다. 뜻밖의 상황이었다. 깡패가 법 집행하는 경찰을 해코지하고 있었다. 간이 배 밖으로 나온 놈이지 싶었다.

"어어, 이게 뭐하는 짓이야?"

경찰의 말이 형님 깡패의 힘을 당해내지 못했다. 법은 멀고 주먹은 가까웠다.

"어, 뭐하는 짓이냐고? 이 이 새끼들이!"

경찰이 맥없이 빗속으로 내몰리며 악을 써댔다. 지구대가 외진 곳에 있어 구경꾼들이 몰려들지는 않았지만 우산 쓴 행인 몇몇이 걸음을 멈췄다.

공권력이 완력에 밀릴 수 없다고 판단한 듯, 경찰이 깡패에게 잡힌 팔목을 비틀어 올렸다. 경찰이 들고 있던 우산이 떨어져 날아갔다. 비에 젖어 뒷걸음질치는 두 명의 경찰을 여섯 명의 양아치들이 둘러쌌다. 그러고는 소몰이 하듯 몰아쳤다. 모자가 벗겨져 떨어졌다. 모자에 붙은 계급장이 가로등 빛에 번쩍였다.

"가라니까. 여긴 우리가 알아서 처리한다고."

"모두 꼼짝 마! 이 새끼들…… 체포한다."

소몰이에 나자빠진 경찰관이 삿대질을 하며 악을 썼다.

문 앞에 서서 지켜보던 경사가 도 경장에게 소리쳤다.

"어서 반 보좌관에게 전화해."

순응의 복

"예?"

"저기, 저 의원 보좌관을 몰라서 묻는 거야?"

경사가 텔레비전 화면을 가리키며 핀잔을 줬다.

기출은 쫓아 나가 지원하지 않고 엉뚱한 곳으로 상황 보고만 하려고 나대는 경찰들이 이해되지 않았다. 폭력 진압이 경찰의 일이지, 국회의원 보좌관의 일은 아니었다. 게다가 경찰은 사건 현장에, 의원 보좌관은 먼 곳에 있을 터였다.

"체포해봐, 이 씹새끼야!"

빡빡머리 똘마니 하나가 넘어졌다 일어서는 경찰의 가슴팍을 이마로 치받았다.

"이 새끼가 경찰을 쳐!"

경찰관은 말로 싸우고, 깡패들은 몸으로 싸웠다. 빡빡머리에 받힌 경찰이 발길질을 했다. 헛발질이었다. 헛발질을 신호로 경찰과 깡패가 뒤엉켜 엎치락뒤치락했다. 깡패들은 타격이 아닌 숫자와 완력으로 경찰을 제압했다. 경찰들이 보도블록 위로 다시 넘어질 때, 통화하던 경장이 송수화기를 내동댕이치고 깨금발로 허둥지둥 달려나갔다. 그러고는 목발로 깡패들의 등짝을 내리쳤다. 등을 맞은 깡패들이 돌아서서 경장에게 덤벼들었다.

기출은 개그를 보고 있는 것 같았다. 깡패들이 경찰을 몰아 일망타진하고 있었다. 사고처리반이 오면 해결될 줄 알았던 사고가 되레 커지고 있었다.

"가시오."

경사가 기출에게 말했다. 가기 전에 사고 경위서만 작성해놓고 가라고 했다. 망신스러운 모습을 보여줄 수 없어서인 것 같았다. 기출은 경사의 말과 행동에 기가 막혔다. 두 시간 넘게 기다린 결과도 기가 막혔다. 밖에서는 깡패들이 목발 경장을 기어이 넘어뜨렸다.

"야, 이놈들아!"

기출이 달려나갔다. 그러고는 누비코트의 등뒤에 올라타 헤드록을 걸었다. 헤드록을 건 팔에 막 힘을 가하려 할 때 옆구리가 뜨끔했다. 기출은 정신이 아뜩했다.

이튿날 아침에 기출은 옆구리에 파스를 붙였다. 밤새 터져 짓무른 거봉은 어르신들 골라 드시라고 동네 경로당에 모두 주었다. 상한 포도를 SSM은 물론 동네 구멍가게에서도 받아줄 리 없기 때문이었다. SSM에는 사정을 잘 설명하고 양해를 구하는 도리밖에 없었다. 점장이 사건 설명을 제대로 믿어줄까 싶었다.

보험사 콜센터에 전화를 걸어 사고를 문의했다. 잠시 뒤에 보상과 직원이 전화를 걸어와 사고 경위서, 운전면허증, 자동차등록증 사본을 팩스로 보내달라고 했다.

직진 차 우선인 도로에서 끼어든 것이기 때문에 기출의 과실이 백 퍼센트에 가깝다고 했다. 끼어든 것이 아니라 끼어들려다가 멈춰 서 있었을 뿐이라고 항변했다. 한 발짝가량 차머리를 뺀 것이 잘못이라고 했다. 한 발짝이 죄였다. 상대는 음주를 했고, 전방을 주시하지 않았으며, 무등록 오토바이를 몰았는데도 잘못이 없냐며 따져 물었다. 그건 그 사람이 알아서 책임져야 할 몫이지, 기출의 잘못과 엮어 판단할 문제가 아니라고 했다. 기출의 차가 횡단보도 앞에 있었고, 횡단보도는 당시 파란불이었다며 이해할 수도 없고 받아들이기도 어렵다고 하자, 그렇게 억울하면 소송을 걸라고 했다. 기출은 소송이라는 말에 입을 다물었다. 다만 기출은 코맹맹이 소리로 처리 결과를 알려달라고 했다. 누비코트의 감기가 옮아왔는지 콧물이 흘렀다. 다시 시간과 돈과 정력과 가족을 소송에 쏟아부을 힘

순응의 복

이 없었다. 기출은 별수 없이 보험료 할증을 선택했다. 양아치들은 어떻게 됐는지 궁금했으나, 경찰에 대고 물을 수도 없는 노릇이었다.

한 달이 지나도 사고 처리 결과를 통보해주지 않았다. 결과 보고는 보험사의 의무가 아닌 것 같았다. 기출은 만료된 자동차보험을 갱신하기 위해 보험설계사에게 전화를 걸었다.

"할증이 붙으셨네요."

어떤 식이든 합의금이 지급됐을 터이니 할증은 당연하다 싶었다. 그런데 할증된 보험료가 너무 껑충 뛴 것이다. 무엇 때문에 삼십일만 팔천 원씩이나 올랐느냐고 물었다.

"지난번 사고 때문이에요."

지급된 합의금을 물었다.

"그게…… 잠깐만요."

자판 두드리는 소리가 들렸다.

"오백십만 원이네요."

누비코트가 합의금으로 제시한 황당한 금액의 딱 세 배였다.

기출은 합의금 산출 근거를 물었다. 피해자가 제출한 진단서와 규정에 따라 산출하여 지급됐다고 했다. 진단서 내용을 물었다. 담당한 보상과 직원에게 물어보라고 했다. 전화번호를 안내받아 사고를 신고했던 보상과 직원과 통화했다.

"우쇄골 골절로 삼 주 진단이 나왔습니다."

아, 그놈, 그 사람들이요…… 하며 쉽사리 기억을 더듬은 보상과 직원이 말했다. 기출은 어처구니가 없었다. 사고 당시 멀쩡했던 빗장뼈가 어떻게 부러졌다는 것인지 알 수 없는 노릇이었다. 경찰과 실랑이를 하다부러진 것인지, 부러뜨린 것인지, 아니면 부러진 것으로 '가라' 진단서를 끊은 것인지 알 수 없었다.

기출은 이 점을 보상과 직원에게 따졌다.

"사장님이 즉각 신고를 하셨더라면……"

직원이 경찰에게만 신고하고 보험사에 즉시 알리지 않은 것을 다시 트집 잡듯이 지적했다.

"그놈, 아니 그 사람들 천만 원을 불렀다니까요."

직원이 '그 사람들'이라고 했다. 여섯 놈이 뭉쳐서 오백십만 원을 만들어낸 것이다. 직원은 자기 잘못은 없고, 되레 칭찬받을 만큼 최선을 다했다는 식으로 말했다. 기출은 어디선가 누비코트가 조롱을 하고 있는 것 같았다. 네깟 놈이 버텨도 다 받아내는 수가 있지, 라며……

기출이 보상과 직원의 무성의한 사고 조사를 탓하며 소리를 지를 때 갑자기 누군가가 차도로 뛰어들었다.

"수고하십니다."

교통순경이었다. 시내버스 꽁무니에 붙어 가며 통화를 하느라 신호등을 미처 보지 못했다. 급히 멈춘 1톤 트럭이 횡단보도에 걸쳐 있었다. 꼬리 물기에서 꼴찌를 한 것이다. 횡단보도는 파란불을 따라 오가는 사람들로 뒤엉켜 붐볐다. 순경이 거수경례를 마친 손을 펼쳐 내밀었다. 기출이 그 손에 운전면허증을 건넸다.

"싼 걸로 끊어줘요."

당황한 기출이 휴대전화를 든 채 교통순경에게 사정했다.

"놈들이 천만 원을 달라고 협박했지만, 저는 최선을 다해……"

손에 든 휴대전화에서 보상과 직원의 변명이 흘러나왔다.

"운전 중에 통화까지 하시네요."

기출은 불에 덴 듯이 놀라며 휴대전화를 얼른 내동댕이쳤다.

순응의 복

1

합리나 정의는 말로 이룰 수 있는 것이 아니다. 말로 할 수 없는 것을 말로 하려 했던 전직 대통령이 스스로 죽었다. 일부 국민들은 타살이라 주장했다. 나는 삼십 년 전 광주에서 무고한 국민을 총으로 쏴 죽이고, 쏴 죽이고 남은 국민의 대표가 된 사람에게 돌을 던져 항거했다. 이때부터 대통령이 절대 권력을 위해 정의와 싸웠듯이 나는 '절대 민주'를 구실로 권력자들과 싸웠다. 그러나 내가 다니던 학교는, 고작 면학 분위기를 저해했다는 이유로 나를 제적 처분시켰다. 학교와 지식이 권력의 편에 선 때문이었다. 정치권력이 나를 지배하는 것은 당연했으나, 학교 권력이 나를 지배하는 것은 두고두고 이해가 안 돼 받아들이기가 어려웠다.

당시에 나는 4·13 호헌 발언과 이 어처구니없는 처사에 항거하기 위해 제적이 교무회의 의결을 거쳐 확정 공표되기 전에 구호와 화염병을 들고 동지들을 불러 모았다. 하지만 결국 시위로 인해 나는 방화범이 되어 감옥살이까지 해야 했다. 시국사범을 방화범으로 둔갑시킨 판검사의 부당한 처사에 거세게 항거했으나, 법정모독죄가 추가되었다. 나는 실추되고 왜곡된 명예를 되찾고자 3개월 형기를 마친 뒤 위장취업 했다. 나를 지배하는 것이 권력과 자본의 당연한 일상이었고, 내가 이들에게 저항하는 것 또한 내게 있어 당연한 일상이었다. 물론 나는 언제나 부당한 지배에 정당하게 저항했다. 이른바 공순이 공돌이들과 먹고 자고, 일하고 공부하며 애환을 같이했다. 나의 공장 취업이 공순이와 공돌이들을 위한 것이 아니라, 이들을 통해 내 자신의 더럽혀진 명예를 세탁하여 되찾기 위한 것이었으므로 적응이 어려웠다. 공순이 공돌이들을 팔아 호구하는 삶이 되고 말았다. 목적을 수단으로 삼은 때문이었다. 이를 악물고 사는 하루하루가 고달프고 외로웠다. 공순이 공돌이들도 내가 밖에서 자신들을 공순이 공돌이라며 업신여기고 함부로 부른다는 사실과, 그래서 자신들과 동화될 수 없는 사람이라는 것을 알았는지 좀처럼 마음을 열지 않았다.

학출의 한계와 보복심을 못 벗어 공돌이도 되지 못한 나는 쫓기듯 공장을 나왔다. 내가 나온 것인지, 아니면 버티지 못해 떠밀려난 것인지는 오래전 일이라 기억이 흐릿하다. 아무튼 나는 그 뒤로도 오랜 세월 동안 학원 민주화와 노동자의 권리 및 권익 찾기 그리고 사회 정의 구현에 적극 가담하는 민주 투사로서 살았다. 나 같은 사람이 있었기에 김대중 씨가 대통령이 되었고, 노무현 씨 같은 비주류 늦깎이 정객까지 대통령 노릇을 하게 됐다고 생각한다. 비록 못해 먹겠다며 투덜대기는 했지만 말이다.

나는 민주화를 떠받들어 찾느라 몽땅 잃어버린 청춘에 대해 어떤 보상이나 위로도 받지 못했다. 김대중 대통령 시절까지는 노동운동가로서 어찌어찌 힘을 쓰며 살 수 있었다. 그러나 말 많은 대통령이 나오자 점점 말의 권위가 사라져 말발이 먹히지 않는 세상이 되었다. 그러다가 나중에는 아예 말이 통하지 않는 세상이 되고 말았다. 대통령은 국민을 두 패로 갈라 쳐서 매일 계몽했다. 정의감은 없지만, 똑똑한 보수 언론들은 대통령 말의 허를 찾아 글로써 깨부쉈다. 보수 언론들은 대통령의 말 한 마디마다 비분강개하며 토를 달아 맞섰다. 맞설 때, 처음부터 융단폭격이었다. 그러다가 이마저도 성에 차지 않았던 보수 언론들은 그때그때 즉각 응징하는 것이 아니라 미리미리 먼저 공격했다. 이 응징법은 부시가 제창한 '예방 전쟁'처럼 무지막지했다. 부시는 상대에게 내가 맞을 위험성이 있을 것 같다 싶으면 해코지를 당하기 전에 상대를 부숴놔야 한다고 했다. 그래서 부시는 이라크를 상대로 선빵을 날려 반쯤 죽였다. 동정심도 정의감도 없는 무도한 세상은 이 부당한 선제공격에 찍 소리도 하지 않았다.

내가 교회를 찾은 것이 이즈음이다. 현실 세계에서 내가 구원해줄 수 없는 것을 하나님 나라의 힘을 빌려 구원해주고 싶었다. 그러나 나의 구원은 현실 세계에도 하나님 나라에도 없었다.

어쨌든 최고 권력자인 대통령의 말도 통하지 않는 세상인지라 나는 그동안 겨우 말로 버텼던 노동운동가 활동을 부득불 접어야만 했다. 그래서 말을 버린 나는 몸으로 부딪치며 사는 사회로 나왔다. 대학 졸업 뒤 햇수로 이십오 년 만이었다. 나이 마흔다섯에 접한 사회생활은 만만치가 않았다. 운동의 세계와 사회는 또 달랐다. 명분이 아닌, 이해(利害)의 세계였다. 훈수가 아니라 직접 몸으로 부딪쳐 뛰어야 했다. 내가 핏대를 세우며 싸웠던 권력자들과 자본가들이 깍듯이 모셔야 할 클라이언트가 되었다. 이것은 악몽 속에서조차 생각지 못한 처참한 상황이었다. 나도 대통령처럼 세상의 작동 원리를 깔본 대가를 치러야 했다. 그렇다고 목숨을 끊을 수는 없었다. 나는 밤마다 빈 사무실에 남아 깡소주를 마시며 울었다. 내 말을 따르고, 오직 내 말에 따라 움직이며, 나를 챙겨주던 노동자들이 없는 사회는 막막하고 적막했다. 나는 신하와 종들을 모두 잃은 망국의 제왕 같았다. 몸으로 사는 사장으로서 몹시 곤고했다. 나는 사장인지라 노동자처럼 불만과 고통에 일일이 반응하여 투덜댈 수조차 없었다.

길을 가다 발을 헛디뎌 넘어져도 대통령 탓이라 했다. 민심이 이러하니 정권이 바뀌는 것은 당연지사였다. 세상은 예상대로 바뀌었다. 배가 아프면 똥이 나오지, 절대 밥이 나오지 않는 것과 같은 이치였다. 바뀐 대통령은 전직 대통령이 분배와 복지에 눈이 멀어 팽개친 기업을 아끼고 떠받들어 많은 고용을 창출하겠다고 공언했다. 그러나 이 말은 애당초부터 근거 없는 거짓이었기에 그가 약속한 고용은 창출되지 않았다. 대통령은 무엇보다 나라의 우두머리가 가져야 할 측은지심이 없었다. 제도나 환경을 떠나 잘살고 못사는 것이 각자의 노력과 능력 탓이라고 여기는 듯싶었다. 이를 신자유주의 사상이라고 했다. 대통령은 세상의 제도나 환경이 기업에게 매우 불리하게 되어 있을 뿐, 나머지는 저울추처럼 공평하고 공정하다고 생각하는 듯싶었다. 이것이 내가 개인 사업체를 차린 몇 가지 이유 가운데 중요한 하나이기도 했다.

2

전직 대통령이 죽어 국상(國喪)을 치르는 중인지라 고발과 같은 격한 행위는 자제하려 했다. 애도와 어긋나기 때문이었다. 그러나 구청장이 정색을 하며 일언지하에 문건으로 정식 고발을 해달라는데 못할 이유가 없겠다는 생각이 들었다. 게다가 환경파괴사범 고발과 국상은 별개라는 생각도 들었다.

밥

사십이 되면서부터 몸에 잔고장이 잦았다. 잔고장의 원인은 풍찬노숙과 단식투쟁 등을 비롯하여 몸 관리를 소홀히 한 탓도 있지만, 부모가 대물림해준 유전자도 한몫을 단단히 했다. 처음에는 고지혈증이라고 하더니, 이듬해에는 혈당 수치가 높다고 했다. 고지혈증과 당을 어르고 달래며 오 년쯤 지냈더니 이제는 고혈압이라고 했다. 정말 혈압이 솟구치는 말이었다. 의사가 규칙적으로 운동을 하라고 했다. 해도 되고 안 해도 되는 정도가 아니라 안 하면 죽는다고 했다. 나는 의사의 공갈에 대해 농담 반 진담 반으로 죽는 건 두렵지 않다고 했다. 그랬더니 의사는, 갑자기 바로 죽는 게 아니라 질질 끌면서 지저분하고 더럽게 골골 앓다가 야금야금 죽는다고 했다. 나는 오래 앓다가 더럽게 죽을 수는 없어 의사의 말을 따라야만 했다.

　이른 아침마다 나를 해고한, 그러나 나중에 민주주의 시대가 도래한 덕분에 간신히 복학해 졸업한 모교의 앞산을 기어올랐다. 내가 사는 대종시의 성외구는 삼국시대 백제와 신라의 접경이었다. 그래서 잦은 쌈박질을 하며 죄 없는 백성들을 끌어다가 곳곳에 성을 쌓았다. 똥 무더기처럼 여기저기 찔끔찔끔 쌓아 올린 성이 많았다. 대부분 규모가 작은 어설픈 테뫼식 산성이었다. 그래도 신라와 백제의 많은 병사들이 이 성들에 기대어 상대를 죽여서 자신들 목숨을 보존하려 했을 것이다. 나는 매일 해발 삼백 미터 안팎의 높이를 가진 두 개의 산봉우리를 올라야 했기 때문에 성들 가운데 두 곳의 성을 점고하듯이 들렀다. 각각 오른 것이 아니라, 가파른 꼭대기에 있는 능선을 지나 갈현산성을 거친 뒤, 마을 복판 길을 질러 하산했다. 한 시간 남짓 걸리는 코스였다.

　고발 건은 대종시 동부 외곽순환도로에서 능선을 오르는 산 중턱, 다시 말해 약수터로부터 직선거리 십 미터쯤 되는 4부 능선에서 발생했다. 12월 중순이지만, 날이 푹한 일요일이었다. 그날은 전날 접대를 위해 마신 술로 몸이 무거워 점심나절에 산을 올랐다.

부릉…… 덜컥. 커으윽, 부르르러렁……

산속에서 들리는 중장비 엔진 소리와 전기톱 소리가 낯설고 의아했다. 임도(林道)나 등산로도 아닌 곳에서 웬 공사인가 싶었다. 그래서 별일 아니겠지 하며 지나치려다가 걸음을 멈췄다. 관에서 필요 때문에 하는 공사겠지 싶었는데 퍼뜩 일요일이라는 생각이 든 때문이었다. 관에서 평일을 놔두고, 굳이 다들 쉬는 일요일에 공사를 하지는 않을 것이라는 생각이 뒤따랐다. 일요일 공사비가 평일 공사비보다 비싸기 때문이었다. 나는 미니 굴삭기가 깔짝거리는 쪽으로 댓 발작쯤 다가가 고개를 뺐다. 가시철조망이 있어 더 이상은 나갈 수도 없었다. 하지만 시계가 확보되어 더 다가갈 필요가 없었다. 3.5톤급 미니 굴삭기가 부지런히 농구장 크기의 공터를 만들고 있었다. 모델명 'R35Z-7' 굴삭기를 휴대전화로 찍었다. 마구 뽑히고 잘려서 쓰러져 누운 나무를 유압 집게가 들어올려 옮겼다. 잘리어 포개진 소나무와 상수리나무가 울타리처럼 얼추 백오십 평 규모의 공터를 둘러싸고 있었다. 나는 휴대전화 폴더를 급히 열어 114에 구청의 전화번호를 물었다. 그러고는 구청 당직자와 통화했다.

"개발이 제한된 그린벨트가 맞나요?"

나는 훼손당하고 있는 위치를 그리듯이 알려주고, 구청에서 하는 공사인지 아닌지를 묻고, 내 짐작을 확인하기 위해 덧붙여 물었다.

"저는 당직자도 담당자도 아니거든여. 친구가 당직이라 놀러 온 여자예요. 그래서 거기가 그린벨튼지 아닌지 몰라요. 담당자에게 전화를 드리라고 할 테니까 번홀 불러줘보세여."

잠깐 화장실에 갔다는 당직의 동료 직원이 내 휴대전화 번호를 대라고 했다. 민원인에게 불이익을 초래할 수도 있는 신상정보를 대라는 몰상식에 멈칫했다. 그러나 당직 공무원도 아니고, 또 당장 확인 결과를 알아야 했기에 휴대전화 번호를 알려줄 도리밖에 없었다. 먼저 상대의 이름을 묻고 내 전화번호를 일러줬다. 짐작건대 공터는 묫자리로 쓰기 위한 것이 틀림없어 보였다. 그렇다면 묘혈을 파고 하관을 하기 전에 막아야 했다.

삼십여 분쯤 뒤에 전화가 왔다. 공원녹지과 산림계 기공태라고 했다. 빳빳하게 군기가 든 신병처럼 신분을 밝혔다.

"신고해주셔서 정말로 고맙습니다. 관할 동사무소 담당 공무원을 시켜 알아본 결과, 선생님 짐작대로 무덤을 쓸 작정으로 산림을 훼손한 거 맞습니다. 맞고요…… 조처하겠습니다."

기공태 씨가 자신만만한 말투로 거듭 알려줘서 고맙다는 인사를 한 뒤 전화를 끊었다. 일요일에 쉬는 담당 공무원을 불러내 신속한 현장 조사까지 마친 그의 말을 굳게 믿었다. 또 그는 훼손 규모가 커 반드시 조처가 필요하다는 내 말을 복창하며 아무 걱정 말라고 덧붙였다. 그러나 이튿날 꼭두새벽에 산을 오른 나는 깜짝 놀랐다. 공터에 버젓이 쌍 묘가 조성되어 있었다. 봉분 크기가 왕릉에 달했다.

기공태 씨에게 전화를 걸었다. 나의 거친 항의에 그가 당황했다. 당장 확인 후에 연락을 하겠다며 황급히 전화를 끊었다. 기공태 씨가 아닌 동사무소의 산림 담당 계원으로부터 곧바로 연락이 왔다. 그가 어눌한 말투로 알 수 없는 변명을 했다.

"다시 부랴부랴 가봤더니, 이미 하관 중이기에……"

두서도 없고 경우에도 안 맞는 말이었다.

"뭐요?"

"……"

"언제 부랴부랴 다시 가보셨다는 말입니까?"

"방금 전에……"

"……"

이번에는 내가 할 말이 없었다. 묘를 쓸 것이라는 것을 빤히 알고 있었으면서 기공태가 아무 조처도 없이 방치해두었다는 말이었다. 묘주가 담당 공무원들이 방조 또는 묵인하는 틈에 잽싸게 묘를 쓴 것이었다.

"선상님께서도 잘 아시다시피…… 일단 하관을 허고 묘를 쓴 뒤에는 어쩔 수가……"

기공태의 자신만만했던 답변이 동사무소 담당 공무원의 입을 거치면서 변명으로 바뀌었다.

"그럴까 봐 하관 전에 신고를 했잖습니까?"

내가 언성을 높이며 말을 채뜨렸다.

"제가 이달 말이 정년입니다. 선상님께서 너그럽게 양해를……"

산림 담당 계원이 본질을 떠나 애원 모드로 매달렸다. 나는 전화를 끊고, 구청의 기공태 씨에게 전화를 걸어 하관을 방치한 이유를 엄하게 따져 물었다. 기공태 씨가 경위를 조사하여 다시 조처하겠다고 했다. 나는 조사와 조처라는 용어가 사후 수습인지라 허무하게 들렸다. 그래도 조처가 끝나면 확인을 하고 싶으니 반드시 연락을 달라 했다.

아무 연락이 없이 사십여 일이 지났다. 나는 약 없이 몇 가지 성인병들을 다스리려고 작정했기에 하루도 거르지 않고 산에 올랐다. 산에 오를 때마다 조처 없이 방치된 쌍 묘를 지나쳤다. 날마다 쌍 묘와 신경전을 벌이며 산을 오르내리는 꼴이었다. 봉분과 묏자리의 규모로 볼 때 석물 설치가 마땅해 보였다. 그러나 민원인, 즉 나 때문에 묘주가 관망하며 시간을 끄는 듯싶었다.

사십여 일이 지난 어느 날이었다. 미니 굴삭기가 약수터 옆의 둔덕을 삽날로 퍽퍽, 찍어서 깎아 내리고 있었다. 모델명 '015' 굴삭기였다. 공터를 조성한 굴삭기와 같은 크기의 굴삭기였다. 굴삭기 제조사만 현대와 대우로 각각 다를 뿐이었다. 둔덕을 깎는 것은 이미 숲 안쪽에 나무를 휑

손하여 뚫어놓은 길과 연결하려는 막바지 작업이었다.

나는 화가 치솟았다. 뒤뚱거리며 길을 닦는 굴삭기를 휴대전화로 찍고 구청 기공태 씨에게 전화를 걸었다. 기공태 씨는 자리에 없고 여자 공무원이 받아 적어서 전달하겠다고 했다. 나는 등산로가 따로 있음에도 그 옆으로 1톤 트럭이 오르내릴 만한 길을 닦고 있는데, 이 행위가 불법인지 적법인지를 살펴볼 것과 불법이라면 당장 와서 작업을 중지시키고 행정 조처할 것을 요청했다. 여자 공무원은 친절한 말투로 잘 알았으니, 그대로 전달할 것이라고 답했다. 나는 능선의 무너진 돌무더기 위에 앉아 땀을 닦으며 연락을 기다렸다.

새로 짓는 구청사의 거대한 골조 너머로 멀리 대형 굴삭기가 삽날을 올렸다 내렸다 하며 하천 바닥을 헤집는 모습이 보였다. 그 모습이 방아깨비 같았다. 4대강 사업을 위해 을천의 상류 물길을 바로잡는 공사였다. 4대강 공사는 국민의 반대를 무릅쓰고 도둑질처럼 서둘러 하는 공사인지라 일요일이 따로 있을 수 없었다. 구청사 건물은 웬일인지 넓은 부지에 거대한 골조만 박아 세운 뒤 더 이상 진척이 없었다. 직원들 월급 줄 돈과 앞으로 줄 돈까지 당겨서 처박았는데도 돈이 부족하다고 했다.

삼십이 분 만에 전화가 왔다. 전화를 건 공무원은 자신이 산림 보호 및 부정 임산물 단속 담당 마요산이라고 했다. 나는 같은 말을 반복하기 싫어서 내 민원의 맥락을 잘 아는 기공태 씨와 통화하기를 원한다고 했다.

"이번 달 1일 자로 부서 인사이동이 있어서 기 계장님은 다른 부서로 갔습니다."

마요산 씨가 답했다.

"신고 내용을 확인해보셨나요?"

나도 짧게 말했다.

"확인하러 사람을 보낼 겁니다."

"공사가 끝난 뒤에 와서 확인하면 무슨 소용입니까?"

"……"

"일전에 불법 분묘 조성도 신고를 했는데, 여태까지……"

"언제 저와 그런 사실로 통화하신 적이 있었나요?"

마요산 씨가 눈 가리고 아옹 했다.

"제가 기공태 씨와 통화 사실을 기록해놓은 것이 있는데, 찾아보고 전화드릴까요?"

불법 분묘 조성은 여러 차례 독촉 전화를 했기 때문에 공원녹지과의 모든 공무원이 돌아가며 내 전화를 받았다. 나는 이 통화 기록들을 일일이 메모해서 가지고 있었다. 휴대전화의 통화 내역도 지우지 않았다.

결국은 아무도 오지 않았다. 나는 행여나 하는 마음에 약수터로 내려와 한 시간 가까이 의자에 죽치고 앉아 있다가 하산했다. 하산할 때, 물을 받으러 온 중년의 아주머니들과 농을 주고받던 중노인이 나를 째려봤다. '산불 예방'이라 쓴 때 전 붉은 조끼를 입고 모자를 눌러쓴 중노인이었다. 약수터를 등지고 댓 발짝가량 걷던 나는 불현듯 무언가 짚이는 것이 있었다. 얼른 휴대전화 폴더를 열어 통화 기록을 뒤졌다. 오십여 일 전의 통화 기록들 가운데 번호 하나를 찾아 눌렀다. 일전에 동사무소 산림 담당 계원에게서 걸려 왔던 번호였다. 신호음이 갈 때 걸음을 멈추고 돌아섰다.

"여보시유…… 뉘십니까?"

수화기와 약수터 쪽에서 들려오는 말이 같았다. 휴대전화 폴더를 닫으며, 나는 동사무소 산림 담당 계원이 산불 예방 감시원이었다는 사실을 알았다.

이튿날 0.5톤 미니 트럭이 전날 닦은 비탈길에 들러붙어 끙끙거리며 기어오르고 있었다. 미니 트럭은 외곽순환도로가에 정차해 있는 5톤 중형 트럭에 실린 석물을 받아서 날랐다. 호석을 나르고, 북돌과 상석을 나르고, 석등과 망주석을 차례대로 날랐다. 2부 능선 송씨 문중 묘역에서는 인부들이 날라 온 석물을 설치하고, 확장 및 개수하는 공사가 한창이었다. 약수터 벤치에 앉은 산불 예방 감시원이 담배를 피우며 묘역 작업 모습을 물끄러미 바라보고 있었다.

나는 삼백 년을 이어 내려오는 송씨들의 가묘에 대한 집착에 혀를 내두르며 다시 휴대전화 폴더를 열었다.

"어제 비슷한 시간에 불법 산길 조성과 관련하여 신고했던 사람입니다."

"아, 예."

볼멘소리였다.

"마요산 씨와 통화가 가능한가요?"

"제가…… 마요산인데요."

"어제 신고한 내용에 대해 현장 조사를 하셨나요?"

"……"

"송씨 문중 묘역에서 대대적인 확장·개수 공사가 벌어지고 있는데 허가 없이도 가능한 공산가요?"

"규모에 따라서 허가 사항이 아닐 수도 있습니다."

"대대적이라니까요."

"그 대대적이라는 게 주관적이어서 보는 사람에 따라……"

짜증 섞인 목소리였다.

"그래서 직접 현장 확인을 하시라는 겁니다. 어제 신고했을 때 바로 조처했으면 지금과 같은 불법 공사는 막을 수 있었잖아요."

"……"

"어서 조처를 해주세요."

나도 짜증스레 말했다.

"우선 직원을 보내 확인토록 하겠습니다."

통화를 하는 동안에 굴삭기가 묘역 곁에 붙은 소로를 멀찌감치 떨어진 곳으로 돌려 옮겼다. 묘역 곁의 소로 자리에는 흙을 쌓아 둔덕을 만들었다. 묘역 주변의 지형 구조가 바뀌었다.

나는 휴대전화를 꺼냈다. 새로 만든 둔덕 위에 사철나무를 심는 모습 등을 몇 컷 찍어 담았다. 그러고는 기다리다 지쳐 다시 신고했다. 신고 말미에 '이 불법 행위와 구청의 방조 내지는 묵인 행위를 끝까지 문제 삼을 것이다'라며 분을 토하고 불타는 내 의지를 밝혔다. 나의 투쟁 선언과 무관하게 송씨 문중의 개별 무덤과 묘역은 새 단장을 마쳤다. 물론 쌍 묘는 제외였다. 이미 문제가 되었기 때문에 뒤로 미뤄둔 것 같았다.

다시 석 달이 흘렀다. 그 석 달 사이에 이 세 건의 불법 공사에 대한 조속한 해결을 다섯 차례쯤 강력히 촉구했다. 담당 공무원 마요산은 그때마다 민원인의 고충을 고려하여 최선을 다해 신속히 처리할 예정이라는 말만 반복했다. 나는 신속을 다하고 있다는 최선이 뭔지는 모르지만 구청이 해야 할 일, 즉 행정적인 고발 조처를 먼저 하라고 재촉했다. 참다 못한 내가 일전에 경고한 투쟁 선언을 지금부터 즉각 실행에 옮길 작정이라고 했다. 그러자 다음날, 공무원 마요산 씨가 내 작업장을 수소문해 찾아왔다. 똑딱이 카메라를 멘 부하 직원을 꽁무니에 달고 왔다.

"명함이 있으시면……"

구청장의 메시지라도 가져왔나 싶어서 공연히 기대했었던 마요산 씨가 자신의 명함을 건네며 대뜸 내 명함을 요구했다.

"임 씨이시구먼유. 저는 혹 윤 씨가 아닐까 혔는디."

내 명함을 받아 본 마요산 씨가 하릴없이 중얼거렸다. 역사 상식이 있는지, 담당 공무원이 송씨와 윤씨 사이의 삼백 년 전 원혐을 아는 듯싶었다. 명함을 챙긴 마요산 씨가 오 개월 보름이 지난 쌍 묘에 대해 물었다. 나는 업무 인계인수를 했으니 잘 알 게 아니냐고 되물었다. 그는 기공태 계장님으로부터의 인수는 인수이고 민원인하고의 대면 대화도 필요하다고 했다. 그래야 오류와 착오 없이 정확한 일 처리가 가능하다고 했다. 일을 의도적으로 방치·지연·묵살 시켜온 공무원으로부터 정확한 일 처리라는 말을 듣자 어이가 없었다. 나는 몹시 짜증이 났지만, 기록한 종이쪽지를 찾아 펼치고는 고발 사항을 다시 처음부터 이야기하고 정황 설명까지 보태주었다. 질문 한마디 없이 꼿꼿한 자세로 내 말만 다 들은 공무원이 현장을 같이 가보자며 자리에서 일어섰다. 나는 이면지를 꺼냈다. 현장은 외곽순환도로 진출입 연결 지점인 굴다리 건너에 있는 약수터 인근 지역이라고 일러주며 따로 약도까지 그려 건넸다. 그러고는 찾아가라고 했다. 눈 있고 걸을 수 있는 사람이면 누구나 찾아갈 수 있는 곳이었다.

"현장을 살피다 보면 추가적으로 여쭤볼 것도 있을 것 같은디…… 협조를 해주시면……"

고발을 했으니, 해결 과정에서 끝까지 도움을 주는 것이 당연지사가 아니냐는 뜻으로 들렸다. 나는 신속히 끝장을 보고자 하는 마음에 바쁘지만 동행했다. 가는 차 안에서 담당 공무원이 말했다.

"묘주 대표라는 분이 사장님을 한번 만나고 싶어 하시는디……"

묘주를 찾는 중이라던 기공태 씨의 말이 거짓이었음을 마요산 씨가 알려주고 있었다.

"뭐요? 말이 안 되는 말인 건 아시죠?"

나는 발끈하며 운전하는 공무원의 뒤통수를 째려봤다. 이놈이 거간꾼인가 싶었다. 마요산과 동행한 부하 직원이 상사를 째려보는 나를 못마땅하다는 듯이 째려봤다.

거리가 짧아 차에 타자마자 내린 우리는 1차 훼손 현장으로 올라갔다.

쌍 묘까지 십오 분 거리를 오르는 동안 뒤따르던 공무원들이 두 차례나 쉬었다. 책상물림 공무원들이 개처럼 혀를 내밀고 헐떡였다.

나는 의사소통의 편의상 쌍 묘를 1차, 산길 통로 공사를 2차, 떼무덤 확장 및 개수 공사를 3차라고 명명했다.

"아이고, 이거 심한디."

앳된 부하 직원이 쌍 묘를 중심으로 훼손된 지형을 둘러보다가 고개를 절레절레 저었다. 그러고는 가져온 카메라로 묘역을 사방팔방에서 찍었다. 마요산이 담배를 빼 물며 눈치 없는 부하 직원을 째려봤다.

"몇 평쯤이나 될까요?"

내가 훼손된 넓이를 은근히 물었다.

"글쎄요…… 넉넉히 한 칠팔십 평쯤은 되겠죠?"

마요산은 중국 상인과 물건값 흥정하듯이 백오십 평 규모의 면적을 칠 팔십 평쯤이라고 꽉 깎아 답했다. 나는 농구장 크기를 아느냐며 묻고 싶었다. 아무리 눈대중이라지만, 멸치 눈은 아닐 텐데 심하다 싶었다. 또 그만큼 사건을 축소·은폐하고자 하는 의지가 강함을 드러낸 대답으로도 볼 수 있었다.

"참 난감하네. 이미 쓴 묘를 파내라고 할 수도 없고……"

마요산이 부하 직원에게 눈을 부라리며 사진을 그만 찍으라고 한 뒤에 넋두리인 양 말했다. 말끝에 담배 연기가 모호하게 피어올랐다. 나는 공무원의 말이 마치 배 째라라는 말처럼 들렸다. 묘혈을 파고 관을 내리기 전에 막았어야 할 일이었다. 그래서 구덩이를 파기 전 단계에서 허겁지겁 신고를 한 것인데, 조처를 하겠던 동사무소 산림 담당 계원, 아니 밝혀진 바에 의하면 산불 예방 감시원이 "부리나케 가보니께, 분묘 조성이 이미 끝났던디유"라는 황당한 결과를 통보해주었던 것이다. 그러고는 산림 담당 계원이 일주일 전에 정년퇴임을 했다고 거짓을 말했다. 나는 설령 산림 담당 계원이 재직 중이었다고 해도, 동사무소의 말단 공무원을 상대로 책임을 추궁할 뜻은 없었다. 단, 그린벨트 안에 불법 조성한 쌍 묘를 그대로 넘어갈 수는 없었다. 관(棺)이 앉을 자리만큼만 양심껏 훼손했어도 끝까지 문제 삼지는 않았을 것이다. 세상에 어느 누가 남의 조상 묘를 놓고 시비하기를 바란단 말인가. 또, 몰염치할 정도로 훼손한 자리에 묘목 식재 시늉만 냈어도 참아 넘길 수 있었을지도 모른다. 아니, 담당 공무원이 내 악착같은 신고에 대해 들어주는 성의만 보였어도 이렇게까지 화를 내거나 일을 키우지는 않았을 것이다. 더 나아가 정(正)과 사(邪)를 이용하여 정파의 이(利)를 의(義)보다 앞세운 가문에서 자꾸 저지를 만한 행위가 아니었다. 선조의 막강한 명예를 빌려 저지르는 후손들의 파렴치한 행위를 빤히 지켜보면서 어찌 오불관언할 수 있다는 말인가. 아무튼 1차 훼손을 방관한 결과 2차 훼손이 생겼고, 2차 훼손을 묵인한 결과 3차 훼손이 생겨 등산로 주변 경관이 삭발한 머리처럼 초토화된 것이다. 약수터 아래에서 올려다보면 산이 기계충 먹은 개구쟁이의 머리처럼 뻥 뚫려 있었다. 보는 것만으로도 흉해 속이 상했다.

3

마요산과 헤어진 뒤, 더 이상은 기다릴 필요가 없다 싶어 구청장실로 전화를 걸었다. 신분과 친분 관계를 밝히고 구청장과의 통화를 요청했다. 그러나 내게 용건을 물은 여비서의 답은, 지금은 회의 중이시라 통화가 불가하다는 것이었다. 나는 회의가 끝나면 통화할 수 있도록 조처해 달라고 부탁했다. 여비서가 상냥하지만 귀찮다는 듯이 전화번호를 물었다. 구청장이 알고 있다고 답했다. 그날, 전화는 오지 않았다. 그 다음날도 안 왔다. 그러고 보름이 흘렀다. 나는 등산할 때, 쌍 묘가 보기 흉해 양 손바닥으로 눈가를 가리고 다녔다. 그런데 양 손바닥 정도로는 감당 불가한 일이 터졌다.

또 일요일이었다. 능선 동문쯤에 해당하는 산허리를 대형 굴삭기가 사정없이 후벼 파고 있었다. 파인 옆구리에서 삐져나온 황토가 사방에 깔렸는데, 마치 피가 고인 것 같았다. 방패처럼 내건 공사 안내판 너머에서 굴삭기가 바삐 뒤척거리며 산을 깎았다. 보다시피 공사를 하고 있으니, 우회 등산로를 이용하라는 내용과 우회 등산로를 이용하게 해서 미안하다는 내용이 적힌 안내판을 들여다보던 나는 대체 무슨 공사인지, 무슨 공사이기에 이토록 무지막지하게 산을 깎아 뭉개는 것인지 알고 싶었다. 안내판에 나같이 생각하는 사람을 위한 민원 담당자의 휴대전화 번호가 적혀 있었다. 번호를 보고 찍었다. 신호는 가는데 좀처럼 전화를 받지 않았다. 도리질을 해대던 굴삭기 삽날이 내 발밑을 바짝 찍어 파냈다. 삽날 가득 흙을 파 담은 굴삭기 기사가 소리쳤다.

"비키쇼!"

속이 뒤틀린 나는 반 발짝만 비킨 뒤, 다시 휴대전화 폴더를 열었다. '검색어로 찾기'에서 마한순을 찾아 눌렀다. 없는 번호이오니 다시 확인해 걸라고 했다. 마한순 처를 눌렀다. 나는 굴삭기의 엔진 소리보다 큰 목소리로 이름을 밝히고 제수씨와 통화했다. 내가 용건을 말하기 전에 상냥한 제수씨가 말했다. 번호가 바뀐 지 오래됐는데, 바뀐 번호를 남편이 일러주지 않았냐며 미안해했다. 행정가 마누라가 정치인 마누라 같은 멘트를 날렸다. 세간에 그가 얻은 득표율 32.5퍼센트 가운데 16.25퍼센트 가량이 제수씨 몫의 표일 것이라는 풍문이 떠올랐다. 마누라 덕을 보며 사는 것은 구청장이나 나나 마찬가지인 듯싶었다. 제수씨는 삼 년 전 선거 때 힘을 써줘서 고맙다는 인사까지 했다. 남편이 논공행상에서 나를 뺀 것에 대해서도 간접적으로 미안하다는 뜻을 밝혔다. 부부가 역할 분담이라도 한 듯싶었다. 기분이 착잡해진 나는 얼른 구청장과 통화하고자 했던 자초지종을 말했다. 제수씨는 나의 민원에 개탄을 금할 수 없다며 추임새를 넣고 혀끝으로 맞장구까지 쳐주며 열심히 들어주었다. 그러고는 꼭 전해주겠노라고 했다. 나는 통화 말미에 행여나 싶어 바뀐 구청장의 휴대전화 번호를 알려달라고 했다.

또다시 일주일이 흘렀다. 일주일 동안 조용했다. 나는 무시당하고 있다는 생각에 슬슬 화가 치밀었다. 밥을 먹어도 자주 얹히고, 술을 먹어도 얹혔다. 그래도 이십오 년 동안 해온 내 방식으로 접근하기 전에 절차상, 예의상 구청장과의 통화가 있어야 할 것 같았다. 그것이 순서일 것 같았다. 지금까지 참아온 것을 생각해도 그렇고, 나의 '치명적' 보복 방식이 미칠 데미지를 생각해도 그랬다. 한때 나는 투쟁보다 특정인 보복 쪽으로 특화된 민주 투사로 불렸었다.

"아, 예에…… 선배님. 어쩐 일루다가……"

구청장의 불편한 심기가 느껴졌다. 무심결에 실수로 받았는지, 무척 당혹스러워 하는 태도였다. 목소리도 똥 밟은 사람처럼 엉거주춤했다. 나를 부르는 호칭이 그사이 형에서 선배님으로 바뀐 것이 매우 서운하게 받아들여졌다. 선을 긋자는 뜻이었다. 좀더 지나면 임정무 씨, 하며 성외 구민 중 한 사람처럼 불릴 것 같았다.

"보고를 받았겠지만, 민원을 넣은 지 다섯 달이 지났는데 조처가 안 돼서 연락을 했네. 오히려 산림 훼손이 더 심해지고 있어."

내가 다시 송씨 문중 묘역에 관해 자초지종을 재생 반복한 뒤, 산마루 절개 삭토(削土) 공사에 대해 물었다.

"아, 그 공사는요, 송전선로 공삽니다."

송전탑을 세우기 위한 공사라는 뜻이었다.

"송전탑을 세우는데, 도로까지 내야 하나?"

닦는 길의 폭이 화재 예방을 위해 낸 기존 임도보다 넓었다.

"공사 자재를 등짐으로 져서 나를 수는 없잖아요?"

내 말을 트집으로 들은 듯싶었다.

"헬기를 이용키도 하더고만."

나도 내친김에 맞받았다.

"다 세금으로 하는 공사고, 공사 단가라는 게 있잖아요. 그리고 성외 구민을 위해 송전전압을 배전전압으로 바꿔주는 공삽니다."

구청장이 한전 직원처럼 답했다. 말발이 달린 나는, 다시 묘역 문제로 돌아갔다.

"정식 문건으로 보내세요."

나는 문건이라는 말에 엿 먹은 기분이었다. 이런 식으로 전화질해서 시비 붙지 말고 공식적으로 민원 제기를 하라는 말처럼 들렸다. 문건을 만들 줄 몰라서 안 하고 버틴 것이 아니라, 후배 마한순이 구청장으로 있는 성외구에서 발생한 일인지라 그동안 열 받아 당장 어쩌고 싶었는데도 자제해온 것인데, 대뜸 법대로 규정대로 하자는 말을 들으니 정신이 멍했다. 망치로 뒷골을 맞은 기분이었다.

"그러지…… 뭐."

이렇게 해서 나는 컴퓨터 앞에 앉아 자판을 두드렸다. 자판을 두드릴 때 분노와 수치심에 손끝이 덜덜덜 떨렸다.

산림 훼손 및 불법 분묘 조성 건에 대하여

수신: 마한순 성외구청장님

(300-801) 대종시 성외구 무궁화길 100 (정동 88-5)

밥

발신: 임정무

(300-916) 대종시 성외구 구봉동 86-1 송문 B/D 내 林커뮤니케이션스

본 민원인은 2008년 12월 중순경 능골 약수터 뒷산에서 포클레인으로 약 150여 평에 달하는 산림을 훼손하는 장면을 목격하고, 이를 즉각 성외구청 당직실에 신고하여 관할 허가 공사인지 불법 공사인지를 문의한 바 있습니다. 그 결과 불법 분묘 조성이라는 사실을 공무원이 통보해왔고, 이에 대한 조처를 약속한 바 있으나, 이튿날 묘가 조성되었다는 사실을 통보 받았습니다. 이에 본인은 지난 5개월 동안 꾸준히 이 문제에 대한 해결을 별첨과 같이 요청하였으나, 2009년 5월 26일 현재까지 요청에 따른 답을 받지도 못했고 해결된 바도 없습니다.

따라서 본인은 별첨에 의거하여 아래에 대한 사실에 대한 답변과 조취를 문건으로 요청하는 바입니다.

1. [별첨 1]과 관련, 민원을 제기한 날, 담당 공무원이 현장을 방문하여 불법 분묘 조성을 위해 터파기 하는 것을 파악하고도 이를 즉각 조처하지 않아, 왜 이튿날 묘를 쓰도록 방조했는가?

2. 불법에 대한 민원을 증거와 함께 제기했음에도 불구하고, 왜 해당 공무원이 3개월이 지나도록 현장 방문조차 하지 않았으며, 불법 산림 훼손에 분묘 조성이라고 말을 하면서도 5개월이 지난 지금까지 이에 따른 어떤 행정적·법적 조처를 취하지 않았는가?

3. 명백한 불법, 위법 사실을 신속히 처리하지 못하고 부서 간 책임 소재를 미루고 말을 바꿔가며 5개월 가까이 민원 처리를 지연하고 있는 이유가 무엇인가?

4. 아울러 [별첨 2]와 관련해 불법 공사라고 답을 하고도 이를 방치하고, 사후 아무 조처조차 취하지 않은 이유가 무엇인가?

본 민원인은 아래 별첨 1, 2 및 '민원일지'와 더불어 위의 4가지 문제에 따른 조속한 조처 및 답변을 2009년 6월 16일까지 해줄 것을 요청하는 바입니다.

만약 이에 대한 조처가 없을 경우, 해당 사실을 공무원 비위로 보고 지방 및 중앙 언론사 및 해당 감사기관에 알려 끝까지 책임을 물을 것입니다. 또한 이 불법 분묘 사건뿐만 아니라, 인근 지역에서 4월 29일부터 5월 2일까지 나흘 동안 벌어진 또 다른 부법적 산림 훼손(산에 차량이 다닐 만한 불법 통행로를 내는 등)과 분묘 확장 공사에 대한 조처를 당부드립니다.

민원인: 임정무 (인)
연락처: 014-6499-8811

※이 문건은 표지 포함 7매입니다.

쪽지와 노트에 이 구석 저 구석 기록해둔 메모를 찾아 순서를 맞춰서 다듬었다. 이렇게 짜맞춘 내용을 자판에서 왼쪽 자음과 오른쪽 모음을 찾아 더듬더듬 두드려 민원일지를 만들었다. 독수리 타법이라 별첨까지 일곱 쪽을 만드는 데 한 시간 삼십 분이 걸렸다. 그러고는 곧장 우체국으로 달려가 업무 마감 시간 직전에 내용증명으로 발송했다.

나는 우체국에서 복사해준 내용증명 사본을 다시 들여다보며 수치심과 분을 삭이지 못했다. 곳곳에 오탈자가 보였다. 그러나 뜻이 왜곡되거나 못 알아볼 만한 곳은 없었다. 다만, 오 개월 보름 동안 신경 쓰고 속 썩고 기분 나빴던 것이 새삼스레 한꺼번에 밀려들면서 너무 억울하고 자존심이 상해 기분이 자꾸 더러워졌다.

사무실로 돌아온 나는, 직원이 재촉하는 CI 관련 프레젠테이션 준비를 미루고 환경단체에 전화를 걸었다. 내 고발 내용을 다 들은 환경단체의 상근 간부라는 사람이 무덤덤하게 말했다.

"일단 접수는 해두겠습니다."

무덤덤한 말투로 쫓기듯 말했다.

"조처도 해주세요."

"예?"

"빠른 조처를 부탁드린다고요."

"바쁘기도 하고, 사람이 없습니다."

때문에 당장은 어렵다고 했다. 상근 간부는 본래부터 사람이 없어 힘들었는데, 신설 예정인 8차선 도로의 도심공원 관통 문제와 4대강 삽질 때문에 상대적으로 작은 나의 민원 따위는 당장 대처할 겨를이 없다고 했다. 현재 상황으로서는 기약 없이 기다려야 한다는 것이다. 처리 순번을 잡을 수 없다는 뜻이었다. 정 그러면 현장이라도 가서 확인해보고, 방문 조사 기록만이라도 남겨달라고 했다. 가보면 문제가 만만찮다는 것을 알 것이라고 강조했다. 상근 간부가 수고스럽더라도 가보신 분이 정리 기록하여 보내달라고 했다. 죄 금강에 매달려 있어 가볼 사람이 없다고 했으니, 그만 좀 보채고 어서 통화를 끝내라는 주문 같았다. 나는 무슨 환경단체가 고발한 사항도 조처 못하고 무턱대고 4대강 핑계만 대냐며 한껏 성질을 부린 뒤에 전화를 거칠게 끊었다. 4대강보다 비중이 덜하다고 판단되는 자연은 훼손돼도 속수무책일 수밖에 없다는 말로 들렸다. 나는 화가 안 풀려 언론사에 전화를 걸어 제보했다.

"어디라고요?"

"능골 약수터 위에 있는 송씨 종중 묘입니다."

"아, 예— 에."

언론사마다 내 제보를 받으면 우물쭈물거리다가 슬그머니 전화를 끊었다.

4

나는 송씨 종중과 구청장 사이에서 계륵 같은 존재가 됐다. 내 고발이 먹히려면 더욱 강력하고 획기적인 후속 조처가 필요하다는 판단이 섰다. 그러나 일단 내용증명만 보냈다. 먹고살 일이 바쁜데 매일같이 고발 사건에만 매달려 있을 수가 없었다. 그래서 해결되리라는 기대심만으로 참고 기다렸다. 물론 산 자가 죽은 자의 유택을 시비 거는 데 따른 부담감도 작용했다.

디자이너와 함께 미뤄두었던 종합성형외과병원 CI 관련 프레젠테이션 준비를 하고, 신장개업하는 한의원 네이밍과 CI 제안서 초안을 끼적거렸다. 대학병원 앞 약국의 PIP 작업은 골칫거리였다. 협력업체인 인테리어 업자가 약국을 리모델링하면서 약품 진열과 관련된 자기들 몫의 디자인 작업까지 우리 쪽으로 떠넘겼다. 경우를 근거로 부당한 처사에 조목조목 따져 항의할 수는 있었지만, 그렇게 되면 앞으로는 일을 같이 안 하겠다는 절교 선언으로 받아들여질 수 있었다. PIP 작업은 울며 겨자 먹기였다. 이런 문제를 감안해서 삼 년 전, 지자체 선거에서 후배 마한순을 물심양면으로 힘껏 밀어줬던 것이다. 성외구가 마침 공단을 끼고 있어 노동 동지들까지 동원하여 힘써 밀었다. 곤란해하는 동지들에게 운동 이십오 년 은퇴 선물로 갈음해달라며 애원했다. 때문에 따로 은퇴 선물도 받지 못했다.

마한순이 비록 비실대는 황색 말(야당)에서 내려 쌩쌩한 청색 말(여당)로 갈아타기는 했지만, 그래도 한때 생사고락을 나누며 배짱을 맞췄던 운동 동지였고, 내게 받은 은혜를 생각한다면 적어도 뒷배경은 충분히 되어줄 것이라고 생각한 때문이었다. 시쳇말로 머리칼을 뽑아 짚신을 삼아줄 만한 일은 아니어도 뒷배 정도는 되어주리라 믿었다. 그런데 이런 기대가 완전한 착각이 되었다. 당선 발표와 동시에 연락두절이었다. 내가 보낸 연락은 모두 함흥차사인 양 비명횡사했다. 취임식에 찾아가서도 얼굴만 보고 말 한마디 못 나눴다. 그 뒤, 나는 열댓 차례에 걸쳐 비서실에 쪽지만 남기며 헛걸음질을 반복했다. 그러던 어느 날, 우산 없이 찾아갔다가 소낙비를 쫄딱 맞고 돌아온 뒤부터 그와의 재회 시도를 포기했다.

이렇게 해서 다섯 달쯤 지났을 때, 성외구의 '재래시장 개선 TF팀'에서 긴급히 연락이 왔다. 재래시장 마케팅 활성화를 위한 브랜드 아이덴티티 작업을 의뢰했다. 재래시장 브랜드 디자인을 개발하고 사인 구조물을 제작하여 설치하는 데, 일억 이천만 원이 잡혔다고 했다. 얼추 사인 구조물만 제작해 설치하기에도 빠듯한 돈이었다. 담당 팀장인 늙은 계장이 이번 일에 참여하면 다음번에 좋은 일이 갈 테니, 꼭 응찰하여 일억 이천만 원을 써내라고 당부했다. 계장은 왠지 당부를 사정처럼 했다. 계장의 코치대로 하여 낙찰됐다. 그런데 내가 서명할 계약서에는 총 계약 금액이 일억 오천만 원이라고 명기되어 있었다. 셈법으로 이해를 하지 못한 나는 볼펜을 입에 물고 질겅질겅 씹으며 계장을 바라봤다.

"관과 일하시는 게 처음이신가 보죠?"

계장이 대수롭지 않은 말투로 물었다. 관에서 쓰는 셈법이 따로 있다는 뜻으로 받아들였다.

"……?"

"형식적인 절차이고 관례입니다."

계장이 책상 위에 펼쳐진 서류를 바라보며 말했다. 계장의 말마따나 관의 일을 해본 적이 없는 나는, 내가 무식해서 절차와 관례를 모른다 싶어 서류를 얼른 끌어당겨 사인을 해주었다. 사인한 첫날부터 철야를 했다. 돈뿐만 아니라 납품 기일도 빠듯한 때문이었다. 철야만으로도 안 돼 임시 직원을 고용하고 아르바이트 학생까지 붙였다. 공식 자문비에 밥값과 술값 그리고 거마비까지 따로 줘가며 구에서 선임해준 '브랜드 및 디자인 개발 자문 교수단'의 자문도 받았다. 술집에서 특별 자문비로 아가씨와의 이차비를 요구하는 자문 교수도 있었다.

정신없이 일을 다 마치고 정산을 한 결과, 수중에 사백오십만 원이 떨어졌다. 사백오십만 원은 이윤이 아니었다. 서두르라고 야단을 쳐대는 바람에 세 달로 잡힌 일을 한 달 보름 동안 했다. 이 기간 동안의 인건비와 사무실 유지비를 빼야 했다. 마이너스 칠백만 원이었다. 하지만 나는 성외구를 대표하는 한 재래시장의 브랜드를 개발하고 사인물을 디자인했다는 자부심과 포트폴리오를 챙길 수 있었다. 이른바 실적과 경험의 축적이었다. 그런데 이 알량한 자부심마저도 그냥 챙길 수 있게 놔두지 않았다.

나는 비서실장이 걸어온 두 차례의 전화를 안부전화로만 여겼다. 그런데 그게 내가 자가발전을 통해 겨우 얻은 자부심에 대한 비용 지급 촉구라는 사실을 뒤늦게 알게 되었다. 재래시장 개선 태스크포스팀 팀장은 지난번 손해를 보게 한 것이 미안해서 약속대로 다른 일을 우리 회사에 발주하려 했는데, 결재 단계에서 퇴짜를 맞았다고 했다. 그래서 어찌된 영문인지 알아보니, 결재 서류가 비서실과 구청장실 사이의 문턱에 걸려 넘어져 있는 사실을 알게 되었다고 했다. 그러면서 팀장은 이번 건을 따야 지난번의 손실을 벌충할 수 있을 것이라며, 어떻게든 손을 써보라고 슬그머니 일러줬다. 팀장과 통화를 하는 내내 차액 삼천만 원의 행방이 궁금했다.

나는 고마운 팀장을 따로 만나 술을 샀다. 많이 취한 팀장이 헤어지기 전에 말했다. 지난번 브랜드 아이덴티티 개발 건은 성외구의회 의장의 자식이 운영하는 디자인 사무실에서 하겠다며 채뜨려갔는데 이문이 박하다며 느닷없이 포기하는 바람에 내가 맡게 된 것이고, 또 공사 단가 인상 문제를 놓고 구청과 밀고 당기느라 의장 자식의 포기가 늦어진 때문에 내 쪽에서 작업 시간까지 쫓기게 된 것이라고 일러줬다.

그 일은 납품 시간만 쫓기지 않았어도, 그래서 추가 인건비만 들이지 않았어도 손해까지 볼 일은 아니었다. 그러나 사업 발주 우선순위가 의장 자식이라고 했다. 그래야 구정(區政)이 잘 돌아간다고 했다.

속이 불편한 늙은 팀장이 허리를 꺾었다. 그러고는 전봇대를 부여잡고 오바이트를 하며, 사업 경험이 부족한 영세 사업자에게 손해 볼 일을 떠넘겨 미안하다고 울먹이며 사과했다.

"나는, 난 말이요…… 승진도 못하면서…… 꺼어윽, 나 살자고 매번 좋은 사람들만 골탕을 먹입니다."

나는 손수건을 꺼내 늙은 계장의 입가에 묻은 오물과 눈가에 흐른 눈물을 닦아주었다.

"마중물을 넣으시오, 잇빠이! 그래야, 뻠쁘에서 물이 나오는 법입니다. 콰알, 콸!"

오바이트를 하고 흐느적거리며 걷던 늙은 계장이 엄지와 집게손가락으로 동그라미를 만들어 보이며 충고했다. 마중물은 돈이었다. 세상의 모든 것이 뒷돈으로 움직이는 것 같았다. 돈보다 알량한 명분과 진정성을 귀히 여기며 헤매 다닌 나로서는 감당하기 어려운 세상이었다. 나는 난폭 운전으로 생명을 잃을 뻔했을 때도 "돈 많이 벌어놨어?"라고 소리를 질러대는 사람들을 빤히 보면서도 돈에 대한 위력을 무시하며 살아온 것 같아 스스로가 한심스러웠다. 돈은 예로부터 지금까지 생명줄이었다. 어쩌면 노동 운동에서 실패한 것도 돈의 가치를 업신여긴 때문이었던 것 같았다.

마중물로 치자면, 마중물만 가지고도 필요한 물만큼 쓰고도 남을 만큼 처들였다고 생각했다. 게다가 더 이상 마중물을 퍼부을 여력이 없었다. 성외구청은 내가 펌프질 할 의사가 없는 것으로 받아들여 학사로(學士路) 사인물 개선 사업에서 우리 회사를 제외시켰다. 삼억 원이 지원되는 성외구 중점 사업이었다. 구의회 의장 자식이 한다는 서울의 디자인 사무실이 수주했다. 헛물켜지 않은 것이 다행이지 싶었다. 나는 이런 결정들이 구청장인 마한순의 손에서 이루어지는 것인지, 아니면 그 아래 단계에서 만지작거리는 것인지 몰라 궁금했다. 그래서 '우리 MHS 후원 동문 모임'에서 만난 마한순에게 물었다. 나는 이 모임의 총무였다. 모임 내내 기회를 엿보다가 화장실에서 겨우 말할 짬을 얻었다.

"내가 마 청장님을 서운하게 해준 게 있나?"

지퍼를 까 내리고, 처진 자지를 꺼내 쥐며 물었다.

"님 자는 빼셔유. 뭔 일인지는 모르겠지만, 선배님이 그렇게 물으시니 제가 되레 서운하네유."

마한순이 느린 말투와는 달리 힘찬 오줌발을 내쏘며 말했다.

"고맙네. 그렇다면 좀 도와주게."

나는 오줌을 찔끔찔끔 지리며 단도직입적으로 말했다.

"요즘은 법과 원칙대로 해야 오래가유. 그리고 보는 눈들도 너무 많아유."

오줌을 쫙 뽑아낸 마한순이 자지를 탁탁 털어 거둬 넣고―변기에서 튀어나온 마한순의 오줌이 내 바짓가랑이를 적셨다―잽싸게 몸을 돌려 화장실을 나갔다. 나는 그가 화장실을 나갈 때까지도 남은 오줌을 찔끔거

밥

리고 있었다.

"선배님은 시민운동만 그만두면 돈 벌 수 있잖아유. 노동운동은 밥이라도 얻어먹을 수 있지만, 시민운동은 밥도 안 나오잖아유. 촛불시위 할 때마다 양초도 선배님 돈으로 사서 나눠줬지유?"

화장실을 나갔던 마한순이 얼굴만 삐죽 들이민 채 덧붙였다.

나는 마한순이 염장을 지르는 바람에 오줌을 터는 것도 잊은 채 자지를 넣었다. 팬티가 축축했다. 수모를 당한 기분이었다. 하지만 나는 수모나 치욕보다 당장 살아남는 것이 중요했다. 살아야 수모나 치욕도 갚을 수 있었다. 비아냥을 당하고 젖은 팬티를 입은 채 술상 머리에 앉아 있는 것은 일도 아니었다.

마치 범죄 공모라도 제안했다가 거절당한 기분이었다. 이렇게 모든 것이 명료하게 정리된 상태에서 산림 훼손 및 불법 분묘 조성 사건이 터진 것이다.

'빵'에서 나와 위장 공돌이를 할 때, 없는 차비를 마련해 인천과 출마구(區)를 시계 불알처럼 왕래하며 출정식 때마다 찬조 연설로 사기를 높여주고 고비 때마다 전략·전술 지도로 결정적 승기까지 잡아주었는데, 그 공마저도 싸그리 뭉개고 나를 무시하고 있는 것이다. 나는 일찍이 세상에 어설프게 대들다가 대학에서 잘린 경험이 있어 마한순에게는 강력하고 치명적인 시위를 코치했다. 백골단에게 갈비뼈가 부러진 원한이 공권력에 대한 복수심으로 자리 잡았던 마한순은 한때 나의 수족이 되어 따라다녔다. 돌이켜 생각건대 내 지도와 도움이 없었다면 살결 희고 얼굴까지 예쁘장한 마한순도 나처럼 빵에 가서 후장을 내주는 수치와 고통을 겪었을 것이다.

나에게 제보를 받은 어떤 언론사도 송씨 문중의 무단 산림 훼손을 문제 삼아 취재를 하거나 기사화하지 않았다. 관심조차 표명하지 않았다. 환경단체도 명박이가 저지른 4대강 문제로 바쁘다는 핑계를 들어 끝내 움직일 기미조차 보이지 않았다. 구두 고발도 안 먹히고, 환경단체 신고도 안 먹히고, 언론사 제보도 안 먹히고, 정식 서면 고발은 아직까지도 답이 없었다.

내용증명을 보낸 지 닷새가 지났을 때 공무원이 사무실로 찾아왔다. 스무 병들이 썬키스트 오렌지 상자를 들고 왔다. 초면이라 인사차 가져왔다고 했다. 찾아온 공무원은 기공태도 마요산도 아니었다. 이들은 산림 보호 및 부정 임산물 단속 담당이고, 자기가 분묘 담당이라고 했다. 분묘 담당 공무원인 박소증 씨가 나를 앉혀놓고 장사법(葬事法)과 해당 조례에 대해 조목조목 설명을 시작했다.

쌍 묘 처리 진행 과정의 설명에 들어가기 전에 필요한 사전 교육을 시키는 것 같았는데, 교육이라기보다 전문 법률용어로 나를 주눅 들게 하려는 '선제적 타격' 같았다. 박소증 씨도 자기가 게거품을 물어가며 열심히 설명하고 있는 내용에 대해 알지 못하는 것 같았다. 용어는 주워들어 외웠는데, 용어의 뜻까지는 미처 못 외운 듯싶었다. 내가 생소한 용어라며 짐짓 그가 사용한 용어의 뜻을 물었다. 역시 답을 듣지 못했다. 자기도 모르는 용어로 남을 설득하거나 가르치는 것은 불가능했다. 내가 운동판에서 겪어보기도 하고, 해보기도 해서 잘 안다. 답답해진 나는 그가 사 온 오렌지 주스 병을 따 같이 마시며 라디오에서 흘러나오는 클래식 음악을 들었다. 음악도 그의 말만큼이나 고상하고 격이 높아 어려웠다. 용산에서 진압 과정에 죽은 철거민들은 무모하고 성급한 경찰 진압 때문이 아니라 무장한 철거민들이 가미카제식으로 죽고자 덤벼들어서 죽었다는 내용의 경찰 발표를 가감 없이 전하는 텔레비전 뉴스가 난해하고 역겨워 라디오를 튼 것이었다. 그런데 라디오도 난해한 클래식을 쏟아내고 있었다. 나는 클래식 음악과 텔레비전 뉴스와 법규 설명의 난해함과 모호함 속에서 다 마신 주스 병 주둥이를 개처럼 핥았다. 뒷골이 당겼다.

세상이 급격히 변했다. 세상을 이끌던 언론이 너무 급속히 변한 탓이었다. 본래부터 사실은 없고 의견만 난분분한 것이 언론이었는데, 이제는 권력과 금력의 힘이 이 의견마저도 장악했다. 이(利) 앞에서는 명분도 정의도 맥을 못 추는 세상에서 언론인도 먹고살고자 몸부림쳤다. 하지만 언론이 권력에 권위까지 쥐고 있어서 먹고사는 문제 때문만이라고 보기에는 무리가 컸다.

내가 시큰둥한 반응을 보이며 딴생각을 하는 사이에 질문 공세에 몰렸던 공무원이 담배를 빼 물며 자세를 가다듬었다. 이윽고 담배를 느긋하게 두어 모금 빤 공무원이 말했다. 쌍 묘 중에 한 기는 가묘이고, 또 한 기는 가묘도 진묘(眞墓)도 아니라고 했다. 유감스럽게도 가묘도 진묘도 아닌 좌측의 묘는 6·25 당시, 어디에서인지는 모르지만 빨갱이의 손에 돌아가셨을 묘주 친부의 혼백만이 들어 있다고 했다. 말하자면 반공 인사의 묘라는 것이다. 넋만 모셨기 때문에 장사법상 묘가 될 수 없다고 했다. 따라서 법에 규정이 안 된 묘이기 때문에 정(正)과 사(邪)를 가려 처벌할 근거가 없다는 얘기였다. 공무원은 법과 사실이 서로 무관하기 때문에 문제를 삼고 싶지만 문제 삼을 수 없다고 했다. 이 점을 자신도 애석하게 생각한다며 담배 연기를 길게 내뿜었다.

가묘도 진묘도 아니면 흙무더기냐고 따져 물었다. 내가 발끈하며 흙무더기면 더욱 문제될 게 없으니 파헤쳐 원래대로 평평하게 하라고 요구했다.

"이장을 한 건 맞습니다, 맞고요…… 그런데 유골이나 유분(遺粉)이 아닌, 흙을 떠 와 묻은 것이랍니다."

화학 공식이나 물리 법칙을 설명하는 것도 아닌데, 아무리 머리를 굴려서 알려고 해도 도통 알아들을 수가 없었다.

"흙은 유골이나 유분이 아니어서 장사법으로 처리가 불가하답니다. 그래서 불법 분묘냐, 아니냐를 따지기 이전에 아예 분묘로 보기가 힘들답니다요."

담당 공무원이 간접화법으로 바꿔 엄살을 부렸다. 묘는 놔두고 산림 훼손만 처리할 수 있다는 말로 들렸다.

"누가요?"

송씨 문중에서 내린 유추해석인 것 같아 물었다.

"법이 그렇습니다. 유권해석이지유."

공무원이 당차게 받았다.

나는 행정 조처만 하면 될 공무원이 굳이 법을 들고 나와 자의적 해석으로 지껄여대는 것이 이해되지 않았다. 법은 사법기관이 알아서 할 일이고, 행정기관은 행정 처리만 하면 될 일이었다. 대통령은 법이 제정되기도 전에 4대강에 대고 삽질을 먼저 하고, 말단 행정기관의 공무원은 행정을 법으로 처리하려 하고 있었다. 법치국가에서 법이 똥 친 막대기만도 못했다. 그래서 먼저 침 바른 사람이 임자가 되는 세상이었다. 나는 더 이상 입법·사법·행정의 삼권분립 문제를 놓고 말단 공무원과 왈가왈부하고 싶지 않았다.

"장묘법으로 안 되면 불법 산림 훼손으로 처리하시면 되지요."

공무원이 이 말을 학수고대했던 것 같았다. 그의 얼굴색이 갑자기 보름달처럼 환해졌다.

"장묘법이 아니라 장사법입니다. 장묘법은 화장한 분골을 나무 밑에 묻거나 뿌려서 자연으로 되돌아가도록 하는 장례만을 규정한 법이지유. 말하자면 수목장 같은 걸 규정하는 겁니다요."

공무원이 기어코 나를 가르친 뒤에 답을 했다.

밥

"그게 그런디유…… 그린벨트라고는 하지만 사유재산에 해당하는 송씨 종중의 땅인지라…… 처벌을 한다고 해도……"

"민원을 제보받은 공무원으로서 하실 수 있는 일까지만 하면 됩니다. 유관 기관에 고발은 하신 거죠?"

처벌은 행정 공무원이 해야 할 역할이 아니지 싶었다.

"그게…… 거, 뭐이냐……"

"행정절차에 따라 고발을 하세요. 그리고 유골이나 유분을 묻은 것이 아니기 때문에 분묘로 볼 수 없다는 법리해석에 대해서는 저도 따로 공부해보겠습니다."

주스를 두 병이나 마셨음에도 불구하고 입안이 텁텁한 나는, 일은 안 하고 껌만 짝짝 씹으며 우리의 대화를 엿듣고 있는 디자이너에게 남은 껌을 달래서 씹었다. 내가 껌을 씹자 공무원은 또 담배를 빼서 피웠다. 나는 껌을 씹으면서, 당뇨 때문에 삼가라는 주스를 두 병이나 마셨다는 사실을 뒤늦게 깨달았다. 공무원은 쉽게 물러갈 생각이 없는 것 같았다. 나는 감방에서 성추행을 당한 것이 탈이 되어 같은 자리에 같은 자세로 오래 앉아 있지를 못했다. 나는 엉덩이를 자꾸 들썩들썩하며 껌을 씹었다.

"이러지 말고…… 당사자 분들끼리 한번 만나보시는 것이……"

공무원이 보채듯이 말했다.

"당사자?"

나는 급히 뒷목을 잡았다. 혈압이 뻗쳐오르고 있었다. 이 문제의 당사자가 어찌 나와 송씨 문중이란 말인가. 내 사유재산을 훼손당한 것이 아니라 공익을 위해 개발 제한에 묶인 그린벨트를 훼손한 문제인데, 어찌 나와 송씨 문중 간의 쌍방 해결 과제로 미룰 수 있단 말인가. 나는 공적인 일을 사적인 방식으로 풀려는 제안을 받아들일 수 없었다. 특히 예법에 강한 송씨 문중이 작정하고 덤벼들었을 때 나에게는 맞서 응원해줄 문중 권력도 없었다. 왕과 독대를 하신 분은 예를 숭상한다면서 왕을 겁박하고, 의리를 존중한다면서 제자 부친의 유감스러운 비문 내용 수정도 거절했다. 곧음[直]을 내세워 파쟁을 일삼고, 오로지 이해득실 속에서 말로만 북벌과 애민을 주창했다. 그러고는 따로 별도의 기준으로 장례 절차를 깊이 연구해 왕과 정적들을 농락했다. 죽은 자를 이용해 산 자를 괴롭힌 것이다. 내가 이분의 후손들과 더불어 묘에 관한 일을 논한다는 것은 섶을 지고 불로 뛰어드는 짓이나 다름없었다.

내가 그들을 만나서 들어야 할 얘기는 들어보지 않아도 빤했다. 아마 돈이 궁한 게냐, 라고 다그칠 수도 있을 것이다. 게다가 내가 학생운동과 노동운동을 했다는 것과 전과까지 있다는 사실을 알게 된다면, 문묘 18현의 후손을 음해하여 사회의 안녕과 질서를 해치려는 빨갱이라고 몰아붙일 수도 있을 것이다. 문묘 18현의 후손과 일반인의 묘를 동급으로 본 평등사상도 시비의 대상이 될 수 있을 것이다. 신자유주의 국가에서 공정과 균형의 잣대를 가진 놈은 색깔이 이상한 놈이 아닌가.

"그리고 쌍 묘만 문제가 아닙니다."

세 건의 산림 훼손을 한 건으로 축소하려는 공무원들의 처사에 제동이 필요할 것 같았다.

"불법 벌목을 통한 불법 통행로 조성과 떼무덤 주변의 불법 지형 변경도 문젭니다. 나눠서 처리하시면 세 번 일이 되니까 한꺼번에 묶어서 해결해주세요."

"저는 분묘만 담당인데유."

나도 박소중의 말을 무시하고 내 말만 했다. 평생 투쟁과 시위만을 업으로 삼고 살아온 사람이다. 이번 주 중에 처리 결과를 통보해주지 않으면 박소중 씨가 근무하는 책상 옆에 돗자리를 깔고 일인시위를 할 것이다. 돌아가는 공무원을 배웅하며 등뒤에 대고 단단히 일렀다. 그러나 이렇듯 굳게 밝힌 의지 표명과는 달리, 나는 사업 문제로 몹시 바빠 다시 한 달을 훌쩍 넘겼다. 일을 하느라고 바쁜 것이 아니라 직원 임금과 사무실 운영비를 꿔 오고 일거리를 구걸하러 다니느라 바빴다. 한 건에 이삼만 원 받는 명함만 줄창 제작하고 있을 수도 없었고, 일이십만 원 받는 음식점·술집·당구장·PC점 등의 개업 '지라시'와 Y배너만 제작할 수도 없었다. 의뢰받는 물량이 많은 것도 아니었고, 전혀 돈이 되지도 않았다.

영화 「다이 하드」에서처럼 형사가 가는 길에 사건이 따르는 법인데, 이제는 운동가가 아니니까 사업가답게 일[事]이 오갈 만한 길에서만 얼쩡거리라고 아내가 엄히 충고한 것도 영향을 끼쳤다. 사업은 운동과 달랐다. 운동은 내가 생각하고 내가 앞장서면 모두들 그 깃발에 따라 움직여주었다. 싫어도 움직여주는 시늉이라도 했다. 그러나 사업은 달랐다. 생각대로 일이 따라주지 않았다. 사업은 밥이어서 명분도 없었고 합리적이지도 이성적이지도 않았다.

잠자리에 누워서는 생각만으로 금방금방 일이억을 벌어들였다. 그러나 생각 밖에서는 한 달에 사오백도 못 벌어 낑낑대며 조마조마했다. 오백은 벌어야 직원 둘 월급 주고, 사무실 유지비와 각종 공과금을 내고, 이백만 원 정도를 가져갈 수 있었다. 이백만 원에 아내가 번 돈을 합쳐야 비로소 사람 꼴을 하며 살 수가 있었다.

나는 구차스럽게도 내가 떠나온 공단의 노조 사무실을 돌며 동냥질하듯이 영업을 했다. 정권이 바뀌면서 노조가 갑자기 죽어 활동이 뜸해졌다고 했다. 활동이 뜸하니 인쇄물이나 기념품 제작도 뜸할 수밖에 없었다. 이십여 년 만에 모교 홍보과도 기웃거리고, 총동문회도 문턱이 닳도록 드나들어봤으나 일거리를 얻지 못했다. 마한순의 무관심이 가져다준 충격은 이처럼 치명적이었다.

나는 다시 산림 훼손 문제에 매달렸다. 포털 사이트 '다음'에서 감사원을 쳤다. 그리고 민원을 접수시켰다. 바탕 화면에 작성해둔 문건을 그대로 복사해 올리고 휴대전화 속의 사진을 빼내 첨부파일로 달아 붙였다.

5

민원을 감사원에 넣었는데, 답이 구청장에게서 먼저 왔다.

"아니, 형님!"

전화를 건 마한순이 인사 한마디 없이 호칭만 선배님에서 형님으로 바꿨다.

"나, 형 땜에 미치겠시유. 그런 걸 문건으루다가 만들어서 감사원에 날리면 어쩌자는 거유? 방금 전에 송씨 문중 사람들이 떼로 몰려와서 항의하고 갔시유."

나는 마한순이 전화를 잘못 걸었거나 낮잠을 자다가 봉창을 두드리나 싶었다. 자기가 정식으로 민원 접수 요청을 해서 그 절차와 수순에 따라 이루어진 일이었다. 그런데 내가 자발적, 임의적으로 벌인 일인 양 호들갑을 떨고 있었다. 일단 이쪽저쪽으로부터 달아날 구멍을 여기저기 파놓자는 얕은 속셈 같았다. 나는 적당한 때에 이 사실을 송씨 문중에게 들려주고 싶었다. 나는 말로 해결하려던 것을 구청장이 정식 민원 절차를 밟으라고 해서 그대로 했을 뿐이었다고……

"형이 매일 다닌다는 그 등산로, 성외구 주민들이 매일같이 밟고 다니는 바로 그 등산로가 송씨 문중 소유 땅이잖아유. 이제 지랄 났다니까유. 등산로를 폐쇄하겠대유."

"……"

따로 대꾸할 말이 없었다. 구청장에 의하면, 등산로 폐쇄가 무조건 내

밥

책임이었다. 마한순은 구민들이 등산로 폐쇄를 문제 삼으면 구청은 모르는 일이니 나를 찾아가 따지라고 일러주기라도 할 것 같았다.

"생각을 해봐유."

마한순이 나를 생각도 없는, 생각조차 안 하고 사는 사람으로 몰았다.

"이렇게 되면 그 길로 등산 다니던 구민들의 민원이 안 생기겠어유? 송씨 문중이 내게 보내준 집단 지지표가 날아가고, 민원을 제기한 구민들의 표까지 몽땅 날아가면 좋겠어유, 형은, 응?"

"……"

"형은 나를 도와주자는 거유, 죽이자는 거유?"

삼 년 전 선거 때 했던 똑같은 질문을 던졌다. 그 당시에도 내가 끌어들인 공단의 노조원들 때문에 색깔 시비가 붙어 무진장했던 노인들 표가 싸그리 떨어져 나갔다고 난리를 부렸었다. 상대 후보와 최소 5퍼센트 포인트 이상의 격차로 당선될 선거였는데, 나 때문에 0.3퍼센트 포인트 차로 겨우 당선됐다며 온갖 짜증을 다 부렸었다. 나 때문에 가슴이 철렁 내려앉았다고도 했다. 하지만 나는, 그가 당선 뒤에 자기가 소속된 당과 이념이 다른 나를 멀리하고, 논공행상에서 적게 대접하려는 수작 정도로만 알고 대수롭지 않게 넘겼다.

어쨌든 마한순의 말〔言〕이 고삐 풀린 망아지처럼 천방지축이었다. 보는 눈이 많은 세상이니까, 법대로 규정대로 눈앞에 놓인 문제를 보고 풀자던 놈이 완전히 사적·자의적·감정적·정실적으로 문제에 따른 해결 방식을 찾아 접근하고 있었다. 차기 구청장의 당락에 있어 낙(落)일 경우, 모조리 내 탓이라는 경고도 보냈다. 우는 놈 뺨치는 것도 아니고 어처구니없고 괘씸했다.

"왜 나한테 미리 말도 안 해주고 형 맘대로 감사원까지 갔어유?"

"……?"

나는 정말로 해줄 말이 없었다. 과장하자면, 가슴에 대못질을 당하는 예수의 심정이었다. 구청장을 하다 보면 매일매일 그저 이렇고 저런 일, 또 그저 그렇고 그런 사람들을 무수히 접할 것이다. 그러니까 내가, 내가 제기한 민원이, 그저 그렇고 그런 사람이 제기한, 그저 그렇고 그런 불만사항이었을 것이다. 마한순은 지금 내게 그것을 확인시켜주고 있었다. 그렇다면 그동안 마한순에게 있어 가치 있는 일이 무엇이었고, 가치 있는 사람은 누구였는지 궁금했다.

성외구청장 마한순은 옛날에 내가 감싸고돌며 보살펴준 운동 후배 마한순이 아님을 또다시 분명히 했다. 통화를 마친 나는 서운했다.

1987년 4월 들어 움찔했던 나라가 5월로 접어들면서 들썩들썩거렸다. 민주화를 이끄는 여러 세력이 있었고, 이를 좇는 민중도 있었고, 이를 받들 수 있는 사회적 분위기도 있었고, 루카치가 말했다는 보이지 않는 '그 무엇의 힘'도 있었다. 인생이 네 박자이듯이 인생들이 모여 움직이는 세상도 네 박자였는데, 1987년에는 네 박자가 갖추어졌다. 네 박자는 인생과 세상을 바꾸는 흥이었다. 그러나 우리 대학의 시위는 엇박자이면서 지지부진했다. 전두환이 4·13 호헌 발언을 하고 당(黨) 뒤에 숨어서 여론의 반응과 향배를 떠볼 때도 우리 대학은 그저 조용했다. 통상적으로 서울 지역의 대학생들이 길거리로 쏟아져 나와 민주화를 외치면 지방의 대학생들이 이를 받아서 교문 앞까지 나가 지원시위 내지는 응원시위를 하고는 했다. 서울의 학생들이 빼앗긴 민주를 찾기 위해 구호를 내지른 뒤, 돌멩이와 화염병과 쇠파이프로 발언의 당위성과 필연적인 실현을 강력 주장할 때, 백골단의 꽁무니에 따라붙은 전경들은 최루탄과 물대포와 곤봉과 철심 박힌 죽도로 맞서서 단호히 응징했다. 그러나 우리 지역의 대학시위는 추임새 내지는 구색 맞추기 수준이었다. 전경들과 멀리 떨어져서 동조 구호를 내지르고 가끔 화염병을 던지기는 했으나, 죽자사자 수준은 아니었다. 전경도 멀찌감치에서 길목을 틀어막고 보조 맞추는 수준의 최루탄과 물대포를 쏘아대는 정도였다.

그런데 우리 대학은 이 정도에도 못 미쳤다. 4·13 호헌 발언에 겨우 교수 서너 명이, 그것도 뒤늦게 호헌 반대 서명에 동참했을 뿐이었다. 교시(校是)가 '인의예지'였기 때문에 군주에 해당하는 대통령의 뜻에 맞서는 서명 교수들은 예의를 버리고 의리를 배신한 모반 세력으로 치부되어 법인 이사장의 격한 눈총을 받아야만 했다.

전두환은 취임 초기에 흩어진 민심을 주워 담기 위해 대통령 직선제를 약속했다. 더 이상 대통령을 장충체육관에 끼리끼리 모여, 짜고서 뽑지 않겠다는 당연한 약속이었다. 그런데 집권 말기가 되자 약속은 없었던 것으로 하고, 전처럼 통일주체국민회의대의원을 체육관으로 불러 모아 간선제로 대통령을 뽑겠다고 한 것이다. 국론 분열과 선거 비용 때문에 발생하는 국가재정 파탄을 막기 위한 용단이라고 했다. 망언이었다. 전두환은 망언이 아니라 분단 상황에서 국력 낭비와 국론 분열을 막는 지극히 합리적이고 효율적인 방식이라고 강변했다. 이른바 '한국적 민주주의' 수준에 맞는 가장 이상적인 한국적 대통령 선출 방식이라는 얘기였다. 그러나 이 망언은 퇴임 뒤의 자기 안전보장을 위해 12·12 쿠데타 때 친구와 한 짜웅을 지키려는 수작 가운데 하나였다. 친구 노태우 몫으로 남겨둔 차기 13대 대통령 자리를 확실히 보장해주기 위한 '필요충분조건'이었다.

나는 정권의 사유화를 받아들이기가 곤란했다. 결코 받아들일 수 없었기 때문에 서울과 지방을 바삐 오르내렸다. 오르내리면서 내가 주도해야 할 시위의 시기와 강도를 가늠했다.

나는 사전 예열(豫熱)을 위해 교문 앞을 막고 서서 핸드마이크를 움켜

쥐고 호헌 발언의 부당성을 조목조목 따져 알렸다. 등하교하는 학생들이 시끄럽게 구는 나를 약장수 보듯이 쳐다봤다. 나는 괘념치 않고 게거품을 물며 아침저녁으로 동어반복을 외쳤는데 쉰 음식에 파리 꼬이듯 열댓 명의 학생들이 걸음을 멈추고 내 말을 듣다가 갔을 뿐, 구호를 메기고 받을 만한 세(勢)가 모아지지는 않았다.

나를 안쓰럽게 지켜본 사물놀이패가 따라붙어 도왔다. 이튿날, 목이 쉬어 말조차 제대로 안 나올 때 학생처장이 참다못해 나올 수밖에 없었다며 면학을 위해 조용히 해줄 것을 당부했다. 수업 중인 모든 교수들과 공부에 열중인 학생들의 뜻을 담아 대신 전하는 것이라고 덧붙였다. 나는 우국충정으로 정권의 기만과 불의에 맞서 외로이 싸우는 학생에게 시끄러우니 조용히 하라고 을러대는 교수의 망발을 알아들을 수 없다고 했다. 자기들이 마땅히 강의를 폐하고 나와서 함께해야 할 일을 내가 대신 해주는 것에 대한 고마움이 전혀 없어 보였다. 되레 내가 소리를 지르기 시작한 날부터 교무처장의 요청으로 수업 출석 체크를 더욱 강화하라는 지시를 내렸다고 했다. 학생처장의 말이 길어지면서 당부가 야단으로 변했다.

내 연설에 무심하던 학생들이 학생처장의 야단스러운 간섭을 보자 구경꾼으로 꾸역꾸역 모여들었다. 학생처장이 나를 돕고 있었다. 학생처장은 말발로 나의 적수가 될 수 없었다. 삼십 분 만에 학생처장을 물리치고 구경 온 학우들에게 우리가 왜 싸워야 하는지 설명했다. 설명을 시작하자마자 학우들이 슬금슬금 빠져 달아났다.

상한 자존심과 자괴감을 회복할 길이 없었다. 그래서 나는 마한순을 불러내 '고갈비집'에서 막걸리 잔을 나누며 따졌다. 학원 민주화 문제만으로도 따질 것이 많았다. 등록금 인상 저지 실패, 동문 교원 확보율 인상 실패, 시내버스 노선 유치 실패, 예비군 훈련장 및 자동차운전학원 이

전 투쟁 방치, 부정 편입학 문제에 대한 묵인 등 한두 가지가 아니었다. 마한순이 총학생회장이라는 지위만으로는 정의 구현과 민주화를 추구하는 야전에서 언투로 잔뼈가 굵은 나를 당해낼 수가 없었다. 게다가 어떤 조직이든 조직 안에서 지위가 있는, 그것도 장(長)의 지위에 있는 사람은 주도하고 책임져야만 할 일들이 많기 때문에 숱한 문제와 약점을 싸안고 있기 마련이다. 상대적으로 조직의 밖에 있는 사람은 일과 책임에서 훨씬 자유로울 수 있기 때문에 그만큼 도덕적 선명성의 우위를 점할 수 있었다. 그래서 조직 밖에 있는 사람이 작심만 하면 조직 안에 있는 사람을 문제 삼는 건 식은 죽 먹기보다 쉽다.

왜 안 했냐? 왜 못했냐? 왜 그만큼밖에 안 했냐? 왜 그만큼밖에 못했냐? 왜 이런 식으로 하지 않고 그런 식으로 했냐? 왜 늦게 했냐? 등등.

마한순은 고등어의 뼈를 발라내던 젓가락질을 멈추고 일일이 변명했다. 등록금 협상은 끝난 것이 아니라 참여 및 동조 학우들이 1퍼센트도 안 돼 일단 14.3퍼센트에 잠정 합의해주면서 선 납부 후 재협상하기로 했으며, 동문 교원 확보율 문제는 동종 교배로 인한 연구 및 강의 질 하락 문제와 총동문회의 사주로 움직이는 이기적이자 패권주의적 주장이라고 해서 건의 사항으로 돌렸으며, 시내버스 노선 유치 문제는 조차장 부지를 제공해주면 아무 문제가 없다는 운수업자의 선 요구 때문에 불가하게 됐다고 답했다. 그리고 예비군 훈련장 이전 문제는 우선 대학 캠퍼스보다 예비군 훈련장이 먼저 들어섰다는 점과 한 달이면 고작 한두 번 하는 사격 연습이 도대체 면학 분위기에 얼마나 해를 끼친다는 것인지 국방부조차 아무리 전향적인 자세로 거듭 검토를 해봐도 이해가 안 된다는 점을 들어 협상 대상이 아니라면서 응해주지 않는다고 했다. 게다가 예비군 훈련장은 송씨 문중에서 '북벌(北伐)'을 위해 기꺼이 수용을 허락한 땅이므로 학생들이 나서서 왈가왈부할 일이 못 된다고 했다는 것이다.

북벌의 북이 청나라에서 북괴로 바뀌었다는 것이다. 또 국가 안보 및 안위와 관련된 문제이므로 섣불리 이전 요구 투쟁을 재개하기에는 명분이 부족하다고 덧붙였다. 자동차운전연습학원 이전 문제도 사유재산권 침해와 관련이 있어 사회주의가 되기 전에는 문제 삼을 수 없다고 했다. 자유민주주의를 찾자고 데모하는데 사유재산권을 침해하는 것은 이율배반이 아니냐? 부정 편입학 문제는 법에서 움직이고 있다, 법이 심판하겠다는 것을 우리가 나서서 떠벌리면 우리 얼굴에 침 뱉는 꼴이다, 나는 해교(害校) 행위를 할 수는 없다, 마한순은 고등어 살점을 씹으며 빡세게 대들었다.

나는 일단 변명은 그의 권리이자 몫이기에 끝까지 들었다. 그러고 나서 근 삼 년 동안 반복되었던 선배 학우들의 여론과 주장을 전달하며 가끔 반문을 섞었다. 협상은 때가 있다. 선 징수, 후 조정은 졌다는 뜻이다. 동문 교수가 이제 겨우 5퍼센트인데 동종 교배를 문제 삼는 것은 시기상조이고 부당한 견제다. 조차장은 이십 년째 사용하지 않는 교지(校地) 한 귀퉁이를 무상으로 내주면 될 일이다. 총소리는 사격 횟수를 떠나 학우들에게 경계심과 공포심을 가져다주기 때문에 학업에 방해가 되어왔다. 국방은 국가를 지키지만 교육은 국가를 발전시킨다. 지금이 전시인가? 그리고 언제 강의실로 유탄이 날아올지 모르는 치명적 위험도 안고 있다. 그래서 우리 선배님들이, 심지어는 학교 당국까지 합세하여 지난 삼 년 동안 일관되게 예비군 훈련장의 이전·철수를 건의해온 것이다.

"학교 당국이 나선 것은 공감하고 동조했기 때문이 아니라 선배들이 학교를 압박하니까 별수 없이……"

"말조심해라. 스스로 정체성을 부정하는 말이다. 그리고 바로 그 선배들이 너를 총학생회장으로 만들었다."

"……"

밥

"군사 파쇼의 상징인 예비군 부대가 군가와 구령을 고래고래 내지르고, 총소리로 캠퍼스의 자유와 평화를 위협하고 있는 것은 수치다. 반드시 몰아내는 것이 시대적 사명이다. 내가 전략을 짤 테니 너는 이백 명쯤 모아라."

"며칠 전, 앞 동네에서 주민 대표라는 어르신이 찾아왔었어요. 우리의 시위가 총소리보다 더 시끄럽고 공포스럽대요. 우리 때문에 시끄러워서 못살겠다며 조용히 하든지 학교를 옮기든지 하래요."

"그래서?"

"제가 그건 경우 없는 억지라고 말했어요. 그랬더니 동네가 생기고 백년 만에 대학이 생겼으니, 경우는 응당 자기들 것이고 우리가 없는 거래요."

"경우보다는 민주와 정의가 언제 어디서나 우선하는 거다."

섣부르게 경우를 앞세운 마한순을 매몰차게 질타했다. 공부를 했다는 놈이 어르신에게 꼼짝 못하고 당했다는 말에 울화가 치밀었다. 더욱이 어르신들 말에 기대어 시위를 피하려 핑계를 찾는 마한순의 의도가 못마땅했다.

이튿날, 학내외 현안을 골고루 적은 현수막과 대자보가 캠퍼스 곳곳에 나붙었다. 현수막과 대자보에서 뿜어져 나오는 알싸한 페인트와 시너 냄새가 늦봄의 나른한 바람을 타고 캠퍼스 구석구석을 배회했다. 사물놀이 패가 구호와 냄새를 휘젓고 다니며 당차게 길놀이를 했다. 나는 시위의 '야마(핵심)'를 자유롭고 건전한 면학 분위기 쟁취로 잡았다. 학교도 말리는 시늉만 할 뿐, 큰 불만은 없어 보였다. 등록금 부당 인상이니 부정 편입학이니 하는, 서로가 치킨게임을 해야만 할 민감한 문제가 아닌 때문이었다. 어쨌든 학교가 개입을 하면 운신의 폭이 좁아져 시위가 부담스러워졌다. 학생지원과 직원인 선배들과 동문 출신 선배 교수들이 맨투

맨으로 들러붙어 음주와 말로 징징거리며 사정했다. 술집에 앉아 날밤을 새며 잠도 안 재웠다. 이 상호적 형식을 빌려 반강제적으로 당하는 고문이 이틀쯤 지속되면 거절이 힘들었다.

이번 시위는 어디까지나 반민주적인 4·13 호헌 조치에 대한 저항을 위한 군불 때기, 즉 사전 예비시위의 성격이 짙었기 때문에 학교로부터 아무런 방해도 받고 싶지 않았다. 칠십 명쯤으로 시작한 시위였는데, 하루하루 지나면서 되레 지지부진해졌다. 예열한 시위의 밑불마저 꺼질 판이었다. 어떻게 해서든 밑불만이라도 살리려면 바람을 불어넣어야 했다.

나는 '군부대 철수'라고 쓴 붉은 머리띠를 동여매고 저녁나절에 예비군 부대 진입로에 드러누웠다. 군용 지프로 퇴근하는 부대장과 담판을 짓기 위해서였다. 물론 예비군 부대 이전 철수가 부대장과 담판 지을 수 있는 문제는 아니었다. 말똥 하나짜리 부대장은 그럴 만한 권한이 없었다. 그러나 현재로서는 운동의 힘을 붙들어 집결시킬 수 있는 유일한 방법이었다. 지프가 큰대자로 뻗어 누운 나를 피해 지나가지 못하도록 마한순과 총학 간부들도 함께 길을 틀어막았다. 비포장인 진입로는 비 온 다음날이라 크고 작은 물웅덩이 천지였다. 내가 누운 곳도 물웅덩이였는데, 누운 채 몸이 반쯤 잠겼다. 시위에 참여한 오십여 명의 학생들은 내가 누운 오십여 미터 아래쪽에서 목이 터져라 구호를 외쳐대며 응원을 보냈다. 육천 학우 중 오십 명 안팎의 주장이 대표성을 갖는다고 보기는 힘들었지만 부대장의 지프를 막기에는 충분했다.

군부대 쪽에서 일과가 끝났다는 나팔 소리가 울렸다. 곧 하기식을 하는 애국가가 들렸다. 도시락을 챙겨 들고 퇴근하던 방위병들이 시위대를 보고 깜짝 놀라 방아깨비처럼 뛰어서 부대로 되돌아갔다. 방위병과 위병 근무를 막 교대한 기간병들이 위병소를 나와 엉거주춤한 자세로 시위대 쪽을 기웃거렸다. 곧이어 모든 방위병과 기간병들은 퇴근 및 일체의 행동을 중지하고 당장 연병장에서 비상 대기하라는 전달 명령이 스피커를 타고 퍼졌다. 명령을 전달하는 사병의 목소리가 전쟁이라도 터진 것처럼 한껏 격앙되어 있었다.

국기 게양대 쪽에서 머뭇거리고 있던 지프가 이윽고 부대 정문을 빠져 나왔다. 지프의 양옆과 뒤에 방위병과 기간병이 뒤엉켜 붙어 있었다. 마치 전차를 호위하며 진격하는 보병 같았다. 방위병을 앞세우고 그 뒤를 따라 한발 한발 내딛는 기간병들의 표정이 비장했다. 나는 하마터면 물구덩이에 누운 채 박장대소를 할 뻔했다. 눈치껏 엉금엉금 기어 나오던 지프가 내가 누운 댓 발짝 앞에서 슬그머니 멈췄다. 그리고 잠시 후, 반짝이는 군화가 눈에 보였다.

"군인들을 불법 감금할 셈이오?"

부대장이 법을 앞세워 말문을 열었다.

"법으로 잘못된 것을 바꾸려다 보니, 법을 어기게 되었습니다. 이해하시죠?"

나는 흙탕물에 누운 채 부대장의 모자에 붙은 말똥을 보며 답했다.

"군에는 갔다 왔소?"

"못 갈 것 같습니다, 소령님."

"……?"

"감방엘 먼저 갈 것 같습니다."

"이 학생이 세상 물정 모르는구먼. 대한민국 장교를 인신구속해서 하고픈 말이 뭔가?"

탐색이 끝났다고 생각했는지 부대장이 말을 낮췄다.

"할 말이 있어 어쩔 수 없이 길은 막았지만 인신을 구속하지는 않았습니다."

"뭐얏? 저 개새끼!"

부대장의 옆에 바싹 붙어선 기간병이 욕을 내질렀다.

"어디다 대고 말장난질이얏!" 하며 을러대듯 소리쳤다. 면상이 허여멀끔하고 군복이 말쑥한 것으로 보아 당번병인 것 같았다.

"지금부터 여기는 길이 아닙니다."

당번병 따위를 상대할 이유가 없었다. 자기 상관을 위해 내게 욕하는 것은 당번병의 당연한 직무였다. 내가 욕을 무시하고 뒷말을 덧붙였다.

"우리가 먼저 접수했습니다."

"접수? 히야, 저 골통새끼! 애들아, 당장 저 새끼 드러내고 길 터!"

고개를 홱, 하며 절도 있게 돌린 당번병이 팔을 뻗어 나를 가리키며 방위병을 향해 대차게 명령했다. 지프 주변에 게딱지처럼 잔뜩 들러붙어 있던 병들이 함성을 지르며 달려들었다. 폭력 사태를 감지한 부대장이 급히 손을 들어 제지했다. 그러나 그보다 먼저 병들과 시위대가 부딪쳐 뒹굴었다. 집단 난투극이 벌어졌다. 후미의 여학생들이 달려와 비명을 내지르며 응원했고 사물놀이패가 징과 북과 꽹과리와 장구를 미친듯이 쳐대며 응원했다.

타격 거리가 주어지면 주먹과 발이 오갔고, 서로 붙잡고 뒤엉켜 쓰러져서는 빗물이 고인 웅덩이 속에서 굴렀다. 치열한 육박전이었다. 길 옆의 키 높이 둔덕 밑으로 굴러 고랑에 쑤셔 박혀 허우적대는 축들도 있었다. 숫자가 많은 우리 쪽이 부실한 병들을 위병소 쪽으로 몰아갔다. 부대장과 운전병은 혼전 중에 어디론가 달아나고 없었다. 우리는 빈 지프를 뒤집어 옆으로 뉘였다.

위병소의 초병이 두 개의 송수화기를 움켜쥔 채 상부에 보고하랴, 경찰에 신고하여 도움을 청하랴 고래고래 고함을 질러대는 모습이 보였다.

"폭도들이 부대원들을 폭행하고, 지금 막 부대로 진입을 시도…… 예, 비상사태…… 충성! 잠깐만요……"

밥

"대체 얼마나 더 기다려야 옵니까? 우리가 다 맞아 죽은 뒤에야……
글쎄 전경으로는 안 된다니까요."

초병이 군용 전화와 사제 휴대전화로 번갈아가며 구조를 요청하고 있
었다.

그때 시위대 뒤쪽에서 시뻘건 덩어리가 날아와 위병소 차단봉 앞에
퍽, 하고 떨어졌다. 화염병이었다. 다행스럽게도 화염병은 물웅덩이에
떨어져 폭발하지 않았다. 또 천만다행으로 부대 안쪽으로는 떨어지지 않
았다. 누군가가 불필요하고 위험한 오버를 하고 있었다.

나는 허리띠를 붙잡고 늘어지는 방위병을 발로 차 밀쳐내고, 시위대
후미로 급히 달려가 화염병을 빼앗았다. 그러고는 마한순과 간부들에게
남은 화염병을 모조리 수거하라고 소리쳤다. 위병소 앞에 떨어져 깨진
화염병 조각들도 빨리 수거해야 한다는 생각이 들었다. 하지만 늦고 말
았다. 잽싼 위병이 이미 화염병 파편을 알뜰히 수거한 뒤였다.

"학원 자율 침해하고 면학 풍토 저해하는 예비군 부대는 당장 철수하
라!"

뻘쭘해진 나는 주먹을 불끈 쥐고 구호를 매겼다.

"철수하라, 철수하라, 철수하랏!"

시위대가 병들을 부대 안으로 몰아넣으며 구호를 받아 복창했다.

"야이, 씨발 놈들아!"

병들이 시위대의 구호를 욕으로 받아쳤다.

"생명을 위협하는 군부대는 물러가라!"

"물러가라, 물러가라, 물러가랏!"

"야이, 씨발 놈들아! 생명을 위협하는 건 네놈들이야."

병들이 구호의 부적절성과 일방적 부당성에 항의했다.

육박전이 상호 비방전으로 바뀌어 피아간에 구호와 욕을 주거니 받거

니 하고 있을 때였다.

"백골단이닷!"

일단은 달아나야 했다. 전경이라면 대거리를 해볼 수도 있겠지만 백골단은 경우가 달랐다. 얻어맞아 백골이 뭉개지기 싫으면 빨리 도망가야 했다.

"모두 흩어져서 피해라!"

나는 신원 보호를 위해 얼굴에 흙을 발라 위장하고 화염병을 챙긴 뒤 쉰 목소리로 겨우 소리쳤다.

마한순과 간부들도 엉겁결에 나를 따라 얼굴에 흙을 처발랐다. 그러고는 내 꽁무니를 쫓아 뛰었다. 뒤쪽은 잔뜩 독 오른 백골단이 짓쳐 올라오고 있어 도주로가 아니었다. 앞에 있는 군부대는 당연히 사지(死地)였다. 좌우만 남았다. 좌는 동네로 통했고, 우는 송씨 문중의 사적지로 통했다. 대다수 시위 학생들은 동네 쪽을 향해 논둑길을 우르르 내달렸다. 좁은 둑길을 서로 앞서 뛰려 하다가 뒤엉켜 넘어졌다. 백골단은 논둑길이 아닌, 모내기가 끝난 논으로 뛰어들어 시위대를 쫓았다. 논을 뭉개고 있는 시위대와 백골단을 향해 논 주인과 동네 노인들이 한꺼번에 몰려나와 욕을 퍼부었다.

나와 주모자들은 군부대의 높은 블록 담장을 끼고 우측으로 내달렸다. 전날 흠뻑 퍼부은 비로 산길이 빙판처럼 미끄러웠다. 게다가 경사까지 심해 걸음이 더뎠다. 가위 눌린 몸같이 좀처럼 속력을 낼 수 없었다. 어느 틈에 꼬리를 밟은 백골단이 바싹 따라붙어 있었다.

넘어지고 까지고 비틀대며, 허둥지둥 둔덕을 넘었다. 그러나 나는 곧 멈춰 섰다. 길이 막혀 있었다. 누군가가 간벌 작업에서 나온 나무토막들과 깨진 슬레이트 쪼가리 같은 건축 폐기물과 녹슨 철조망 등을 버무려 얼키설키 엮어 길목을 틀어막은 때문이었다.

밥

"여기는 길이 아니여."

내가 예비군 부대장을 막을 때 한 말이었다. 허리 굽은 노인이 바리케이드 너머에서 삽으로 물고랑을 치우며 내 말을 흉내 냈다. 행색으로 보아 송씨 문중 사적(史蹟) 관리인 같았다. 막은 길이 도로교통법이나 산림법 등에 적용을 받는 길인지 아닌지를 알 수 없었다. 그러나 등산객들이나 인근 동네 사람들이 풀 방구리에 쥐 드나들듯 다니던 지름길이었다. 길이 생기고 법이 생겼지, 법이 생기고 길이 생긴 것이 아닐 터인데 야속한 노인이 바리케이드 저편에 버티고 서서 억지를 부리고 있었다.

나는 다급한 중에도 기가 막혔다. 노인이 급조한 바리케이드만 벗어나면 사방으로 달아날 수 있는 길이 열려 있었다. 말 그대로 사통오달의 길이었다. 그 길 가운데서 각기 한 길씩 잡아 흩어지면 백골단에게 붙잡힐 염려가 없었다.

"빨리 치우자!"

나는 시간이 없다는 것을 알았지만 이대로 잡힐 수는 없었다. 좌우가 높고 가파른 바위벽이라 기어오를 수도 없었다. 장애물을 치우는 수밖에는 없었다. 이때 마한순이 다 같이 도망쳐 왔던 길을 되짚어 달리며 소리쳤다.

"내가 막을 테니까, 모두 도망쳐!"

무어라고 대꾸할 수도 손을 쓸 수도 없이 순식간에 일어난 상황이었다. 무조건 장애물을 빨리 걷어내고 도망치는 것이 우선이었다. 철조망에 손이 찔리고, 슬레이트 조각의 모서리에 정강이가 까졌다. 이 사람 저 사람이 상처를 입어 비명을 질러댔다.

"그만들 두지 못햇!"

쓰고 있던 새마을 모자를 벗어 팽개친 노인이 삽을 휘두르며 달려왔다. 그러고는 우리가 장애물 걷어내는 것을 막았다.

"빨갱이새끼들이 그 더러운 발로 감히 존엄한 성지를 범하겠다고. 어림 반 푼어치도 없는 수작이지."

나는 노인의 거친 말에 화가 나 대거리를 하고 싶었지만 그보다 절체절명인 도주로 확보가 먼저였다. 뒤에서는 퍽, 팍, 쿵, 하는 소리가 들렸다. 마한순이 좁은 길에 버티고 서서 백골단과 눈물겨운 사투를 벌이고 있었다. 마한순은 곧 바퀴에 깔려 죽을 버마재비의 신세였다. 마한순이 바퀴에 깔리기 전에 그의 희생이 헛되지 않게 하기 위해 당장 무엇이든 해야만 했다. 그래서 나는 손에 들고 있던 화염병에 불을 붙여 노인의 등 뒤에 있는 전각을 향해 힘껏 던졌다.

퍽, 하는 소리에 화들짝 놀란 노인이 "하이고오!" 하며 굽은 허리를 바싹 펴고는 화염병이 떨어진 곳으로 쏜살같이 내달렸다.

이렇게 해서 나는 지방문화재 방화범 및 군사 시설 방화미수범이 되고, 마한순은 동지들 사이에서 영웅이 됐다. 늙었어도 노인의 시력과 기억력은 대단했다. 덕지덕지 흙을 발라 위장을 했음에도 불구하고 경찰서에서 노인이 나를 콕, 짚어냈다. 닷새가 지났는데도 마치 자기 맏손자 알아맞히듯이 나를 찍었다.

"바로 저놈이오, 저놈!"

노인이 감기에 걸려 콧물을 줄줄 흘리는 나를 손가락질하며 이를 갈았다. 경찰은 노인의 증언을 뒷받침해줄 물증이라며, 시위 당일 입고 버렸던 셔츠와 바지를 제시했다. 경찰은 흙물로 염색이 된 물증을 구청 청소계와 협업 수사하여 확보했다고 자랑했다.

나는 뒷날 재판 과정에서 그동안 몰랐던 사실을 새로 알게 되었다. 학교 설립자가 송씨 문중 사람이며, 새마을 모자 노인이 설립자의 사촌형이자 자동차학원 소유주의 아버지라는 사실이었다. 그러니까 노인이 눈이 밝고 기억력이 대단해서 나를 알아본 것이 아니라, 학교와의 긴밀한 공조 속에서 나를 찾아낸 것이었다. 또 바리케이드로 도주로를 막은 것은 자동차학원 이전 시위에 대한 보복 차원이었던 것이다. 더욱 놀라웠던 것이, 학교가 예비군 부대 이전 시위에 오불관언한 이유는 그 땅이 설립자 일가의 소유지였기 때문이라는 것이었다.

결국 나는, 나를 법정 고발하고 나를 퇴학시킨 송씨 문중의 사유재산권 수복을 위해 민주라는 이름을 빌려 생쇼를 한 것이었다. 뿐만 아니라 물구덩이에 오래 잠겨 있었기 때문에 치질이 재발했고, 감방에서는 이를 괘념치 않겠다는 남색한에게 후장을 내주는 치욕과 처절한 고통을 겪어야 했다.

6

"민원 처리는 잘되었습니까?"

내 민원을 접수받아 즉각 해당 관서에 처리 지시를 내렸다는 감사원의 감사관이라며 물었다. 확인 전화를 건 감사관의 귀티 묻어나는 말투가 단호했다. 만약 잘 처리되지 않았다고 하면 담당 관서를 당장이라도 요절낼 것 같았다.

"아, 예……"

나는 감사관이 무서워 우물쭈물하다 어정쩡하게 답했다.

"문제가 있으면, 지금 이 번호로 연락주십시오."

내가 감사관의 이름을 묻자 불쾌하다는 듯 잠시 지체하다가 근엄한 목소리로 이름을 가르쳐줬다.

텔레비전에서 전직 대통령이 자살할 수밖에 없었던 심경과 상황을 추리소설처럼 엮어 방송하고 있었다. 사실과 의견 사이에 끌어다 붙이는 기자들의 사적 상상력은 판타지 소설 같았다. 기자들의 상상력이 한정된 보도 시간을 독점했다. 그래서 용산 철거민 참사에 따른 싸움은 보도조차 되지 못했다.

봉하마을은 인산인해를 이뤘다. 자신의 죽음을 '운명이다'라고 규정했지만, 그건 죽기 직전 전직 대통령의 생각일 뿐이었고, 지지자들의 생각은 다른 것 같았다. 억울하게 죽은 전직 대통령을 애도했고, 현직 대통령을 원망하며 지탄하는 목소리도 들렸다. 세상은 익숙한 방식에 따라서 생각이 다른 두 패로 나뉘었는데, 엄중한 죽음 앞인지라 서로의 생각을 감추고 쥐 죽은 듯이 엎어져 있었다. 그러나 사적 신념과 이해관계를 내세워 사견을 가감 없이 내지르는 유명 인사들도 더러 있었다. 대다수 국민들은 그들의 말에 반응하지 않았다. 공인의 말이 상갓집 개 짖는 소리만도 못한 때문이었다.

나는 이것저것 떠나 살아서 제 목숨 하나 지켜낼 방도조차 찾지 못한 대통령이 가여웠고, 이런 대통령이 또 나오지 않을까 싶어 걱정스러웠다. 그러나 이보다 더 가엽고 절박해서 걱정스러운 사람은 나였다. 지업사, 라미네이팅집, 인쇄소, 제본소에서 서로 짜 맞춘 듯이 결제를 독촉하는 전화가 빗발쳤다. 간판 제작소에서는 밀린 결제를 안 하면, 붙인 간판을 떼어내고 내가 의뢰해 제작 중인 프랙스 간판 작업까지 중단하겠다고 을러댔다. 지업사도 밀린 지대의 전부를 금주 중 한꺼번에 갚아야 함은 물론, 앞으로는 선입금 없이는 종이를 절대로 대주지 않겠다고 선언했다. 문제가 대추나무에 연 걸리듯 꼬이고 뒤틀렸다. 어디서부터 손을 써야 할지, 답답한 노릇이었다. 명색이 노동운동가 출신이기에 직원들의 임금은 반드시 줘야 했다. 미룰 수는 있어도 안 줄 수는 없었다. 직원들의 노임을 주고 나면 남는 돈이 없었다. 집에 줄 생활비는커녕 내가 쓸 교통비도 안 나왔다. 셈이 빠르고 정확한 아내가 보습학원 산수 강사를

밥

나가 두 아이들을 가까스로 먹이고 학교에 보냈다.

사업주의 삶도 임금노동자의 삶 못지않게 무척이나 비참하고 고단하다는 것을 뼈저리게 느끼고 배웠다. 결국 나는 지난 이십오 년 동안 내가 해온 일이 대체 무엇이었나 싶었다. 모든 것이 새로웠지만 아무것도 달라진 것이 없었다. 아직까지는 직원들이 임금과 처우 문제로 따지거나 대드는 일은 없었다. 그러나 이대로 가다가는 조만간에 대들며 따질 일이 안 생긴다는 보장이 없었다.

나는 내 삶이 너무 지랄 같아 어처구니가 없었다. 대학 시절, 군부대 이전 철수 투쟁도 결과적으로는 학교 재단, 즉 송씨 문중 땅 되찾아주기 운동을 한 꼴이었다. 그러고도 고맙다는 사례를 받기는커녕 감방에 가고 퇴학을 당하지 않았는가. 그 덕에 번듯한 직장에 취직도 불가했다. 지금 운영하고 있는 출판·광고업체 '林커뮤니케이션스'는 마한순이 구청장에 출마하여 당선될 기미가 보일 때쯤 창업했다. 마한순은 출마하면서 '인본주의의 구현을 위한 인도(人道) 찾기', '글로벌 스텐다드 구축을 위한 영어촌 건설', '더 잘살기 위한 가내 수공업의 부활', '잃어버린 성외구의 자존심 회복을 위한 인텔리전스 신청사 건설'을 공약으로 내세웠다.

그의 첫번째 공약인 인도 찾기는 사람의 도리 혹은 인류 찾기가 아니라, 교통사고의 위험 없이 사람이 주인이 되어 안전하고 쾌적하게 걸어다닐 수 있는 안심길 만들기 공사였다. 이 '사람의 길을 찾아드립니다'라는 토목공사에 디자인이 포함되었다. 다시 말해 길을 되찾아서 구민에게 줄 때 멋대가리 없고 딱딱한 보도블록이나 대충 우레탄을 깔아주는 것이 아니라 디자인을 해서 주겠다고 했다.

그는 대표 슬로건으로 '명품 디자인 성외구 건설'을 내세웠다. 나는 이 슬로건이 내가 당장 그리고 당분간은 비빌 언덕이 되겠다 싶었다. 그것도 내가 모르는 분야인지라 MHS의 선거 운동을 함께 도운 동창의 제의를 받아 동업 형식으로 차렸다. 그런데 사업을 제안하고 투자까지 마친 상태에서 영업을 시작한 동업자는 마한순이 MHS로 불리면서 우리를 버렸다며 사업 포기를 선언했다. 동업자는 아버지가 목사인지라 가진 돈이 있어 먹고사는 데 문제가 없었으나, 나는 호구지책이 통째로 날아갈 판이었다. 사업 포기 결심과 동시에 동업도 포기한 동창에게 겨우 사정하여 그의 투자금 일체를 우선 빌려 쓰는 것으로 했다. 그것이 벌써 삼 년 전 일이다. 지금은 동창에게 빼줄 투자금이 한 푼도 없다. 다 날아간 것이다. 빼달라 하면, 배 째라고 해야 할 판이었다. 운동판에서 대동단결을 외쳐댔던 내가 '동(同)'자에 허황된 희망을 걸어 쫄딱 망해버리게 된 것이다.

일을 해도 돈이 되지 않았다. 일반적인 간판 만드는 값에 CI 작업은 공짜였다. 어쩌다 중기업이나 병원의 일을 맡는 경우, 디자인비로 삼백만 원을 받으면 감지덕지해야 했다. 오백만 원을 받으면 바닥에 이마를 찧으며 절을 할 노릇인데, 그나마도 절할 일은 생기지 않았다. 정말 살아가는 게 아홉 발짝 걷고 이마를 세 번 땅에 찧는 일과 다를 바가 없었다. 이렇게 해서라도 먹고살 수만 있다면 좋겠는데 그마저도 안 된다는 게 문제였다. 비굴해져도 살길이 없었다. 삼백만 원짜리 일도 없었다. 건설업과 인테리어업과 부동산업을 하는 후배들에게 빌붙어도 보았으나 이들도 사업가인지라 빠듯하게 책정해준 가격에 두세 가지 일을 덧붙여 요구했다. 말하자면 대가 없이 덤으로 해달라며 떠넘기는 일이 너무 많았다.

동지와 친지들 그리고 세상의 업을 몽땅 짊어진 채 자신의 몸을 내던져 생긴 국민장이었다. 이런 국상 중에 내 한 몸 돌보는 등산은 얌체 같아서 자제하려 했다. 그러나 어지러운 마음을 좀체 다스리기 힘들었다. 그래서 결국 산으로 향했다.

밥

이십 분을 터덜터덜 걸어서 약수터로 통하는 굴다리 밑까지 왔다. 그러나 더 이상은 갈 수가 없었다. 약수터로 오르는 길목에 철조망이 쳐져 있었다. 새 철조망이 은빛을 반사하며 번쩍거렸다. 새삼스레 이십오 년 전의 기억을 떠올리게 하는 바리케이드였다. 철조망 위로 푯말이 불쑥 솟아올라 있었다.

嚴重 警告
여기서부터는 宋氏 門中의 私有財産이므로
금일(2009년 6월 20일)부로 一般人의 通行을 一切 嚴禁합니다.
宋氏 門中 代表 宋禮鐘 白─

나는 '宋氏 門中 代表 宋禮鐘 白'을 '仲明大學校 理事長 宋萬洙 白'으로 고쳐놓고 싶었다. 그러나 못 본 척하고 철조망을 돌아 허리춤 높이로 두른 방사벽을 훌쩍 뛰어올랐다. 송씨 문중이 산림을 훼손하여 무단으로 낸 소로와 송전탑을 세우느라 파헤친 길을 이용하여 수월하게 능선까지 올랐다. 한 달 만에 오르는 산길이었다. 산은 정상부터 아래로 칼로 그은 듯 옆구리가 째져 있었다. 그 째진 옆구리 틈을 후벼 길을 만들었다. 나는 현장 기록을 위해 휴대전화로 사진을 찍어 담았다. 송씨 문중이 파헤친 산림은 소꿉놀이 수준에도 못 미치는 것이었다.

깎고 후벼 파낸 길을 따라 다섯 개의 송전탑이 우뚝우뚝 치솟아 있었다. 나는 다시 휴대전화 폴더를 열어 환경단체에 경과 보고를 했다. 송전탑 설치 공사치고는 산림 훼손 면적이 지나치게 넓다고 했다. 넓어서 시내버스 노선을 만들어도 될 것 같다고 했다. 그러니까 환경운동에 참고하라고 했다. 수화기 저쪽에서 나의 야유에 헛웃음을 보내며 참고는 하겠다며 미온적으로 답했다.

전화로 방문을 알린 담당 공무원 박소증 씨가 다시 찾아왔다. 국상이 끝났는데도 검은 리본을 달고 나타난 공무원이 방문 목적을 밝히기 전에 뜬금없이 '자기도 노빠'라고 말했다. 나는 말뜻을 몰라 공무원을 멍청히 바라봤다. 그랬더니 공무원은 자기도 나처럼 진보적 환경주의자라 특권층의 불법 분묘에 격분한다고 덧붙였다. 내 멍청한 표정에 대한 답인 것 같았다. 나는 진보적 환경주의자보다 경우와 상식이 있는 사람을 추구하는 평범한 소시민이라고 말했다. 공무원이 내 말에 멋쩍고 떨떠름한 표정을 지었다.

그는 복무 규정에 따라 한 점 부끄럼 없이 최선을 다해 처신했고, 관계 법령에 따라 조처했다며 말문을 열었다. 이런 결과, 불법 산림 훼손과 분묘 조성에 대하여 법적 절차를 통해 송씨 문중의 송예종 씨가 책임을 지고 벌금형을 받았다고 했다. 법은 송예종 씨에게 벌금으로 책임을 묻고, 훼손한 지역의 즉각적인 원상복구를 명령했다고 했다.

"수고하셨습니다."

나는 적당한 말이 떠오르지 않아 감사의 뜻을 표했다.

"그런데…… 원상복구 명령은 따를 수 없답니다요."

"예?"

"위법 행위 부분에 대해서는 법으로 처벌을 받아 합당한 대가를 치렀으므로 묘는 그대로 두겠답니다."

장례와 묘로 시비가 많았던 문중다운 배짱이었다.

"안 됩니다!"

나도 단호히 말했다.

"송예종 씨가 자신은 여든을 넘긴 나이에 저승 문턱 앞에서 전과자가 되는 치욕을 당했기 때문에 더 이상 두려울 것이 없답니다. 저희로서도 더 이상 어떻게 조처할 방법이……"

"감사원에 재민원을 넣고 내일부터 제가 구청 앞에서 시위를 할 겁니다."

나는 담당 공무원의 말을 자르고 단호히 덧붙였다. 나는 아직도 구청에서 송씨 문중에게 더 조처할 일이 남아 있을 것이라고 믿었다. 그렇지 않다면 담당 공무원이 찾아와 저자세로 이처럼 중언부언하지는 않을 것이라 생각했다.

공무원이 다녀간 저녁나절에 마한순으로부터 전화가 왔다. 서울에서 공무 중인데 끝나는 대로 내려갈 테니 아홉시쯤 만나줄 수 있겠느냐고 물었다. 가능하다고 했다. 나는 답을 하고 나서 서운했다. 내 말은 네댓 번씩 듣고도 기억조차 못하면서 송씨 문중에 관한 일은 듣자마자 불에 덴 듯이 반응을 보이는 마한순이 괘씸하고 야속하기까지 했다.

마한순의 사전 부탁으로 술집 주인이 홀 옆에 붙은 살림방을 내준 것 같았다. 학사모를 쓴 주인 아들의 큼지막한 사진이 벽 중앙에 자랑스레 걸려 있었다.

"편하게 얘기할게. 형도 나를 구청장이라고 생각지 말고 편하게 대해 줘."

9시 50분에 나타난 마한순이 막걸리를 잔에 넘치게 따르며 말했다. 사투리를 쓰지 않았다. 마한순은 자기의 주장으로 누군가를 설득하려 할 때 사투리를 쓰지 않았다. 사투리가 이성이나 논리와는 격이 안 맞는다고 생각하는 것 같았다.

"여기가 형하고 내가 대학 다닐 때 '고갈비집'이 있던 자리야. 많이 변했지?"

"그래. 강산도 많이 변했잖아."

고갈비의 뼈를 바르며 뼈 있게 답했다.

"나도 형이 만든 희생자였어."

나는 하마터면 막걸리 사발을 떨어뜨릴 뻔했다.

"뭐?"

손에 든 사발을 겨우 추슬러 도로 상에 내려놓으며 물었다. 막걸리가 넘쳐서 상 위에 흘렀다.

"내가 당을 바꿀 때부터 형은 나를 마치 배신자 취급했지만, 나는 지금까지 단 한 번도 누굴 배신해본 적이 없어. 나는 세상의 이치와 지지자들의 뜻에 따라 순리대로 살아온 거고, 세상이 이런 나를 받아준 거야."

양심선언문 낭독을 듣는 기분이었다.

"……?"

"난 형처럼 세상을 바꾸겠다는 생각을 해본 적이 없어."

나는 내려놓았던 막걸리 사발을 들어 단숨에 비웠다. 마한순은 진동이 울리는 휴대전화를 급히 끄고, 내가 비운 잔에 술을 채웠다.

홀에서 학생들이 흐드러지게 웃고 떠드는 소리가 들렸다. 한 학생이 동방신기가 올 한 해 동안 천오백억 원을 못 벌면 친구에게 자기 여자친구를 빌려줄 수도 있다고 떠벌렸다. 이 말을 들은 친구가, 그 예측이 맞고 틀리고를 떠나 자기는 친구의 여자친구에게 전혀 관심이 없다고 퉁을 놨다. 퉁을 놓는 태도가 지나쳐서 왠지 의심스러웠다. 이들은 내기로 걸었던 여자를 바꿔서, 주가 하락으로 생긴 손실분을 메워주거나 영어학원 한 달 수강료를 대신 내주는 것으로 정정했다. 동방신기를 두고 이상한 거래들을 하고 있었다.

미닫이 방문을 사이에 두고 나와 마한순이 나누는 대화가 다르고, 학생들끼리 나누는 대화가 달랐다. 그러나 서로 상대에 대한 생각이 다르다는 것은 같았다.

"형도 나를 만들어서 써먹었는데, 세상이 나를 만들어 써먹지 말라는 법은 없잖아. 안 그래?"

얼굴이 불콰해진 마한순이 이십오 년 전 그날, 장판교에서 주군의 어린 자식을 구하려 단기필마로 적과 싸운 조자룡처럼 우리를 위해 백골단과 싸워 생긴 이마의 흉터를 손으로 쓸었다. 이 일로 한때 마한순은 '마자룡'이라는 별명으로 불리기도 했다. 곤봉에 맞아 찢어져 생긴 상처가 송충이 크기였다. 그가 과거를 떠올리느라 인상을 찌푸릴 때마다 송충이가 뒤쳤다.

"그동안 우리 서로가 너무 오래 딴 세상을 살아왔나 보다. 네 말의 뜻을 도통 알아들을 수가 없다."

"형이 날 만들어서 써먹은 거잖아. 생각은 형이 다 하고, 난 그 생각대로 나가서 싸워주고⋯⋯"

"⋯⋯"

홀에서, 이혼한 고현정이 대박을 터트리고 있다며 떠들었다. 칠 년 동안 주부로 산 대가로 겨우 십오억 원을 받았는데, 탤런트로서 드라마 한 편 찍으며 단박에 벌어들인 일 년 광고비가 사십억 원을 넘었다고 했다. 크고 작은 엔터테인먼트가 연예인을 착취한다고도 했다. 혀가 많이 꼬인 목소리였다. 내가 마한순의 말에 대꾸를 해야 할지 말아야 할지 망설이는 사이에 홀에서 들려온 얘기들이었다.

"지금 내가 이 자리에 있는 것은 배신이 아니라 정직이야. 형이 아직까지도 이율배반의 틈바구니에서 어쩌지 못하며 사는 거지. 현실은 못마땅해서 살 수 없고, 이상은 존재치 않아 살 수가 없고⋯⋯"

"⋯⋯"

마한순의 조롱에 대꾸할 말이 없었다. 그가 오줌발처럼 거침없이 쭉쭉 내뿜는 그의 조롱이 현실이었다.

"나는 형보다 못났지만 현실을 선택한 덕에 지금까지 밥걱정은 안 하고 살아."

의사가 건강을 위해 술은 마시지 말라고 했다. 술로 생긴 병도 있으니 술을 멀리하라고 했다. 내가 병인(病因)으로 유전적인 요소를 강조하자 의사가 자신의 책임을 조상 탓으로 돌리지 말라며 힐책했다.

나는 다시 손에 든 술을 마셔야 하나, 아니면 마한순의 면상에 뿌려야 하나 갈피를 잡지 못했다.

"'사람의 길을 찾아드리겠습니다'가 네 공약 슬로건이었지 않냐? 등산로도 사람의 길이었기에, 나는 환경 파괴를……"

나는 겨우 입을 열었다. 취기가 오르자 똥끝이 달아올랐다.

"그만하세요. 형의 이상은 끝났어요. 형도 그걸 알았기 때문에 현실을 선택한 거잖아."

마한순이 감히 내 말을 잘라먹었다. 그것도 계속해서. 그러나 현직 구청장을 내가 어쩔 도리가 없었다.

"무슨 현실?"

"형이 내 선거사무실에 찾아왔을 때 알아봤어요."

"……?"

"현실을 선택했으면서도 현실을 사는 형의 방식이 어정쩡한 거야. 아직 현실을 제대로 모르는 거지. 아니 알고 싶지가 않을 거야. 현실은 몸으로 부대끼며 살아야 하는데 자꾸 머리로 살려고 하잖아. 옛날에 나를 앞세워 형의 생각을 실현했듯이 지금은 나를 빌미로 밥을 구하려고 하잖아. 악어에 빌붙어 사는 새처럼……"

"개새끼!"

마한순이 나를 예수를 판 유다 취급을 했다. 나는 자리를 박차고 벌떡 일어나 술을 뿌렸다. 그의 면상에 뿌리지는 못하고 상 위에 뿌렸다. 대신에 사발을 방바닥에 내다 꽂았다. 깨진 사발 파편이 튀어 올라 마한순의

밥

이마를 때렸다.

"그래서…… 비서실장을 시켜 야료를 부렸냐?"

"뭐요?"

이마가 찢어진 마한순이 자리에서 벌떡 일어나 나를 노려보며 되물었다.

"비서실장 시켜서 뇌물을 요구한 게 누구냐고, 인마?"

나는 조용히 앙다문 이 사이로 씹어뱉듯이 참고 있던 '인마'를 내뱉었다.

"형. 우린 정말 아닌 것 같애. 예나 지금이나 또 앞으로도…… 형과 나는 같이 붙어 있으면 둘 다 망해."

미닫이 방문을 열고 나가는 내 등뒤에 대고 마한순이 거칠게 씹어뱉었다.

7

마한순과 헤어진 이튿날, 비서실장이 잘렸다는 소문이 돌았다. 소문은 사실이었다. 나는 소문을 확인한 뒤에 마한순이 아닌 비서실장에게 죄스러울 만큼 미안했다.

나는 쌍 묘를 그대로 두겠다는 송예종 씨의 어깃장에 더 이상 맞대응하지 않았다. 묘역 문제로 인한 산 자의 싸움은 여기까지인 것 같았다. 마한순으로부터 더 이상 불필요한 오해도 받고 싶지 않았다. 또 여기서 더 몰아치면 귀신과 죽기 살기로 싸우는 멍청한 인간 취급을 받을 것 같았다.

전직 대통령의 시신이 서울로 운구되던 날 새벽에, 용역이 용산 참사 현장의 농성자들을 들이쳤다고 했다. 한 신문은, 용역이 들이칠 때 경찰이 보고 묵인·방조했다고 했다. 미사를 봉헌하던 신부가 곁에서 구경하는 경찰에게 항의했다. 현장 상황을 꿰고 있던 경찰 간부가 울며 항의하는 신부에게 공무집행을 방해하지 말라고 경고했다. 용역이 공무를 집행하고 경찰이 이를 경호하는 세상이 된 것이다. 용역을 편든 경찰 고위 간부를 취재하려던 기자의 카메라를 경찰이 낚아채 빼앗고 있었다. 아는 경찰이었다. 어깨에 작은 무궁화 세 송이를 단 경찰은 이십오 년 전 내가 서울에서 원정시위를 할 때 사권 투쟁 동지였다. 법치국가에서 경찰이 법을 엿장수 가위로 만들었는데, 투쟁 동지가 그 가위질을 하고 있었다.

나는 사람이 버림받고 매도당하는 세상에서 산림 보호에 자존심을 걸고 수개월 동안 죽자사자 싸우고 있는 내가 어처구니없었다. 다니던 등산 코스를 바꿨다. 진달래꽃이 지고, 개나리꽃이 지고, 벚꽃이 다 지고 난 산에 수목의 잎들이 속절없이 무성해지고 있었다. 나는 녹음방초를 준비하는 산길을 오르며 마한순이 한 말들을 꼼꼼히 되새겨 짚었다. 내가 말로서도 마한순을 어쩌지 못하게 되었다는 사실을 받아들이기가 힘들어 몹시 슬펐다. 말의 힘이 합리나 정의가 아니라, 권력과 자본으로부터 나온다는 사실을 너무 오랫동안 잊고 산 것 같았다.

텔레비전 속에서 전직 대통령의 운구 행렬이 입장 휴게소에 들러 쉴 때, 지방 신문을 들척이던 나는 사회면 귀퉁이에 실린 '성외구청 업무추진비, 중앙署(서)에서 재수사 중'이라는 기사를 보고 읽었다. 지극히 일상적이고 의례적으로 오르내리는 기사가 왠지 마한순의 조종 내지는 부고처럼 여겨졌다. 성외구청은 남부 경찰서 관할이었다. 그런데 남부가 아닌 중앙 경찰서에서 수사를 한다고 했다. 기자는 기사 말미에 그 이유를 남부 경찰서가 그동안 미온적이며 부실한 수사를 했기 때문에 중앙 경찰서가 대신 나서게 됐다고 전했다. 이해가 쉽지 않았다. 중앙 경찰서는 최근에 익명의 제보자로부터 횡령 및 유용을 입증할 결정적 증거들을 확보했다고 했다. 그래서 덮어뒀던 것을 다시 들춰 수사할 수밖에 없다는 것이었다. 제보자가 구청장의 오랜 지인이자 전직 측근 공무원이라고 했다.

텔레비전 저녁 뉴스에 나온 마한순은 이 측근 공무원이 누군지 아느냐는 기자들의 질문에 침묵했다. 어쩌다 이런 일이 생겼냐는 야릇한 질문도 있었다. 그 뒤로도 마한순이 줄곧 침묵하는 동안 이백여 명이 넘는 구청 공무원이 줄줄이 소환되어 열 시간이 넘는 조사를 받고 있다고 했다. 표적 수사로 인해 구정(區政)이 마비 지경이라고 했다.

언론 앞에서 침묵한 마한순이 내게 전화를 걸어 입을 열었다.

"혀엉 흑흑……"

마한순이 술을 먹어 취했는지, 힘들다며 울었다. 정치적 음모로 인해 법의 함정에 걸렸다고 했다. 그래서 상갓집 개꼴이 되었다는 것이다. 그러고는 다시 꺼이꺼이 울기만 하다가 전화를 끊었다. 총학생회장을 할 때, 도움이 필요하면 꺼이꺼이 서럽게 울어대던 그 울음이었다. 팀장의 울음과 마한순의 울음은 달랐다. 갑자기 어쩔 수 없는 울음과 어쩔 수 있는 울음의 차이가 무엇인지 궁금했다. 나는 마한순이 흘린 눈물과 세찬 오줌발 사이에서 그가 사는 방식을 이해하고자 저녁 내내 애썼다. 이해가 되지 않았고, 이해하고 싶지도 않았다. 마한순의 눈물을 닦아주며 그의 오줌발에 빌붙는 비루한 삶은 살고 싶지 않았다. 청산하고 싶었다.

컴퓨터 앞에 앉아 한글 파일을 열었다. 그리고 진정서를 썼다. 자판을 두드리기 전에 비서실장의 이름을 몰라 비서실에 전화를 걸었다. 비서실에서 일러준 이름의 자음과 모음을 자판에서 찾아 차례로 엮었다.

성외구청 가용구 전 비서실장의 비위 사실과 면직 경위에 대한 한 시민의 생각

비위는 사실 기록이었고, 면직 경위는 사실에 입각한 내 의견이었다. 나는 이 문건이 마한순에게 도움이 되기를 바랐다. 그리고 분묘 분쟁에 얽힌 오해도 함께 풀리기 바라는 믿음과 바람을 담았다. 이 모든 것이 마한순에 대한 기대이자 나의 자존심이기도 했다.

나는 밤새 작성한 삼십 쪽짜리 진정서를 들고 중앙 경찰서 민원봉사실로 갔다. 가기 전에 각 언론사마다 전화를 걸고 팩스를 보내 전직 노동운동가가 민원봉사실을 찾아가는 이유를 침소봉대하여 낱낱이 설명했다. 수사를 정치적 쇼로 만들려는 내 구구절절한 설명을 듣고 몰려온 신문 기자들과 방송 기자들의 카메라 앞에서 잠깐 포즈를 취한 뒤, 진정서를 제출했다. 진정서와는 별도로 중앙 경찰서 전체 부서의 지난 오 년간 업무추진비와 과운영비, 그리고 출장 여비 등에 관한 정보공개청구서도 덧붙여 제출했다. 맞불작전이었다. 수사를 정치적 탄압으로 몰아붙이기 위한 나의 쇼였다.

나는 밤을 새우는 통에 빨개진 토끼눈으로 기자들이 들이미는 카메라만 뚫어지게 바라봤다. 기자들이 집요하게 물었다.

"전직 운동권 출신이 수사 중인 현직 여당 구청장을 돕는 이유가 뭡니까?"

이미 익숙해진 기자들의 질문법이었다. 언론은 좌와 우의 경계를 지키는 개였다. 그래서 좌우가 소통하는 것은 이유 여하를 떠나 부도덕한 간음이었다. 묻는 질문에 답을 하지 않았다. 나의 도움이 마한순을 살릴 수 있다 해도 곧 독이 되어 그를 죽일 수도 있다는 생각이 들었다. 그러나 목적은 이미 달성했고, 말이 말을 만들어서는 좋을 것이 없겠다는 생각에 침묵했다. 그날 저녁, 내가 올린 진정서와 청구서에 대한 보도가 단신 형식으로 나갔다. 보도에 대한 반응이 제각각이었다. 인터넷에 올라온 반응은 내 뜻과 달랐는데, 다른 것들끼리 이구동성이었다.

　　—MHS에게 충성해서 얻어먹을 게 있나 보지……

　　—한때 운동했다는 놈이 MHS의 뒷배였다니……

　　—강자 편에 붙어서 약자 죽이는 파렴치한 놈!

　　—임커뮤니케이션스의 사업 만대 번창하소서!!!!!

　　—임정무는 사악한 변절자?

　나는 빈 작업실에 웅크리고 앉아 마우스를 움직였다. 사이트를 여기저기 옮겨 다니며 리플을 하나하나 찾아내 모두 들여다봤다. 내 행위를 평가하는 시각이 대동소이했다. 보이지 않는 익명의 적들이 나를 정확히 겨냥해서 개별적으로 난타했다. 나는 개별 댓글을 통해 일방적으로 난타를 당할 때마다 눈앞이 아찔하고 식은땀이 흘렀다. 난타와 식은땀 속에서 속수무책일 때, 그 속에서 내가 죽고 또 다른 내가 태어나기를 바랐다. 현실은 달아날 수도, 대응할 수도, 무시할 수도 없는 상황이었다. 마침내 화면의 댓글들이 제각각 뭉개지다가 서로 뒤틀렸다. 뭉개져 뒤틀리고 섞인 글자가 모니터 밖으로 스멀스멀 기어 나와 내 몸을 향해 들러붙었다.

　전화벨이 울렸다. 깊은 밤에 빈 사무실에서 울어대는 생뚱맞은 전화벨에 화들짝 놀랐다. 그 바람에 송수화기를 들다가 놓쳤다. 몸이 부르르 떨렸다.

　"야, 임정무. 내가 미안하다."

　동업자였던, 지금은 자금만 빌려주고 빠져 있는 동창이었다. 그의 뜬금없는 사과가 나를 거듭 놀라게 했다.

　"그 정도로 배가 고팠는지 미처 몰랐다. 내 투자금은 네가 다 처먹어라, 새꺄! 그리고 내 앞에서 썩 꺼져라!"

"……?"

동창의 말이 암호 같아 금방 알아듣지 못했다. 그래서 대항이나 반문조차 할 수가 없었다.

"가용구는 마한순이가 자른 꼬리가 아니냐? 몸통에 빌붙어서 아부하느라, 힘없고 죄 없는 꼬리를 짓밟아? 너, 희생양에게 돌 던지는…… 그런 개쓰레기였어? 이게 운동했다는 놈들이 하는 짓이냐? 야이, 씨바―알!"

동창이 두서없이 욕과 저주를 퍼붓다가 전화를 끊었다.

그가 벼랑 끝에 선 나를 온전히 이해할 순 없을 것이다, 라고 생각했다.

날이 밝기 전에 사무실을 정리했다. 오래전에 굳힌 생각이었다. 때를 놓치면 야반도주를 해야 할 것 같았다. 사무실을 정리하며 당뇨약과 함께 주머니 속에 넣고만 다녔던 혈압약을 꺼내 먹었다. 한 번 먹기 시작하면 계속 먹어야 한다고 해서 먹지 않고 버틴 약이었다.

나는 내가 일하며 스스로 벌어서 살아가야 하는 세상을 온전하게 감당하지 못했다. 그동안 굽은 세상을 편다며 동분서주했는데, 내가 동분서주한 세상과 지금 겪는 세상이 달랐다. 단지 입장이 바뀌어서 다르게 보이는 것인지, 노(勞)와 사(社)의 구조가 본래 각각이었기 때문에 그런 것인지도 알지 못했다. 어쨌든 왜 다른지, 그 차이를 알고 싶었다. 아니, 꼭 알아야 했다. 또다시 길을 잃을 수는 없기 때문이었다. 대기업이 희생당한 '잃어버린 십 년'을 찾아 헤맨다는 현 정부의 좌충우돌 앞에서 나의 이십오 년이 결코 가벼울 수 없기 때문이기도 했다. 이러한 나의 헛헛한 처지와 사죄의 말을 중언부언하듯이 써서 디자이너의 책상 위에 올려놓았다. 사장이 직원에게 내는 사직서였다. 임금과 퇴직금 그리고 위로금

밥

으로 석 달 치 임금을 동봉했다. 통장에 잔고가 다해 석 달 치 임금은 신용카드 대출로 긁었다. 동창의 투자금은 돌려줄 여력이 없어 그의 말대로 내가 다 처먹고 돌려주지 않을 작정이었다. 사무실 임대보증금 오천만 원은 아내 몫으로 남겼다.

이틀 밤을 꼬박 샌 나는 날이 밝아올 무렵, 사무실을 나와 역으로 갔다. 대합실 의자를 차지한 채 선잠에 빠져 있던 노숙자들이 철도청 소속 경찰들에 의해 밖으로 쫓겨났다. 댓 명으로 조를 짠 경찰이 요리조리 피해 다니는 노숙자들을 한명 한명 포위해서 내몰았다. 경찰과 실랑이하는 노숙자들 곁을 지나 사무실을 정산하고 남은 돈으로 표를 끊었다.

플랫폼에서 삼십여 분을 기다렸다가 무궁화호에 올랐다. 역무원이 가장 느린 기차라고 했다. 나는 떠나지만, 어느 곳에도 도착하고 싶지 않았다. 그래서 더 느린 것이 있다면, 아니 영원히 달리는 기차가 있다면, 그 기차를 타고 싶었다. 그러나 역마다 거르지 않고 들렀던 비둘기호와 빠르기가 세 등급으로 나뉘었던 시절의 통일호조차 이미 없어지고 없었다.

나는 느린 것에 의지해 꾸물럭거리며 오래오래 가고 싶었다. 가서 고립된 용산도 깊이 들여다보고 싶었다. 절규하는 신부와 용역의 편을 먹은 내 옛 동지 사이에서 카메라의 앵글과 기자의 펜이 감추고 조작한 철거민들의 절규와 죽음을 내 것으로 만들고 싶었다. 철거민들이 빈부의 차별을 떠나 계통 없이 살 수 있는 법을 찾고 싶었다. 그래서 악어의 비애를 먹을 줄 아는 악어새가 되고 싶었다.

꿈지럭꿈지럭 달려온 기차가 용산역으로 빨려들고 있을 때, 휴대전화가 부르르 떨며 허벅지를 간질였다. 바지 주머니에서 휴대전화를 꺼내 폴더를 열었다.

"여보, 당신 대체 어디야?"

아내였다.

"……"

나는 내가 길을 잃어서, 길을 찾기 위해서 또다시 세상을 헤맬 것 같다는 말을 할 용기가 없었다. 그럴 염치가 없었다. 약자의 약함이 나의 강함이었고, 약자의 의(義)가 나의 이(利)였음을 알게 됐다고 말할 수 없었다. 그래서 다시 돌아가 시작해야 겨우 살 수 있을 것 같다는 말을 하지 못했다.

휴대전화 저편에서 흐느끼는 소리가 들려왔다. 아내의 울음이었다. 나는 아내의 울음과 나의 처지 속에서 무심히 흐르는 한강을 내려다봤다. 기차가 속도를 줄였다. 한강 철교 위에 오른 쇠바퀴의 무거운 진동이 심장 속으로 파고들었다.

밥

영춘
(迎春)

1

"광고비 사용 근거와 내역을 제출하시오."

생담배를 꼬나문 감사관이 지나가는 말인 양 말했다. 대답이 꼭 필요한 것은 아니었지만, 그래도 뭐라 대꾸를 해야겠다는 생각이 들었다. 그러나 나는 꿀 먹은 벙어리가 되고 말았다.

밖에는 황사주의보 속에서 여름을 부르는 비가 추적추적 내리고 있었다. 지난번에는 타클라마칸 사막에서 발원한 황사가 왔는데, 이번에는 몽골 고비 사막에서 발원한 황사가 왔다고 했다. 예보관이 타클라마칸 사막과 황하 상류지대에서 발원한 황사는 미세한 모래와 황토와 먼지에다 중금속까지 버무려졌다고 덧붙였다. 이런 암적인 황사가 강한 상승기류를 타고 올라가 초속 삼십 미터 가량의 편서풍에 실려서 우리나라로 날아온다고 했다. 일기예보가 괴기스러운 공갈협박 같았다. 보통은 비가 갠 다음에 황사가 왔는데, 이번 황사는 강력해서 곧바로 비와 버무려져 온 것이라고 했다. 누런 흙비를 뿌리는 하늘은 감사장을 닮아 심각하고 침울했다.

지방대학 신문사가 교육부로부터 딱히 감사 받을 일이 뭐 있으랴 싶었다. 그래서 별생각 없이 있었는데 감사가 시작된 지 육 일째 되는 날, 뒤통수를 맞았다. 업무와 회계 분야를 모두 받는 십 년 만의 종합감사였다. 업무에 해당하는 신문 발행은 별정직 계약직원으로서 원고 작성 및 편집을 서포트해주는 것뿐이고, 회계라고 해봐야 지방 신문사와의 정해진 사전 계약에 따라 지급하는 인쇄비와 내규에 따라 루틴하게 지급하는, 대부분 학생과 교직원 필자 들에게 지급하는 원고료 그리고 학생 기자들에게 돌아가는 식비와 교통비 등이 전부였다. 합치면 큰돈이나 그때그때 건별로 이 사람 저 사람에게 쪼개어 지급하면 푼돈인지라 설마 감사할 건더기나 있을까 싶었다. 일 억을 조금 넘는 예산이라 덩어리가 크다고 할는지 모르나 스무 차례 안팎의 신문 발행 횟수에 따라 나누고 갈라 쓰는 돈이라 한 건 한 건 따지고 들면 속이 빤했다.

이런 이유로 평상시처럼 학생 기자들을 다그쳐가며 원고 마감 상태를 점검하던 중에 느닷없이 감사관에게 불려간 것이다. 감사장에 들어서서 감사관을 마주보고 앉아 서로 눈인사를 나눌 때까지만 해도 너희들이 대체 뭘 조사할 것이 있다고 귀찮게 나를 불렀느냐, 하는 식으로 여유만만했다. 그래서 감사관이 되레 내 여유만만함에 당황한 듯싶었다.

"이게 내가 나름대로 대충 찾아낸 유가(有價) 광고 게재 현황이오. 가서 맞는지 확인해보시고……"

목소리가 앳됐다. 그러나 표정은 근엄했다. 평정심을 되찾은 감사관이 도표로 작성한 A4 용지 두 장을 내밀었다. 삼십대 나이에 오십대 말투를 구사하는 감사관이었다. 감사관의 양수책상 한쪽에 대학 신문이 가지런히 쌓여 있었다. 지난 삼 년 동안의 업무 및 회계에 관한 감사이니, 삼 년치 발행 신문일 터였다. 발행한 신문이 범죄 증거물처럼 보였다.

영춘

"……광고비 입금 및 사용 내역도 보고해주시오."

감사관이 A4 용지를 훑어보는 내게 말을 덧붙여서 이었다. 광고 게재 현황을 조사한 것은 광고비 입금 및 사용 내역을 감사하기 위한 준비 조사라는 뜻이었다.

감사관이 등진 창밖에서 번개가 치고 천둥이 울었다. 감사관이 흠칫 놀랐다. 빗발이 굵어졌다. 나는 천둥 번개가 아닌 감사관의 말에 놀라 눈앞이 캄캄했다. 입금 및 사용 내역이라니…… 무언가 잘못 돌아가고 있거나, 제대로 걸려들었다는 생각에 등골에 식은땀이 고였다.

광고비는 평균적으로 두 학기 통틀어 이백만 원 안팎이었다. 그것도 올해 들어 이백만 원 가량이지, 재작년 칠십오만 원, 작년 백이십만 원이었다. 삼 년 모두 합쳐 사백만 원이 채 못 되는 금액이었다. 신문사는 광고비를 해마다 '품위유지비'로 썼다. 내가 전임 편집간사로 오기 이전부터, 그러니까 학교가 개교하여 신문사가 학보사라는 명칭으로 처음 부설될 때부터, 광고비는 별도의 회계 처리 없이 자체 품위유지비로 쓰여왔다. 내가 십 년 전, 계약직 간사로 온 이듬해 확인한 결과였다. 그때 나는 이런 관행이 문제될 수도 있겠다 싶어 지속적 유지 여부를 학교 측에 구두로 개진했다. 그 결과, 기획예산과의 재확인을 받아 학교 회계에 편입시키지 않고, 종전의 관례에 따라 사용해도 무방하다는 구두 승인을 받았다. 입금 내역과 사용 내역을 공식적으로 제출할 수 없게 된 이유였다. 기획예산과의 승인을 받아 입금은 신문사가 자체 개설한 통장으로 받았고, 받은 돈은 용처가 생길 때마다 건건이 주간교수와 학생 편집장과 삼자 협의하여 사용했다. 하지만 나는 이것도 섣불리 사실대로 말할 수 없었다. 자체 개설 통장의 사용 문제는 감사관이 회계 규정 위반이라고 못박은 바람에 뭐라 변명할 수 없게 되었다. 자칫 기획예산과 직원이 신문사의 편의를 봐주기 위해 선의로 한 조처가 내 변명으로 인해 불필요한 화를 입을 수 있겠다 싶어서였다. 관행과 액수가 적다는 것만 믿고 별생각 없이 행한 일이 화근이 될 줄 몰랐기에 더욱 당황스러웠다.

"학교 예산에는 편입시키지 않고……"

내 말에 감사관이 어처구니없다는 표정을 지으며 말했다.

"회계 규정 위반입니다."

감사관이 나를 째려보며 죄목을 명쾌하게 일러주었다. 나의 말대꾸가 불쾌하고 황당무계하다는 표정도 덧붙였다. 하지만 쉽게 물러설 수 없는 문제였다. 그래서 다시 토를 달았다.

"경조사 등에 썼기 때문에…… 별다른 회계 절차 없이……"

광고비는, 회계 처리가 곤란하지만 꼭 돈을 써야 할 경우에 한해서 쓴 것이라고 설명하려 했다. 열댓 명의 학생 기자들과 일을 하다 보면, 돈을 쓸 때 정상적인 회계로 처리할 수 없는 용처가 발생할 수 있다. 나는 그 예외적인 경우를 일러주고 싶었다. 그러면 오해가 풀릴 것이라 생각했다.

"공금유용 또는 횡령에 해당할 수 있습니다."

면도날 같은 그의 말에 나는 얼굴이 확 달아올랐다. 불에 뺨을 덴 느낌이었다. 그러니까, 더 이상 앉아서 시간 까먹으며 또박또박 말대꾸하지 말고, 증빙서류들이나 냉큼 챙겨 오라는 뜻이었다.

"돈이 얼마 되지 않아…… 크게 생각하지 않고……"

내가 엉덩이를 뭉그적거리며 억울함을 항변하듯 말했다. 쭈뼛거리는 내 태도와 내 말이 누추해서 자존심이 상했다.

"작은 돈은 쌈짓돈, 큰돈은 학교 돈…… 뭐 그런 거요? 이 양반…… 생각이 간편해서 좋네."

젊은 감사관이 다시 눈을 치뜨며 째렸다. 편하게 말을 까고 눈을 째리는 품이 파렴치범을 다루는 형사 같았다. 나는 화가 솟구쳤다. 혈압이 오르려는지 뒷목이 뻐근했다. 감사관의 정당한 지적이 트집 같았다. 서울

영춘

의 유명 대학들은 일 년 광고비가 천만 원에서 일억 원도 된다지만, 그래서 문제 삼을 거리가 있다고 하지만, 삼 년 치를 합쳐 겨우 사백만 원쯤 되는 지방 사학의 광고비를 문제 삼는 것은 트집이라는 생각이 들었다. 그러나 어쩌랴. 감사관 말처럼 쌈짓돈일지라도 공금인 것을……

밥 생각이 없었다. 그러나 약을 먹으려면 별수 없이 챙겨 먹어야 했다. 구내식당에서 조리사들의 눈총을 받으며 식판에 밥과 찬을 퍼 담았다. 식기를 세척할 때 썼던 고무장갑을 조리를 할 때도 쓴다는 내용의 위생 관련 고발기사 때문이었다.

없는 식욕과 달리 식판에 퍼 담은 밥과 찬이 넘쳐흘렀다. 구내식당 주인은 신문에 실리는 기사 내용을 모두 내가 좌지우지한다고 생각하는 듯 싶었다. 기사가 나갔을 때, 오는 여름방학 연수에 구내식당 찬조금은 기대할 수 없을 것이라는 생각을 했다. 순진한 생각이었다. 식당 주인은 이번 여름방학에 줄 찬조금이 아니라, 지난 수년 동안 준 찬조금을 문제 삼겠다고 했다.

"장사가 안 돼!"

기사 때문에 매상이 줄었다며, 내가 '보험료'만 떼먹었다고 주장했다. 어처구니가 없어 농담으로 받아들였다. 그러나 주인은 언론중재위원회까지 들먹이며 억울함을 호소했다. 그런 주인이 감사 첫날 던진 한마디가 마음에 걸렸다. "감사 받는다며?"

물에 만 밥을 네댓 숟가락 떠 먹었을 때, 휴대전화가 주머니 속에서 부르르 떨었다. 오영춘이었다. 짜증이 몰려왔다. 받을까 말까 하며 멈칫거리다가 폴더를 열었다. 난데없이 꺼이꺼이 흐느끼는 울음이 터져 나왔다.

"크, 크으흐…… 승경아…… 미안한데, 오십만 원만 빌려줘라. 지금 당장……"

"아이, 씨발! ……없어."

나는 말을 자르며, 대뜸 욕설을 내질렀다. 미처 씹지 못한 밥알이 튀어 나갔다. 내가 욕하는 소리가 컸는지, 아니면 입안의 밥알이 튀어 나가는 것을 보았는지, 식당 주인과 밥을 먹던 교직원들과 대여섯 명의 학생이 일제히 고개를 돌려 나를 바라봤다. 나를 아는 교직원들은 궁금하다는 표정이었고, 학생들은 못마땅하다는 표정이었다. 식당 주인은 뜨악한 표정이었다. 나는 수저를 놓고 식판에 남은 음식을 잔반통에 털어 넣었다. 그러고는 얼른 식당을 나왔다. 뒤꼭지가 화끈거렸다.

'무죄'를 입증할 길은 없었다. 광고비를 받아 학교 예산에 편입시키지 않은 것이 일단 명백한 유죄였다. 그러나 광고비를 무단으로 전횡하여 쓰거나, 사적으로 횡령한 것이 아니라는 것을 입증해야 할 의무와 필요가 있었다. 개인 문제로 끝나는 것이 아니었기 때문에 광고비 사용에 대한 입증은 선택이 아닌 의무 사항이었다.

광고비 집행 방식을 소명하고 사용 내역이 적힌 장부를 제출하면, 전횡과 횡령 문제는 도의적으로 벗어날 수 있지 싶었다. 하지만 쉽지 않은 일이었다. 광고비 관련 장부가 곧 비자금 장부와 다를 바 없기 때문이었다. 내가 살자고, 그것도 겨우 도의적으로 살고자 다른 사람에게 피해를 입히는 방법이 아니라, 또 다른 문제를 들춰내지 않고 모두가 탈없이 살수 있는 방법을 찾아야만 했다. 어쨌든 비록 덫에 걸려들기는 했지만, 내살길이야 머리 싸매고 찾으면 어떻게든 나올 터였다. 하지만, 오영춘의 경우는 달랐다. 그가 울면서 말을 하거나, 말을 하면서 운 적은 있어도, 먼저 울고 말을 꺼낸 적은 없었다. 상황이 심각하다는 뜻이었다.

나는 도서관 로비로 달려가 현금자동입출금기에 통장을 밀어 넣었다. 통장을 물어 삼킨 기계가 잠깐 머뭇대는가 싶더니, 한참 동안 촤르르르륵…… 하는 소리를 되풀이한 뒤 통장을 토해냈다. 혹시나 했는데, 역시

영춘

나 잔고는 이십사만 이천오백이십 원이었다. 기계가 촤르르르륵을 반복한 것은, 오직 다섯 차례의 출금 내역을 프린트하기 위해서였다. 월급에서 원천공제가 불가한 공과금과 대출이자 등의 내역이었다. 중명신협이 빼간 내역도 있었다. 오영춘의 대출이자였다. 통장이, 기계가 씹어 뱉어낸 오물 같아 보였다.

주간은 '광고비 사용 방식 확인서'를 확인해주려 하지 않았다. 사실을 사실이라고 냉큼 확인해주길 꺼리는 주간의 심사도 나름대로 편치 않아 보였다.

신문사 수입 광고비는 학생 기자들의 요청 또는 필요한 사유 발생에 따라 주간의 동의를 얻어 집행하였으며, 사용 결과를 매 학기 말에 보고하였고, 이러한 자체 집행 절차에 따라 광고비가 주간교수와 학생 기자 그리고 전임 편집간사의 합의로 운용되었음을 확인함.

"다른 방법도 있지 않소?"

확인서를 훑어본 주간이 못마땅하다는 표정으로 말했다. 다른 방법도 있을 텐데 굳이 이렇게 자신을 난처하게 할 필요가 있느냐는 불평 내지는 질책으로 들렸다. 자기와 무관한 일에 자기를 끌어넣지 말라는 의사 표명 같았다.

본인 임기 때 일이 아닌 것까지, 즉 자기 책임이 아닌 부분까지 포함되었다는 것이, 다른 방법을 찾아보라는 첫번째 이유 같았다. 그러나 '필요'한 이유는 될 수 있을지 몰라도 '필요충분'한 이유는 될 수 없었다. 왜냐하면 지금도 예전과 같은 방식으로 광고비를 집행하고 있기 때문이었다. 학생 편집장과 간사인 나 그리고 주간의 협의 또는 합의 과정을 거쳐 광고비를 집행해왔다. 주로 학생 기자들의 생일 회식비와 직계가족이

관계된 경조사비, 명절 귀향 선물 및 교통지원비 등 '사기진작비'로 쓰였고, 학교가 부당하게 간섭하여 집단 제작 거부시 어르고 달래고 무마시키는 데 필요한 술값, 연수시 예산초과경비 지출 등에 쓰였다. 모두 정상적인 지출결의를 하거나, 회계상 영수증 첨부가 소용없고, 또 첨부가 아예 용이치 않은 것들이었다. '비자금'이라고 했지만, 보다 정확히 말하자면 의견 조율 및 관리에 필요한 '기자관리비'였다. 이미 보고를 통해 사용 목적까지 빤히 아는 상태에서 사용 방식을 적은 확인서에 서명 날인을 못해주겠다며 버틸 이유나 명분이 없었다. 정말 예기치 못한 상황이었다.

"감사관에게 장부를 제출하는 방법이 있기는 합니다."

내가 불편한 심기를 담아 슬쩍 내질렀다. 수틀리면 자살골, 아니 자해 공갈을 할 수도 있다는 뜻이었다.

"그렇게 하시면 되겠네요."

주간이 교재와 출석부를 들고 일어서며 맞받았다.

당황스러운 대꾸였다. 전임주간이 해를 입고, 간사가 해를 입고, 신문사가 해를 입어도 자신만 결백하면 문제될 것이 없다는 뜻으로 들렸다.

지적받은 광고비는 2006~2008년 회계연도였다. 이 중 2008년 3월부터 5월까지만 가상명 현 주간의 회계연도였다.

난감했다. 강아지 주인 쫓듯 강의 가는 주간의 뒤를 졸졸 쫓아 연구실을 나왔다. 다시 휴대전화가 진저리를 쳤다.

"이번이 마지막이다. 딱 한 번만 더……"

영춘이가 계속 울고 있었다. 내게 매달려 우는 것이 영춘이가 할 수 있는 최후 대책인 양 마구 울어댔다. 이 곡진한 울음과 애절한 간청이 지난 십오 년 동안 내게서 생때같은 이천오백만 원을 앗아갔다. 그리고 상환

영춘

불가로 판명된 오천만 원에 대한 보증 의무를 남겨줬다.

영춘이 부채증명서를 발급받아 개인파산 절차를 밟는 중이라고 했지만, 나는 오천만 원에 대한 변제청구를 막기 위해 꼬박꼬박 이자를 대납하고 있었다. 아내는 일찍이 이 오천만 원이 터지는 날이 오면, 그날이 곧 이혼하는 날이 될 것이라며 단단히 못을 쳤다. 아내와의 결혼생활도 조건부 계약으로 변한 것이다. 오영춘이 돈 때문에 당한 이혼을 나도 곧 당할 판이었다. 나는 오영춘의 이자를 위해 토요일과 일요일에도 온종일 근무를 했다. 이렇게 해서 받는 시간외 수당이 오영춘의 이자를 갚는 데 쓰였다.

2

마카로니웨스턴이 떠올랐다. 얼핏 내용은 기억나는데 제목이 기억에 없다. 어중이떠중이 마을 주민들로 급조한 추적대가 마을 은행을 강탈한, 자기들의 돈을 털어 달아난 강도를 뒤쫓는다. 그 강도가 주인공이다. 추적이 모질고 집요하다. 정제된 덩이쇠처럼 야무져 보이는 인간 사냥꾼이 귀를 땅에 붙여 주인공의 말발굽 소리를 쫓는다. 그 전문가는 시공이 다른 곳으로 앞서 달아난 주인공의 꽁무니를 쫓았다. 개가 코로 쫓듯, 그는 귀로 쫓았다. 영화의 앞머리와 꽁지를 뺀 나머지가 죄 추적 신이었는데, 추적대는 끝까지 쫓아가 강도를 잡는다. 그러고는 명쾌하게 쏴 죽인다. 야멸차고 징글맞은 영화였다.

지금 내가 그 주인공 짝이 됐다. 나를 추적해 온 수금원은 말 대신 오토바이를 타고 나타났다. 스즈키에서 만든 빨강색 벤디트 400CC였다. 가출했다 돌아온 사춘기 딸아이가 오토바이를 사달라고 억지를 부려, 오토바이를 공부할 때 유심히 들여다본 기종이었다.

분뇨수거차를 기다리던 나는 오토바이를 본 순간, 그 자리에 얼어붙고 말았다. 오토바이에서 내려 짝다리를 짚은 땅딸막한 수금원이 생담배를 꼬나문 채 나를 째리며 말했다.

"심봤다, 쓰벌!"

도망을 시도해볼 수 있는 거리였으나, 독 맞은 짐승처럼 몸이 굳어 움쩍달싹을 할 수 없었다. 그 틈에 수금원이 가래침을 뱉었다.

"하, 등하불명이라더마, 코앞에 있었구만."

수금원이 우산을 펼쳐 쓰며 계속 지껄였다. 총 대신 주머니칼을 찬 인간 사냥꾼이었다. 땅딸막하고 팔다리가 짧았지만 은퇴한 운동선수의 몸을 빼닮아 야무져 보이는 수금원이 내게 말했다. 이제 말은 다 끝났고, 칼만 남았노라고…… 그 칼로 내 배때기를 각 떠서 씹어 먹던지 인육으로 팔아치우겠다며 주절거렸다. 마치 저주가 담긴 주문을 외는 것 같았다.

"아니지…… 번거롭게 고기를 썰 게 아니라, 요즘 눈까리 거래 시세가 천만 원이라는디……"

수금원이 우산 속에서 까부르던 잭나이프를 뻗어 내 눈을 겨냥하며 말했다. 나는 두 눈을 질끈 감았다.

그가 우산 속으로 나를 불러들여 추녀 밑으로 몰고 갔다. 그러고는 뜬금없이 나를 추적해서 잡은 무용담을 주절주절 늘어놓았다. 그가 말하지 않으면, 내가 너무 궁금해서 물어보려 했던 말인지라 잠자코 들었다. 일을 방해하려는 수작이거나, 잡은 먹잇감을 놓고 식욕을 돋우느라 뜸을 들이는 맹수의 여유로움이 엿보였다.

"모기진법무사사무소 갔었지?"

나는 그의 질문에 흠칫 놀랐다. 내가, 어떻게 해서든지 다시 살아보겠다고 파산 신청을 했다는 사실을 어떻게 알아냈을까 싶었다. 그는 나를 찾은 게, 교통사고가 나면 사고처리 경찰보다 견인차 운전수가 현장에 먼저 도착하는 것과 같은 원리를 이용한 결과라고 했다. 사고 신고자와 112 사이에 오가는 통화를 인터셉트해서 달려오는 견인차 운전수들처럼 자기들도 개인파산 신고를 대행하는 법률사무소를 항시 감시 또는 체크한다고 했다. 다른 점이 있다면 견인차 운전수는 훔친 정보를 자기만 쓰는 데 반해, 수금원들은 인터넷 사이트를 통해 동업자들끼리 널리 유료 공유한다고 했다. 그렇게 공유한 밑밥 정보의 상세 내역을 사서 행적을 추적한다고 했다. 채권자와 수금원에게서 벗어날 최후의 방편을 찾기 위해 찾아간 법무사사무소가 되레 수금원에게 잠적지를 일러준 꼴이 되고만 것이었다. 세상은 남의 돈 떼먹고 살 만큼 결코 허술하게 작동하지 않는 모양이었다.

드러난 잠적지 주변에 와서 나를 찾는 일은 아주 쉬웠다고 했다. 돈을 빌려줄 때, 시시콜콜 취미까지 물어 기록한 이유가 따로 있었다는 사실을 뒤늦게 알았다. 내가 설마 하며 놀라자, 그가 말했다.

"사람이 외로움은 못 이기는 거이지. 내가 네 외로움의 꼬리를 찾아서 밟은 거야, 큭큭……"

수금원이 개똥철학자의 말을 흉내 냈다. 동네 비디오 가게에서 「아이 엠 샘」을 빌려 본 것이 꼬리가 되었다. 실명을 남기는 것이 찜찜했으나, 떼쓰며 우는 아기에게 젖꼭지를 물린 꼬장꼬장한 주인 여자가, 처음 대여자는 주민등록증을 통해 신원을 꼭 확인해야만 한다고 하기에, 망설이며 뭉그적거리다가 별수 없이 보여준 것이 화근이 되고 말았다. 법에 따라 주민등록은 말소되었지만, 가지고 다니던 쯩을 내줬다. 당시 수중에 보증금 이만 원을 걸 돈만 있었다면 하지 않아도 될 신원확인 절차였다. 신원이 돈이고, 돈이 신원이 되는 야속한 세상에, 돈이 없는 죄였다.

수금원이 나처럼 달아난 얼치기 채무자를 찾아내는 노하우는 무궁무진한 것 같았다. 이 무궁무진한 노하우로 담당 수금원은 신출귀몰했다. 그러면서 압박했다. 수금원은 비디오 가게에서 내가 석 달만 머물다 옮길 예정이었던 하숙집을 찾아냈고, 순박한 하숙집 주인 할머니를 어르고 꼬드겨 공사 현장에 들이닥칠 수 있었다고 했다.

"니미럴…… 뭔 인연이 이리 쇠자지 같다냐?"

추적 과정을 무용담인 양 죄 일러준 수금원이 욕설을 내뱉었다. 아마도 아무리 뛰어봤자 손바닥 안이라는 사실을 알려주려는 의도에서 굳이 들려준 이야기 같았다. 몸을 일으켜 추녀 끝을 벗어난 수금원이 새 담배를 빼 물다 말고 갑자기 몸을 돌려 나를 덮쳤다.

"개새애끼!"

욕설과 함께 용수철처럼 튀어 오른 그가 내 뺨을 갈겼다. 엉거주춤한 자세로 서 있던 나는 빡 하는 소리와 함께 벽에 부딪혔다가 젖은 길바닥으로 나가떨어졌다. 수금원은 지난번에도 자신을 피해 다닌다는 이유로 나를 잡아 이런 식으로 분풀이를 했었다. 눈앞이 노랬다. 가격당한 물리적 충격 때문이 아니라, 백주에 자식뻘 되는 놈에게, 키가 가슴팍에도 못미치는 놈에게, 그것도 거느린 일꾼들과 낯모르는 청년들이 지켜보는 앞에서 뺨을 얻어맞은 창피함 때문이었다.

"야아, 아저씨 맞는다!"

"아저씨, 죽는다!"

낯모를 청년들이 지나가다 말고 서로 맞바라보며 한마디씩 주고받았다. 어디서 와서, 어디까지 갔다가 되돌아가는지는 모르지만, 매일같이 같은 시간에 공사 중인 길을 산책하듯 오가는, 분칠을 한 듯 얼굴이 새하얀 이십대 후반의 말라깽이 청년들이었다. 근처에 수용 시설이 있을 만한 곳이 없는데, 대체 어디서 와서 어디로 가는지 모를 정신지체 청년들이었다.

영춘

비에 젖은 사지가 수치심과 모멸감으로 부들부들 떨렸다. 어쩌지도 못할 수금원을 노려보고만 있을 때, 분뇨수거차가 폭 좁은 골목을 뒷걸음질로 파고들었다. 급히 몸을 일으킨 나도 똥차의 후진에 따라 슬금슬금 뒷걸음질 쳤다. 수금원이 눈을 부라리며 똥차에 의지해 도망치려는 나를 째렸다. 분뇨수거차가 마치 병을 틀어막은 코르크 마개인 양 좁은 골목에 꽉 끼었다. 수금원이 당장 나를 쫓을 만한 틈이 없었다. 똥차가 나와 수금원 사이에서 잠시 방어벽 역할을 해주었다. 나는 수금원의 눈치를 살피며 분뇨수거차와 함께 뒷걸음질을 치다가 해머드릴이 튕겨낸 돌 조각에 걸려 맥없이 나자빠졌다. 뒷머리가 철거 중인 블록 담에 부딪혀 쿵, 하는 소리가 골목을 울렸다.

"갚아야 할 돈이 또 늘었어."

어느 틈에 원숭이처럼 똥차 옆구리의 빈틈을 찾아 매달린 수금원이, 넘어진 나를 바닥에 떨어뜨린 바나나 보듯이 내려다보며 지껄였다. 자기가, 달아나 숨은 나를 찾으러 다니느라 그동안 길바닥에 뿌린 경비 일체는 전적으로 내 부담이라고 했다. 그래서 오늘부로 갚아야 할 돈이 천육백구십이만 사천 원이라고 했다. 일 년 전에 '클린 머니'라는 대부업체로부터 오백만 원을 빌려 쓴 것이 둔갑에 둔갑을 거듭해서 천육백구십이만 사천 원이 됐다는 것이다. 다섯 달 전에는 천백만 원대였다. 나는 콘크리트 담을 박아 띵한 머리를 감싸 쥔 채 이자와 경비 계산 방식이 엿장수 가위질로 정해지는 것이냐는 식으로 우물쭈물 따져 물었다.

담 주인 노파가 대문 밖으로 고개를 뺀 채, 따지고 있는 나와 수금원을 힐끔거리며 바라봤다. 왠지 나를 바라보는 눈가에 비웃음이 담긴 것 같았다. 길을 내면서 무단 점유했던 담이 헐리게 됐는데, 새 담을 쌓아내라고 억지를 부린 노파였다. 그러지 않으면 가만히 있지 않겠다고 했다. 노파는 당초, 공용 도로 쪽으로 2미터를 침범해서 담을 쌓았다. 다시 말해

집을 지을 때부터 구(區) 소유지를 무단 점유해온 것이다. 주인 노파의 욕심이었다. 삼십 년 가까이 사용료 없이 구 소유지를 이용한 것은 생각 안 하고, 원상회복을 마치 자기 땅 빼앗기는 것인 양 광분하며 항의했다. 아들이 검사라며 담장을 헐면 고소할 것이라고 했다. 이웃 주민들도 돈 놀이하는 50억 자산가의 노욕이라며 흉봤다. 나는 아드님이 검사가 아니라 저승사자여도 불법으로 쌓은 담이기에 헐 수밖에 없다고 했다. 상식적으로 봐도 모퉁이를 2미터나 차지하고 튀어나온 담을 헐지 않으면 도로 확장 공사 자체가 무의하게 될 판이었다.

"그렇다면 어쩔 수 없지. 하지만 담장은 새로 쌓아줄 거지?"

노파의 억지였다. 나는 도로 공사비에는 담장 공사비가 포함되어 있지 않기 때문에 그렇게 해줄 수 없다고 했다.

"담장 공사 안 해주면 도로 공사도 못할걸. 어디 두고 봐."

당뇨가 심해 많이 먹지도 못한다는 노파는 욕심이 배 밖으로 튀어나와 있었다. 내가 한우고기 닷 근으로 달랬는데 여전히 유감이 많은 것 같았다.

어쨌든 나는 발길질을 한 수금원보다 이를 보고 고소해하는 노파가 더 미웠다. 내가 노파를 쏘아볼 때, 수금원이 다시 옆차기를 날렸다. 법에 없는 괘씸죄가 판결에 적용되듯이 내가 저지른 괘씸죄는 돈이 된다고 했다. 그러면서 덧붙였다. "면책 결정이 나면, 우리의 채무 관계도 끝난다고 보나?" 빌린 돈은 돈으로 갚아야지, 법으로 갚는 게 아니라고도 했다. 그게 경우라고 훈계했다. 그래서 이 세상의 경우는 없는 놈들에게 언제나 개좆 같은 것이라고 했다. 그러면서 내가 갚아야 할 채무를 통째로 자기가 샀다고 했다. 내가 속을 썩여 어쩔 수 없이 십자가를 대신 졌다는 것이다. 가증스러운 이유였다. 그러면서 수금원이 이제부터는 자기가 갑, 내가 을이라고 했다. 세상에 없던 업종을 필요 때문에 만들었다며 자

영춘

랑했다. 정말 말이 많은 놈이었다. 뿐만 아니라 죽어서 죄 뜯어먹힌 고기를 빼앗아 뼈를 발라먹는 하이에나 같은 놈이었다.

연길에서 온 조선족 인부들이 발길에 맞아 분뇨수거차 밑에 처박힌 나를, 안쓰럽고 가엾다는 표정으로 바라보고 있었다. 명색이 자기들을 지도 통솔하는 현장소장이, 오토바이를 몰고 나타난 불한당 같은 젊은 놈에게 불문곡직 얻어맞는 모습을 지켜보는 눈빛에는 실망감보다 근심과 불안이 역력했다.

잠시 멈춰 섰던 분뇨수거차가 「엘리제를 위하여」를 다시 들려주며 하다 만 후진을 마저 했다. 그러고는 철거할 재래식 변소의 똥통 안으로 슬러지가 잔뜩 낀 시커먼 호스를 밀어 넣었다. 동력취출장치를 가동하자, 분뇨수거차가 쿨럭거리며 힘차게 분뇨를 빨아들였다. 나도 분뇨와 함께 빨려 들어가고 싶었다.

화를 못다 푼 수금원이 똥차 옆구리에 매단 고무통을 빼 내 정수리를 내리쳤다.

"빨리 내 돈 갚아, 이 씹새끼야!"

내리치면서 어서 돈을 갚으라며 욕설을 내뱉었다. 사채 수금원에게는 개인파산 따위가 통하지 않았다. 하이에나가 이미 죽은 짐승을 발라먹고 살듯이 수금원은 파산한 알거지의 고혈을 빨고 뼈를 씹어야 살 수 있었다. 나는 창피함을 덜기 위해 비명과 저항 없이 모로 누운 채 마구 휘두르는 고무통을 모두 맞았다. 추적추적 내리는 비가 눈물을 씻어냈다. 비가 고맙고, 비가 와줘 다행이지 싶었다.

화풀이를 마친 땅딸보가 숨을 고르며 손을 내밀었다. 돈을 달라는 제스처였는데, 하마터면 일으켜주려는 것인 줄 알고 그의 손을 덥석 잡을 뻔했다.

지난번에도 이렇게 붙들려 개망신을 당하고 백만 원을 만들어줬다. 땅딸보가 백만 원을 받아 챙기며 추적 경비라고 말했다. 악마가 따로 없지 싶은 놈이었다. 나는 젖은 바지 주머니에 들러붙은 휴대전화를 꺼냈다. 폴더를 열어 번호를 찍었다.

"크, 크으흑…… 승경아…… 정말 미안한데…… 오십만 원만 빌려줘라. 지금……"

3

국거리장단을 굿거리장단으로, 풍지박살을 풍비박산으로, 색체를 색채로, 텔런트는 탤런트로 고쳤다. 그리고 세네 번을 서너 번으로, 열쇠를 따고는 자물쇠를 따고, 로 고쳤다. 사대적 표현이니 베이징을 북경으로 표기하지 말라고 몇 번을 지적했는데 여전히 북경으로 썼다. 그래도 이 정도는 단순 교정으로 끝낼 수 있어 별문제가 없지만, 맥락도 짐작할 수 없이 괴발개발 쓴 오문(誤文)은 골치가 아팠다. 마치 암흑 속에서 잃어버린 바늘 찾기 같았고, 뼈 없는 스모 선수를 일으켜 세우는 것만큼이나 힘이 들었다. 뜻을 알 수 없고, 관련된 상황과 맥락을 모르니 고쳐줄 수도 없었다. 아무리 가르쳐줘도 배울 생각들이 없으니 소용없었다. 쇠귀에 경을 읽는다 싶어 한심스러웠지만, 이것이 내 밥벌이였다. 띄어쓰기를 무시했어도 의미가 달라지지 않는 한 그대로 뒀다. 학생 기자들의 기사 작성 수준을 사실대로 보고하면, 그동안 거쳐간 주간들은 내가 학생들의 지도를 소홀히 하면서 지나치게 비방하고 폄훼한다며 뒷담화를 깠다. 그러면서도 기사가 문장은커녕 의미조차 불통인 책임을 내게 물었다. 검토를 소홀히 하고 힘써 가르치지 않은 때문이라는 것이다. 마치 학생의 시험 성적에 대한 책임을 교수에게 따져 묻는 것과 같은 이치였다. 학생과

영춘

직원을 동시에 견제하려다 보니 생긴 모순 같았다. 주간들은 일을 할 때, 일이 아닌 교수라는 신분과 직위로 하려는 사람들 같았다. 현 가상명 주간도 이런 맥락에서 감정이 단단히 틀어져 있었다.

나는 개별 문장만 고치고, 문맥을 찾을 수 없어 뜻조차 모르겠는 기사는 토를 붙여 돌려보냈다. 평소에는 불러서 마디가 어긋난 문맥을 바로잡고, 표현 못한 뜻을 물어 일일이 고쳐 써줬다. 하지만 지금은 그럴 기분도, 시간도 없었다. 교내 '자주광장'에서 열린 미국산 쇠고기 수입 반대 시위에 많은 학우들이 참여했다, 는 문장 가운데 '많은'을 '50여 명'으로 바꿨다. 만 이천 명의 재학생 가운데 '많은' 학우가 대체 몇 명이 되어야 하는지 감냥조차 못하는 기자 같았다. 주관적이고 불확실하고 부정확하고 모호한 부사를 함부로 쓰지 말라고 했건만, 여전히 듣지 않았다. 학생 기자들은 취재를 하기 전에 모든 가치 판단을 마쳤다. 그래서 기사를 일기나 수필 쓰듯이 사적 소견으로 썼다. 사실은 오십 명도 모이지 않은 집회였다.

법원에 효력정지가처분을 받았다, 라는 문장을 법원에 효력정지가처분신청을 냈다, 로 바꿨다. 가 주간이 나를 통해 싣지 말라는 지시를 내린 기사였고, 학생 기자들은 꼭 실어야겠다며 맞서고 있는 기사였다. 의견이 아닌, 사실을 알리겠다는 학생 기자들의 당연한 권리를 나로서는 막을 이유는 물론, 명분이나 권한도 없었다. 원칙이 그랬다.

신문이 사적 신념이나 가치관에 따라 만드는 것이 아님에도 불구하고, 주간과 학생 기자들은 이해관계가 서로 얽히고 꼬이면 각자의 사적 신념과 가치관에 따라 신문을 만들겠다며 악을 쓰고 덤벼들었다. 메이저 신문들도 다 그렇게 한다는 것이다. 블랭킷판 여덟 면에 들어가는 총 원고는 약 사백오십 매였다. 이 가운데 사백 매가 학생 기자와 일반 학생들의 원고였다. 이 사백 매를 얼추 뜻이 통하는 문장으로 만드는 데 꼬박 여덟 시간이 걸린다. 그러나 오늘은 단순 교정과 눈에 띄는 문장 몇 군데만 고쳐 한 시간 반 만에 끝냈다. 나는 건성건성 검토를 마친 원고를 편집장을 불러 되돌려줄 때, 졸업한 퇴임기자들의 이름이 적힌 쪽지를 함께 건네주며 연락처를 당장 파악해달라고 부탁했다. 교정지와 쪽지를 받아든 편집장이 씨익 웃으며 돌아갔다. 편집장의 웃음에 섞여 나온 묵은 술냄새가 코끝을 찔렀다. 쥐약이 될 수 있으니까 얻어먹지 말라고 한사코 말린 술을 기어이 얻어먹은 듯싶었다. 그렇게 일렀건만 듣지 않는 것을 보니 평생 술과 복을 맞바꿔가며 살아갈 놈인 것 같았다. 멀쩡한 고무신을 엿 바꿔 먹듯이, 술 한 잔과 취업 추천서 한 장을 등가치로 아는 놈이었다.

편집장이 나간 뒤, 나는 다시 현금자동입출금기로 달려갔다. 별수 없이 부족분에 대해 현금서비스를 받았다. 그러고는 교내 우체국에 들러 영춘이 부탁한 돈을 송금했다. 논문 대필 알바로 겨우 수습한 카드 돌려막기를 다음 달부터 다시 시작해야 할 것 같았다. 계약직 생활을 마무리하고 교수가 되겠다는 야무진 포부를 품고 박사학위를 땄는데, 결과는 배운 지식으로 불법 논문 대필 알바를 하는 신세가 되고 말았다. 현실과 꿈을 이어주는 돈과 권력이 없는 죄였다. 게다가 명문 학벌이 밑받침되지 않는 지식은 무용지물이었다.

개인파산 절차를 밟고 있는 신용불량자인 오영춘은 아버지 명의의 통장을 가지고 다녔다. 굳이 그럴 필요까지는 없었지만, 돈 냄새 맡고 들러붙는 채권자들이 많아 그게 편하다고 했다. 나는 이런 식의 도움이 언 발에 오줌 누는 격일 뿐, 결과적으로 무용하다는 것을 잘 알고 있었다. 이(利)만 있고 의(義)는 없는 세상이었다. 조기출 전 주간은 견리사의(見利思義)가 좌빨들의 구호라고 했다. 모두가 돈으로 움직이는 약육강식의 시대가 아닌가. 넘어지면 즉시 차이고 밟혔다. 일으켜주지 않았다. 내가 살려면 누군가를 밟고 올라서야 하는 세상이었다. 무한경쟁 시대 탓이라

영춘

고 했다. 이미 오래전에 넘어져 누군가의 디딤판이 된 오영춘의 회생은 어려워 보였다. 그가 돈 놓고 돈 먹는 놈들의 손아귀에서 벗어날 길은 이 생에서 찾을 수 없을 것 같았다.

편집장이 파악해서 건넨 전직 기자들의 연락처로 차례차례 전화를 걸었다.

갑자기 며칠 전 노래방에서 오영춘이 들려준 노래가 생각났다.

> 해가 지기 전에 가려 했지 너와 내가 있던
> 그 언덕 풍경 속에 아주 키 작은 그 마음으로
> 세상을 꿈꾸고 그리며 말했던 곳
> 이제 여행을 떠나야 하는 소중한 나의 친구여

노래방에서 이 노래를 들었을 때, 오영춘과 내가 너무 헐값에 살고 있다는 생각에 울컥했다. 그러나 다행히 영춘의 가창력이 일품이라 울 틈이 없었다.

통화를 하면서 찜찜해하고 불편해하는 퇴임기자들도 있었지만, 대부분 나의 다급하고 궁상맞은 부탁을 들어주겠다고 했다. 옛정을 생각한 때문 같았다. 부탁 내용은, 재직 시절에 광고비를 받아 쓴 것에 대한 개인 차원의 확인 서명이었다. 전직 편집장의 대표 서명만 받을까 하다가 생각을 바꿨다. 어차피 공식적이 아닌 심증적 가치만을 갖는 확인서이기에 가능한 한 많은 기자들로부터 서명을 받는 것이 신뢰의 지표를 높이는 일일 것이라는 판단 때문이었다. 동냥질하듯이 통화를 마치자, 오후 9시 10분이었다. 나는 부탁을 하는 주제에 내일 오전까지, 늦어도 내일 중으로 학교를 방문해 작성해놓은 확인서에 서명 날인을 해달라며 퇴임기자들에게 억지 땡깡을 부렸다. 서명자의 숫자도 중요하지만, 날짜가 늦어져도 신뢰도가 떨어질 것이라는 판단 때문이었다.

벽시계를 올려다보며 시간을 가늠했다. 미국 미시간 주는 오전 8시 5분쯤 될 터였다. 좀더 기다릴까 하다가 송수화기를 집어 들고 번호를 찍었다.

"헬로우?"

여보세요, 라고 해야 할지 헬로우, 라고 해야 할지 잠깐 망설이다가 헬로우로 했다.

"후즈 콜링, 프리이즈?"

발음이 엉성했다.

"안녕하세요. 백승경입니다."

나는 더 이상 짧은 영어를 쓸 필요가 없었다.

"……"

뜻밖이라 생각한 때문인지, 상대가 잠시 침묵했다. 반갑지 않다는 침묵 같았다. 불편하기는 나도 마찬가지였다. 그래도 용건을 말해야 했다.

"학교가 교육부 감사를 받고 있습니다."

나는 틀에 박힌 인사를 대충 얼버무리고 본론을 말했다.

"그런데요?"

그래요, 가 아닌 그런데요, 였다. 상대가 불편한 심기를 굳이 감추려하지 않았다. 나는 상대에게 감사관과 직접 통화해줄 것을 요청했다. 수입 광고비 집행은 간사 단독으로 집행한 것이 아니라, 당시 주간이었던 자신과 협의 또는 동의하에 집행했다는 내용을 밝혀달라고 더듬더듬 부탁했다.

감사관이 전임주간의 해명을 원하는 것은 아니었다. 그러나 법과 규정에 어긋난 일이라니까, 도의적 해명이라도 해야 할 것 같았다. 내가 사리사욕에 빠져 함부로 돈을 유용할 놈이 아니라는 것을 상사와 주변의 증언을 통해 입증하고 싶었다. 현직 주간이 발을 빼면, 직접 당사자인 전직 주간의 도움을 받을 수밖에 없는 상황 아닌가.

"그런 전화를 내가 왜 감사관에게 해야 합니까?"

"……"

말문이 막혔다. 전임주간인 조기출 교수는 감사에 협조하려 하지 않았다. 교수의 권위를 공무원인 감사관 따위가 어쩔 수 없고, 또 어째서도 안 된다고 생각하는 듯싶었다. 하지만, 아무리 그렇게 생각한다고 해도 국제전화까지 걸어 사정을 하면 들어줄 것이라 생각했다. 건건이 꼬치꼬치 따져 최종 결재를 한 사안에 대하여 책임은 별개라는 태도를 보이고 있으니 이해가 되지 않았다. 나는 내가 받는 감사가 내 개인 감사가 아닌, 신문사 감사라는 사실을 말해주고 싶었지만 참았다.

재임 시절, 교수협의회의 주장을 받드는 사설 게재를 반대하고, 출장 복명을 거부한 데 따른 뒤늦은 보복 같았다. 교협은 교수들의 권익단체였다. 전체 조직에서 한 집단의 권익과 관련하여 처우개선을 주장하는 교협 항의문의 주요 골자를 그대로 추려내 신문 사설에 옮겨 실을 수는 없는 노릇이었다. 나는 이 사설의 게재를 거부했다. 그러자 조기출 주간은 너 따위가 뭔데, 무슨 권리로 논설위 교수가 쓴 사설을 막느냐며 따졌다. 나는 최종 편집 실무 권한을 가지고 있는 편집간사의 자격으로 일방적이며 지엽적인 주장의 게재를 막는 것이라고 맞섰다. 그는 즉각 규정집을 가져오라고 했다. 규정의 해석을 놓고 설전이 오갔다. 나는 '밥'과 '정론' 사수를 위해서 내 몫의 편집 권한을 양보할 생각이 없다며 버텼다. 주간은 보직 해임이 되어 연구실로 돌아가면 그만이지만, 목이 하나인 나는 이번 일로 편집간사 직책이 잘리면 백수가 되어 집으로 돌아가야 했다. 조 주간은 이 점을 모르고 있거나, 안다면 간과하는 것 같았다. 조직의 질서와 생리를 알 리 없는 주간이 나를 '총장의 충견'으로 규정했다. 그가 '주간의 개'가 아닌 '총장의 개'가 된 나를 좋아할 리 없었다.

　우월적 지위를 이용한 조기출 주간의 공격은 무차별적이었다. 대부분 무시로 일관했는데, 어떤 때는 학생이 아닌 나에게 교권까지 끌어다가 가르치거나 윽박지르려 했다. 나의 모든 외부 취재가 출장에 해당한다면서 일반 행정 관행에 따라 복명하라고 지시했다. 나는 취재가 일반 행정이 아니므로 모두 복명하지 않았다. 늘 해왔던 것처럼 보고가 필요한 사항만 구두로 보고했다. '주간의 개'가 아닌 '총장의 개'를 주간이 어쩔 수 있는 길은 없었다. 어찌 종이 주인집 개를 건드릴 수 있단 말인가. 내 자리는 학생을 대표하고자 하는 학생 기자와 교수를 대표하고자 하는 주간과 학교의 우두머리인 총장 사이에 있었다. 서로가 사실을 자의적 의견으로 덧칠해 왜곡하려는 아귀다툼 사이에서 중심과 균형을 잡지 못하면 견디기 힘든 자리였다. 내가 조직 내에서 찾아 헤매는 균형은 동지가 있을 수 없어서 언제나 외롭고 위태했다.

　"총장 지시를 학생 기자들에게 직접 전한 것이 뭐가 문제요?"

　조 주간 이전의 봉부식 주간이 따져 물었다. 사장 겸 발행인인 총장의 지시를 자기가 직접 학생 기자에게 전달한 것이 어떤 잘못에 해당하느냐는 얘기였다. 총장 지시 전달은 주간의 소관 업무이자 권리라고 주장했다. 학생 기자들의 정서나 업무 수행의 계통과 질서는 아예 생각지도 않는 것 같았다. 나는 발행인은 편집에 직접 관여할 수 없다고 맞섰다. 봉부식 주간이 이를 갈고 거품을 물며 근거를 물었다.

　"조업 현장에서 판단은 선주가 하는 것이 아니라 선장이 하는 겁니다."

　경영과 편집 분리에 관한 설명을 예로 대신했다. 총장은 신문 발행 가부를 결정할 뿐, 기사 내용을 좌지우지할 권한이 없다고 설명했다.

　"그럼, 총장이 선주란 말이오?"

영춘

갑작스런 비유를 이해하느라 잠시 뜸을 들인 주간이 물었다. 물을 때, 비아냥이 섞여 있었다.

"……"

굳이 내가 답을 할 필요는 없을 것 같았다.

"그럼 선장인 내가 직접 지시하면 되겠네?"

역시 말귀가 빠른 사람이었다. 하지만 우월적 지위에 따른 교만과 과도한 적개심 때문에 하나는 알고 둘은 알지 못했다.

"감당하실 수 있으시겠습니까?"

"뭘 감당해? 누굴 감당하느냐고?"

"……"

나는 답을 망설였다. 두 가지를 감당할 수 있겠느냐는 말이었다. 하나는 규정이고, 다른 하나는 학생 기자들의 저항이었다. 규정에 의하면 주간에게는 편집권이 없었다.

"당신, 날 협박하는 거얏!"

내가 침묵하자, 봉부식 주간은 내 말을 허튼수작쯤으로 알아들은 것 같았다.

"주간교수님은 편집 책임자가 아니라, 총장을 대신하는 운영 관리자이십니다."

"그래요? 어디 규정을 봅시다."

책꽂이에 꽂힌 규정집을 빼 건넸다. 나는 주간교수들의 이런 점이 마음에 들었다. 규정을 놓고, 근거를 찾아 논리적으로 따지는 것. 그들은 이 과정에서 어쩔 수 없이 우월적 지위를 내려놓아야 했는데, 나는 언제나 이때를 기다렸다. 그들은 우월적 지위를 믿고, 그 우월적 지위에 기대어 나와 싸우면서도, 우월적 지위가 없으면 논쟁에서 이기기 힘들다는 사실을 망각하고는 했다. 아마도 그들이 우월적 지위에 기대지 않고 나와 싸운다면, 내가 겪어야 할 고초가 결코 만만치 않았을 것이다. 하지만 그들은 호랑이가 신분과 권위를 앞세워 토끼 사냥을 하지 않는다는 사실을 인정하려 하지 않았다. 토끼가 스스로 알아서 호랑이의 밥이 되어줘야 한다고 생각하고 있었다.

규정집을 뒤적이는 봉부식 주간의 손끝이 부들부들 떨렸다. 분노와 수치심이 손가락 끝에 몰린 듯싶었다. 해당 페이지를 찾은 봉 주간이 손가락 끝으로 밑줄을 그어가며 꼼꼼히 규정을 읽어나갔다. 입술까지 달싹이며 네댓 번을 반복해 음독한 그가 규정집을 덮어 밀쳐내며 말했다. 규정집이 바닥에 떨어졌다.

"내가 당신의 상관이니까, 내겐 당신을 지도·감독할 권한이 있소. 그러니까 앞으로는 당신이 내 명에 따라 처신하시오!"

규정에서 '적극적' 편집권이 간사에게 있다는 조항을 찾은 것 같았다. 그리고 동시에 그 간사를 움직이는 힘이 직속상관인 주간에게 있다는 사실을 알아챈 것 같았다.

"예."

나는 즉각 명을 받겠다고 답했다. 문제는 계통과 절차였다. 나는 이 계통과 절차를 지켜달라고 부탁한 것이었다. 주간이 굳이 총장을 끌어들여 학생 기자들과 직거래를 트려 할 필요가 없었다. 하지만 주간들은 편집간사를 통하는 것이 직원을, 그것도 계약직 직원을 통하는 것이라 몹시 못마땅해했다. 교수가 직원을 통해서만 학생들과 일을 할 수 있다는 사실을 받아들이려 하지 않았다. 아니, 불쾌하고 부적절하다고 생각하는 것 같았다. 왜 네가 없으면, 너를 안 통하면 일이 안 되느냐는 논리였다. 즉, 교수가 직원을 통해야만 비로소 무언가를 할 수 있다는 것에 대한 거부감이었다. 대학이 힘의 논리에 따라 작동하는 철저한 신분사회이기 때문에 생긴 병폐였다. 나중에 안 사실이지만, 당시에 총장은 봉부식 주간

영춘

이 말한 그런 지시를 내린 적이 없었다. 지시란 전교조 소속 해직교사가 쓴 책을 서평 코너에 절대 싣지 말라는 것이었는데, 총장은 이런 지시를 한 바 없다는 것이다.

결국 주간의 어깃장과 거짓말 때문에 학생 기자들은 제작거부 투쟁에 들어갔고, 놀란 봉 주간은 지병인 협심증—그는 불이익을 받을까 싶어 이 지병을 숨겨왔다—재발로 응급실로 실려갔다. 당시 나는 총장에게 불려가 조속한 시일 내에 책임지고 신문사를 정상화시켜놓으라는 엄명을 받았다. 언제나 그렇듯이 뒷감당은 내 몫이었다. 나는 조속한 정상화를 위해 학생 기자들을 일일이 찾아다니며 '사죄'해야 했다.

어처구니없었던 것은, 문제가 심각하게 됐을 때, 학생 기자들이 머리띠를 두르고 신문사를 폐쇄했을 때, 주간이 내 손을 붙잡고 총장의 사택을 찾아갔는데, 그때 벌어졌던 일이다. 주간은 그 자리에서, 어떤 식으로건 총장님을 거론해 누가 될 짓은 하지 않았다는 거짓 보고를 했다. 총장은 말뜻을 이해하지 못하겠다—당초 동조의 지시도 내린 바 없기 때문에 더욱 이해를 못한 것 같았다—는 듯이 한동안 인상을 찌푸렸다. 나는, 나를 증인인 양 앉혀놓고 천연덕스럽게 거짓말을 지껄여대는 봉 주간이 이해되지 않았다. 그 때문에 나는 주간의 거짓 보고에 아무런 반응을 표하지 않았다. 주간은 서운해 어쩔 줄 몰라 했다. 학생 기자들이 총장의 편집권 침해를 문제 삼으면, 영문 모르는 총장으로서는 당연히 진상을 물을 것이다. 그때 자신이 빠져나갈 구멍이 필요했는데, 내가 그 구멍을 만들어주지 않은 것이다. 나는 되레 총장 사택을 나오며, "손바닥으로 하늘을 가리십니까?"라고 핀잔을 주었다. 주간을 거친 교수들은 이런 식으로 무용한 편집권 다툼 속에서 나와 적이 되었다.

"커피를 왜 집으로 가져갑니까?"

손바닥으로 하늘을 가리고 받은 핀잔 때문에 분을 삭이지 못한 봉부식 주간은, 명절 전에 사적으로 선물 받아 집으로 가져간 맥심 커피믹스 한 통을 문제 삼았다. 나는 공금으로 산 커피믹스가 아닌 사적 선물임을 입증해야만 했고, 업무와 무관한 사적 선물임을 밝히기 위해 선물 준 사람과의 관계를 속속들이 까발려야 했다. 또, 이런 걸 꼬지른 학생 기자 놈을 찾느라 애를 먹어야만 했다. 어쨌든 교수들은 정사(正邪)를 떠나 뒤에서 알량한 전문 지식과 기술을 가지고 자기 성을 쌓는 버르장머리 없고 위험한 놈이라며 이구동성으로 나를 비방했다. 그 근거로 전문가라는 놈이 만드는 신문이 형편없다고 했다. 형편없는 학생 성적을 교수 탓으로 돌리는 것과 맥을 같이하는 몰상식한 논리였다.

나는 상대가 끊은 지 한참 된 전화기를 망연히 바라보다가 오 년째 끊어온 담배를 찾아서 빼 물었다. 전 주간 조기출 교수는 전화를 끊을 때, 화장실이 급하다고 했다. 나는 이 문제가 화장실 용무보다 더 급하고 중요하다는 것을 말하려 했다. 그러나 전화가 먼저 끊겼다. 나는 앞뒤 안 살피고 무조건 버티는 전임주간이 얄밉고 안쓰러웠다. 자기 때문에 내가 어쩌지 못해 전전긍긍하고 있다는 사실을 모르는 위인이었다. 통화에 임하는 태도가 광고비 가운데 일정 금액을 받아 쓴 사람이라고 볼 수 없었다. 처음과 끝을 무책임으로 일관하는 위인이었다.

가상명 현 주간은 효력정지가처분신청 관련 기사 누락이 불만이었다. 신문의 사실 보도 의무를 내가 가로막고 있다고 주장했다. 나는, 대학 신문은 여느 일간 신문들과 다른 기관지이기 때문에 학교 측의 입장을 우선 생각할 수밖에 없고, 법정에서 시시비비를 가리고 있는 사건을 굳이, 그것도 급하게 서둘러서 보도할 필요가 있겠느냐는 입장이었다. 그래서 안 다루겠다는 것이 아니라, 좀더 지켜보자고 했다. 학생지도 문제가 법정으로 간 만큼 학교 이미지 실추도 걱정해야 한다고 덧붙였다. 학생과 대학의 문제가 캠퍼스를 떠나 법정으로 가는 것은, 대학이 학생지도를 제대로 못했다는 반증이 될 수 있다는 것이 내 주장을 밑받침해주는 근거였다. 게다가 보도가 학내 공론화의 빌미 제공이 될 수도 있었다. 관점과 입장과 견해가 다른 학내 구성원들이 각각의 이해관계에 따라 사건을 왜곡하거나 확대 재생산하여 혼란이 생길 우려가 있었다. 그렇게 되면 누워 침 뱉는 꼴이 될 수 있었다. 그러나 주간의 생각은 달랐다. 효력정지가처분 신청 관련 기사를 통해 대학이 학생지도를 제대로 못했다는 사실을 보도할 필요가 있다는 것이었다. 다시 말해 제적 처분 당한 총학생회장 후보자와 선거관리위원장의 입장을 알릴 필요가 있다는 것이었다. 주간은 학교가 의당 해야 할 학생지도 문제를 법원으로 이관시켰다며, 이는 학교가 스스로의 기능과 책무를 저버린 무책임한 행위로서 마땅히 기사화할 이유와 가치가 차고 넘친다고 했다. 그러면서 나를 몰아칠 때, 사실 보도 의무와 더불어 언론의 사명을 들고 나왔다. 대학 신문은 모름지기 대학본부의 행정에 따른 잘못을 비판 견제해야 하는 것이라고 했다.

나는 일반 신문과 학보는 기능과 역할이 서로 다르다고 반박했다. 대학 신문에서 해교 행위에 따른 학칙 적용이 부당하다는 주장을 하자는 것이었다. 주간은 이런 주장이 언론의 사명이라고 주장했다.

"나는 비판과 견제만을 말하는 것이 아니오. 사실 보도를 하자는 거요."

주간은 학생 기자들이나 들고 나올 법한 주장을 했다. 역시 전후좌우를 자기중심으로 판단하는 사람다웠다. 자기 생각보다 앞서 있으면 진보, 뒤처져 있으면 보수였고, 자기에게 손해를 주면 좌익, 이익을 주면 우익이었다. 자기의 입장과 시각과 관점 그리고 이해에 따라 기준이 조변석개하는 사람이었다. 지금도 상황이나 맥락을 무시한 채 배운 지식을 몽땅 동원해 이득을 챙기려고 기를 쓰고 있었다.

가상명 주간은 밤사이 무슨 일이 생긴 것 같았다. 그래서 대학 신문을 이용해 총장과 쇼부를 치려는 속셈인 것 같았다. 그렇지 않고서야 하루 만에 입장이 바뀌어, 절대 실어서는 안 된다던 기사를 사실 보도 운운하며 반드시 실어야 한다고 떼를 쓸 이유가 없었다. 기사는 사실 가운데 선택하는 것이지, 사실이 곧 기사가 되는 것이 아니라는 상식을 주간이 모를 리 없을 것이다. 이른바 법을 다루는 교수가 일반상식 용어인 게이트키퍼(사건이 대중 매체를 통해 독자들에게 전달되기 전에, 미디어 기업 내부의 각 부문에서 내용을 취사선택하고 검열하는 직책)를 알지 못하겠는가. 가상명 주간은 법보다는 법 정서를, 원칙적이며 상식적인 해결보다는 정치적 해결을 선호했다. 그래서 어떤 문제에 대한 해결 방법을 찾을 때도 정치적 수단을 앞세웠다. 주간은 학생 기자들을 이용해 절차상 하자와 징계수위의 부당성을 제기하여 학교를 압박한 뒤, 총장과 담판을 시도해보려는 수작 같았다. 법학과 교수답게 법으로 제기된 문제를 법적으로 풀 수도 있을 터인데, 그는 굳이 총장을 통한 행정적 해법에 매달렸다. 법으로는 불리한 사안이기 때문인지도 몰랐다. 그러나 나는 사적이며 정치적 이유로 '함태수 구하기'에 신문이 이용되는 것을 좌시할 수 없었다.

나는 쌔고 쌘 사실 중에 어떤 사실을 말하는 것이냐며 묻고 싶었으나, 참았다. 비록 계약직이지만 근속 연수가 늘어나면서, 일은 규정에 따라 하거나 합리나 논리로 하는 것이 아니라, 때로는 신분과 직위로 하기도 한다는 것을 인정해야만 했기 때문이었다. 완전 구제불능인 건방지고 싸가지 없는 새끼라는 욕을 얻어먹는 것보다 억울해도 '완전'이라는 말이 덧붙기 전에 이쯤에서 참는 편이 나았다. 그러나 공을 사로 하고, 사를 공으로 하는 일에 적응한다는 것이 언제나 쉽지만은 않았다.

한 달 전쯤이었다. 가상명 주간이 따로 상의할 일이 있다며 나를 부른 것이 이번 문제의 발단이었다. 대뜸 총학생회는 학생의 권익을 대변하는 학생자치기구인데, 학교에서 간섭하는 것에 대해 편집간사로서 어떻게 생각하느냐고 물었다. 나는 생각을 밝힐까 하다가 따로 생각한 바가 없다고 답했다. 그렇다면 여기 앉아서 지금부터 같이 생각해보자고 했다.

"학생들의 자치 규정에 따라 치른 선거를 학교가 왜 뒤늦게 문제를 삼는단 말이오?"

주간이 복사한 학생자치단체장 선거 규정을 내밀며, '뒤늦게'에 방점을 찍었다. 눈을 크게 치뜨고 어깨를 움찔한 뒤 양팔을 벌려 올리는 특유의 과장된 미국식 제스처도 빠뜨리지 않았다. '뒤늦게'에 방점을 찍은 이유는 선거가 끝난 지 한 달이 지났기 때문이었다. 작년 12월 초에 치렀어야 할 선거가 우여곡절 끝에 3월 말에야 겨우 치러졌다. 운동권과 비운동권으로 나뉜 후보자들이 선관위의 비운동권 편들기로 싸움이 벌어진데다가 학교 측이 운동권 후보자보다 비운동권 후보자를 선호해 시시비비를 가리려 하지 않고 수수방관하는 바람에 선거가 지연된 것이다. '뒤늦게'라는 것은 이미 한 달 전에 끝난 선거를 뒤늦게 문제 삼는 것에 대한 이의이자 불만의 표현이었다. 가 주간은 진즉에 옳고 그름을 따졌어야 할 사안인데, 왜 다 지난 지금에 와서 뒤늦게 문제를 따지느냐로 바꿔서 접근했다. 주간은 그 규정 자체가 문제라는 사실을 외면하는 것 같았다. 나는 규정이 부당하게 개정되었기 때문에 규정에 따라 치른 선거라 정당하다는 논리로부터 시작하면 안 된다고 답했다.

"그래요? 도대체 어떤 문제가 있다는 거요?"

주간은 시치미를 떼며 물었다. 또 눈을 동그랗게 치떴다. 그는 이치에 맞는 말이 아닌 과장되고 위압적인 표정과 제스처로 상대를 제압하려는 못된 강압적 버릇이 있는 것 같았다. 아무튼 법학과 교수가, 더구나 이 문제에 어떤 이유로든 깊숙이 관여했을 교수가 제기된 문제가 뭔지조차 모르고 있다는 것은 어불성설이었다.

총학생회장 함태수는 자신의 임기 중에 선거 규정을 뜯어고쳐 스스로 연임이 가능토록 만들었다. 다시 말해 일 년 단임인 총학생회장을 다시 일 년 더 연임할 수 있도록 규정을 바꾼 것이다. 대학 사 년에서 절반인 이 년을 해먹겠다는 뜻이었다. 연임은 유권자인 학생들에게 선택의 폭을 넓혀준 것으로서 민주적 제도 개선이라며 나발을 불었다. 또 후보 자격에서 평균 학점 C^0 이하이거나, F학점이 한 과목이라고 있을 경우에 후보 자격을 제한한다는 조항 가운데 학점 C^0 이하 부분을 삭제했다. 그가 D^+를 받은 때문이었다. 이 두 가지를 자신이 총학생회장 재임 중에 슬그머니 바꿨다. 절차상 하자가 없다고 주장했으나, 모두가 정치판의 못된 행태를 빼다 박은 눈 가리고 아웅 식이었다. 이 과정에서 공갈, 협박, 편법, 불법, 위법, 날치기 등이 필요할 때마다 요소요소에 적절히 동원되었다.

규정 개정 과정에서 함태수는 조폭 하수인인 '절친'을 선관위원장에 앉혀놓고 사주했다. 의결권을 가진 5개 단과대 학생회장과 50개 학회장 그리고 동아리연합회장 들 가운데 개정 내용에 동의하는 패를 모은 뒤에, 반대하는 패를 따로 접촉하여 설득하거나 회유하거나 압박했다. 설득—회유—압박은 순서대로 이루어졌다. 설득조, 회유조, 압박조가 따로 있다는 소문도 나돌았다. 압박할 때는 두 가지 방법을 썼다. 술과 주먹이었다. 이 두 가지로도 안 되는 장(長)들은 선관위가 가지고 있는 감사권을 이용했다. 함태수는 규정 개정을 위해 지난 한 학기 동안 'Plan—Do—See(계획 —실행 —평가피드백)'를 철저히 이행했다.

"확인된 사실만 얘기합시다."

가상명 주간이 손사래를 치며 말을 막았다. 나는 이쯤에서 주간의 뜻을 읽었다. 술과 주먹은 현재까지 규정 개정용이라고 밝힐 물증이 나온 바 없으니 일종의 악성루머이고, 감사권의 편파적·자의적 운영 주장 또한 근거를 제시하지 못하는 만큼 인정하기 힘든 문제가 아니냐며 반박했다. 감사에서 지적 받은 장들은 누구나 자기변호 내지는 자기방어를 위해 공정성을 문제 삼는 법이라고 했다. 오히려 그동안 형식적으로 이루어져 고착화된 각종 비리들이 이번 감사를 통해 속속들이 밝혀져 개선의 기회를 제공한 것이 아니냐며 되물었다. 따라서 이번 감사는 객관적 기준으로 볼 때 역기능과 순기능 중 단연 순기능이 압도적이었다고 주장했다.

가상명 주간은 직원인 내게도 교권을 이용해 학생을 다그치듯이 몰아붙였다. 그의 과장된 제스처는 빨리 승복하라고 윽박지르는 것만 같았다.

"폭행당했다는 일부 장들의 진술서가 있습니다."

"술 마시고 주사를 부리다가 맞은 것으로 알고 있소. 그리고 가해한 놈들은 따로 있다고 들었소."

반만 맞는 말이었다. 회유가 안 된 몇몇 장들을 불러 술을 마실 때 공갈과 짜웅이 통하지 않자, 옆자리에서 역할 대기 중이던 '주먹'들이 주먹을 날린 사건을 가 주간이 왜곡·변형해 주장하고 있었다.

"같은 팹니다."

나는 더 이상 좋은 게 좋은 것일 수 없겠다는 판단에 내 생각을 밝혔다.

"허허, 이 사람…… 위험한 발언을 하시네."

그날 가 주간과 나의 대화가 꼬여 '상의'는 이루어지지 않았다. 주간은 폭행 사건은 선거와 무관하다고 주장했다. 모 동아리 장인 후배가 '주먹'인 선배에게 반말을 했기 때문에 교정·교화 차원에서 손을 봐준 것이라고 주장했다. 물론 목격자들의 주장과는 다른 주장이었다.

1998년 이전까지 가상명 교수는 공석이건 사석이건 간에 자신의 고향을 숨겼다. 필요할 때는 타 지방을 거짓으로 둘러댔다. 여러 시민단체를 기웃기웃하며 전전했는데, 언론사 기자들도 그의 정확한 출신지를 모를 정도였다. 그러다가 김대중 정권이 들어서자 자신도 같은 호남인이라며 떠벌리고 다녔다.

"나 강경이지라이."

이 말을 당당하고 자랑스럽게 밝힌 뒤부터 그는 노무현 정권 때까지 십 년 동안 잘나갔다. 더 이상 자기 돈 써가며 시민단체를 쫓아다니지 않고, 짭짤한 수입을 올리며 정부출연기관의 자문위원 또는 운영위원 등으로 활동했다. 나는 이것이 그의 뒤늦은 잠재능력 발양인지, 아니면 본래 있던 탁월한 능력이 뒤늦게 인정받은 때문인지, 그도 아니면 지연의 후광 때문인지 정확히 알 수 없었다. 아무튼 중요한 것은 약관 사십 세에 느닷없이 입신양명하여 십 년 동안 권력의 울타리 안에서 탄탄대로를 독주했다는 사실이다.

정권이 정책적 선택을 통해 국민 혈세를 퍼부어가며 벤처산업을 양성하고, 무차별 신용카드 발급으로 위험천만하고 헛된 소비를 부추겨 침체 일로의 경기를 부여잡을 때도, 이를 우려해서 문제점을 지적하며 질타하는 동료 학자들을 대놓고 욕했다. 그는 법학자임에도 불구하고 경제학자인 양 행세했다. 경제학자인 양 말할 때, 그는 사람 잡는 선무당과 다름없었다. 벤처산업 정책을 두둔하는 칼럼도 썼다. 구조적으로 부와 빈이 세팅되어 옴짝달싹 못하는 자본주의 사회에서 새로운 돌파구를 찾는 길라잡이로 빌 게이츠를 선택한 것이다. 큰 자본과 큰 노동력 없이 기술만으로도 얼마든지 돈을 벌 수 있는 방법은 벤처산업뿐이다. 그래서 벤처산업은 새로운 부와 부가가치 그리고 자본주의의 패러다임을 바꾸고, 누구나 미래의 꿈을 창출할 수 있는 이 시대 최고의 경제·사회적 가치이다. 또 신용카드 사용은 헛된 과소비를 조장하는 위험한 빚이 아니라고 했다. 현대자본주의는 생산-소비 구조가 아니라, 소비-생산 구조라고 했다. 우리의 경제 성장력과 소비 수용력은 무한한데, 이에 비해 현재의 소비 지출 구조가 열악하다는 것이다. 이것이 OECD 가입국으로서 경제 발전의 큰 걸림돌이었는데, 이를 신용카드로 해결할 수 있게 되었다는 것이다. 따라서 비로소 생산과 소비의 균형을 잡게 되어 진정한 OECD 선진국이 되었다, 라고 썼다. 법학자의 짝퉁 경제논리를 접한 동료 교수들은 패륜적 학문 간음을 한 프랑켄슈타인이라며 욕했고, 가상명 교수는 이에 맞서 통섭(consilience)을 모르는 구시대적 마인드를 가진 적폐 세력이라고 몰아붙였다. 그리고 노무현 탄핵 때는 법학자로서 간질 환자처럼 게거품을 물었다. 방송 토론에 출연해서는 탄핵의 정당성을 두둔하는 상대에게 '헌법도 모르는 야바위꾼'이라고 몰아붙였다. 헌법을 디테일하게 공부하고 나오든지, 아니면 남의 전공을 함부로 침범치 말라고 고성과 삿대질로 윽박질러 구설수에 오르기도 했다. 그의 이중적 정체성이 적나라하게 드러난 토론이었다.

그러나 지금은 같은 주제로 다른 논조와 주장에 입각한 칼럼을 썼다. 정치 상황이 바뀐 때문이었다. 논조는 이명박 정권의 '잃어버린 10년' 주장을 옹호하는 데 맞춰져 있었다. 그는 이 옹호를 위해 먼저 스스로의 소신과 신념을 바꾸고, 세상의 진리를 사적 신념으로 변용했다. 벤처산업은 대통령 개인의 유아적 꿈과 소신이 잉태한 기형아였고, 신용카드 발급 남발은 복지 문제를 숨기려는 꼼수로부터 비롯된 것이라고 했다. 또 노무현은 좌파적 이상을 현실에 대입시키려다가 스스로의 도덕성 부재로 실패한 이단아가 됐다고 했고, 촛불시위는 '노빠'가 키운 사생아들의 패륜적 민란 시도라고 했다. 그러면서 더 이상 고향도 밝히려 하지 않았다.

가상명 교수는 지난 십 년에 대한 이렇다 할 입장 정리나 아무런 자기 반성 없이 이런 식으로 급회전을 하며 환골탈태를 위해 발버둥 쳤다. 내가 가 교수의 이 근본 없는 재활 노력을 도와줘야 우호적인 관계를 유지하며 후한 인사 평점을 받아 자리보존에서 불이익을 면할 수 있었다. 그러나 학생회장 함태수를 두둔하는 가상명 주간을 도울 수는 없었다. 학생이 정치판의 못된 술수를 빌려와서 썼기 때문이다. 함태수는 설마 그렇게까지야…… 하는 방심과 허술함 속을 깊숙이 후비고 들어가 계획적이고 치밀하게 잇속을 챙겼다. 관행적이고 상식적이라 따로 규정하지 않은 것들의 허점을 찾아내어 교묘하게 이용했다. 규정에 위배되지만 않는다면, 어떤 짓이건 찾아내서 다했다. 모호한 부분은 아전인수했다. 그러다가 규정에 위배된다 싶으면 슬그머니 규정을 바꿔버렸다. 규정을 바꿀 때, 공론화를 피하고 물밑작업을 했다. 때로는 학교 측의 약점, 즉 밖으로 알려지는 것을 꺼리는 일들을 잡아채 '쇼부'를 치려고도 했다. 그래서 그는 평소에 '주먹아이들'을 풀어 소소하고 하찮은 학교 측의 약점을 저인망으로 수집했다. 그러고는 필요할 때마다 마치 아웃복서가 잽을 날리듯이 한 건 한 건 툭툭 던지며 시비를 걸었다.

　　—장학금 수혜율이 인접 대학들에 비해 턱없이 작다.
　　—교원 확보율도 작다.

라는, 일반적 문제에서

　　—왜 우리 등록금으로 부설 유치원을 짓나, 이게 적법한가?
　　—배달 오토바이가 교내에서 학생을 친 사고에 학교 측이 책임이 전혀 없다고 주장하는 것이 옳은가?
　　—교수가 노래방에서 여학생의 엉덩이를 만졌는데 성희롱 아닌가?

까지, 레퍼토리가 전방위적이며 다양했다. 뒷조사 없이는 불가능한 정보들도 있었다. 이런 얘기를 직접 대놓고 하는 것이 아니라, 시의회 3선 의

영춘

원인 아버지의 입을 통해 우회적으로 떠벌렸다. 아들이 수집한 정보를 아버지가 까발리는 식이었다.

4

"아저씨, 맞는다!"

"아저씨, 죽는다!"

부스럼 딱지 같은 무덤이 박힌 둔덕에 올라앉은 청년들이 주문을 외듯이 같은 말을 주거니 받거니 하며 해바라기를 하고 있었다. 강시 분장을 한 듯 허여멀끔한 청년들의 구부정한 뒷모습이 마치 앵무새 두 마리인 양 보였다. 그들 앞에는 무연고자의 묘주를 찾는 A3 용지 크기의 베니어 안내판이 박혀 있었다.

5월의 볕은 모질게 따사로웠다. 허연 김을 닮은 구름이 바람에 날려 계통 없이 흩어지고 있었다. 장작을 때 돼지 뼈를 고는 냄새가 공사장을 감싸고 떠돌았다. 정처 없이 떠도는 냄새가 콧속을 파고들어 허기를 부추겼다. 잡뼈를 고아 만든 국물에 밥과 국수를 말아 시내버스 운전기사들에게 판다고 했다. 밥을 말면 이천오백 원을 받고 국수를 말면 이천 원을 받는다고 했다. 노부부가 낡은 컨테이너 박스를 놓고 밥장사를 한다는 버스 계류장은 걸어서 십 분 거리인 외곽순환도로 건너편에 있었다. 뼛국물에 만 이천오백 원짜리 국밥을 일꾼들에게 먹이고 싶었다. 공사가 끝나면 버려야 할 폐목재를 모두 줄 테니, 일꾼 세 명의 점심 한 끼씩을 해결해달라고 부탁할 생각이었다. 그러나 생각만 했을 뿐, 지금까지 입조차 뻥긋 못한 채 한 달이 지났다. 영업 목적이 아니면, 남에게 아쉬운 소리를 못하는데다가 숫기마저 없기 때문이었다. 넉넉지 못한 노부부에게 어려운 부탁을 하는 게 염치없는 짓일 수 있다는 지레짐작도 한몫했다. 주린 배를 움켜쥐고 돼지 뼈 고는 냄새 속에서 노가다를 해야 하는 일꾼들에게 미안했지만, 도리 없는 일이었다.

공사 기간이 석 달가량 더 길어진다고 했다. 수금원에게 들킨 공사장에서 다섯 달을 더 있어야 한다는 얘기였다. 버틸 자신이 없었다. '양촌동 230번지 지선도로 확포장공사'라고 쓴 방 문짝 크기의 안내판 뒤에서 바지를 까 내리고 멍 든 허벅지에 안티프라민을 발랐다. 땅딸보의 구둣발에 차인 자리에 피멍이 들었다. 해바라기를 하던 정신지체 청년들이 둔덕을 미끄러져 내려와 안티프라민 바르는 모습을 심각한 표정으로 지켜봤다. 지켜보며 또 주문을 외듯 중얼댔다.

"아저씨, 많이 아프다!"

공기가 길어진 것이 내 잘못이나 책임은 아니었다. 당초 현장을 조사하여 공사 범위를 정하고 계획을 짠 사장의 잘못이었다. 사장은 대학 때도 매사에 덤벙댔다. 공부도 연애도 덤벙대서 자주 망쳤다. 사장은 공사 낙찰을 위해 시의원에게 머리를 조아려 십 퍼센트에 해당하는 사례비까지 선금으로 찔러 넣었다. 공사를 따내려는 욕심에 고의적으로 덤벙댄 것일 수도 있었다. 게다가 종합건설사이기는 하지만 도로 공사는 처음이라고 했다. 공사 중에 무덤을 발견―밋밋한 비탈을 깎아내렸을 때 뼛조각이 흘러내렸다―하여 전화하자, 사장은 어떤 놈이 그새 무덤을 썼느냐는 식의 황당한 반응을 보이며 길길이 날뛰었다. 마치 내가 무덤을 몰래 만들어놓은 양, 무덤 발견이 내 잘못이기라도 한 양 반응했다. 아마도 대충 슬그머니 처리하지 않고 드러내어 문제 삼았다는 질책 같았다. 사장은 자기 자신이나 담당 설계사에게 쏟아내야 할 화를 내게 퍼부었다. 담당 설계사를 못 믿어 나를 소장 자리에 앉혔다는 말을 정말 믿어야 하나 싶었다. 나는 처남도 못 믿는 사장이, 친구인 나를 믿어줄 리 없다는

영춘

생각에 그의 잔소리를 참고 견뎠다.

"새로 쓴 묘가 아니라, 오래된 묘야."

나는 눈치 없는 양 부러 구시렁댔다. 사장이 바란 것은 이런 무용한 말이 아니라, 오래된 묘니까 적당히 처리하고 눈감는 요령이었을 것이다.

어쨌든 사장 잘못이 아니라면, 담당 기사가 묘를 미처 보지 못한 것이었다. 무연고 묘는 길가 둔덕에 마치 오래된 흉터처럼 납작한 모양으로, 붙여놓은 껌처럼 들러붙어 있었다. 설자란 잡풀들이 그 흉터를 감추듯 덮고 있었다. 그러니 쉽게 보이지 않았다. 노련한 포클레인 기사가 삽날로 찍고도 모를 정도였다. 이런 묘가 한 기도 아니고, 줄줄이 사탕처럼 다섯 기나 되었다. 구청 도시관리과에서 법에 따라 일차적으로 30일 동안 묘 앞에 푯말을 세워 공지해야 한다고 했다. 푯말을 세운 지 한 달이 되었지만, 묘주가 나타나질 않았다. 봉분이 숱한 비바람에 쓸려 평평해질 때까지 나타나지 않았던 묘주가 한 달을 기다렸다고 해서 나타날 리가 없었다. 이차적으로 60일 공시에 들어갔다. 엎친 데 덮친 격으로 도면에 따라 노폭을 넓히려 산자락 쪽을 깎아내릴 때 암반이 발견됐다. 사용 중인 6W 포클레인으로는 처리할 수 없는 크기의 암반이었다. 암반굴착기를 따로 불러 쓰거나, 폭약을 써서 해결해야 할 지경이었다. 점입가경이었다. 일마다 간단치 않았다.

아무리 4대강 공사 탓에 불경기라고는 하지만, 주먹구구식으로 허겁지겁 공사를 따냈을 사장에게 화가 났다. 동창 사장은 화를 내는 내게 왜 화를 내느냐고 되레 화를 내며 발주한 구청 담당 공무원을 찾아가서 추가 공사비를 협의해보라고 닦달했다. 사장은 자기 몫의 업무인 협의와 협상을 현장소장 직무대리인 내게 떠밀었다. 구청장과 절친한 고향 선후배 사이라는 지연이 작용해 시의원에게 뇌물까지 써가며 맡은 공사였다. 잘나가는 현직 구청장이 사업에 망해 개인파산 신청까지 한 노가다판 현장소장 직무대리 선배를 만나주기나 할까 싶었다.

　사장은, 자신이 명색이 종합건설사 사장인데 껌값밖에 안 되는 추가 공사비 때문에 구청에 들어갈 수는 없다고 했다. 소 잡는 칼로 닭을 잡을 수는 없는 노릇이라는 이상한 비유까지 덧붙였다. 내가 닭 잡는 칼이라는 얘기였다. 껌값이면 포기하면 될 일이지 싶었으나, 그렇게 말할 수는 없었다. 사장이 투덜댔다고 할지라도, 아니 지나가는 말처럼 내뱉었다고 할지라도 지시는 지시였다. 정실관계나 심정적 분위기에 휩쓸려 개길 노릇이 아니었다. 문제는 여기서 끝나지 않았다. 공사 구간 중간쯤에서 연약지반이 발견됐다. 연락을 받은 설계 담당자가 허겁지겁 달려와 들여다보고는 부등침하방지를 위한 추가 공사가 필요하다고 했다. 공사 중인 도로는 산자락과 마을 사이를 가르며 이 킬로미터 가량 나 있었다. 승용차 한 대가 빠듯하게 다닐 수 있는 마을 도로였는데, 그나마 폭이 일정치 않아 조금 넓은 골목길 수준도 있었다. 도로와 산자락은 경사면 없이 맞닿아 있었지만, 도로와 마을은 맞물려 있지 않았다. 도로와 마을 사이에 거의 직각에 가까운 가파른 경사면이 있었다. 경사면은 잡목과 잡풀로 덮여 있었다. 무연고 묘가 발견된 아래쪽이었다. 포클레인 삽날이 지면 상태를 살펴보기 위해 잡목을 헤집을 때, 잡목과 잡목 틈에 촘촘히 박혀 시야를 어지럽혔던 가시덤불과 잡풀들 사이로 드러난 안쪽이 휑했다. 휑한 속에서 흘러나온 희뿌연 미사(微砂)가 마치 아기가 토해놓은 젖과 같았다. 그러니까 양팔 길이에 해당하는 콘크리트 도로가 허공에 뜬 채 걸쳐 있는 셈이었다. 털보의 턱에 난 흉터를 찾는 것만큼 쉽지 않은 일이었다. 따로 옹벽을 쳐서 부등침하방지를 하지 않을 수 없었다.

　공사 현장이 이런 지경이다 보니, 수금원을 피해 모든 걸 팽개치고 무조건 도망칠 수도 없는 상황이었다. 차일피일 미뤄왔던 구청 방문을 결행하려 했으나, 수금원을 자극하지 않을까 싶어 할 수 없었다.

영춘

"성의 표시는 해야지?"

작업복을 챙겨 입을 때, 엎어져 자던 땅딸보가 베개를 사타구니에 처박으며 말했다. 땅딸보의 머리맡에 빈 소주병이 나뒹굴고 있었다.

나는 돈 구할 일이 막막했다. 애당초 돈 구하는 일이 막막하지 않았다면 도망치지 않았을 것이다. 모두가 나를, 내 전화를 피했다. 처음 얼마 동안은 피할 때 변명과 구실을 찾느라 애들을 쓰는 눈치였으나, 언제부턴가 애조차 쓰지 않았다. 아예 받지를 않거나, 받아서 단박에 끊거나, 야단을 치거나, 충고를 늘어놓거나, 심지어 야지를 놓기도 했다. 뿐만 아니라 나를 아는 사람들 간에는 비상연락망 같은 네트워크가 형성되어 있었다. 어떤 날 최초의 한 사람이 전화를 안 받으면 그날은 죄 안 받았다. 최초 수신자가 경보를 발령하는 게 분명했다. 이제는 백승경까지도 내 전화를 피하는 것 같았다.

포클레인이, 토사로 덮인 배수로를 파낸 자리에 800밀리미터 THP 주름관을 묻었다. 이어서 사각맨홀과 가로등 기초와 무개 수로관을 묻고, 깬 바위 조각을 8톤 덤프트럭에 퍼 담아 보내는 일이 포클레인이 해야 할 금일 작업량이었다. 인부들은 이 포클레인의 뒤를 쫓아다니며 마무리 작업을 도와야 했다. 나는 마상국을 불러 맨손으로 모르타르를 바르지 말라고 이르며 챙겨온 헌 고무장갑을 건넸다. 주인 할머니가 구멍이 나 버린 고무장갑이었다. 마상국은 왕의 하사품을 받는 신하처럼 고개를 깊숙이 숙여 고무장갑을 받았다.

아홉시가 지났을 때, 땅딸보가 오토바이를 끌고 나타났다.

"어이, 너네들 불법체류자 맞지?"

수금원이 스틸그레이팅을 나르는 인부들 앞을 오토바이로 막아서며 물었다. 놀란 인부들이 뒷걸음질을 쳤다. 불심검문에 대비하여 늘 도주로를 확보하고 일하는 인부들이었다.

"이 새끼들…… 맞구만."

수금원이 재미있다는 듯이 키득거리며 웃었다. 나는 수금원에게 다가가 죄 없는 인부들은 해코지하지 말아달라고 사정했다.

"불법체류가 죄가 아니면, 뭐시가 죈가?"

오토바이에서 내린 수금원이 눈곱을 떼며 야료를 부렸다. 어서 '성의 표시'를 하라고 압박을 가하는 것 같았다.

수금원이 작업 중인 포클레인을 향해 양팔을 내젓더니 엑스자를 만들어 보였다. 작업을 중지하라는 뜻이었다. 시커먼 선글라스를 긴 포클레인 기사가 못 본 척 작업을 계속했다. 그러자 수금원이 포클레인으로 달려가 흙을 퍼 담은 삽날에 냉큼 걸터앉았다.

"이게 뭐하는 짓이오?"

시동을 끈 기사가 운전석 문을 열고 소리쳤다.

"출입국관리사무소에 꼬바를까?"

기사의 항의를 무시한 수금원이 담배를 빼 물며 내 쪽을 향해 물었다. 난감했다. 밑지는 공사를 하고 있다며 엄살을 떠는 사장에게 가불을 요청할 수도 없는 노릇이었다. 아니 가불할 돈이나 남아 있을까 싶었다.

수금원에게 맞을 때 삐끗한 허리 통증 때문에 쭈그리고 앉아 있던 나는 굼뜬 동작으로 몸을 일으켰다.

"아주 지랄을 해요."

수금원이 동작이 굼뜬 나에게 야지를 놓았다.

나는 폭행을 당하고도 신고조차 할 수 없는 처지를 원망하며 자재 더미 옆에 세워둔 1톤 트럭을 향해 어기적어기적 걸어갔다.

"해지기 전까지는 돈 가지고 돌아오세요. 파이팅!"

땅딸보 수금원이 트럭까지 따라와 주먹 쥔 손을 내뻗으며 힘차게 소리쳤다.

영춘

등뒤에서 포클레인이 작업을 재개하는 소리가 들렸다.

"조금 있으면 우리 마누라 온다. 그러니까 제발 가줘라."

십오 년 전이나 지금이나 여전히 마누라를 앞세웠다. 곤란한 지경을 모면하려 할 때마다 보여준 상습적 수법이었다.

"조금만 꿔줘라. 일이십만 원이라도 좀……"

예나 지금이나 당당하게 달라는 말을 못하고, 빌려달라고 말하며 징징대는 내 신세가 가련했다. 달라고 하면 다시 옛일을 놓고 시시비비를 따져야 했는데, 그럴 만한 입장이 못됐다. 시시비비를 따지는 것이 문제가 아니라 돈을 받아내는 것이 시급했다. 그래서 내가 을의 입장이 되어버린 것이다. 무엇보다 상대가 마음이라도 상해 아예 자빠져버리면 어쩌나 싶어 당당함을 포기하고 비굴한 애원 모드를 택할 수밖에 없었다. 중요한 것은 돈을 얻는 것이었다. 그래서 개망나니 같은 수금원을 빨리 돌려보내는 것이었다.

"없다니까, 없다잖아! 마누라가 와서 몽땅 가져갔다고."

곧 온다던 마누라가, 그 마누라가 방금 전에 와서 수금한 돈을 몽땅 가져갔다며 신경질을 부렸다.

"너, 마누라가 둘이냐?"

나는 덧없고 무의미한 성질을 부리고 돌아섰다. 다급하고, 별다른 수가 없어 찾아오기는 했지만 후회막급이었다. 시간과 힘만 쓰고 자존심만 상한 꼴이었다. 한두 번 있던 일은 아니지만, 배신한 동업자를 찾아가 구걸하다 퇴짜 맞는 기분은 매번 감당하기 힘들었다. 십오 년 전, 직장생활을 접고 첫 사업을 시작할 때, 별다른 문제가 없었다. 또 별다른 문제가 생길 리도 없었다. 지방대학의 영문과를 나왔다는 이유로 직장생활이 여의치 않고 꼬여만 갔다. 상사와 동료들이 영어나 업무 능력보다 지방대학을 나왔다는 사실을 가지고 문제 삼았다. 싸울 때 무술 단증(段證)을 가지고 싸우는 것이 아닌 것처럼 일을 학벌로 하는 것이 아닐 터인데, 언제나 어디서나 어떤 일을 하건 학벌을 먼저 따졌다.

"당신, 대체 토익은 몇 점이오?"

나는 토익 점수로 입사한 것이 아니라, 아버지 불알친구인 3선 국회의원의 '빽'으로 입사를 했다. 때문에 답을 머뭇거렸다. 토익 점수가 낮아서 지연되거나 못하는 업무는 없었다. 토익은 점수 자체가 목적이 아니라, 의사소통이나 업무 수행을 위한 수단이 아닌가. 그러나 상사와 동료들은 점수를 목적으로 둔갑시켜 중시했다. 영어를 잘하고 못하는 것보다 토익 점수 자체가 더 중요했다. 일을 하는 데 영어가 필요한 것이 아니라, 토익 점수가 필요하다는 말 같았다.

출근 첫날은 지방대학을 나왔다는 이유로—내가 생각할 때 다른 이유는 없었다—함께 점심을 먹자는 사람이 없어 굶었다. 퇴근 뒤에는 다 같이 가는 술자리에 끼워주려 하지를 않아 쭈뼛쭈뼛하다가 혼자 자취방으로 돌아와야 했다. 말하자면 이지매를 당한 것이다. 이지매를 당한 나는, 그렇다고 해서 대입 공부를 다시 할 수는 없어 이튿날 강남 제일의 영어학원에 등록했다. 매일 영어로 생각하고 영어로 쓰고 영어로 말하고 영어로 욕하며 살았다. 그리고 동료들이 요령껏 쉴 때, 티 나지 않게 요령껏 일과 학습을 했다. 일주일에 이삼 일은 야근과 철야를 섞어서 했다. 이렇게 이 년이 흘렀다.

그러다가 어느 날, 까탈스럽고 괴팍하여 상사와 선배 직원들이 모두 꺼린다는 '양코' 바이어를 내가 맡아 접대하게 되었다. 바이어는 까탈스럽고 괴팍한 것이 아니라, 깐깐하고 엉큼했다. 업무는 깐깐했고, 접대받는 자리에서는 의뭉스러웠다. 나는 협상을 할 때 접대용 멘트를 금하고 정확하고 구체적인 단어와 사례를 찾아 비교하며 대화했다. 가격을 설명

영춘

할 때도 국내 동종업체가 생산 판매하는 동일 제품 가격과 비교해줬고, 단가 사정 근거를 찾아서 숫자로 댔다. 그리고 동급 제품의 세계 평균 단가 추세까지 슬그머니 덧붙였다. 눈으로 확인하라고 부설 연구소와 생산 공장도 견학시켰다.

나는 바이어의 입장에서 생각했고, 바이어보다 가능한 한 반 발짝만 앞서가려고 애썼다. 그래서 품질과 가격 조건에 이의를 달지 못하도록 만들었다. 그러고는 강남의 단란주점으로 끌고 가 술과 여자로 조졌다. 바이어는 단란주점에서 깐깐하지도 고상하지도 않았다. 그는 일과 '풍류'의 경계가 분명하고 엄격했다. 낮에 그가 일에 충실한 모습을 보고 밤에 놀지 못할 것이라고 판단한 것이 회사 측의 착오였다. 바이어는 술이나 선물보다 눈가가 쪽 째지고 귀염성 있는, 키 작고 마른 동양 여자를 백 배로 더 좋아했다. 이 점에서는 일과 다름없이 깐깐했다. 나는 바이어의 출국 전날 밤, 아쉬움을 무릅쓰고 그의 숙소에 내 파트너까지 찔러 넣어주었다. 이튿날 바이어는 코피를 닦으며 계약서에 서명하고 돌아갔다. 돌아갈 때, 나는 공항까지 마중 나가 새로 산 손수건을 건네주며 깊은 동지애와 우정을 표했다.

공과 사 사이에 숨겨진 인간의 이중성을 잘 헤아려 살폈을 뿐인데, 상사와 동료들은 모자라고 서툰 영어 솜씨로 내가 거둔 성과를 의아해하며 부러워했다. 그들은 겉만 중시하며 살기 때문에 바이어가 품위 있는 접대보다 질펀한 접대를 좋아한다는 속을 알지 못했다. 그 뒤로 까탈스러운 모든 바이어 접대는 내 몫이었다. 나는 어쩔 수 없이 바이어들의 각기 다른 개별 취향을 리스트로 만들어 관리했다. 그러나 나의 업무 수행 능력이나 성과가 인사고과에 끝내 정당하게 반영되지 않았다. 되레 술상무 취급을 받기 시작했다. 승진은 SKY 대학들이 일 순위였고, 수도권 대학들이 이 순위였고, 많지 않은 지방 국립대학들이 삼 순위였고, 지방 사립

대학은 사 순위였다. 근무 평가에서 여전히 학벌과 토익점수가 근무 태도나 성과에 우선했다. 흡사 진골이 성골 될 수 없는 경우와 같았다.

나는 입사하여 삼 년을 버티다가 퇴직을 결심했다. 그때, 국회의원 '빽'으로 나를 취직시킨 아버지는 세상이 어찌 돌아가는지 모르는 순진한 놈이라며 가슴을 쳤다.

결혼한 지 일 년이 된 아내는, 사업을 해도 매달 써야 할 생활비는 반드시 내야 하며 자기 몫의 돈은 빌려줄 수 없다고 미리 못을 치고 나왔다. 아내의 돈을 빌리지 못한 나는 결국 친구의 돈을 빌릴 수밖에 없었다. 승경이가, 음흉한 구석이 있고 계산이 흐린 놈이니 어떤 거래도 하지 말라며 극구 말린 대학 동창이었다. 그러나 나는 사업 수익이 명명백백한지라 자금주의 성품 따위는 무시해도 무방할 것이라고 생각했다. 변제가 명백할 것인데 오득만의 성품 따위가 무슨 문제가 되랴 싶었다. 그러나 그 돈이 빚이 아닌 출자금으로 바뀌면서 덫이 되고 말았다. 고수익이 명명백백하다는 내 판단에 진심으로 동의한 친구가 출자 형식이 되면 모를까 돈을 꿔줄 수는 없다고 한 때문이었다.

'대진무역상사'에 근무할 때 관리했던 하청업체 '우신산업'이 대진무역상사와 같은 조건 같은 가격으로 내게 물건을 대주겠다고 했다. 내 신용이 대진무역상사 신용과 다를 바 없다며, 대금결제 조건도 동일하게 해주었다. 물건을 받고 삼 개월 뒤에 육 개월짜리 어음으로 결제하는 방식이었다. 물건은 미국과 유럽으로 수출하는 골프채를 비롯한 골프용품 일습이었다. 골프를 몰랐던, 아니 골프하는 사람들의 과시욕과 호사심리를 전혀 몰랐던 나는, 좋은 물건을 싼값에 팔면 당연히 먹힐 것이라고 생각했다. 골프는 단지 운동일 뿐이다, 라는 단순 사고가 문제였다. 브랜드보다 품질과 저렴한 가격이 우선일 것이라는 판단도 문제였다. 없는 놈이 있는 놈을 함부로 판단한 대가는 혹독했다. 같은 물건인데, 붙이는 상

영춘

표에 따라 값이 열 배 이상 훌쩍 뛰었다. 품질 좋은 물건을 십오 분의 일 가격에 팔 수 있으니 수요가 따를 것이라는 상식적·합리적인 판단을 했는데, 그것이 전혀 아니었다. 고객이 원하는 제품은 가격이나 품질이 아니라, 남들에게 보여줄 브랜드명이었다. 필요를 소비의 기준으로 삼고 살았던 내가 욕망을 소비 기준으로 삼는 사람들의 세계를 함부로 넘본 것이 치명적인 화근이었다. 값싼 식사를 대충 때우고 우아한 자세로 비싼 커피를 마시는 이치를 몰랐던 것이다. 판로 개척도 문제였다. 해외 무역 업무만 전담했던 내가 내수시장을 알 리 없었다. 그래도 처음 일 년 동안 발품을 팔아 어찌어찌 거래처를 뚫고 수금을 해서 대금을 지급하며 기반을 다졌다. 소매 매장에서 대금 회수를 할 때, 육 개월의 기간을 주었다. 마진과 결제 조건이 좋다고 판단한 소매점 점주들이 알아서 틈새 고객을 찾아 판로를 뚫었다. 이렇게 해서 이 년을 잘 버티며 지냈다. 거래량과 거래처가 그럭저럭 늘었다.

그런데 뜻밖의 문제가 터졌다. 우신산업이 두 가지 문제로 시비를 걸었다. 우리의 물건 거래량이 당초 예상보다 터무니없이 적다는 것과 소매 매장에서 우신산업 상표가 아닌 유명 상표를 불법으로 붙여 짝퉁으로 판매하고 있다는 항의 제보를 받았다는 것이었다. 자기들의 예상이 엇나간 책임과 소매점의 부정 상행위에 대한 책임을 나에게 모두 지라니 어처구니가 없었다. 애초에 우신산업은 나와 거래를 통해 물건의 브랜드 가치를 키우려 했던 것이 아니라, 재고상품을 팔기 위한 속셈이 있었다. 그래서 묵인해주기로 한 문제였다. 문제 해결 방법으로 결제 조건 조정을 강제했다. 물건값의 오십 퍼센트를 선입금하고 나머지 오십 퍼센트는 삼 개월 이내에 결제해줄 것을 요구했다. 제기한 문제의 해결과는 무관한, 되레 문제를 악화시키는 부당하고 무리한 강제였다.

나는 따져서 해결될 일이 아니라는 판단에 따라 머리를 조아려가며 사정했다. 우신산업이 몰라서 제시한 요구가 아닐 것이기 때문이었다. 그러나 통하지 않았다. 말을 바꿨다고 해서 싸울 처지가 못 됐다. 모든 계약 관계가 오직 말로만 이루어진 때문이었다. 나는 더 이상 대진무역상사 제품개발과의 협력업체 담당 과장이 아니었다. 갑을 관계가 뒤바뀐 상황에서 내가 저항하거나 대처할 수 있는 마땅한 방법은 없었다. 별수 없이 다시 사정하며 매달리자, 이천만 원의 보증금을 걸라고 요구했다. 보름 안에 이천만 원이라는 목돈을 만들 방도가 없었다. 나는 문득 사업은 언제 망할지 홍할지 모르는 만큼 자기 돈만으로 하는 게 아니라던 친구의 말이 떠올랐다. 종합건설업을 하는 김쌍우의 말이었다.

돈을 꿔주는 대신 출자를 한 오득만을 찾아가 상의했다. 당시 득만은 노총각으로 아버지의 택시운수업을 돕는다며 파트타임으로 어영부영 알바식 운전을 하며 무위도식에 가까운 생활을 즐기고 있었다. 다급한 나는 사세를 확장하는 양 떠벌렸다. 일단 살기 위해, 사실을 숨기고 미래를 과대 포장했다. 대학 시절부터 내 신의를 지켜본 득만이 말했다. 나를 믿기 때문에 더 이상의 투자는 곤란하고 동업은 가능하다고 했다. 나는 그의 말이 모호했지만, 수익과 결손을 똑같이 양분하자는 말로 받아들였다. 득만은 나와의 동업이 인생의 승부수로서 자기정체성 확립이자, 아버지의 잔소리로부터의 해방을 뜻하는 의미 있는 일이라면서 구세주가 되어줘서 고맙다는 인사까지 했다.

이렇게 해서 부당하게 당한 폐사 위기를 가까스로 모면하고 다시 사업 기반을 굳건히 다져나가던 중에 우신산업의 행패보다 더 어이없는 일이 벌어졌다. 9월에 동업을 시작한 공동 사장 오득만이 10월부터 느닷없이 연애를 시작했는데, 이재가 탁월한 노처녀를 만났다는 소문이 파다했다. 돈냄새를 맡을 줄 알고, 돈 가는 길을 볼 줄 알고, 그래서 돈이 들러붙는 여자라고 했다. 다시 말해 보통은 후각 시각 촉각을 이용해 돈을 벌지만, 그 여자는 청각과 미각을 보태 오감으로 돈을 번다고 했다. 동창 모임에서 김쌍우가 일러준 말이다. 지역의 중견 건설회사인 '일광토건'에서 본부장의 각별한 총애를 받으며 비서 업무 겸 비자금 관리를 했다는 여자였다. 이 여자가 단지 득만의 애인이라는 이유만으로 우리 사업을 오감 진단한 뒤, 딴지를 걸기 시작했다.

그 뒤, 득만은 이 여자와 만난 지 육 개월 만에 양가 부모의 허락을 받아 전격 결혼을 했는데, 발리 신혼여행에서 돌아와 폭탄선언을 했다. 동업을 취소하고, 투자만 할 테니 나중 내놓은 이천만 원 출자금 전액을 한 달 내에 되돌려달라고 했다. 노름판에서 판돈 빼가는 것도 아니고, 아무런 상의도 없이 출자금을 일방적으로 빼내가겠다는 경우 없는 행위를 이해할 수 없었다. 억지였다. 돌려줄 돈도 없을뿐더러, 돌려주면 망할 수밖에 없다는 속사정을 빤히 알면서도 막무가내로 돌려달라고 요구했다. 내가 돌려주고 싶어도 돌려줄 돈이 없다고 하자, 일단 알았다며 돌아갔다. 그러고는 며칠이 지난 뒤에 한 거래처로부터 전화가 걸려왔다. 거래처 사장이 아무리 생각해도 어처구니가 없고 화가 나서 연락을 하는 것이니 다른 오해는 말고 들으라며 입을 열었다. '작은사장' 오득만이가 부인이라는 여자를 달고 와 수금을 해갔다는 것이다. 이런 식이면 앞으로는 거래가 불가하다는 항의를 덧붙였다. 나는 그런 얘기를 왜 뒤늦게 하느냐고 물었다. 답이 가관이었다. 오득만이 말하길, 장사가 좀 된다 싶으니까 '큰사장', 즉 내가 여자와 바람이 났는데, 지금은 회삿돈을 빼돌려 한 달 일정으로 크루즈 여행을 떠나 연락조차 안 된다고 했다는 것이다.

득만과 그의 처가 이렇게 나를 추악하고 무책임한 인간으로 만들어서 하루 만에 여덟 곳의 거래처로부터 오백만 원 가량을 걷어 갔다. 이것으로 끝이 아니었다. 생산업체인 우신산업에 전화를 걸어 공동지분을 가진 동업잔데 사업을 정리할 생각이니 보증금을 돌려달라고 했다는 것이다. 안 그래도 호시탐탐 거래를 끊으려고 벼르던 생산업체였다. 웬 떡인가 싶어 내게는 아무런 확인 절차 없이 오득만과 즉각적인 거래 해약 절차를 밟았다. 동업자끼리 집안싸움을 한다는 구실을 내세웠다.

뒤늦게 자초지종을 안 나는 우신산업을 찾아가 부당하고 불법적인 해약 철회를 사정했다. 오득만이 내 의사와 무관하게 인감을 도용해 저지른 불법 행위이기 때문에 계약해지는 원인무효라고 주장했다. 그러나 내가 해약을 철회해달라고 사정하는 사이에 득만의 처가 변호사를 대 보증금 이천만 원을 돌려받았다.

득만의 처는 득만에게 설명한 나의 사업 구상 내역을 조목조목 되짚어 따지며 사기에 가깝다고 했다. 내가 말로 한 사업 설명을 그녀가 종이에 글로 적어 문서인 양 들고 와 따졌다. 득만이 구술한 내용을 가감 없이 글로 옮긴 것이라고 주장했다. 사업 전망이 악의적이며 의도적으로 확대·과장됐다고 했다. 득만은 그녀의 등뒤에 숨고, 눈에 쌍심지를 켠 그녀가 나를 상대했다. 어쨌든 결론은 빤히 망할 사업을 흥할 사업인 양 꾸며 투자금을 갈취하려 했기 때문에 사기죄로 고소할 수도 있는데, 남편 친구라서 봐주기로 했다는 것이다. 그러면서 득만을 상대로 다시는 양대가리 내걸고 개고기 파는 짓을 하지 말라고 엄중 경고했다. 득만의 마누라는 모두 삼천이백만 원을 챙겨갔다. 칠백만 원은 이천오백만 원에 대한 이자 또는 투자수익금이라고 했다. 나는 말이 안 된다며 칠백만 원의 반환을 주장했다. 그러자 그렇게 억울하면 법대로 하라고 했다. 하지만 나는, 비자금을 관리하며 연마한 여자의 수완과 법조계 인맥에 맞서서 항거할 수단이 없었다. 결국 오천만 원이 넘는 손실을 떠안게 되었다. 오득만과의 동업 의사를 밝혔을 때, 백승경이 거품을 물며 극구 말린 이유를 뒤늦게 깨닫게 되었으나 무용한 일이었다.

너무 어처구니없고 억울해 고소를 하려고 이리저리 알아봤다. 그러나 이미 칼자루를 빼앗겼기 때문에, 시간과 돈 그리고 신경을 써야 할 것에 비해 결과가 미미하고 그나마 불확실할 것이라는 조언을 들었다. 백승경과 김쌍우도 그런 개싸움을 할 시간과 기운이 남아 있으면 차라리 달리 새로운 살길을 찾으라고 충고했다. 돈이 곧 법인 세상이라며. 그러나 오천만 원은 가진 것 없는 놈이 홀로 짊어지고 가기에 너무나 벅찬 짐이었다. 게다가 거래하던 소매점에서는 나를 사기꾼으로 몰아 고소했다. 우신산업에서 거래매장을 돌며 물품을 걷어간 때문이었다. 물품을 걷어갈 때, 상표권 도용으로 법에 고발할 수도 있다며 점장들을 윽박질렀다고 했다.

오득만은 나의 '지푸라기'조차 될 수 없는 인간이었다. 그러나 땅딸보 수금원의 주먹질이 오득만을 찾게 만든 것이다. 돌아 나올 때, 그가 말했다.

"주민등록까지 말소된 신불자에게 일자리까지 줬으면 친구로서 할 만큼 한 거 아냐? 그리고 말이다…… 그거 필승이 엄마가 알면 난 맞아 죽어. 그러니까 네가 서운해하면 안 되지."

'그리고 말이다……' 다음에 생략한 뒷말은, 택시 운전 중 발생한 접촉사고를 사비로 막아주었다는 공치사였다. 득만은 자기 아버지가 소유한 운수회사의 택시 한 대를 영춘에게 배정해준 적이 있었다. 기사를 못 구해 노는 택시가 많았는데, 그중 한 대를 내준 것이었다. 이 일을 엄청난 배려쯤으로 생각하고 있는 듯했다. 일하고 돈 받은 것을, 일을 주고 돈까지 준 것처럼 생색내는 득만의 태도에 억장이 무너졌다. 득만은 십오 년 전 투자한 돈을 빼내 날 망하게 한 사업을 단독으로 계속하고 있었다. 회생시킨 것이라고 했다.

막판에 내 몫으로 골프채 스무 세트를 챙겼다. 이 골프채를 어떻게 처분할까 궁리하다가 고속도로 휴게소에서 좌판을 깔았다. 그때 불법행상의 뒤를 봐주는 폭력배가 사전 승인과 자릿세 없이 무단 영업을 한다는 이유로 나를 구타하고 골프채를 모두 강탈해갔다. 오득만과 다를 바 없는 양아치였다.

나는 빈손으로 돌아왔다. 한참 바빠야 할 공사 현장이 심심산골 폐사지처럼 조용했다. 현장사무실로 쓰는 녹슨 컨테이너 박스 앞에 쭈그리고 앉아 라면을 끓여 먹던 작업인부들이 1톤 트럭에서 내린 나를 보고 달려왔다. 그 모습이 마치 어미닭을 향해 몰려드는 병아리들 같아 뜬금없이 가슴이 찡했다. 그들이 뛰어오는 발밑에서 먼지바람이 일었다.

"이거…… 얼마 아이 되지만……"

연길 출신 조선족 2세인데 우리말이 서툴러—북한 교과서로 우리말을 배운 탓이라고 했다—늘 실수를 달고 사는 성칠성이었다. 성칠성은 마른 명태 껍질 같은 살가죽에 바늘처럼 삐죽삐죽 솟아난 수염을 깎지 않아 노숙자인 양 보였다. 손가락 한 마디쯤 자란 수염 끝에 라면 국물과 밥알이 매달려 있었다. 연길에 있는 곰 사육장에서 일을 하다 왔다는 그는 별명이 흑곰이었다. 덩치 때문이 아니라 피부가 검어 붙은 별명 같았다. 그러나 둔하고 굼뜬 것은 곰을 빼닮았다.

나는 성칠성이 불쑥 건넨, 꼬깃꼬깃 접힌 손때 묻은 봉투 속을 살폈다. 돈이었다. 나는 봉투에서 돈을 빼 움켜쥐고는 어찌할 바를 몰라 멍하니 인부들을 바라봤다. 눈시울이 금방 붉어졌다.

"얼마 아이 되우. 우선 쓰시고, 형편 봐서리 나중 갚으시라요."

조선족 인부 세 명이 형편에 따라 돈을 추렴했다고 했다. 삼십만 원이었다. 일인당 십만 원씩 갹출했을 터였다. 삼십만 원은 이들에게 거금이었다. 이들이 코리안 드림을 안고 한국으로 건너오려면 우리 돈 팔십만 원 안팎의 기본 비용이 든다고 했다. 하지만 이 기본 비용만 내고 기다

영춘

리다가는 목 빠지기 십상이라고 했다. 어느 부지하세월에 한국에 갈는지 모르기 때문에 기본 비용의 두 배 반에 해당하는 이백만 원의 급행료를 따로 냈다고 한다. 이것이 산업연수생 신분을 얻어서 적법한 절차에 따라 들어올 경우이고, 불법인 경우에는 이백만 원에 영이 하나 더 들러붙은 이천만 원이 된다고 했다.

산업연수생의 신분으로는 삼 년 안에는 급행료조차 벌 수 없다고 했다. 돈을 내고 돈을 벌려고 왔는데, 낸 돈만큼도 못 번다는 것이 말이 되지 않아서 산업연수생의 신분을 버릴 수밖에 없다고 했다. 그래서 연수지를 이탈해 불법체류자가 된다고 했다. 그러나 돈을 벌고자 해서 돈을 버는 사람보다, 당장 먹고살기 위해 돈을 버는 체류자들이 더 많다고 했다. 불법체류자가 산업연수생보다 많이 벌기는 한다지만, 그래봐야 매일 열여섯 시간씩 중노동을 하고 한 달이면 겨우 오십만 원을 받는 경우가 허다하다고 했다. 처음 이 말을 들은 내가 농담하느냐고 정색을 하며 묻자, 그나마 체불하거나 떼어먹지나 않았으면 좋겠다고 했다.

"때리지나 않았으믄 좋카시요."

조선남이 끼어들어 보탰다. 그는 공사장에서 철근 토막으로 얻어맞아 광대뼈가 함몰되었다. 치료비를 뺀 보상금으로 이십만 원을 받았다고 했다. 더 달라고 하자, 다른 쪽 광대뼈를 뽀사놓고 주겠다고 했다는 것이다. 그는 뽀사놓는다는 뜻을 알지 못해 하마터면 그러라고 할 뻔했다며 배시시 웃었다.

성칠성은 급행료에, 중국 현지 임금 이십팔 개월에 해당하는 보증금까지 내고 가까스로 한국에 왔다고 했다. 노예장사가 따로 없었다.

우리 사장 김쌍우는 이들이 불법체류자라는 이유로 한 달에 칠십만 원의 노임을 지불했다. 나는 사장인 친구를 통해, 아니 우리나라의 외국인 고용시장을 통해서 돈은 없는 사람의 등을 쳐야만 벌 수 있다는 사실을 새삼 알게 되었다.

　삼십만 원을, 어수룩하고 일이 서툴러 실수가 잦은 성칠성에게 전달토록 한 조선족 인부들의 속내가 엿보여 마음이 짠했다.

　나는 성칠성의 수염 끝에 매달린 라면 국물을 닦아주고 밥알을 떼어주었다. 눈물이 맺혔다.

　"울지 마시라요, 사는 거이 뉘기나 다……"

　성칠성이 어쩔 줄 몰라 하며 나를 위로했다.

5

　감사관 지시에 대한 답변서, 아니 소명서를 시시콜콜 구구절절 작성했다. 나는 감사관의 지적이 다르게 확대 해석되는 것을 경계해야만 했다. 경계해서, 꼭 사전 차단해야만 했다. 광고비 사용과 관련해 여기저기 흩어져 있던 영수증을 찾아 챙겼다. 2005년 24건, 2006년 25건, 2007년 15건, 2008년 현재까지 5건을 지출했다. 모두 69건을 지출했는데, 받아 보관해둔 영수증은 아홉 장뿐이었다. 전화로 사정하여 불러들인 전임편집장과 기자들에게 60건에 대한 수령증과 사용 내역을 적어 자필확인서를 만들어달라고 부탁해야 했다.

　전임 조기출 주간 재임시의 일이다. 학생 기자들이 멀쩡한, 성능도 빼어난 니콘 FM2 카메라가 수동인 이유로 불편하다고 하자, 조 주간이 자동으로 바꿔주라고 지시했다. 기계기구 구입 예산도 없고, 또 별 탈없이 사용 중이던, 최고급 사양까지 장착한 카메라를 단지 작동 기술이 미숙해 불편하다는 이유만으로 바꿔야 할 필요는 없었다. 때문에 추경 신청 사유조차 성립되지 않았다. 주간은 학생 기자들이 작동 기술 미숙으로 인해 불편해하는 것과 자기가 학생 기자들 앞에서 이미 카메라 교체를 약속했기 때문에 그렇게 해야 한다고 고집했다. 기자로서 갖춰야 할 기본 역량 계발을 게을리 하고 장비 탓으로 돌리는 학생 기자들을 나무라지 않고, 무턱대고 동조하고 나서는 그의 처사가 이해되지 않았다. 하기야 조 주간은 임명 초기, 자신이 직접 편집장과 기자들을 상대하여 지도·감독할 터이니 편집간사는 뒤로 빠져달라고 요구하기도 했다. 아무튼 학생 기자들과 느닷없이 개별면담을 한 주간이 생떼를 썼다. 그래서 적립해둔 광고비로 자동카메라 두 대를 샀고, 그때 영수증을 한 장 받았다.

조기출 주간이 학생 기자들의 문장 구성력과 맞춤법, 띄어쓰기가 형편없어 교육이 필요하다고 했다. 교육시키려면 프로젝터가 있어야 한다고 했다. 이때 이것저것 액세서리를 포함해 사들일 때 간이영수증 넉 장을 받았다.

나도 학생 기자들을 교육시킬 목적으로 텔레비전과 VTR을 샀다. 내 교육은 화제의 영화를 감상하고 토론하는 것이었다. 이때 두 장의 간이영수증을 받았다. 나머지 영수증 두 장은 심장마비로 갑자기 돌아가신 부친상을 치르러 다녀온 학생 기자가 가져다준 시외버스 승차권 두 장이었다.

우선, 아홉 장의 영수증에 풀을 발라 이건지에 붙였다. 가상명 주간이 확인서에 서명 날인을 끝내 안 해줄 수도 있으므로 꼼꼼하고 철저한 준비가 필요했다.

확인서의 내용도 고쳤다.

신문사 광고비 운용과 관련하여 그 사용 내용과 사용처를 상임편집간사[별정직원]이 운용 전 또는 운용 뒤에 신문사 당시 주간(조기출 교수)과 상의하였다는 것과 학기 말과 학년 말에 사용 결과를 따로 확인·보고하였다는 말을 2008

년 2월 말 주간 업무 인수인계 시 직전 주간으로부터 들은 바 있으며, 본인 또한 이러한 절차를 따랐음을 확인함.

오전에 세 명의 전임기자들이 와서 각각 확인서를 작성하고 서명 날인했다. 전임기자가 서울에서 내려와 부의금으로 십만 원을 받은 적이 있다는 자필 확인서를 써주고 갔다. 근무하는 직장에 반나절 휴가를 내고 온 것이라고 했다. 감사의 뜻으로 차비 삼만 원을 줘서 보냈다. 물론 사비였다.

사내 장학금 명목으로 부족한 학비 삼십만 원을 받았던 전임기자도 다녀갔고, 생일날 이만 오천 원짜리 케이크를 선물 받아 동료 기자들과 나눠 먹었던 전임기자도 왔다 갔다. 그 여기자는 증거자료로 쓰라며 휴대전화에 담아둔 케이크 사진을 뽑아 데스크톱에 올려주고 갔다.

나는 구차스럽다고 생각하면서도, 오기로 하고 아직 오지 않은 전임기자들에게 다시 전화를 돌렸다. 감사 기간은 모레까지였으나, 확인서로 대체할 소명 자료는 신뢰 제공과 성의 표시 면에서 제출 날짜가 빠르면 빠를수록 좋을 듯싶었다.

"네가 안 오면, 네가 쓴 그 돈이 내가 횡령한 돈이 된다니까……"

몸이 바싹 단 나는, 일이 바쁘고 사정이 생겼다며 뻗대는 전임기자들을 상대로 달래며 사정했다.

"아니, 그걸 왜 지금 와서 저한테……"

"내용을 불러주세요. 확인서 써서 팩스로 보낼게요."

이런 식의 반응을 보인 전임기자들은 오지도, 팩스를 보내지도 않았다. 나는 올는지 안 올는지 모를 전임기자들을 무조건 기다리고만 있을 수 없다는 생각이 들었다. 광고비를 교비로 입금처리 안 하고 지출하게 된 사유서와 수입지출 내역을 각각 작성·정리하고, 광고대행사와의 계약서 사본과 입출금 내역이 찍힌 통장 사본을 첨부하여 감사관에게 우선 제출했다. 지출 내역에 대한 건별 영수증과 확인서는 곧 추가 제출하겠다고 했다.

감사관은 별다른 반응 없이 손을 내둘렀다. 나가보라는 뜻이었다. 감사관은 나의 입증—이 입증이 지금 와서 회계 규정에 합당할 수는 없었다—보다 지적 사항을 찾아낸 것으로 자신의 임무가 끝났다는 반응을 보였다. 감사 실적을 올린 것이다. 때문에 내가 입증이나 소명 따위를 하건 말건, 또 제대로 하건 건성으로 하건 그것은 자신과 무관하다는 태도였다.

하늘이 또 먹빛이었다. 비가 끼어들어서 가는 봄과 오는 여름을 간섭하고 있었다. 본부 건물을 나와 신문사로 걸을 때, 우우우웅 하고 휴대전화가 울었다.

"간사님 되시나?"

묻는 말본새가 거동 수상자를 잡아 정체를 밝히라며 윽박지르는 검문 경찰처럼 불량스러웠다.

담배를 꼬나문 학생들이 강의동 현관을 막아선 채 말끝마다 쌍욕을 붙여가며 떠들고 있었다. 쌍욕 한마디가 끝나면 어김없이 퉷 하고 침을 뱉었다. 다른 통행로가 없어 어쩔 수 없이 비집고 지나가느라 어깨가 부딪치자, 에이 씨 하며 눈을 치떠 꼬나보는 놈도 있었다. 굳이 애와 어른을 가리지 않으며 사는 불량학생 같았다. 내가 뒤돌아보며 같이 꼬나보자, 내 쪽으로 침을 찍 뱉으며 고개를 까딱거렸다. 한판 붙자는 제스처 같았다. 나는 한참 통화에 열중하고 있던 터라 한판 붙어 시시비비를 가릴 시간적·정신적 짬이 없었다.

"여보시우? 왜 대답이 없나, 씨발……"

휴대전화에서 욕설이 튀어나왔다.

"씨발? 너, 뭐얏?"

나도 모르게 욕을 받아쳤다. 조건반사였다.

"누구…… 나?"

고개를 까딱거리던 놈이 제 손가락으로 제 얼굴을 가리키며 다가섰다. 나는 코앞에 다가와 시비 붙는 놈을 무시하고, 신문사가 있는 학생회관으로 향하며 통화를 계속했다.

"지금 기다리고 있는디, 언제 근무지로 오시냐구요?"

다분히 불경스럽고 위압적인 말투였다.

시급하고 중요한 제보가 있어 왔으니, 빨리 와서 들으라고 재촉했다. 그런데 재촉이 윽박지르는 수준이었다. 너 뭐하는 놈이냐고 물으려는데, 상대가 뒤늦게 신분을 밝혔다. 함태수 총학생회장이라고 했다. 총학생회장이 함부로 욕을 해대고, 애와 어른을 분간치도 못하느냐며 따져 묻고 싶었다. 하지만 불필요한 시비거리를 만드는 것 같아 분을 참았다.

총장이 만나주지 않아 대신 정론직필을 하는 민주 언론사를 찾아왔다고 했다. 언론은 사실을 알리고, 또 공정해야 할 의무가 있기 때문에 자신들의 억울한 사정을 들어줄 것이라 생각했기 때문에 찾아왔다는 것이다. 가상명 주간의 논리와 빼닮은 말이었다. 제보는 세 가지였다. 먼저 교환유학생에 대한 성추행 의혹이었다. 교수가 인도네시아와 베트남과 일본에서 온 교환유학생을 성추행했는데, 이 중 일본 유학생이 본국의 소속 대학과 부모에게 일러바쳐 문제가 됐다는 제보였다. 일본의 소속 대학에서 엄중하고 철저한 진상 조사와 조처를 공식 요청했고, 이미 부모들이 항의 방문을 하고 돌아갔다고 했다. 국력이 떨어져 이러지도 저러지도 못하며 전전긍긍하고 있는 인도네시아와 베트남 여학생들로부터는 자신들이 따로 증언 채록을 해두었다고 했다. 그 증언이 담겼다는 테이프 복사본을 내 회의용 테이블 위에 툭, 던지며 말했다.

영춘

"증언은 우리말로 받았습니다. 그러니까 한번 들어보시죠. 아주 재밌습니다. 흥분은 하지 마시고……"

두번째는 학교 개발계획 수립 부서에 있는 모 과장이 개발 정보를 사전 유출해 땅 사기를 쳤다는 것이다. 교지 확보 예정부지 가운데 미처 확보치 않은 자투리땅이 여러 군데 있는데, 동창들과 일반인들을 상대로 이를 싼값에 사주겠다고 속여 선금을 받아 챙겼다는 것이다. 현재 땅도 안 주고, 선금도 안 돌려준 상태라고 했다.

세번째 제보가 가관이었다. 교원 인사에 관한 것으로 가상명 주간이 소속된 법학과의 문제였다. 학과 재직 교수와의 의견 조율 없이 신임 교원이 임용됐다. 낙하산 인사라는 것이다. 주간과 전공이 같았다. 형법학이었다. 신임 교원은 전직 사회부 기자 출신에 나이가 오십이었다. 주간보다 여섯 살이 위였다. 학과 교수들이 낙하산 인사를 반길 리 없었다. 결국 동업자끼리 한 덩어리가 되어 신임 교수를 왕따 시킨 뒤 코너로 몰아쳤다.

교수들 각자가 강의 시간을 통해 학생들에게 확인 불가한 음해성 정보를 흘렸다. 학문적 업적도 없고, 실력도 없고, 학위도 없는 사람이다. 인간성도 꾸리하고 학계에서는 평판이 안 좋은 사람이다. 아마도 기자 시절 취득한 재단의 약점을 잡아 그걸 이용해 들어왔을 것이다. 이런 사람은 장차 트러블 메이커가 된다. 때문에 학과 분란을 일으킬 것이다, 라고 했다. 학생들이 이 말을 받아 대자보를 만들어 붙였다.

얼마 전 가상명 주간은 나에게 이게 왜 대자보로만 나붙고 신문에는 보도되지 않느냐며 따졌다. 그러면서 주간의 직권으로 보도할 것을 명령했다. 나는 거부했다. 증거도 없이 학과 교수들이 벌이고 있는 사사로운 이전투구를 밖에 알려 학교 품위를 손상시킬 수는 없었다. 그런데 지금 총학생회장이 찾아와 같은 강요를 하고 있는 것이었다. 나는 어처구니가 없었다.

제보는 받을 수 있으나, 강요는 받을 수 없었다. 주간의 지시가 적절치 않아 거부했듯이 총학생회장의 강요도 받아들일 수 없었다. 내 태도가 부정적이고 미온적이자, 총학생회장이 약 오른 개처럼 바싹 달아오르기 시작했다. 사실을 알고도 보도하지 않는다는 것은 직무유기라고 했다. 나는 대꾸하지 않았다.

"아이, 씨발…… 머리가 나쁜 양반인가, 눈치가 없는 양반인가? 반응이 없고만."

나는 막말을 해준 총학생회장이 고마웠다.

"너, 지금 뭐라고 했어? 이런 싸가지 없는 자식이……"

나는 의자에서 벌떡 일어났다. 그러고는 내가 태어나 지금까지 이 세상을 살면서 듣고 배운 모든 욕을 다 쏟아부었다. 총학과 신문사 간에 쌓인 응어리도 풀고, 지금의 불편한 상황도 벗어날 수 있는 가장 효과적이고 빠른 방법이라고 생각한 때문이었다.

"완전 좆겉은 새끼네."

같이 대들어 욕설로 맞서던 총학생회장이 데려온 떨거지들을 몰고 물러났다. 주먹이 아닌 욕설만으로 상대하기에는 벅차다는 판단이 선 듯싶었다.

"유야무야 할까 봐 문서는 일단 요기 두고 갑니다요."

홍보부장이라는 학생이 나가면서 각대봉투를 테이프가 놓인 테이블 위에 올렸다. 그러고는 손바닥으로 각대봉투를 두어 번 내리쳤다.

"보도 안 하고 개기시면, 같은 자료를 언론사에 돌릴 겁니다."

"……"

내가 대꾸할 입장이 아니었다.

"아, 그리고…… 광고비를 유용하셨다고…… 유감이네요."

영춘

"······?"

뒤늦게 말뜻을 알아챈 나는 불화로를 뒤집어쓴 기분이었다.

공갈이 끝난 학생회장은 검정색 BMW 컨버터블을 타고 떠났다.

학생들이 준 근거 없는 '설'과 소문을 받아 기사를 쓰는 기자도, 쓴 기사를 내보낼 넋 나간 데스크도 없을 것이다.

성동격서. 나를 두드려서, 즉 신문사를 두드려서 총장을 자극하겠다는 수작으로 보였다. 배후에 가상명 주간이 있다면 얼마든지 가능한 '전략'이었다.

학생회장으로서는 총장을 만나야 입장을 밝히든, 해명을 하든, 대화를 하든, 공갈 협박을 하든, 사정을 하든, 읍소를 하든지 할 터인데, 총장이 일절 만나주질 않으니 갖은 수단을 다 동원할 수밖에 없는 처지라고 했다. 맞는 말인데, 아마도 이 과정에서 주간이 넌지시 코치를 해주었을 가능성이 컸다. 신문은 대외적으로 발송되는 것이기 때문에 신문 게재를 걸고넘어지면 이 문제가 어떤 식으로든 발행인인 총장과 논의될 수밖에 없을 것이라는 판단에 근거한 코치였을 것이다. 말하자면 궁여지책 끝에 길트기의 수순으로 신문사 편집간사를 건드려본 것이다. 그런데 광고비 유용 의혹 건으로 감사를 받고 있다는 사실을 어떻게 알았을까······?

확인서를 써주기 위해 세 명의 전임기자들이 더 왔다 갔다. 나는 또 사비로 점심을 사 먹이고 차비를 줬다. 나에게 죄가 없음을 기꺼이 소명해준 데 대한 고마움의 표시였다.

나는 남은 두 명을 기다리며 별도의 소명서 초안을 잡았다. 초안을 잡으면서도 총학생회장의 말이 머릿속을 맴돌았다.

"아, 광고비를 유용하셨다고······"

땅딸보가 빨판 꽂은 거머리처럼 들러붙어 떨어지려고 하지 않았다. 어젯밤에는 하숙집까지 쫓아왔다. 밤새 술과 안주를 놓고 깨지락거리며 나를 설득했다. 술은 자기가 석 잔을 마시고 내게 한 잔을 권했다. 주도도 나쁜 놈이었다. 그러면서 목사가 설교하듯이, 할아버지가 손자 구슬리듯이 나를 꼬드기고 어르고 다그쳤다. 어렵게 살지 말고 쉽게 살라는 충고였는데, 마귀의 술주정 같았다.

옛날 같으면, 오십 가까운 나이면 할아버지라고 했다. 인생, 살 만큼 살지 않았냐는 뜻이었다. 나이 어린놈이 온갖 시건방을 다 떨었다.

"작은 걸 버리고 큰 걸 구하시라니까."

'작은' 신장을 팔아서 '큰' 빚을 해결하라는 말이었다. 나는, 땅딸보의 말이 그럴듯하게 들려서 하마터면 그러자고 할 뻔했다. 황당한 것을 대수롭지 않게 둔갑시켜 표현하는 별난 말재주를 타고난 마귀 같은 놈이었다. 더 이상 기다려봐야 아브라함의 복도, 이삭의 복도, 야곱의 복도 없으니까, 이미 주님으로부터 받은 건강한 신체의 복으로 화를 모면하는 것이 현명하다고 했다. 정말 요망한 놈이었다. 나는 막잔을 비우고 자리에 누우며 하나님을 믿지 않아 말뜻을 모르겠다고 뻗댔다.

땅딸보가 냉큼 일어나라고 했다. 지금 자야 내일 돈을 벌 수 있다고 하자, 발을 뻗어 옆구리를 걷어찼다. 그러면서 이번엔 용돈을 받으러 온 것이 아니라, 원금과 이자를 몽땅 정산하러 온 것이라고 했다. 사람을 괴롭힐 목적으로 세상에 태어난 놈 같았다. 정말 징글맞은 놈이었다.

겨우 잠든 새벽녘에 꿈을 꿨다. 꿈에 이혼한 아내가 나타나 옷을 벗었다. 나는 의아해하면서, 곁에 누운 아내를 안았다. 비몽사몽 간에 정신과 몸이 따로 놀았다. 아내가 나타날 리 없다는 의구심보다 당장의 성욕이

영춘

앞섰다. 두번째 사업을 말아먹고 난 뒤부터 이혼 전까지 오 년 동안 아내는 몸을 내주지 않았다. 독한 여자였다. 그래서 자위를 하거나, 내게 돈을 꿔준 과부댁과 섹스를 했다. 과부댁은 이자 안 갚는 것은 뭐라 하지 않았으나, 섹스 거부에는 단호한 앙갚음을 했다. 일 주일에 두 번의 섹스가 이자였다. 이백만 원에 대한 이자치고는 터무니없이 높았다. 보통 두 시간 반에서 세 시간을 시달리는데, 이자 계산이 끝나면 기운이 빠져 천지 분간이 어려웠다. 나는 불만을 제기했다. 과부댁이 그렇다면 시간을 줄여줄 테니 횟수를 늘리자고 했다. 별도리 없이 그냥 이대로가 좋다고 했다. 그러다가 일 년 전 과부댁에게 새로운 채무자가 생겨 다행인지 불행인지 자위만 하고 살았다. 자위도 하고 싶어 하는 것이 아니었다. 아랫도리가 심하게 아파 병원에 갔더니 의사가 섹스를 한 지 얼마나 됐느냐고 물었다. 이 년쯤 됐다고 했더니, 몸에 괴어 묵은 정액이 굳어서 병이 됐다고 했다. 의사가 정액을 빼주고 돈을 받았다. 그러면서 의사가 고상한 척하지 말고 때가 되면 자발적으로 빼내면서 살라고 충고했다. 알지 못해서, 돈이 없어서 생긴 일을, 점잖고 고상함 때문이라고 말하는 의사의 고상함이 얄미웠다. 병원에서 느낀 수치심 때문에 진료비와 비슷한 돈으로 문제 해결이 가능한 박카스 아줌마를 찾아갈까 생각했으나, 포기했다. 번거로운 것도 있었지만, 아직은 박카스 아줌마를 찾을 나이도 아니었고, 또 성병으로 더 큰 비용을 치를 수 있기 때문이었다.

나는 꿈에 만난 아내와 한 덩어리로 엉겨붙어 개처럼 헐떡였다. 사정이 끝나고 눈을 뜬 나는 기겁을 했다. 땅딸보의 손이 내 아랫도리를 잡고 있었다. 꿈결에 한 짓인지, 아니면 신장 점검의 일환으로 벌어진 짓인지 알 수 없었다.

땅딸보를 깨워서 함께 해장국을 먹고 공사장으로 갔다. 얼굴이 시뻘겋게 달아오른 땅딸보가 나 때문에 한잠도 못 잤다고 투덜대며 쫓아다녔다. 이해할 수 없는 투정이었다.

오수(汚水)와 우수(雨水) 길을 떼어내서 새로 잡고, 조선족 인부들에게 똥통을 비운 변소를 철거하라고 지시했다. 변소와 담을 허문 노파의 집으로 통하는 임시 진입로를 튼튼하게 잘 만들어주라고 일렀다. 양손을 배꼽 아래 붙인 채 지시를 받은 성칠성이 고개를 서너 차례 숙이며 알았다고 했다.

성칠성이 작업 도구를 챙길 때, 1톤 트럭에 올랐다. 들러붙어 더듬기까지 하는, 성 정체성이 의심스러운 놈과 또다시 밤을 함께 보낼 수가 없었다.

"저는 관계 법령과 규정대로만 일합니다."

바뀐 신청사 건설추진단장이 말했다.

나는 말문이 막혔다. 하지만 물러설 수 없었다.

"제가 법령과 규정에 어긋난 거래를 했다는 말씀인가요?"

단장이 한 말의 속뜻을 확인차 물었다.

"따질 게 있으면 전임자를 찾아가 따지시오."

"예?"

납품한 자재 대금의 결제와 관련된 질문을 전임자에게 가서 하라는 말이었다. 나는 뜨악한 표정을 지었다. 자재를 전임단장에게 납품한 것이 아니라, 신축 청사 공사장에 건자재로 납품한 것인데, 그 자재값을 퇴임한 전임자에게 가서 받으라는 말로 들렸다.

"아니면, 민동구 씨에게 가서 따지시던가."

단장의 입에서 민동구라는 이름이 나오는 순간, 초장부터 왜 법령과 규정을 들먹이고 나왔는지 알 것 같았다. 민동구는 중동구의 토호로서 구의원(區議員)이었다. 지금은 제3자 뇌물수수 및 직권남용권리행사방

해죄로 유죄 판결을 받아 교도소에서 복역 중이었다. 그의 죄가 내 거래하고도 유관하다는 것이 단장의 생각인 듯싶었다. 맞는 말이었다. 민 의원의 소개로 오천삼백만 원어치의 절전 장비를 납품할 때, 10퍼센트의 커미션 중 50퍼센트인 이백칠십만 원을 줬다. 하지만 법에서는 이 뇌물 거래를 알지 못했다. 알지 못했기 때문에 나는 이번에 단죄 받은 민동구의 비리와 법적으로 얽히지 않았다. 그런데 단장은 민동구의 소개를 받았다는 이유만으로 내가 한 거래를 부당하다고 넘겨짚는 것 같았다. 교도소로 달려가 따져서 돈을 받아낼 수 있는 문제가 아니었기에 단장을 붙잡고 매달리는 수밖에 없었다.

말이 길어지자, 단장은 보다시피 공사가 현재 중단 상태이고, 언제 재개될는지도 모르니 납품한 절전기를 되가져가라고 했다. 절전기가 포장 상태 그대로 창고에 보관되어 있다는 것이 반품 이유였지만, 경우 없는 억지였다. 말이 안 되는 말이었다. 말이 안 된다며 대들었다. 그러자 골조 공사를 시작하기도 전에 전기 자재를, 그것도 전기설비 막바지 단계에 시공될 자재를 조기 납품한 것은 말이 되는 일 처리냐며 따져 물으며, 호통을 쳤다. 단장은 내 잘못이 아닌 납품 시기 문제를 내 잘못인 양 몰아붙였다. 당장 납품해달라고 해서 납품한 것인데, 마치 조기 강매라도 한 양 문제 삼는 것은 부당했다.

"없는 돈을 달라는 것이 아니고, 이미 받은 돈을 달라는 것인데, 왜 못 주겠단 겁니까?"

나는 결판을 낼 생각이었다. 그래서 그동안 참았던 말을 내뱉었다.

"그게 뭔 소리요? 당신에게 줄 돈을 받아서 떼어먹기라도 했다는 거요, 시방?"

단장이 의자를 박차고 벌떡 일어서며 발끈했다. 닭 잡아먹고 오리발 내미는 격이었다. 오리발 내미는 얼굴이 빨갛게 달아올라 있었다. 나는 모르는 척 내지른 단장의 물음에 답을 해주었다. 민동구 의원이 절전기에 대한 내 설명을 다 듣고 나서 신축 청사가 스마트 건물인 만큼 완공 후 절전 효과를 통한 환경 보호 차원에서 절전기를 설치하는 것이 좋겠다고 했다. 조달청을 통해 당장 돈 주고 사는 것이 아니라, 에너지관리공단으로부터 기기와 공사비를 저리융자 등의 방식으로 지원받을 수 있다는데, 굳이 마다할 이유가 없다고 했다. 정부가 조성한 에너지합리화기금을 절전기 구매에 이용할 수 있기 때문이었다.

민 의원이 절전기를 빨리 납품해달라고 했다. 신축 구청사의 공기가 많이 남아 있는 상태였으므로 서두를 필요가 없다고 하자, 제도나 정책이 언제 갑자기 바뀔지 모르니 말 나온 김에 얼른얼른 납품하고 얼른얼른 대금 받아 마무리 짓는 것이 좋지 않겠냐며 재촉했다. 그래서 물건을 납품하게 되었는데, 얼른얼른 주겠다던 대금을 주지 않았다. 에너지관리공단에서는 신청사 건설사업단 측에 해당 지원금을 내줬다고 했다. 민의원은 내가 돈을 달라고 보채자, 공사 대금이 제때 조달되지 않아 다른 급한 자재비 결제에 쓴 것 같다며 좀더 기다려보라고 했다. 말이 안 되는 얘기였지만, '을'의 입장에서 따지고 들 처지가 아니었다. 그러나 아주 오래 기다렸는데도 돈이 나오지 않았다. 민 의원이 말했다.

"이보시오, 오 사장. 건물이 지어져야 절전기를 달 것 아니오. 달아야 돈이 나오지. 거참, 답답한 사람일세."

도무지 뜻을 헤아릴 수 없는 말이었다. 조립 컴퓨터 판매를 할 때, 절전기 제조사를 알게 되었다. 갓 설립한 제조사는 자체 기술을 개발하여 생산한 절전기가 기능과 성능이 탁월한데 판매망을 구축하지 못해 도산 직전이라며 쩔쩔맸다. 대기업에 판매를 부탁하자, 유통을 대신해줄 수 없는 상황이니 아예 원천 기술을 넘기라고 하는데, 대기업이 인정해주겠다며 제시한 기술개발비가 똥값이라 도저히 받아들일 수 없었다고 했다.

영춘

컴퓨터를 팔러 간 내가 절전기 제조사 사장에게 붙들려 되레 영업 제안을 받았다.

사장은, 지금 나에게 컴퓨터를 판 열정과 끈기라면, 절전기 파는 것쯤은 식은 죽 먹기일 것이라며 치켜세우기까지 했다. 억지를 부리며 무작정 꼬드기는 절전기 사장이 도무지 믿어지지 않아 두려웠다. 그래서 일단 숙고해보겠다는 의례적인 답을 하고 빠져나왔다.

오 개월이 지나 조립 컴퓨터 대리점이 망했다. 골프용품 사업에 이어 두번째 도전 사업도 망한 것이다. 정신을 겨우 수습한 뒤에 절전기 영업을 시작했다. 사무실도 창고도 따로 필요 없는 판매업이었다. 절전 성능 실험 데이터를 통해 우수한 성능을 공인 받았다고 인쇄된 리플릿을 들고 영업에 나섰다.

두 차례의 사업 실패로 인해 여러모로 지치고 힘들었다. 특히 첫번째 사업 실패가 가져다준 후유증이 컸다. 빚과 이자가 만만치 않았는데, 하루하루 이자가 늘어 다시 빚이 되었다. 하지만 삼세번이라는 생각으로 죽을힘을 다했다.

나는 절약형 변압기를 판매하기 위해 동분서주했다. 전류의 흐름을 고르게 해주고 전기 소모량을 줄여 사용료를 30퍼센트 넘게 절감해준다는 기기였다. 전력 소비량을 줄여주는 친환경 제품이기 때문에 설치를 원하는 곳에서 신청을 하면 정부가 서류심사를 통해 기기비와 설치비 가운데 일정액 또는 전액을 저리융자 방식으로 에너지합리화기금에서 선지원해 주었다. 지금은 주거용과 업소용 절전기까지 생산하지만, 당시에는 산업용과 빌딩용만 생산했다. 그래서 나는 주로 전력 소비가 많은 공단의 개별 공장들과 학교와 관공서 등을 상대로 영업을 했다. 절전기는 맨땅에 헤딩하는 식으로 영업을 할 수 있는 제품이 아니었다. 가격 면에서 제법 덩치가 큰 제품이라 최고 의사 결정권자의 정책적 판단과 선택이 있어야 했다. 영업 절차상 아래로부터 군불을 때야 했지만, 결정적 단계에 이르면 결정적 권한을 가진 사람을 만나야 했다. 내가 생판 모르는 최고 의사 결정권자에게 만나달라는 제안을 할 수도 없고, 또 그런다고 해서 만나줄 리도 없었기 때문에 연줄이 필수였다. 연줄을 찾으면 다리를 놓아달라고 하고, 다리를 놓아준 값은 따로 치렀다.

절전기는 마진이 컸다. 변압기 용량에 따라 절전기도 6킬로와트부터 2000킬로와트 이상까지 있었다. 나는 주로 150킬로와트부터 400킬로와트용 절전기를 영업했다. 대당 가격은 삼천오백구십만 원에서 사천백육십만 원이었다. 이 가운데 운반비와 설치비를 뺀 사십 퍼센트가 내 몫의 마진이었는데, 마진 총액의 절반인 이십 퍼센트를 리베이트로 썼다. 앞서 말했듯이 절전기를 설치하면 에너지합리화기금을 받는 제도가 있었다. 물론 받기가 쉽지는 않았다. 하지만 나는 고위공무원인 고모부의 힘을 빌려 영향력을 제공해줄 수 있었다.

제품 수명은 반영구적이고, 전력 소모량을 줄여주고 전력의 질을 높여주는데다가, 국가가 에너지합리화지원사업의 일환으로 추진하는 기금까지 얻을 수 있도록 알선을 해주니까, 파는 사람이나 사는 사람이나, 더 나아가 중개인까지 서로서로 좋은 사업이었다. 소비자인 공장 측에서는 과전압과 저전압 때문에 발생하던 생산 제품 불량률이 없어져서 좋다고 했고, 학교나 유치원 관공서 같은 기관에서는 전기료가 십오 퍼센트 가까이 절감되어 좋다고 했다.

물건을 전시할 필요도, 미리 갖다놓을 필요도 없었다. 그러니 매장이나 창고가 따로 필요 없었다. 시험 결과를 정리한 파일과 추천서 그리고 제품 사진을 박은 카탈로그만 가지고 다니면 영업이 가능했다. 물론 학습지나 보험 영업 등과는 차원이 달랐다. 아무 곳이나 들어가 아무나 붙잡고 매달리는 것이 아니라, 먼저 혈연·지연·학연 등 인맥을 잘 찾아서 다리를 놓고 사전 정지작업에 공을 들인 뒤, 비로소 찾아가는 방식이었다. 때문에 알선자와 영향력을 미치는 자에게 로비에 필요한 실탄을 공급해주어야 했다. 또 실탄은 일종의 마중물이었다. 마중물만 마시고 나가떨어지는 사람들도 있었다.

일 년이 지나 평가와 반응이 좋아져 제품의 인지도와 판매량이 가파르게 상승될 즈음, 문제가 생겼다. 제품 생산업체인 '삼송정공'에서 갑자기 대리점 계약을 정식으로 체결하자고 했다. 판로 개척이 어렵다며 서로 상생하자고 꼬드겼던 사장의 처음 생각이 바뀐 것이다. 그동안 전국 대도시 여덟 곳에 대리점이 생겼다고 했다. 그 여덟 곳의 대리점이 나와 삼송정공 간의 계약 조건을 알고 불공정 특혜라며 문제를 제기했다는 것이다. 회사가 알려주지 않았다면 대리점이 결코 알 수 없는 일이었다. 사장은 각 대리점에게 나와 같은 거래 조건을 만들어줄 수는 없는 노릇이니, 더 이상 봐주고 싶어도 법적으로 봐줄 수 없게 됐다며 유감이라고 했다. 사장은 그 여덟 곳의 대리점이 나의 열정과 노력에 힘입어 생긴 것이라는 사실을 애써 외면했다.

판매망과 시장이 확보되자 삼송정공은 인정사정 보지 않았다. 사장은 더 이상 약속이나 보상이라는 단어를 쓰지 않았다. 잡은 물고기 취급을 했다. 마진율을 십 퍼센트 포인트 깎자고 했고, 제품을 가져가기 전에 오십 퍼센트의 선결제를 요구했고, 고객서비스 증진 차원에서 제품 전시 공간이 확보된 매장 개설을 요구했고, 또 이런 조건하에 이천만 원의 계약 보증금을 내라고 했다. 부당했지만, 이미 영업 기반을 다진데다 이미 돈을 벌었고 돈이 보이는 사업인지라 포기하고 싶지 않았다. 집의 전세금을 빼 변두리로 나갔다. 쪽방이 달린 매장을 얻고, 이천만 원은 사채를 얻었다.

나는 주로 수원 지역을 중심으로 뛰어다니며 영업망을 구축했었다. 고

위공무원인 고모부의 영향력이 미치는 지역이었기 때문이다.

대리점 오픈식에 빈손으로 찾아온 본사 생산 담당 전무가 나를 따로 불러 수도권 영업권은 본사 경영전략팀이 직접 담당하게 될 것이라고 했다. 수원에 직영 매장을 만들겠다는 것이다. 그러면서 대리점 철수를 요구하지는 않겠지만, 직영 매장과의 공정 경쟁은 감수하라고 했다. 화를 참을 수가 없었다. 경우도 의리도 없는 양아치 같은 놈들이 아닌가.

나는 오픈식 자리에서 속마음을 표현했다. 은혜를 모르는 개돼지만도 못한 놈들이라며 욕을 내지른 것이다. 생산 담당 전무는 명예훼손에 관한 고소 어쩌고 해가며 악다구니를 퍼붓고는 돌아갔다. 정말 개만도 못한 놈들이라는 것을 확증시켜준 악다구니였다. 이렇게 해서 삼송정공과의 모든 관계가 청산됐다.

고모부를 통해 소개받은 민동구 의원이 중동구청장을 소개시켜주었다. 중동구청장이 다시 건설단장을 소개시켜주었고, 단장이 부하 직원인 전기공사 담당자를 소개시켜주었다. 소개받을 때마다 소개해준 사람들에게 떡값을 떼줘야 했다. 떡값은 위로 올라갈수록 직위와 역할에 따라 누진율이 적용되었다.

민 의원이 납품을 서둘렀다. 중동구청사 건립은 계획 단계부터 무리가 많았다. 유행을 감안하고 미래를 생각한다고 해도 구의 규모와 재정 상태에 비해 청사 규모가 지나치게 컸다. 하지만 건설업자 출신 구청장이 과하지 않다며 지하 2층 지상 12층에 연건평 만 구백 평으로 밀어붙였다. 지금 구청사의 열 배가 넘는 규모였다. 구청이 지어지면 구민과 세수가 열 배가량 늘고, 따라서 구청 직원도 열 배 증원되기라도 하는 모양이었다. 반대하는 구민들이 가방 커야 공부 잘하느냐며 거리로 나와 항의했다.

아무튼 신청사 건립은, 지금은 임기가 끝나 퇴임한 전직 구청장의 '가

오'였다. 그는 후보 시절부터 명함 뒷면에 신청사 상상도를 찍어 돌렸다. 디근자를 들어올려 땅에 메다꽂은 듯한 형상이었는데, 그가 구청장에 당선된 뒤 이 상상도대로 조감도가 나왔다.

터파기 공사 때부터 구민들의 '호화청사건립공사결사반대'라는 플래카드가 중동구 구석구석과 공사 현장 맞은편 주택가에 나붙었다. 구청장은 처음에 구청 건물이 작고 낡아 업무 효율성이 떨어져 중동구 발전이 안 된다는 논리로 반대자들을 설득하거나 달래다가, 시간이 지날수록 불온한 안티세력과 좌빨들이 정치적 공세로 반대를 위한 반대를 하고 있다며 역공을 펼쳤다. 구청장은 자신을 반대할 수는 있어도 신청사 건립은 반대할 수 없는 사업이라는 이상한 논리를 만들어 들고 나왔다. 구청장은 4대강 공사를 밀어붙이는 대통령과 보조를 맞춰 토목공사를 선호했다. 달동네와 재래식주거단지 모두를 때려 부수고 아파트를 올렸다. 구청장의 주거환경 개선은 곧 아파트 신축이었다. 썩은 물이 흐르는 복개천을 뜯어서 맑은 물이 흐르는 생태 하천을 만들겠다고 했다. 썩은 물을 맑은 물로 바꾸기 위해 대청댐에서 물을 끌어오겠다고 했다. 일부 구민들이 '명바기 따라 하기'라며 비난했다.

늘어난 노숙자가 역 주변을 배회하고, 독거노인이 배를 곯고, 가출청소년들이 우범지역에서 불량배들과 뒤엉켜 방치되고 있었지만, 기어코 복지비를 깎아 구청 직영 영어학교를 세웠다. 교육의 질을 높여야만 주민이 떠나지 않는데, 그러려면 당장 영어학교가 필요하다고 했다. 노숙자, 독거노인, 가출청소년은 일부지만, 영어 교육을 필요로 하고 요구하는 사람들은 중동구 전체에 분포되어 있다고 주장했다. 구청장은 정치판에서 갈고닦은 특유의 비위짱과 똥고집으로 교육유관기관이 해야 마땅한 일을 가로채 추진했다. 영어 교육 때문인지, 영어 교육을 위한 학교 건설 때문인지 모를 일이었다. 교육위원회는 그런 중동구청장에게 즉각 감사패를 만들어줬다.

민 의원은 구청장의 각종 정책과 행정을 적극 옹호하며 지원했다. 어떤 일이건 앞장서서 힘을 실어줬다. 이런 민 의원이 내게도 힘을 실어주기 시작했다. 영어학교도 전기 시설이 필요하고, 인근 댐의 물을 끌어다 써야 할 생태 하천 조성도 전기 시설이 필요하다고 했다. 민 의원과 내가 악어와 악어새로 맺어진 연유이다. 그런데 이 민 의원이 임기 중에 구속되어 교도소로 가고, 구청장은 재선에서 떨어져 집으로 갔다. 민 의원이 구속됐다는 텔레비전 뉴스를 보면서 정신이 까무룩해지는 것을 느꼈다. 그러다가 겨우 정신을 수습한 나는 뇌물공여로 얽혀 덩달아 잡혀 들어가지 않은 것이 천운이라고 생각하며 안도했었다. 그래서 미련 없이 포기했던 납품 대금이었다. 하지만 시간이 지나고 똥끝이 탈 만큼 사정마저 다급해지자 생각이 바뀐 것이었다.

나는 절전기 판매로 돈을 벌었다. 기계값을 납품 기관에게 받는 것이 아니라, 에너지관리공단으로부터 받아낸 돈을 그대로 전해 받기 때문에 결제 문제로 골치 썩을 일이 없었다. 그러나 중동구 신청사 납품의 경우, 공단으로부터 결제를 받으려면 중동구청에서 서류를 갖춰 공단에 제출해야 하는데, 이것이 지연됐다는 것이다. 지연되다가 민 의원의 독촉에 뒤늦게 제출한 것이 국정감사 기간과 맞물리는 바람에 지급 연기가 되고 말았다는 것이다. 이것이 민 의원의 주장이었는데, 거짓말이었다. 거짓말이 밝혀진 뒤에 민 의원이 한 해명이 개그 수준이었다. 공단으로부터 대금은 받았으나, 내가 운영한 '우일전공'이 망해 문을 닫은 뒤여서 공식적인 지급처를 찾지 못했다. 다시 말해 지출해줄 대상이 사라진 게 문제가 됐다는 것이다. 중동구청이 돈을 주려 해도 망한 업체에, 그래서 회계 실체가 없는 업체에 돈을 줄 수가 없었다고 했다. 담당 직원은 서류 제출을 지연시킨 적도 없으며, 대금은 국정감사 전에 민 의원이 실소유주인

'명신토건'으로 입금되었다고 했다.

전후 사정을 들은 뒤, 단장이 한숨을 토하며 담배를 빼 물었다. 그러고는 말했다.

"민 씨가 죄 닦아먹었구만. 어쨌든 우린 모르는 일이오."

남의 일처럼 말했다. 그러면서 자신과 무관하다는 뜻을 거듭 밝혔다. 나는 왜 공적인 문제를 사적 문제로 돌려서 남의 일처럼 말하느냐며 따지고 들었다. 돌아서 담배 연기만 뿜고 있는 단장과 십 분쯤 실랑이를 벌였을 때, 청원경찰이 들어와 내 팔을 등뒤로 꺾어 내몰았다. 질질 끌려 나온 나는 1톤 트럭에 올랐다. 시동을 걸 때, 휴대전화가 울렸다.

"야 인마! 너 미쳤어?"

반년 만에 듣는 고모부의 음성이었다.

백방으로 손을 써서 천신만고 끝에 간신히 넘긴 일을 왜 다시 들춰내 문제를 만드느냐고 고래고래 소리를 지르며 야단이었다.

"네놈이 아예 내 모가지를 딸 셈이냐?"

고모부가 명퇴 신청을 했으니, 명퇴할 수 있게 도와달라고 했다. 나는 고모부와의 통화를 통해 내가 민 의원에게 준 뇌물이 법적인 문제가 되지 않은 이유를 비로소 알 것 같았다. 자기 목이 걸린 고모부가 알아서 조처한 것이었다.

7

자체 수감상황실에서 각 부서별로 감사관에게 지적 받은 사항을 모두 작성해 보고하라고 했다. 보고할 때, 지적 사항 밑에 조처 의견을 함께 덧붙여 제출하라고 했다. 개별 부서의 지적 사항을 일목요연하게 정리하여 본부 차원에서 효과적으로 수감키 위해서라고 했는데, 그게 다는 아닌 것 같았다. 해당 처의 장들이 나중에 총장이나 이사장으로부터 질타나 책임 추궁을 받을 만한 사항을 미리 체크해 해명할 자료를 만들려는 의도가 깔린 것 같았다. 혹 정책 수립이나 관리와 통제 부실에 따른 문제가 있는지를 살펴보고, 야단을 맞거나 책임을 물어올 것에 대비해 미리 대처 방안을 세워두려는 의도인 것이다. 다시 말해 빠져나갈 구멍을 찾기 위한 조처였다. 안 그래도 이번 감사가 학교법인의 수감 청탁에 의해 이루어지고 있다는 유언비어까지 나돌고 있어 모두가 그 정확한 진위를 몰라서 긴장을 하고 있는 것 같았다.

나는 수감상황실장인 기획처장에게 불려가 삼십여 분 동안 별도 구두 조사를 받았다. 그도 광고비 감사가 이해되지 않는다고 했다. 그러면서도 기획처장은 상황실장 자격으로서가 아니라, 서로 아는 관계이기 때문에 하는 말이라면서, 행정의 기본도 모르느냐, 어떻게 기록도 안 하고 돈을 썼느냐, 라며 다그쳤다. 다그치는 모습이 걱정스러워한다기보다 왠지 득의양양해 보였다. 굳이 따로 불러서 따져 묻는 저의도 의심스러웠다. 때리는 시어미보다 말리는 시누이가 더 밉다지 않는가. 아무런 변명 없이 고분고분 질타를 받아들이자, 점입가경이었다.

"일도 제멋대로 하고, 돈도 제멋대로 썼군."

기획처장 특유의 기질이 나왔다. 그는 슬쩍 간을 보고 먹힐 것 같다고 판단하면 마구 들이미는 버릇과 약자에게 강하고 강자에게 약한 기회주의적이고 비겁한 성향이 있었다. 다시 말해 실력도 소신도 없으면서 처세에만 달통한 인간이었다.

이런 인간에게 비리 직원으로 몰려 모욕을 당할 수는 없었다. 참던 내가 기록은 있다고 했다. 잠시 내 눈을 뚫어지게 바라보던 그가 기록이 있다면 당장 가져오라고 호통을 쳤다. 반항하느라 거짓말을 하고 있다고 생각한 것 같았다. 호통 소리에 제정신이 든 나는 당황스러웠다. 뒤늦게 두 눈에 쌍심지 켜고 대들지 않은 것을 후회했지만, 이미 지나간 일이었다. 별수 없이 나는 꼬리를 내려 그 기록이 없어졌다고 말을 바꿨다. 신문사가 전 건물에서 이번 건물로 이전할 때 분실된 것 같다며 우물쭈물 둘러댔다.

"분실됐으면 분실된 거지, 분실된 것 같다는 또 뭐야. 분실된 거 맞아?"

"……예."

"어정쩡하기는……"

기획처장이 투덜대며 핀잔을 주었다. 그도 전임주간 출신이었다. 따라서 몰라서 묻는 것이 아니라, 혹시라도 자신이 책임질 일은 없는가 살피고, 또 감사 결과에 따라서는 그 책임을 나에게 물을 수도 있다는 사전 경고를 주기 위해 닦아세우는 것 같았다.

평소에는 각종 회의나 세미나에서 직원의 전문성을 공개적으로 강조하는 기획처장이었다. 그러나 전문성을 가진 직원은 싸가지가 없다며 가차 없이 폄하하고 핍박하는 기획처장이었다. 이렇듯 말과 행동이 어긋나서 항상 긴장하며 경계를 늦추지 않아야 했다. 그런데 방심한 것 같았다. 그는 교무회의에서 전문성을 갖춘 몇몇 직원들이, 그것도 계약직 직원들이 시건방을 떨며 교수 지시를 따르지 않는다며 싸가지가 없고 개념도 없다고 비난했다. 투철한 신분 정신으로 무장된 교수였다. 그래서 아랫것에 해당하는 직원들은 그 앞에서 감히 토를 달거나 의견을 말하지 않았다. 특히 전문성이 개입된 의견을 말하는 것은 금기 사항이었다.

"이거나 가져가서 읽어보시오."

서류철에서 A4 용지를 뽑아 건네며 말했다.

각각 한 장짜리로 작성된 두 건의 공문이었다. 다탁 위의 문건을 집어

든 나는 일찍 찾아온 노안 때문에 안경을 이마 위로 올려붙였다. '학생 편집장 편집자율권에 대한 항의 및 책임자 사퇴' 제하의 문건이었다. 제목부터 모호했다. '학생 편집장 편집자율권 침해 의혹에 대한 항의 및 책임자 사퇴'라고 해야 그나마 겨우 말은 될 듯싶었다. 하지만 편집자율권이 오로지 학생 편집장의 몫이 될 수 없는 것이기에 '학생 편집장 자율권 침해'도 마찬가지로 무리가 따르는 표현이었다.

몇 자 안 되는 제목이 이러니, 여섯 개 항목으로 나뉜 내용이 제대로 되어 있을 리 없었다. 더욱 알아듣기 힘든 문장으로 쓰여 있었다. 담긴 뜻을 알아보려고 내용을 추슬러보니 더더욱 난해했다.

1. 우리는 사회 진보를 실현하는 학생회다.
2. 학생 편집장 자율권을 침해한 상임간사는 당장 사퇴하라.
3. 대학 신문은 우리 등록금으로 만드는 신문이다.
4. 그러므로 신문은 상임간사의 것이 아닌데, 기사를 제멋대로 싣고 안 싣고 한다.
5. 심지어 독자 투고까지 간섭하니, 일만 학우를 기만하는 공적 상임간사는 공식 사과하고 자진 사퇴해야만 마땅하다.
6. 상임편집간사제도를 즉각 폐지하고 대신 행정간사제도를 도입하지 않으면 전면투쟁에 나서겠다.

공문 발신자는 '죽어버린 시대정신의 연대기를 묻고 이제 우리 삶을 정치한다'는 슬로건을 내건 문과대 학생회장과 '자유의 상상으로 시대를 넘어 민중이여! 새역사를 창조하라'는 슬로건을 내건 법경대 학생회장이었다. 용어의 개념도 모르고, 짧은 슬로건 문장조차 올바르게 만들지 못하면서 어떻게 세상을 상대로 '삶을 정치'하고 '새역사를 창조하'겠다는 것인지 안쓰러웠다. 발신자는 두 명이지만, 주장이 대동소이했고 내용은 표현만 바꾼 수준이었다. 법경대 학생회장이 보낸 공문에는 작년에 등록금 수납 거부 광고를 신문에 게재하려고 시도했던 학생 편집장이 면직당했다는 내용이 들어 있었다. 금시초문인 유언비어였다.

아무튼 공문 개별 내용과 전체의 맥락을 되짚어볼 때, 두 단과대 학생회장이 썼다기보다 신문사 학생 편집장이 쓴 것으로 보였다. 직접 쓰지 않았다면, 적어도 내용을 제보하고 작성을 코치한 것이 틀림없어 보였다. 공문이 신문 배포 이전에 학생과에 전달되었다는 점과 행정간사제도 도입은 학생 편집장의 평소 지론이자 요구 사항이었기 때문이었다. 입장과 궁극적인 목표는 다르지만, 나를 적으로 삼고 있는 주간과 학생 편집장이 서로의 이해관계를 계산해 힘을 합친 결과였다.

4번 항목에 있는 제멋대로 싣고 안 실었다는 기사로는 교직원 사기 사건을, 5번 항목에서 간섭했다고 주장하는 독자 투고로는 여학생 성희롱 의혹 사건을 각각 사례로 제시했다.

총학생회장이 두고 간 문건을 기사로 다루지 않자, 독자 투고 형식으로 보내왔다. 주장만 있고 논리적 근거는 물론, 정황 설명조차 갈팡질팡인지라 실을 수 없는 제보였다. 일방적인 자기변명과 악의에 찬 상대 비방이 버무려진 독설만 돋보이는 글이었다.

선 채로 문건을 훑은 내가 기획처장을 바라봤다. '그래서…… 어쩌라고요?'라는 눈빛으로.

"문제 일으키지 말고 조용히 처리하세요."

'문제'와 '조용히'가 쓰인 의미를 파악할 수 없었다. 문제는 이미 일어나서 내가 일으킨 문제가 아니었고, 공문으로 제기한 문제는 공문으로 답하면 될 터였다. 그러니 굳이 조용히 또는 시끄럽게 따위를 따로 거론할 필요가 없었다. 문과대와 법경대 학생회에서 보내온 공문이지만, 왠지 주간과 총학생회장이 짜고 저지른 일일는지도 모르겠다는 강한 의구심이 들었다.

신문은 사실이 우선이지, 의견이 우선일 수 없었다. 더구나 사실 관계가 빠진 인신공격성 의견을 뻔히 알면서 실을 수는 없는 노릇이었다.

"공문으로 답을 보내겠습니다."

내가 공문을 든 채 돌아서며 말했다.

"뭐요?"

"조용히 공문으로 처리하……"

"글쎄, 가만히 있어웃! 학생과가 알아서 처리해줄 테니."

"이건 저와 신문사 관련 문제인데…… 학생과가 왜 알아서…… 뭘, 어떻게?"

"학생회가 학생과 담당 아니오. 늘 자기 생각만 하니, 하나만 알고 둘은 모르는 거요."

하는 말마다 갈고리가 달려 있었다.

어쨌든 사실 관계를 모르는 학생과가 어떻게 알아서 처리한다는 것인지 알 수 없었다. 언제나 그래왔듯이 시시비비를 덮어두고, 음주가무로 넘기겠다는 말로 들렸다. 나는 시시비비를 명명백백하게 가려 문제를 해결하고 싶었다. 그래야 차후 발생 가능한 얼토당토 않는 봉변을 차단할 수 있기 때문이었다.

기획처장과 이 문제의 해결 방식을 놓고 시시비비를 가릴 필요는 없었다. 나이 오십이 코앞인데 7급이었다. 경쟁 상대 없는 별정직이라고는 하지만, 버티기 힘든 직급이었다. 인사 평점과 평판을 생각지 않을 수 없었다. 상관과 붙어 따지면 성과는 달아나고 불화와 불신만 커진다. 차라리 무능해서 일을 못하는 것만 못하다. 경영학과에서 조직론을 가르치는 기획처장은, 조직의 발전을 위해 조직 내 적당한 갈등은 긍정적이고 필요한 것이라고 했다. 총장 앞에서는 우리 대학이 '최적갈등수준'을 무시하기 때문에 변혁이 더디다고 했다. 그러나 나와의 갈등은, 강의를 통해 주장하던 조직론과는 달리 우월적 지위를 이용하여 낮은 인사 평점을 매겨 보복했다.

내 의견이나 방식을 밝힌다는 것은 곧 적을 만든다는 것을 의미했다. 시간도 없었다. 어서 기자들의 편집 작업을 점검해주고 도와줘야 했다.

"이건 폄하가 아니라 폄훼로 써야 맞는데요."

교정지를 들이민 편집장이 도발적인 자세로 따져 물었다. 기자들은 자신들이 쓴 기사에 손대는 것을 무척 싫어했다. 마치 동정(童貞)을 잃는 행위인 양 받아들였다. 글을 의사전달 수단이 아닌 자존심으로 생각했다. 그 때문인지 글을 고치면 자존심에 상처를 입은 것으로 여겨 즉각 쌍심지를 켜고 반발했다. 하지만 반발은 길고 끈질긴 설명 끝에 대부분 무마됐다.

기사를 살펴볼 때, 문체를 보지 않고 표현 방식도 보지 않았다. 윤문하지 않고, 기자가 쓰고자 했던 뜻을 찾아서 거기에 맞춰 문장을 손봤다. 오직 오문과 논리를 벗어나 모순된 문맥만 잡아내 뜯어고쳤다. 축소·과장됐거나 모호한 건 참아가며 놔뒀다. 그래도 기자들은 불만이었다. 내가 기자들로부터 들은 말 가운데 압권은 "간사님이 고쳐준 문장이 옳지만, 그래도 우리는 그렇게 쓸 수 없습니다"였다.

나는 긴 설명과 가르침 대신 폄하로 고쳤던 단어를 폄훼로 되살렸다. 대신 작은따옴표 안에 폄훼를 가뒀다. 작은따옴표에 만족한 학생 편집장이 천진난만하게 웃으며 교정지를 받아 들고 나갔다. 뒷모습이 득의양양했다.

학생 편집장이 나간 뒤, 두 단과대 학생회에 보낼 답신 공문을 작성했다. 기획처장 앞에서 대응 방안을 놓고 따지는 것을 포기한 것과 그의 지시를 따르는 것은 별개였다. 그가 나를 보호해주려고 할 리도 없었고, 보호해줄 수도 없었기 때문이었다. 그는 아마도 지켜보면서 깐죽거리다가 뭐라도 하나 걸렸다 싶으면 메치기를 시도할 것이다.

먼저 공문에 기술된 내용의 모호함과 모순됨을 지적했다. 그들의 주장이 음해라는 주장은 부러 안 했다. 그러고는 발생하지도 않은 결과를 놓고 문제 삼는 학생회 측의 황당무계함에 반론을 제기하고, 정보 제공자와의 삼자대면을 통한 진위 확인을 제안했다. 없었던 사실, 발생하지 않은 사실, 사실과 다른 사실 등으로 나를 다시 괴롭히면 학칙이 아닌 법적으로 대응할 의사가 있음을 명백히 밝혔다. 말미에 돌 던지는 장난질에 죄 없는 개구리가 죽는데, 난 개구리가 아니기 때문에 돌을 피할 수 있고 또 돌 던진 사람을 찾아내 엄중히 죄를 물을 수도 있다고 첨언했다. 유치한 짓이었지만, 그렇게 토를 달았다. 사과를 하라는 문장까지 덧붙이고 싶었지만, 상대를 너무 자극하는 짓 같아 그만두었다. 나야말로 문제를 조용히 해결할 생각이지, 문제를 확대할 생각은 없었다.

행정 규정에 따라 이 공문의 발신자를 주간으로 했고, 경유를 학생과로 했다. 주간은 첨언한 내용을 문제 삼아 뭉그적거리다가 마지못해 도장을 찍어주면서 인상을 잔뜩 구겼고, 학생처장은 공문을 받아 읽으며 몇 차례 힐긋거리며 째렸다.

전임기자들은 더 이상 오지 않았다. 1시 20분에 구내식당으로 향했다. 댓 명의 학생이 식당 구석에서 늦은 점심을 먹고 있었다. 돈가스였다. 씹던 밥알이 튈 정도로 수다가 심했다. 계를 만들어 겨울방학에는 꼭 성형수술을 받자는 수다였다. 수다가 성형수술을 위한 결의대회 같았다.

나도 한쪽 구석에 앉아 돈가스를 주문해 먹었다. 혈기왕성한 젊은 남학생들이 먹는 양만큼 나왔다. 양이 늘고 찬이 좋아진 것을 보니 식당 운영 계약 갱신이 얼마 남지 않은 것 같았다. 나온 양대로 다 먹었다. 도저히 다는 못 먹을 것 같던 돈가스가 식도를 타고 꾸역꾸역 넘어갔다. 식당 주인이 주방 안에서 아귀처럼 먹는 나를 주시하고 있었다. 소식하라던 의사가 봤다면 치료를 포기하겠다고 할 만한 양이었다. 오 개월 만에 먹는 돼지고기였다. 일반 건강검진에 이어 2차 검진을 받고 난 결과통보서에 의하면, 고지혈, 고혈압, 당뇨 환자였다. 셋 다 가족력이었다. 좌심실 비대와 QTC간격연장 등이 의심되니 추가로 심장 정밀검사도 받아야 한다는 권고 사항이 부기되어 있었다. 심장질환이 가족력으로 추가되어 자식에게까지 대물림하는 것이 아닌가 싶어 불안했다. 결과통보서로 소견을 밝힌 의사가 다시 전화를 걸어와 적어 보낸 소견을 되풀이하며 강조했다. 의사는 내 건강을 걱정해서라기보다 자신의 소임을 다하고자 내게 보충 설명을 하는 것 같았다. 이 충고를 받아들여 지난 오 개월 동안 소식과 소언(少言)을 해왔다.

나는 포크를 놓고 올챙이 모양 부른 배를 손바닥으로 쓸어내렸다. 가공할 식욕으로 돈가스를 모두 먹어치웠듯이 복잡다단하게 꼬인 문제들도 모두 해치웠으면 좋겠다 싶었다. 그래서 내 몫의 밥그릇을 온전히 지키고 싶었다. 욕심 많고, 미련하고, 악착같아야만 짓밟히지 않고 겨우 목숨을 연명할 수 있는 세상살이가 야속했다.

잔반통에 버릴 것이 없었다. 빈 식판을 반납하고 식당을 나올 때, 휴대전화가 부르르 진저리를 쳐댔다.

"중명신협입니다."

신협의 조 전무였다. 전화를 하지 않으려 차일피일하다가, 어쩔 수 없어 하게 됐다며 엄살을 부렸다. 내가 부릴 엄살을 그가 채뜨려 선수를 쳤다. 엄살로 기선을 제압한 전무가 채무만기연장이 더 이상은 어렵게 됐다고 했다. 경영 부실 때문에 받은 특별감사에서 적발된 문제라 신협이 더 이상 봐줄 힘이 없다고 했다.

오영춘이 빌려쓴 돈을 모두 한꺼번에 갚으라는 말이었다. 전무는, "갚으시랍니다"라며 간접화법으로 전했다. 그러면서 자신은 하염없이 봐주고 싶지만, 외부 감사에서의 지적 때문에 어쩔 수 없음을 재차 강조했다. 의례적인 자비와 연민이 잔뜩 밴 상투적인 말투였다.

전무는 나와 자신이 돈 앞에서는 다 같은 약자임을 애써 강조했다. 돈을 못 갚고 있는 사람이나, 갚기 힘든 형편인 사람에게 어서 갚으라며 독촉하는 사람이나 불쌍하기는 마찬가지라고 했다.

"방법을 찾아보지요."

돈 나올 곳이 없는데, 갚을 방법이 따로 있을 수 없었다. 나는 건성으로 대꾸했다.

"제가 잘 아는, 믿을 만한 대부업체가 있는데…… 알아봐드릴까요?"

전무가 내 대꾸를 무책임한 말로 받아들인 것 같았다. 아니면 가장 좋은 변제 방법을 찾아주려는 선의이거나. 어쨌든 확실하고 구체적인 채무 상환 방법을 이야기하고 싶어 하는 것 같았다.

"아, 예……"

나는 답을 얼버무렸다. 우선은 적당히 우물떡 주물떡하여 이 곤란한 상황에서 빠져나가고 싶었다.

"백 간사님. 시간이 해결해줄 문제가 아닌 것 같아요."

내게는 아무리 많은 시간이 주어져도 그만한 돈을 벌어 갚을 수 없다는 말로 들렸다. 나는 점점 조 전무의 말을 삐딱하게 받아들이고 있었다.

"소종곤 씨도 이자가 연체되고 있습니다."

"예?"

나는 화들짝 놀랐다. 하마터면 휴대전화를 바닥에 떨어뜨릴 뻔했다.

"이자가 안 들어온 지 벌써 넉 달쨉니다."

영춘

"아니, 왜 그걸 지금 얘기하세요?"

끝내기 안타를 얻어맞은 구원투수처럼 참담한 심정이었다. 화를 내며 소리쳤지만, 무의미한 넋두리였다. 넉 달 전에 알았다 해도 달라질 것은 아무것도 없었다. 오영춘 뒤치다꺼리만으로도 벅찼다. 돈은 넉 달 전에도 없었고, 지금도 없다.

소종곤은 홍보과 과장이었다. 언론 담당이었는데, 출입 기자들 술대접을 하느라 오 년 동안 줄창 단란주점을 드나들었다. 그러다가 단골 주점의 중년 여사장과 눈이 맞았다. 소 과장이 여사장의 '공사'에 말려들어 뜯어먹혔다. 노회한 여사장의 공사는 룸 테이블에 앉는 아가씨들의 수준과는 차원과 강도가 달랐다. 냉장고, 세탁기, 전자레인지 수준이 아니라, 렉서스 ES350이었다. 물론 나중에 안 사실이지만, 그가 이 렉서스를 사서 바치느라 받은 융자금을 내가 보증 서준 것이다. 내 딸아이 대학 등록금 대출보증을 서준 보답으로 소종곤의 내연녀 선물 구입비를 보증 서준 것이다.

여사장에게 홀린 소종곤은 렉서스 한 대로 끝나지 않았다. 소문에 의하면 밀회용 아파트까지 사줬다는데, 얼마나 어디까지 믿어야 할지는 알 수 없었다. 소종곤의 마누라가 학교로 짓쳐들어와서 그의 괴춤을 틀어잡고 흔들며, 지난 이 년간 밀린 생활비를 내놓으라고 홍보과 집기를 마구둘러메치고 간 이튿날, 그는 소리 소문 없이 잠적했다.

학교는 그가 무단결근을 한 지 이십 일이 지나서 진상조사위원회를 열었다. 그가 그동안 저질러 숨겨둔 비위 사실들을 하나하나 찾아냈다. 그의 비위가 양파 같았다. 까고 또 까도 끝이 없었다. 업무상 얻은 정보를 이용해 학교가 확장할 예정 부지를 타인 명의로 매입했다. 이른바 차명 알박기였다. 중동구청이 학교 인근 소유지 일부를 구획정리하여 처분할 때, 그 틈서리에 어정쩡하게 낀 댓 평 크기의 불용지에 관한 정보를 가지고 사기를 쳤다는 소문도 사실로 밝혀졌다. 어수룩한 졸업예정자와 졸업생을 상대로 하여 취업을 미끼 삼아 기백만 원을 접대비 조로 받아먹은 것도 사실로 밝혀졌다.

소문이 사실로 입증된 지 일주일 만에 궐석 징계위원회가 열렸다. 언론사 기자들이 끼어들기 전에 처리하려 부랴부랴 서둘렀다. 소종곤이 불참한 가운데 면직 결정이 났다. 퇴직금도 연금도 공중분해됐다. 소종곤과 보증으로 얽힌 직원이 여덟 명이었고 걸린 금액이 오억 천만 원, 자투리땅 사기로 얽힌 동문과 외부 사람이 세 명에 천이백만 원, 취업 사기로 얽힌 재학생과 졸업생이 각각 한 명씩인데, 모두 이백팔십만 원이었다. 도깨비방망이가 없는 소종곤이 벌어서 갚기 어려운 돈이었다.

그는 숨겨둔 전셋집을 팔아 불용지와 취업 문제에 얽힌 돈을 되돌려줬다. 그러나 보증과 얽힌 사억 천만 원은 아무런 대책도 세우지 못했다. 소종곤은 난감함 속에 도피했다. 동료직원들 가운데 아무도 그를 고소하지 않았다. 고소를 해도 나올 돈이 없다는 사실을 잘 알고 있기 때문이었다. 그러니 장차 이자라도 받을 수 있기를 바라는 차원에서 그의 죄를 사해주는 것이 실속 있는 대응이라는 데 의견이 모아졌다. 총학이 문제 삼았던 것이 이 가운데 취업 알선을 미끼로 재학생으로부터 후려낸 오십만 원이었다. 이런 소종곤이 이자를 내지 않고 있다는 사실은 청천벽력이자 설상가상이었다. 아니 나에게는 끝내기 안타를 얻어맞은 셈이었다.

"어이구…… 어용 간사님 납셨네."

조 전무와 휴대전화 통화를 하며 신문사 입구에 막 들어섰을 때였다. 검정양복 차림이 갑자기 튀어나와 앞을 막아서며 말했다. 나는 담배를 꼬나문, 다리가 짧은 양복 차림과 부딪칠 수밖에 없었다.

"어떻게…… 한번 알아봐드려요?"

조 전무가 더욱 조이며 보챘다.

영춘

나는 검정양복 차림의 정체를 파악하는 것이 급했다.

"뭐…… 요?"

홧김에 뭐야, 라고 할까 하다가 뭐요, 로 바꿨다.

"예?"

자기에게 하는 말로 알아들은 조 전무가 되물었다.

그사이에 또 다른 검정양복 차림들이 우르르 몰려들어 나를 에워쌌다. 모두 여섯이었다. 처음 막아섰던 짧은 다리 검정양복 차림이 짝다리를 짚으며 불붙은 꽁초를 손가락 끝으로 튕겼다. 그러고는 내 발치에 카아악 뷑, 하고 가래침을 긁어 뱉었다. 복도 바닥에 떨어진 꽁초에서 실뱀 같은 연기가 똬리를 틀었다. 매우 불량스러운 놈들이었다.

"사고채무자로 처리되시면 험한 꼴을 당하실 수 있습니다."

조 전무가 하던 통화를 계속했다. 위급한 현실을 확실하게 각인시켜주기 위함인지 협박을 했다. 그는 상황이 급하고 엄중해 피감 중임을 알면서도 전화를 할 수밖에 없었다며 사과했다. 어르고 뺨치는 것 같았다.

"잘 알았습니다."

내 대답을 자기 제안에 동의한다는 뜻으로 받아들였는지, 전무가 그럼 부탁한다는 말을 남기고 마지못해 전화를 끊었다.

나는 휴대전화 폴더를 닫고 주위를 살폈다. 조 전무가 말한 '험한 꼴'을 당할 때, 이런 '아이들'이 오겠지 싶었다. 말라비틀어진 오이 같은 놈과 푹 삶아 퍼진 호박 같은 놈 들이 일제히 눈가에 심을 박고 나를 째렸다.

"지들이 여기 서서 오래 기다렸습다요. 면담 좀 해주셔야겠는디……"

말을 할 때마다 니코틴내와 입구린내가 코를 찔렀다. 위압적인 행동거지와 달리 속이 곯아 터진 놈들 같았다.

"누, 구, 신, 지……?"

내가 뚱한 표정으로 물었다. 생각과 달리 주눅이 잔뜩 든 목소리가 나왔다.

"하, 이 양반이 귓구녕만 막힌 게 아니고, 눈까리까지 나쁘시구먼."

"오죽하시면 회장님께서 우릴 보내셨겠습니까요."

"하이고…… 요, 씨부랄!"

검정양복들이 만담하듯 서로 찧고 까불었다.

몇 마디였지만, 그들이 찧고 까불어준 덕분에 사태 파악을 대충이나마 할 수 있었다.

"곧 공문으로 답이 갈 거요……"

검정양복들이 막아선 틈을 헤치며 말했다.

"우리는 공문 같은 거 읽을 줄 몰라요."

"쓸 줄은 알고?"

"어쭈!"

"그러면 뭘로 답을 해주나?"

"해주나? 씨발! 이 형님이 말도 짧네."

"네 애빈…… 너한테 존대하냐?"

나는 말을 뱉는 순간 후회했으나, 늦었다. 설마 교내에서 학생들도 지켜보는 가운데, 자식뻘 되는 놈들이 나를 어쩌지는 못하겠지, 라는 생각 때문에 내지른 말이었을 것이다. 그러나 하나만 생각하고 둘은 생각 못한 바보 같은 짓이었다. 내 대거리가 결국 망신 당할 빌미 제공이 되고 말았다.

"이 씨벌놈이! 왜 상관없는 울 아버님을 들먹이고……"

다시 담배를 꼬나문 짧은 다리 검정양복이 욕을 내뱉으며 주먹을 치켜들었다. 예상을 넘어선 반응이었다.

"이봐, 학생!"

학생 기자들 틈에 서서 지켜보고 섰던 편집 조교가 앞으로 나서며 끼어들었다.

"뭘 봐, 이년앗!"

검정양복이 내 얼굴을 향해 치켜들었던 주먹으로 조교의 뺨을 갈겼다. 빡, 하는 소리와 함께 복도 벽에 머리를 부딪친 조교가 콘크리트 바닥에 나뒹굴었다. 뺨을 때렸는데, 그 충격으로 몸이 날아가 썩은 짚단처럼 쓰러졌다. 쓰러진 조교가 미동조차 하지 않았다. 다른 검정양복들이 당황해 우왕좌왕했다. 여자를 때렸다는 것에 대해서, 그것도 때릴 만한 이유가 없는 여자를 때려눕혔다는 것에 대해서 자기들끼리 당혹해하는 것 같았다. 폭력을 쓴 검정양복이 이런 분위기를 파악하고는 뒷걸음질 치다가 달아났다. 나는 달려가 쓰러진 조교를 일으켜 세웠다. 조교의 입과 이마에서 피가 흘렀다. 입은 맞을 때, 이마는 복도 벽에 부딪힐 때 터진 것 같았다. 휴대전화를 꺼내 쓰러진 조교를 촬영하고, '112'를 눌렀다. 먼저 구급차를 요청하면서 학생 기자를 붙여 병원까지 동행하라고 일렀다. 쉬는 시간인지, 강의실에서 쏟아져 나온 학생들이 몰려들었다. 몰려든 학생들은 가까이 오지 못하고 멀찍이서 기웃거렸다. 검정양복들이 눈을 부라리며 사주경계를 하고 있기 때문이었다.

신고를 받은 '112'가 곧 관할 지구대에 연락해 경찰을 보내겠다고 했다. 구급차도 다시 부탁했다.

"우리한테는 학내 문제를 법으로 끌고 갔다고 생지랄을 떨더만, 교직원 나리께서는 아예 공권력을 학내로 끌어오시네."

내 뒤에 붙어 선, 마른 오이 닮은 검정양복이 야지를 놓았다.

"씨발, 다 묻어버려!"

잭나이프를 꺼내 까부르고 있던 검정양복 차림이 마른 오이를 거들었다.

위협적이라기보다 어처구니가 없었다. 검정양복들이 뒷골목 양아치들이나 할까 싶은 행동을 학내에서 흉내 내고 있었다. 법보다 주먹이 빠르고 가까우니 겁주면 해결될 것이라 생각하는 것 같았다. 주먹질과 칼질로 애로를 해결할 수 있다고 생각하는 단순한 놈들이 안쓰러웠다. 그 흔한 조폭영화도 안 봤냐고 묻고 싶을 지경이었다.

"야, 이 자식들아, 그만해! 너희들이 깡패야?"

그때, 갑자기 나타난 누군가가 다급하게 소리치며 끼어들었다. 함태수였다.

함태수가 달려와 구십도 각도로 인사를 꾸벅했다. 무스를 발라 세운 머리가 바닥을 쫓을 정도로 고개를 숙였다. 역할 분담에 따라 이제 머리 쓸 놈이 나타난 것 같았다. 잠시 후 숙였던 허리를 펴자, 잘 깎아놓은 밤톨 닮은 얼굴이 드러났다. 공문을 보낸 단과대 학생회장이 아니라, 총학생회장이 나타난 것이다. 그렇다면 검정양복은 공문과 무관한 놈들이었단 말인가…… 아닐 것이다. 공문과 무관한 검정양복이 나타나 공문에 대해 알은척을 했다면, 검정양복과 유관한 함태수가 단과대학의 공문을 사주했을 수도 있으며, 또 공문 건으로 검정양복을 내게 보냈을 것이라는 추정이 가능해진다.

"제가 좀 늦는 바람에 아이들이 이런 결례를…… 죄송함다."

똘마니들을 달고 함께 오려고 하다가, 생각을 바꿔 똘마니들을 먼저 보내 공포 분위기를 조성시킨 놈이 시치미를 떼며 너스레를 떨고 있었다. 그나마 그 너스레도 사과의 말과 달리 되레 위압감을 주려는 화법이었다. '아이들'이라는 단어에 유독 강세를 줬다. 자기가 똘마니들을 거느리고 있는데, 그 똘마니들이 통제 불가할 때가 왕왕 있다, 이 경우 없고 겁 없는 똘마니들이 결국 연약한 여자까지 한 방에 때려눕혔는데, 더 이상 극악무도한 결례를 하고 안 하고는 오직 상대가 자기에게 어떻게 하느냐에 달려 있을 뿐이다, 라며 공갈협박을 하는 것 같았다. 어쨌든 똘마니들의 세레모니를 통해 험한 분위기를 조성한 뒤에 나타난 함태수가 A4 용지를 건넸다. 클립으로 묶은 넉 장의 A4 용지였다. 내용을 살폈다.

한 지방 인터넷 언론사에서 함태수를 다룬 기사였다. 인터뷰 기사에 함태수의 주장이 여과 없이 그대로 실려 있었다. 사실 확인 없이 함태수의 일방적인 주장과 탄원을 받아 적은 글이 어떻게 기사가 되어 게재될 수 있나 싶었다. 큰따옴표가 면책특권이었다. 기사는 큰따옴표의 보호 속에서 함태수가 마음껏 지껄인 것을 옮겨 적었다.

학생지도가 사명이자 역할인 학교 측이 학생들의 대화 제의를 무시하고, 억울한 학생을 파렴치범으로 몰아 무조건 제적 처분했다. 함태수가 연임을 하려 한 것은 이권 챙기기 때문이 아니라, 못 다한 학생복지사업 완결을 통해 학생 권익 증진과 학교 발전에 기여하고자 한 것이었고, 또한 학생회칙을 개정한 것은 단대학생회와 동아리연합회의 자발적인 발의에 의해 적법한 절차를 거쳐 이루어진 것이다. 때문에 하등 문제 삼을 것도 문제가 될 것도 없다고 했다. 기사 말미에 덧붙이기를, 학생지도를 학교가 아닌 법원에 떠넘긴 학교 측의 처사가 직무유기이며, 딱하다고 했다. 기자가 한 말이 아니라, 함태수가 한 말이었다. 가상명 주간과 함태수와 언론사의 주장이 대동소이했다.

왜 나를 찾아와 폭력교사까지 해가며 신문 기사를 보여주는 것이냐고 물었다.

"정말 몰라서 묻습니까?"

함태수가 눈을 부라리며 되물었다.

"……?"

"언론에서도 저의 제적이 부당하다는 보도를 싣고 있는데, 정작 대학 신문사는 오불관망하고 있잖습니까. 좀 도와주세요."

놈이 오불관언을 오불관망이라고 했다. 게다가 '오불관망'에 나름의 강세까지 줬다.

"회장님, 오불관망이 아니라, 보도 회피, 직무유기인 거이지."

열심히 껌을 씹던 잭나이프가 끼어들었다.

"맞다. 왜 보돌 회피하느냐는 겁니다. 대명천지, 민주시대에!"

"외부 강압으로부터 보호한 적은 있어도, 회피한 적 없는데……"

"보호요? 편집장이 자기 입으로 통제를 받았다고 했습니다. 삼자대면 하실래요?"

흥분한 총학생회장의 입에서 침이 튀어나왔다.

"깡패새끼들을 이렇게 몰고 다니면서 주먹질을 해대니까, 얻어맞을까 무서워서 그렇게 말한 거겠지. 나도 네가 무섭다."

"뭐욧? 깡패새끼들?"

"그래. 깡패새끼들!"

"근거 있어?"

"잘못 없는 사람을, 그것도 죄 없는 여자를 패는 놈들이 깡패새끼가 아니라면 누가 깡패새낀가?"

나는 양다리와 두 눈에 힘을 주고 굳게 버텼다. 이놈에게 밀리면 끝장이라는 생각이 들었다.

"깡패는 당신이지. 아니, 깡패보다 더 무서운 사람이지. 뒷구멍으로 뇌물을 받아 말 잘 듣는 놈, 말 잘 들어야 되는 놈에게는 죄 펴준다며…… 떼먹힐 줄 뻔히 알면서 등록금까지 꿔주고. 돈으로 학생을 관리하나 보지? 범죄영활 너무 많이 보셨나 봐."

"그러니까 광고비 사용이 티미한 것도 다 이유가 있는 거야."

"……"

나는 뇌물이라는 말에 정신이 아뜩해져 할 말을 잃었다. 식당 주인이 어디선가 지켜보고 있는 것만 같아 나도 모르게 몸이 굳었다. 식당 주인이 뇌물이라는 족쇄를 내 발목에 채워 그 끈을 이 사람 저 사람에게 쥐여 주고 있는 것만 같았다.

"이도 저도 아닌데, 말 안 듣는 놈은 쫓아내고……"

"용돈도 준대잖아."

"주먹이나, 돈이나 같은 거이지."

"주먹이 안 되니까, 돈을 쓴 거야."

"어느 조직이건 장기집권을 하려면 어쩔 수 없는 거 아냐?"

함태수의 양옆에 붙어 선 검정양복들이 앞다퉈 한마디씩 거들었다. 망신을 주자는 수작인지, 비리를 폭로하겠다는 협박인지 알 수 없었다. 더 이상 복도에 서서 다툴 일이 아니었다. 나는 편집간사실로 들어왔다. 학생회장이 똘마니들을 망토처럼 매달고 따라 들어왔다. 내가 서랍을 열어 A4 용지를 꺼냈다. 학회장과 동아리 회장들이 보내온 제보들이었다.

단임제를 연임제로 바꾸려고 치밀한 사전 계획하에 위압적이며 강제적인 절차를 거쳐 학생회칙이 개정되었고, 학생회장을 연임하기 위해 스스로 수업연한초과자가 되었다. 뿐만 아니라 F학점이 있으면 결격 사유가 되기 때문에 F학점 맞은 과목을 학점포기 신청했다. 이렇게 해서 학점 관련 자격 요건인 평점 3.0을 맞췄다. 그러고도 규정을 바꿀 수밖에 없었다. 학점포기 신청 이전의 학점이 출마 자격의 기준이 되었기 때문이다. 이럴 경우, 함태수는 평점이 3.0에 미달한다. 그래서 이 조항의 삭제를 위해서는 규정을 바꿀 수밖에 없었다.

중앙운영위원회 회의 시, 문과대 학생회장과 법경대 학생회장을 제외한 나머지 학생회장들에게 엉뚱한 회의 장소를 통보해줬다. 잘못된 장소를 통보 받은 많은 위원들이 헤매다가 회의에 참석을 못했는데, 이들이 죄 함태수 반대파였다. 다섯 개 단대 학생회장들이 거짓 장소로 통보 받은 운동장을 구석구석 헤매 다니다 흩어졌다.

회의 때마다 찬성할 사람은 오고, 와서 반대할 사람은 오지 말라며 대놓고 위협했다. 그러고는 혹여 와서 반대하는 사람을 통제하기 위해 기도를 세웠다. 똘마니들을 기도로 세운 근거로 국회의사당 경비원 제도를 들었다고 했다.

총학생회의 비리에 대해 제보 받은 내용 가운데 일부였다. 내가 A4 용지에 적은 내용 가운데 요점을 찾아서 대충대충 읽고 학생회장에게 건넸다.

"대학 신문사가 뒷조사도 하네. 국가인권위에 정식으로 문제제기 할 거야."

폭력을 사주한 놈이 인권 침해를 운운하며 쇼를 했다. 정치인들이 곧잘 하는 얼토당토않은 생트집이었다.

"내가 한 말과 거기 적힌 내용은 주장이나 의견이 아니라, 사실이다. 이런 사실 제보가 인권 침해에 해당하는지는 네 아버지도 잘 알 것이다."

말을 맺으며 후회했지만, 늦었다. 함태수의 아버지가 시의회 의원이기에 한 말이었으나, 지금은 내 말을 나의 의도대로 받아들일 상황이 아니었다. 어린 학생 놈들에게 당하다 보니 판단력을 잃은 것 같았다.

"뭐? 아버지? 울 아버질 왜 들먹여, 새꺄!"

학생회장의 욕설과 함께 마른번개가 번쩍였다.

"뭐얏? 이 자식이!"

나는 의자를 박차고 일어나 학생회장을 향해 손을 뻗었다. 그러나 뻗은 손이 학생회장의 멱살에 닿기 전에 그를 경호하는 검정양복 차림에게 붙잡혔다. 그러고는 곧 등뒤로 꺾였다.

"악!"

"어서 봐! 뭣들 하는 짓이야?"

영춘

방문을 여는 소리와 학생처장의 고함과 내 비명이 한데 뒤섞였다. 번개에 이은 천둥까지 겹쳐 울었다. 순식간에 주위가 어두컴컴했다.

'112'로 연락을 받은 경찰이 학생과에 알린 것인지, 아니면 자체 제보를 받고 달려온 것인지 학생처장이 나타나 다툼을 뜯어말렸다. 학생처장이 가쁜 숨을 골랐다. 비에 흠뻑 젖은 그의 양복에서 빗물이 뚝뚝 떨어졌다.

학생처장의 고함 한마디에 설쳐대던 검정양복들이 순식간에 흩어져 사라졌다.

"너도 나가!"

남아서 뭉그적거리던 학생회장까지 쫓아냈다.

"백 간사님. 수준에 맞는 사람과 수준에 맞춰 싸우세요. 애들이 문서질한다고 해서 같이 문서질하고, 애들이 욕지거리 하며 덤벼든다고 해서 같이 욕지거리 하며 덤벼들면, 그게 어디 교직원이오?"

둘이 남게 되었을 때, 학생처장이 앞뒤 사정을 알아보려 하지도 않고 훈계조로 말했다. 체육학과 교수라 말주변이 부족하다고 봐야 할지, 아니면 내 편을 들어주기 위한 지극한 배려로 봐야 할지 헷갈렸다. 그러나 그 헷갈림은 곧 풀렸다.

"문제 좀 일으키지 마시오. 안 그래도 당신이 자기가 저지른 잘못을 쪼개서 이 사람 저 사람에게 나눠주려 한다고 난리오."

"예?"

"광고비를 학교 예산에 귀속시키지 않고 쓴 것은 업무와 관련된 기초적인 회계 규정조차 알지 못해 벌어진 불찰이 아니오. 그걸 남자답게 온전히, 앗사리하게 책임지려 하지 않고, 이 사람 저 사람 끌어들여 공범을 만들겠다고 버티는 거 아니오?"

갈수록 태산이었다. 똘마니가 분위기 잡고, 함태수가 협박하고, 학생처장이 쫓아와 거드는 꼴이었다.

"쥐도 막판에 몰리면 돌아서서 고양이를 무는 법 아니오."

학생처장이 방을 나가며 던진 말이었다. 웬 쥐와 고양이 타령인지, 그리고 누가 쥐고 누가 고양이라는 것인지 알 수 없었다. 나는 부삽으로 등짝을 얻어맞은 기분이었다.

8

황사비가 걷힌 하늘은 천연덕스럽게 맑았다. 이제는 아지랑이와 제비가 아니라, 기상통보관의 예보와 중국에서 건너오는 모래먼지가 봄을 포박해 오는가 싶었다. 농협에서 돈을 찾아 나올 때, 이런 생뚱맞은 생각이 문득 들었다.

주인 할머니가 입금 소식을 전해주었다. 꼭두새벽에 나를 깨운 주인 할머니가 어제 늦은 오후에 백승경이에게서 전화 연락을 받았는데, 깜박 잊었다고 했다.

승경에게 고맙다는 전화를 걸고 공사 현장에 도착했다. 모르타르 패드를 나르는 성칠성에게 담배 한 개비를 빌려 봉분 앞에 앉았다. 땅딸보는 보이지 않았다. 아직도 자고 있을 것이다. 땅딸보를 만나도 돈을 바로 건넬 생각이 없었다. 어떻게든 돈을 빨리 만들어 부스럼딱지 같은 놈을 얼른 떼어내고 싶었지만, 돈을 찾는 순간 생각이 바뀌었다.

무연고 묘를 등지고 앉아 담배를 피웠다. 천구백 원짜리 '88라이트'의 맛은 거칠고 썼다. 도시관리과 담당 공무원이 법적 공시 기간인 90일이 모두 지났으니, 이제는 봉분을 파헤쳐 유골을 처분해도 괜찮다고 했다. 1차 공시 30일, 2차 공시 60일 동안 묘주가 나타나지 않았다. 인간의 법이 저승까지 침범하는 것 같아 장묘업체에 연락을 할 때 기분이 묘했다.

"아저씨, 아프다!"

"아저씨, 죽는다!"

풀린 눈동자가 돌아간 허여멀끔한 정신지체자들이 나를 뚫어지게 쳐다보며 게걸음질을 쳤다. 음부에서 들려오는 악의 주술 같아 기분이 나빴다.

점심시간 직전에 온 장묘업체 인부들이 죽어서 오래전에 유족들로부터 버림받았을 유골들을 순식간에 간추렸다. 내린 비가 채 마르지 않아 질척한 땅 위에 신문지를 깔고 명태포와 소주를 놓고 재를 올렸다. 장묘업체 사장이 음복을 마치자, 무한궤도를 단 미니 굴삭기가 깔짝대며 봉분을 파헤쳤다. 사장이 똥 마려운 강아지 모양 굴삭기 삽날이 쪼아대는 곳을 쫓아다니며 똑딱이 카메라로 사진을 찍어댔다. 썩고 삭아 부스러진 뼛조각들을 대충 주워 흙을 털고 신문지에 둘둘 말아서 오뚜기라면 상자에 담았다. 다섯 개의 라면 상자를 실은 1톤 트럭이 떠났다. 달리는 트럭의 짐칸을 비추는 맑고 따스한 봄볕이 너무 좋았다.

'사고 없는 우리 현장 웃음 깃든 우리 현장'

규정과 규격에 맞춰 내건 현수막이 봄바람에 살랑댔다.

머리에 새집을 지은 땅딸보가 나타났다. 놈은 밤새 안주로 씹다 남은 오징어다리를 물고 와 씹어댔다. 그러면서 나타나자마자 돈을 내놓으라고 손을 벌렸다. 나는 대답 대신 주머니에서 날계란을 꺼내 멍 든 눈두덩에 대고 비볐다. 땅딸보에게 맞아 생긴 멍이었다. 놈이 어처구니없다는 표정을 지으며 휴대전화로 짜장면 배달을 시켰다. 빨간 벤디트 400CC가 있는 위치와 모양새를 일러주고는 주문한 짜장면을 짬뽕으로 바꿨다.

조선족 인부 셋이 시뻘건 녹물이 번진 컨테이너 박스 곁에 모여서 휴대용 가스버너로 라면을 끓였다. 그 모습이 마치 시골 장터의 떼기판에 들러붙어 있는 개구쟁이들 같았다.

한국 라면과 믹스커피는 자기들이 사는 고향에서 고급스러운 사치라고 했다. 고가의 고급 요리인 라면을 삼시세끼 먹을 수 있어서 행복하다고 했다. 그들은 라면 한 그릇과 믹스커피 한 잔으로 최고의 행복을 느낀다고 했다. 회사에서 한 끼 점심과 두 끼의 새참을 제공했는데, 그들이 이를 끼니가 아닌 돈으로 달라고 사정하며 보챘다. 사장은, 배곯으면 정신이 허해져서 판단이 더디게 되고, 몸놀림이 덩달아 굼떠져 사고 위험이 높아진다는 이유를 들어 거절했다. 하지만 그들의 사정을 빤히 알고 있는 나는 청을 거절하지 못했다. 시공기사가 없는 날만 사장 모르게 돈으로 갈라줬다. 또 그들은 일요일에도 일을 했으면 좋겠다고 했다. 그러나 월급쟁이 시공기사의 반대로 들어줄 수 없었다.

내게 빌려준 삼십만 원은 틈틈이 밥을 라면으로 때워가며 아껴 마련한 돈일 것이다.

그들이 병아리 새끼들처럼 머리를 맞댄 채 쪼그려 앉아 비닐봉지에 싸온 찬밥을 라면 국물에 말았다. 나는 얼른 시선을 돌렸다. 괜스레 코끝이 짠했다. 궁색하고 청승맞은 모습이었다. 모퉁이에 몸을 숨긴 노파가 부서진 담장 위로 살그머니 고개를 뺀 채 이 모습을 지켜봤다.

그때였다. 큰길에서 급히 꺾어져 달려오는 봉고가 보였다. 흙먼지와 한 덩어리가 된 봉고가 컨테이너 박스를 향해 미친듯이 달려왔다. 내처 달릴 기세였으나, 콘크리트 타설을 위해 서너 뼘 높이로 만든 거푸집에 막혀 급하게 멈춰 섰다. 급정거 때문에 차가 미끄러지며 생긴 흙먼지가 봉고를 완전히 휘감았다. 먹구름처럼 엉킨 흙먼지 속에서 댓 명의 건장한 사내들이 튀어나왔다. 삼단봉을 쥔 사내들이 컨테이너 박스를 향해 쏜살같이 달려왔다.

"일루루 얼넌 오시라요."

영춘

등뒤에 닥친 위기를 알지 못하는 조선남과 성칠성이 젓가락을 빨며 내게 손짓했다. 라면을 같이 먹자는 재촉이었다. 당황한 나는 담배를 입에 문 채 벌떡 일어나 벙어리처럼 손만 내둘렀다. 소리가 나오지 않았다.

그때 물병을 찾으려고 몸을 돌리던 성칠성이 벌떡 일어서며 소리쳤다.

"단속! 내빼자우!"

마상국이 등산로 쪽을 향해 잽싸게 뛰었다. 날랜 다람쥐 같았다. 화들짝 놀란 조선남과 성칠성도 뒤따라 일어났다. 몸놀림이 더딘 성칠성의 발에 조선남이 걸려 고꾸라졌다. 달려오던 두 명의 단속반이 방향을 틀어 성칠성을 쫓았고, 나머지 세 명의 단속반은 내처 달려왔다. 앞서 달려온 단속반원이 다시 일어서려고 허우적거리는 조선남을 덮쳤다.

"외국인등록증 없지?"

마치 등록증 없는 걸 알고 왔다는 듯이 단속원이 가쁜 숨을 몰아쉬며 물었다.

"제발 한 번만 살래주시라요."

단속원이 뭍에 뒤집어진 자라 모양 발버둥 치는 조선남을 짓눌러 수갑을 채웠다. 조선남이 사정하며 마구 발버둥을 칠 때, 냄비와 소주병이 엎어졌다. 단속반은 수갑 찬 양손을 비비며 통사정하는 조선남을 쏟아진 라면과 밥알에 처박아 버무렸다. 쏟아진 라면 국물에 얼굴을 덴 조선남이 비명을 내지르며 발버둥 쳤다. 고통스러워 발버둥 치는 그를 단속원이 마구 두들겨 팼다.

성칠성은 얼마 달아나지 못하고 붙잡혔다. 성칠성 앞에 지프가 느닷없이 나타났고, 지프를 보고 멈칫하는 사이 뒤에서 날아온 각목이 그를 거꾸러뜨렸다. 뒤를 쫓던 단속원이 공사 현장에 있던 각목을 집어던진 것이다. 한 뼘 길이의 대못이 박힌 각목이었다.

"미친놈들 아냐, 씨발!"

물웅덩이에 빠져서 정신지체자들을 붙든 채 실랑이를 벌이던 젊은 단속원이 욕설을 내뱉었다. 과잉단속을 하던 단속원이 때마침 공사장 근처를 배회하던 정신지체자들을 불법체류자로 알고 덤벼들었다가 뒤늦게 정신을 차린 것 같았다.

"히히…… 아저씨들, 나쁘다! 아저씨들, 죽는다!"

"이, 이놈들 미친놈들이지요?"

흙탕물에 젖은 단속원이 내게 물었다. 나는 대꾸할 경황도 없었지만, 어처구니가 없어 대꾸할 수 없었다.

"소장님! 우리래 좀 살래주시라요!"

수갑 찬 조선남이 봉고에 실리며 덫에 걸린 짐승처럼 울부짖었다.

봉고차가 도착한 지 이십 분쯤 지났을까, 두 명의 단속원이 욕설을 내지르며 터덜터덜 등산로를 걸어 내려왔다. 빈손이었다. 단속원들이 마상국을 놓친 것이다. 나는 안도의 숨을 내쉬었다.

"여기 책임자 돼쇼?"

내내 검정 지프 곁에 서 있던 입술 두터운, 그래서 미련스러워 보이는 단속원이 인상을 구기며 물었다. 반장 같았다.

"……"

"연락처를 주시오."

나는 마지못해 명함을 건넸다.

"우리가 연락하면 출입국관리사무소로 출두해주쇼."

명함을 받아 앞뒤를 살핀 단속반이 날랜 동작으로 지프에 올랐다. 지프가 봉고를 달고 떠났다. 물에서 건져낸 생쥐 꼴의 정신지체자들이 멀어지는 봉고에 대고 잇따라 쑥떡을 먹였다.

대체 누가 신고를 했단 말인가. 신고 없이는 이 외진 공사장에 느닷없이 단속반이 들이닥칠 리 없었다. 얼핏 땅딸보 수금원과 담장 잃은 주인 노파가 떠올랐다. 짬뽕을 먹다가 슬그머니 사라진 수금원보다는 노파가 의심스러웠다. 수금원은 내가 돈 버는 일을 방해할 이유가 없었다.

나는 꽁무니에 흙먼지를 단 채 달리는 봉고를 바라보다 고개를 돌렸다. 헐린 담장의 잔해 더미 위에 올라선 노파와 눈이 마주쳤다. 순간 노파가 나를 노려보며 혀를 뺐다. 쌤통이라는 표정이었다. 노망이 들었거나, 동정심이 없는 야속한 노파였다. 혹시라도 해코지를 할까 싶어 노심초사하며 그토록 마음을 썼는데…… 다 헛된 짓이 되고 말았다.

어둠이 내리자, 역 광장에 가로등이 켜졌다. 너무 늙어서 하릴없는 노인들과 집 없는, 또는 집 나온 노숙자들이 곳곳에서 뒤섞여 어우러졌다. 노숙자들이 노인들에게 들러붙어 잔소리를 들으며 소주를 얻어 마셨다. 노숙자들은 시무룩한 표정으로 잔소리를 흘려들으며 소주만 받아 마셨다. 외로운 노인들에게, 버림받은 노숙자들이 말 상대 같았다. 그러나 노숙자들이, 일을 안 하고도 먹고살 수 있는 노인들보다 현실의 삶을 더 잘 아는지라, 노인들이 세월의 무게로 훈계하는 고릿적 말을 허투루 듣는 것 같았다.

노숙자가 먹다가 흘린 쥐포와 새우깡 쪼가리를 놓고 비둘기와 유기견이 다퉜다. 갈 곳 없는 사람들과 비둘기와 개가, 갈 곳을 향해 가고 오는 사람들로 분주한 역 앞에 모여 앉아 가고 오는 시간을 이 잡듯이 죽이고 있었다.

백여 년 동안 역을 끼고 덕지덕지 형성되었던 시장이 쇠락해가고 있었다. 다양한 물품을 대형 공간에 대량으로 들여놓고 싸게 파는 할인매장과 주택가 깊숙이 파고든 기업형 슈퍼마켓과 24시간 편의점이 재래시장을 에워싼 채 숨통을 조이고 있었다. 떡볶이와 순대 장사뿐만 아니라 구멍가게마저 대기업이 접수하려 들었다. 재래시장은 구도심 낙후에 따른 상권 쇠락과 재개발로 인해 상점들이 하나둘 헐려나가 곳곳에 큼지막한 땜통이 생겼다.

　역 주변은 중병을 앓는 노인처럼 급하게 늙어서 구도심이 된 지 오래였다. 대학 시절, 이백 원짜리 라면을 사 먹었던 '만나분식' 자리에 '스타벅스'가 들어섰다. 청운의 꿈을 안고 비둘기호로 통학을 하던 시절, 막차를 앞두고 늦은 저녁을 먹던 분식점이었다. 단무지 한 쪽 더 얻어먹자고 매정한 뚱보 아줌마에게 사정하며 아양 떨던 기억이 눈에 선했다. 라면 한 봉지와 커피 한 잔의 가치가 대등해진 세상에서 나는 영원히 라면의 수준을 벗어나지 못할 것 같았다.

　백승경이 오십만 원을 보내왔다. 그 돈을 빼서 수금원에게 줄 때, 다 주지 않고 십만 원을 따로 꿍쳤다. 조선족 인부들이 모아서 꿔준 삼십만 원은 땅딸보에게 주지 않았다. 나도 수금원도, 이 돈을 받거나 받아서 쓰면 안 된다는 생각이 들었다.

　그들은 단속에 걸려 잡히고 도망갔다. 적어도 잡힌 두 명의 조선족은 더 이상 한국 땅에서 돈을 벌기 힘들 것이다. 때문에 그들을 찾아서 꼭 돌려줘야 할 돈이었다. 조선족 인부들이 잡혀간 공사장에서 돈을 받은 수금원이 떠나면서 말했다. 또다시 도망쳤다가 잡히면 잭나이프로 아킬레스건을 끊어버릴 것이라고.

　역에서 시장 쪽으로 들어서며 주변을 두리번거렸다. 빈 공중전화 부스를 찾았다. 딸의 목소리가 듣고 싶었다. 대학에 들어간 딸이 나의 무능과 무책임한 태도를 납득할 수 없다고 했다. 딸은 무책임이 아니라, 무책임한 태도가 문제라고 했다. 내가 노력하지 않는다는 말을 딸은 그렇게 표현했다. 엄마는 마트 계산원과 노래방 도우미를 뛰면서 24시간 돈을 버는데, 아빠는 어떤 노력을 보여줬느냐며 다그쳤다. 그러면서 아빠가 아빠인 이유를 생각해보고 반성하라고 몰아쳤다. 나는 딸이 딸인 이유 속에 아빠가 아빠인 이유도 있을 것이라고, 그렇게 말하고 싶었으나 공연한 말장난 같아서 하지 않았다. 결국 공중전화 부스 앞을 서성이다가 그냥 지나쳤다.

땜통으로 생긴 빈 땅에 순대를 파는 노점이 들어서 있었다. 쪼그려 앉아 마시는 소주가 달고, 순대는 맛있었다. 좌판 아래쪽에 스물네 가지 재료가 들어간 '평양순대'라는 정갈한 손글씨 팻말이 붙어 있었다. 팻말이 등뒤의 노래방 네온사인 빛을 받아 색색으로 번쩍였다. 스물네 가지 재료를 정말로 다 넣었느냐고 농 삼아 물었다.

"먹는 걸 개지고 우찌 거짓말을 하갔습네까?"

주인아주머니가 칼질을 멈추고 말했다.

"거짓말 아이 하면 이 땅에서 돈 벌기 어렵습네다."

나는 아주머니의 사투리를 흉내 내어 농담처럼 되받았다.

아주머니가, 새터민 쉼터에서 돈은 정직하게 벌어야 한다고 배웠다며 맞받았다. 배운 대로 했기 때문에 좌판 장사인데 단골을 만들 수 있었다고 했다.

나는 탈북 아주머니의 '훈계'를 들으며 빈 소주잔을 한참 동안 들여다봤다. 한 달 만에 편히 마시는 소주였다. 행여 알코올 중독이 될까 두려워 애써 멀리했던 술이었다.

나는 국경을 넘다가 병든 남편을 잃고 어린 자식 둘을 챙겨 천신만고 끝에 한국에 왔다는 아주머니가 정직한 손맛으로 만들었다고 자랑하는 순대를 꾸역꾸역 우겨 넣으며 소주를 마셨다. 취기 탓인지, 애당초 한국에서 태어났음에도 불구하고 사선을 넘어온 아주머니처럼 살 수 없는 내가 부끄러웠다.

좌판 뒤로 댓 발작 떨어진 생선 가게에서 텔레비전 뉴스가 흘러나왔다. 뉴스 앵커 멘트가 노래방에서 흘러나오는 가사와 뒤섞였다.

해가 지기 전에 가려 했지 너와 내가 있던
그 언덕 풍경 속에 아주 키 작은 그 마음으로

지나치게 긴장을 했거나 너무 폼을 잡은 탓인지, 초장부터 음이 올라가질 않아 끙끙대고 있었다. 점점 음정 박자가 따로 노는 가사 틈으로 삼성 떡값 의혹에 대한 사실 관계 규명을 촉구한다는 한 시민단체 간부의 냉소적인 인터뷰가 섞였다.

삼성은 비자금 축적 과정에서 분식회계 처리를 하였고, 감사를 맡은 모 회계법인은 이를 눈감아준 것으로 드러났습니다.

다 알고 있었을 사실을 뒤늦게 듣고 나와 호들갑을 떠는 언론의 너스레가 가증스러웠다. 언론이 절차를 일러주며 스스로도 주어진 절차를 밟고 있었다. 나는 빈 잔을 채우고, 냉큼 비웠다. 이건희가 곧 삼성이고 삼성이 곧 한국 경제라고 주장하는 나라에서 경제 정의와 진실 규명을 부르짖는 행위가 어떤 의미를 갖는지 알 수 없었다. 나는 가사와 뉴스 속을 헤매다가 문득 승경이가 보고 싶었다.

너는 내가 되고 나도 네가 될 수 있었던 수많은 기억들
내가 항상 여기 서 있을게 걷다가 지친 네가 나를 볼 수 있게

세상의 살이는 냉혹했다. 개인파산은 끝이 없는 블랙홀이었다. 세상에는 파산자가 다시 일어나서 살아나갈 출구가 없었다. 아니 출구가 있어도 나가도록 놔주질 않았다. 죽기 전에는 몸의 장기를 팔아서라도 빚을

영춘

메워야 했다.

주인아주머니가 나를 힐끔힐끔 훔쳐봤다. 그러고는 빈 접시에 순대 몇 점을 덤으로 슬그머니 얹어주었다. 나는 덤을 얻어먹는 주제에 정에 매인 장사를 하면 돈을 못 번다며 퉁을 주었다.

새벽에 노동시장에 나가 하루 종일 막노동을 하는 동료 탈북자들 생각 때문에 주는 것이니, 괘념치 말고 많이 먹으라고 말했다. 그러고 보니 작업복 차림의 내 몰골이 말이 아니었다. 노숙자와 다를 바 없었다.

새 손님이 좌판 앞에 놓인 앉은뱅이 의자에 자리를 잡았다. 덤까지 실컷 얻어먹은 나는 서둘러 셈을 치르고 일어섰다.

술이 취한 나는 비틀걸음으로 시장 깊숙이 파고들어 이 골목 저 골목을 헤매 다녔다. 저녁장을 보는 사람들과 휩쓸려 이것저것 구경하며 어기적대는 일이 왠지 즐겁고 행복했다. 또 내가 이들과 같은 장터에 섞여 있다는 것이 낯설고 신기했다. 붙잡히지 않고 도망친 마상국을, 이 낯설지만 신기해 보이는 장터 바닥에서 조우할 수 있다면 좋겠다는 생각이 불쑥 들었다. 나는 문득 든 이런 생각 때문에 밤이 깊어서 시장이 파할 때까지 이곳저곳을 쏘다니며 술을 더 마셨다.

"누굴 찾아?"

"……?"

뚱보 아줌마가 길을 막으며 옆에 들러붙었다. 그러고는 순식간에 허리춤을 잡아 잽싸게 골목 안으로 밀어 넣었다. 힘이 장사였다. 지린내와 퀴퀴한 하수구 냄새가 코를 찔렀다.

"화끈한 애 있어. 아주 죽여."

뚱보 아줌마는 비좁은 골목에서 만삭인 양 부른 배통으로 나를 몰았다. 몸을 돌려 빠져나가려고 하자, 손을 뻗어 고의춤을 움켜쥐었다. 악력이 억셌다.

"놔!"

고의춤이 잡힌 나는 손을 쳐내며 버둥거렸다. 힘을 쓰며 바동거릴 때 뚱보 아줌마가 고의춤을 놓았다. 순간, 반작용 탓에 내 몸이 뒤로 벌렁 자빠졌다. 자빠진 곳이 철대문 안쪽이었다. 디딤돌에 부딪힌 등짝이 쑤셨다.

"뭐해 이년들아! 어서 손님 안 모시고!"

두 명의 여자가 양쪽으로 달려들어 넘어져 처박힌 나를 부축했다. 그러고는 방으로 힘껏 밀쳐 넣었다.

"옵빠아. 셋이 해봤어?"

노랑머리가 작업화를 벗겨 문밖으로 던지며 말했다.

"뭐? 너희들 변태야?"

"변태는 무슨…… 살기 박해서 그러지."

포니테일 머리가 한숨을 내쉬며 답했다. 각진 골상이 거칠고 목소리가 걸걸했다.

"한번 해봐. 짜릿해. 싸게 해줄게."

포니테일 머리가 허리띠를 빼 목에 둘렀다. 도망을 못 가게 하려는 조처 같았다.

"싸게 안 해줘도 싸겠다."

"어머, 유머까지."

방바닥이 진저리를 쳤다. 기차가 지나가는 것 같았다.

"싼값에 이런 경험하기도 쉽지 않잖아? 오빠 진짜 행운아다."

"우리가 닷새를 사그리 공쳤어여. 그러니까 오빠 이걸로 적선 좀 해주라. 우리도 염가로 보시할게."

갑자기 아랫도리가 차가웠다.

"괘니 사양치 말라요. 머서가니가 흠씩하네."

영춘

물수건으로 물건을 닦고 서너 차례 빤 포니테일 머리가 쉰 목소리로 말했다.

"아니, 넌…… 조선족?"

내가 벌떡 일어나 앉으며 물었다.

"성고문하는 것도 아닌데, 왜 그래?"

"대꾸 이리 나대면 터러구를 뽑갔시오."

여자가 나를 밀어 자빠뜨리고는 사타구니 털을 이빨로 물어 당겼다. 돈만 주고 빠져나오려 했으나 막무가내로 덤벼드는 두 여자를 당해낼 재간이 없었다. 포니테일 머리가 이미 물건을 움켜쥔 채 힘차게 빨고 있었다. 나는 몸으로 돈을 버는 여자들에게 몸을 맡기고 눈을 감았다. 그러고는 얼마 전 꿈에 본 마누라의 몸을 찾아 헤맸다.

9

"소 잡는 칼을 가져와서 닭을 잡고 자빠졌어."

가상명 주간이 열을 냈다.

"……?"

"내부감사를 교육부가 나서서 대신 해주는 이유가 뭐야?"

주간이 감사관들의 감사 방향과 태도를 문제 삼았다. 학교 차원의 비리가 아닌, 교직원 개인 차원의 비리만 후벼 파고 있다는 것이 이유였다.

법학과도 감사에 걸렸다고 했다. 학과 선임교수가 중국 자매대학의 교환교수로 나가면서 학과 재물인 카메라를 가지고 간 것이 문제가 됐다. 감사관이 카메라와 반출증 중 하나를 가져오라고 했다. 학과장을 겸직하고 있는 주간이 조교를 통해 카메라의 행방에 대한 구두입증 의사를 밝혔다. 그러나 감사관이 이를 거절했다는 것이다.

"내가 왜 그 일에 도장을 찍어. 서면입증 좋아하시네. 새끼……!"

욕은 나 들으라는 소리 같았다. 일개 7급 공무원 놈이 감사관입네 하며 교수를 오라 가라 한다며 욕설까지 내뱉었다. 잘못을 하고도 되레 큰소리를 칠 수 있는 신분의 안하무인이 부러웠다.

확인서에 도장을 찍어달라고 하는 건 포기해야 할 듯싶었다. 결재판에서 확인서를 빼냈다. 이제 광고비 지출에 대한 소명서 작성에 온 힘을 쏟아야 할 것 같았다.

영수증과 개별 기자 확인서를 붙인 소명서 외에 별도의 해명서를 작성했다. 결백과 자성의 뜻을 담은 해명서 겸 반성문이었다. 나는 교수가 아닌 계약직원이기에 보직이 잘리면 파면을 당하거나 사직해야 했다. 내 보직에는 오영춘의 빚도 걸려 있었다. 오영춘 보증 건이 터지면 곧 이혼이라고 말한 마누라가 직장 잘린, 그래서 미래가 더욱 암담한 나를 데리고 살아줄 것 같지도 않았다. 패자부활전이 없는 나라에서 지금 고꾸라지면 나도 영춘이처럼 다시 일어설 수 없었다. 나까지 오영춘처럼 될 수는 없었다. 모든 것을 잃고, 오직 남의 돈과 그 이자만 갚기 위해서 돈을 벌어야 하는 무용한 삶을 살 수는 없었다. 그래서 한 자 한 자 적어나가는 내용이 치밀하고 필사적으로 구구절절했다.

사학기관 재무회계 규칙 위반으로 해줄지, 공금유용 혹은 공금횡령이될지가 소명서와 해명서를 받아보는 교육부 감사관의 처분에 달렸다. 비굴하지만, 다시 주간에게 매달려 도움을 청해볼까 싶었다. 비비면 도장을 찍어주지 않을까. 그러나 생각을 거뒀다. 도장을 받으면 주간의 요구도 들어줘야 했다. 그렇게 하고 싶지 않았다.

가상명 주간은 올 때 점령군 사령관처럼 왔다. 조직의 질서와 계통을 무시했다. 주간으로서 학생 기자를 대하는 것이 아니라, 교수로서 학생

영춘

을 대하는 마인드로 왔다. 다시 말해 학생 기자를 가르치는 주간교수였다. 나 역시 상임편집간사가 아닌 계약직원으로 대하려 했다. 주간은 관리직이었으나, 실무 속에서 시시콜콜 통제를 하려 덤벼들었다. 그러려면 전문성이 있거나 적어도 상식적이어야 하는데, 없었다. 권위가 상식과 전문성을 갈음한다고 보는 것 같았다.

일원화되어야 할 지휘 계통이 이원화되었다. 기자들은 누구 말을 들어야 할지 갈등했다. 주간이 이 갈등을 노려 이용하려 들었다. 기자들은 자신들을 지도하는 편집간사를 견제하기 위해 주간의 노림수에 호응했다. 이런 구조를 인정할 수는 없었다. 인정하면 조직의 프레임과 시스템이 무너지기 때문이었다. 지출결의서에만 도장을 받고 나왔다. 돌아서 나올 때 휴대전화가 울렸다.

"나다."

오영춘이었다. 다짜고짜 돈 이십만 원을 송금했다고 했다.

"없어!"

나는 송금했다, 를 송금해달라는 말로 알아듣고 짜증을 냈다.

"송금한 돈을 빼서 삼십만 원을 만들어 조선족에게 줘라. 고맙다는 말을 꼭 전하고……"

송금한 이십만 원을 찾고, 내 돈 십만 원을 보태서 출입국관리사무소로 가라고 했다. 가서 조선남이나 성칠성이라는 조선족 불법체류자를 찾으라고 했다.

"야이, 씨발! 이젠 심부름까지 시키냐?"

말은 그렇게 했으나, 무언가 석연치 않은 느낌이 들었다.

10

태안에서 남은 돈을 승경의 통장 계좌로 송금하고 모항으로 향했다.

모항항 북쪽의 하얀색 방파제 등대 아래에서 남쪽의 붉은색 방파제 등대를 건너다봤다. 뽕짝을 크게 튼 어로선들이 두 등대가 수호신처럼 우뚝 서 있는 항구를 통통대며 간간이 드나들었다. 황사가 끝난 중천에 맑은 해가 떠 있었다. 사방이 투명해서 눈이 시렸다. 흔한 구름 한 점이 없었다. 남의 이목을 피해 방파제를 산책하듯 걷다가 서둘러 공중전화 부스를 찾았다. 어젯밤에 공사 현장에서 외상으로 먹은 통닭값을 독촉하는 전화에 시달리다 지쳐서 휴대전화기를 버렸다.

"송금한 돈을 빼서 삼십만 원을 만들어 조선족에게 줘라. 고맙다는 말을 꼭 전해라."

사정이 있어 이십만 원밖에 못 보내니까, 십만 원은 승경이에게 채우라고 했다.

혹시나 싶어 공사 현장을 찾아갔다. 역시 마상국은 없었다. 나는 포주로부터 지켜낸 이십만 원을 백승경 계좌로 이체시켰다.

"무슨 일이냐?"

승경이 물었다.

"해가 지기 전에 가려 했지 너와 내가 있던 그 언덕 풍경 속에 아주 키 작은 그…… 마, 음으로 세상을 꿈꾸고…… 그리며 말했던 곳……"

나는 대답 대신 노래를 불렀다. 승경이가 좋아하는, 그래서 노래방에만 가면 불러달라고 보채는 노래였다.

"낮술 했냐?"

"이제 여행을 떠나…… 야 하는 소중한 내 친, 구여…… 흐윽…… 때론 다투기도 많이 했지 서로 알 수 없는 오해의 조각들로……"

영춘

"야이 씨발놈아! 너 무슨 일 있지……? 무슨 일이냐고?"

11

"낮술 했구나?"

"내가 항상 여기…… 서 있을게 걷다가 지친 네……가 나를 볼 수 있게 저기 저 별 위에…… 그럴 거야 내가 널, 사……랑하는 마음 볼 수 있게"

「서시」를 부르고 있었다. 오영춘의 18번이었다. 노래가 토막토막 끊어졌다가 이어지길 반복했다. 동력이 떨어진 발전기의 마지막 날숨같이 들렸다. 아니 뭍에 버려져 마지막 숨을 가누는 물고기의 경련처럼 느껴졌다. 더듬거리는 노래에 어로선의 뱃고동 소리가 섞였다. 통통통통통…… 멀어서 아득한 소리였는데, 심장을 때리는 듯 가깝게 들렸다.

그렇게 불러달라고 사정을 해도 안 불러준 곡이었다. 가사가 구질구질하고 닭살 돋는다는 것이 거절 이유였다. 그런 그가, 지금 수화기에 대고 자진해서 「서시」를 부르고 있었다. 내 질문을 무지르며.

무언가 선뜻 집히는 것이 있었다. 불길했다. 하지만 나는 서둘러 감사 소명서를 챙기며 자발없는 생각이라고 치부했다. 아니 그러려고 노력했다. 영춘의 노래를 애써 대수롭지 않게 여기고 싶었다.

"어딘지 모르겠지만, 주접떨지 말고 술 처먹었으면 어여 자라."

"고마웠다……"

"뭐?"

"그동안…… 고…… 맙, 다, 구."

영춘이 뜬금없는 말을 뱉고 있었다. 울먹임이 섞여 발음이 온전하지 못했다. 나는 등짝에 잉걸불이 쏟아진 것 같았다. 이십만 원을 송금했으니, 십만 원을 보태 출입국사무실로 가라고 한 말이 떠올랐다. 불현듯 예사로운 부탁이 아니란 생각이 들었다. 나는 의자에서 벌떡 일어났다. 벽시계를 바라봤다. 4시 35분이었다. 5시까지는 확인서와 소명서를 직접 제출해야 했다.

"너 지금 어디야?"

들고 있던 확인서와 소명서를 책상 위에 내려놓으며 소리쳤다.

"……"

"어, 디, 냐, 고…… 이 새끼야아!"

"으응……? 여기? 여, 긴……"

말이 신음처럼 들렸다. 울먹이고 있었다.

'승경아. 나는 구름 한 점 없이 아주 맑은 날에 내가 알아서 죽을 거다.'

삼 년 전, 골프채를 팔다가 골프채에 두들겨 맞은 영춘을 위로하려고 모항항을 찾았을 때, 그가 첫 술잔을 들면서 건배사인 양 한 말이었다.

예감이 불안했다. 4시 37분이었다. 나는 감사장으로 갈 수 없었다.

"너 이 새끼! 지금 어디냐니까?"

나는 휴대전화를 든 채 지하주차장으로 허둥지둥 달려가며 소리쳤다.

"영춘아, 전화 끊지 마! 야…… 이 새끼야, 제발…… 안 돼!"

허둥지둥 차를 빼 지하주차장을 나왔다. 앞이 보이지 않았다. 시린 햇살이 난데없이 쏟아지는 눈물에 젖어들었다. 봄이, 눈물에 매달린 봄이 화창했다.

영춘

이 날고기의 세상에도 봄은 오는가

고원정(소설가)

소는 어디에서 자라는가? 목장에서? 1퍼센트의 팔자 좋은 소는 그럴 것이다. 99퍼센트의 소는 축사에서 자란다. 푸른 초원 위에 흰 구름 떠가는 목장 풍경은 환상에 지나지 않는다. 비좁고 냄새나는 축사에서 오직 인간들의 수요에 응하기 위해 소들은 무럭무럭 자라나야 한다. 그게 현실이다.

도축장을 구경해본 적이 있는가? 종사자들에겐 미안한 일이나 지옥도를 방불케 한다. 정육점은 좀 낫지만, 그래도 그 붉은 조명에 섬뜩해하는 이도 많다. 하지만 그 과정을 거쳐야만 쇠고기는 우리의 식탁이나 음식점의 불판 위에 올려진다. 그게 현실이다.

그러므로 한 점의 쇠고기를 집어 들며 푸른 들판의 평화로운 소떼를 떠올린다면, 순진무구한 착각도 이만저만이 아니다.

우리의 삶도 그러하다. 우리는 늘 웰빙이 어떻고 럭셔리한 명품이 어떻고 연봉이 얼마며 이사가 되느니 전임이 되었느니 하고 식탁 위의 불고기 같은 소리들을 지껄여댄다. 이념이 어떻고 철학과 예술이 어떻다며 푸른 언덕에서 풀 뜯어먹는 주장들을 입에 올린다. 하지만 우리 삶의 내막은, 그 비밀은 비좁은 축사에 있다. 지옥 같은 도축장에 있고, 붉은 조명을 켠 정육점 진열장에 있다. 고광률의 소설은 바로 이 도축장과 정육점의 풍경을 시쳇말로 '레알'하게 보여준다. 그래서 우리를 불편하게 한다.

「깊은 인연」에서 구사대의 보스인 설강수는 쇠파이프로 책상을 두 도막내며 위협한다.

"이게 여러분의 꼴통이라고 생각해봐. 정말 끔찍하지. 그러니 아줌마들은 속히 집에 가 밥들 해서, 쓰벌! 그리고 치마폭에 숨은 먹물 아저씨들은 우리 애들하고 한판 붙을 생각들이 아니면, 내일 정오까지 여길 말끔히 비워. 알겠어?"(24쪽)

그 똘마니들에게 칼을 맞은 '나'를 권 전무는 이렇게 달랜다.

"자초지종은 나중에 듣기로 하고, 우선 병원부터 갑시다. 내가 사장님께 직접 보고를 드리고, 치료비와 보상을 받을 수 있게 책임지겠소. 그러니까 딴 생각 마시고 제발 어서……"(41쪽)

대립구도는 분명 '끙삼이' 김응삼 사장과 사원들이지만, 정작 부딪치는 것은 권 전무나 설강수 같은 자들이다. 이게 현실이다. 그 현장의 논리는 경영자의 윤리나 노동자의 권익 같은 원론과는 너무도 동떨어져 있다. 푸른 목장의 논리나 식탁의 논리가 아니라 도축장과 정육점의 논리인 것이다. '나'라고 다르지 않다. 노조원들의 리더를 자인하면서도 권 전무에게 메모를 보내고 봉투를 받아 챙긴다. 그런 와중에도 복권은 사야 한다. 드러내고 싶지 않은 우리네 삶의 속살들이다. 고광률은 강한 자의 속옷을 드러내 보여줄 뿐 아니라, 약자인 '나'와 '우리'의 때 묻은 '빤

쓰'까지 주저 없이 보여준다. 그래서 읽기에 불편하지만, 그래서 아무도 부인할 수 없다. 이게 현실이다! 그러한 리얼리티가 고광률 소설이 가지는 최고의 미덕이라 하겠다.

「복만이의 화물차」를 보자.

대학 시간강사인 '나'는 부업으로 대리운전을 하기도 한다. 여기까지라면 아무런 감흥도 생기지 않는다. 뭐, 어렵게 사는 이가 한둘이겠는가. 그러나 '나'는 술에 취해 차 안에서까지 서로를 애무하는 제자들을 고객으로 만난다. 타박을 받기까지 한다. 이쯤 되면 아무리 냉정한 독자라도 한마디 하지 않을 수 없다.

"이런 ××!"

왕년의 운동권인 친구 복만이가 그라인더에 손가락을 잘린다. 8톤 트럭을 사서 몰겠다고 한다. 부인은 위자료 오천만 원과 이혼을 요구한단다. 민주 투사인 복만을 자랑스러워하며 결혼했던 여자였다. '나'는 그 결혼을 반대했었다. '명분과 결혼하지 말라'며. 여자는 '사람과 결혼하는 것'이라며 당당했었다. 시대가 바뀌고 사람도 변해서 여자는 복만이 산재보상금으로 받은 이천만 원을 위자료 삼아 끝내 이혼을 하고 만다. 참혹하지만 있을 수 있는 일이다. 하지만 작품 말미에 작가는 그 여자가 바로 '나'의 누이동생임을 밝히고 만다. 소리치지 않을 수 있는가! "그래, 잘났다. 이 새끼야! 야이, 개새끼야! 너 잘났다, 개애새끼야아!"

별스러울 것도 없는 이 욕설에서 핏물이 뚝뚝 떨어지지 않는가. '나'는 우리 모두를 질타하고 있는 것이다. 분노하라! 왜 참고 견디는가! 상대가 내 누이라도 용서하지 말라! 그러나 '나'는 네팔까지 가서 '히말라야의 정기'를 받아가며 삼류 부자의 자서전을 쓴 사람이다. 그래야 삶이 유지된다. 참고 견뎌야 한다. 그 욕설은 실상 '나' 자신을 겨냥한 것이다. 삶은 이렇다. 등심이니 안심이니 제비추리니 하고 구분해 맛을 볼 여유가 우리에겐 없다. 그냥 피 뚝뚝 떨어지는 고깃덩어리인 우리의 하루하루.

단지 고깃덩어리이기를 거부하고 분노한 자들의 말로(?)를 보자.

「순응의 복」의 주인공 모기출은 사실 분노랄 것도 없이 작은 거부의 몸짓을 보였을 뿐이다. 마트에 납품할 거봉 포도를 싣고 가다가 자해공갈단으로 의심되는 오토바이와 충돌을 한다. 당장 병원부터 가자는 상대에 맞서 기출은 112에 도움을 청한다. 하지만 지구대의 경찰도 기출의 편은 아니다. 그들의 외면 속에 상대는 기출을 위협한다. 적절히 현금으로 보상해주고 끝내라는 것이다. 기출은 거부한다. 기출은 누구인가. 이혼을 요구하고 있는 그 아내의 말을 들어보자.

　개인 기업을 한 것이 죄였고, 대기업과 거래를 튼 것이 죄였고, 대기업을 상대로 싸운 것이 죄였다. 마누라는 비록 지방지이지만 신문사 기자라는 안정된 직장을 팽개치고, 공장을 만들어 속 썩이고, 대기업의 말만 믿고 사업을 확충한 결과 파탄 지경에 올라앉았는데, 그것도 모자라 이기지도 못할 소송까지 건 것을 문제 삼았다. 이기심과 자존심 때문에 남은 것마저 모두 날려 가족을 알거지로 만든 것이 이혼 사유라고 했다.(124쪽)

그런 기출이지만 자해공갈단의 위협에까지 굴복할 수는 없었다. 일당 다섯 명이 더 지구대로 들이닥치고 위협은 더 노골적이 되지만 응하지 않는다. 경찰 사고처리반이 오고 깡패들과 싸움이 붙는다. 얻어맞는 경찰을 구하기 위해 달려들었던 기출은 옆구리를 칼에 찔리고 만다.

실상 분노랄 것도 없는 기출의 작은 항거는 무엇을 남겼는가. 트럭에 실었던 거봉은 동네 경로당에 주어야 했다. 마트 납품은 끊길 가능성이 많다. 보험사는 기출의 과실이 거의 100퍼센트라고 했다. 소송에 지친 기출은 더 이상 따지지 못하고 보험료 할증을 받아들인다. 자해공갈단은 보험사에서 오백십만 원을 받아간다. 애초 놈들이 합의금으로 제시했던 금액의 세 배였다. 운전 중에 보험사와 통화를 하던 기출은 신호 위반으로 교통순경에게 적발된다. 어김없이 딱지를 떼는 경찰. 그 경찰들은 궁지에 몰린 기출에겐 아무런 도움도 되지 않았었다. 그런 경찰을 위해 기출은 칼을 맞았었다. 그저 순응하지 못하고, 밟힌 지렁이처럼 꿈틀, 해보았던 대가 또한 쓸쓸하기만 한 것이다.

「포스터칼라」의 주인공 길욱은 첫사랑이던 미술 선생의 시신을 이장·화장하고 돌아와서, 대학의 학과조정위원장이 전해준 학과 포기 각서를 찢어버린다. 위원장은 승진과 정년 보장을 조건으로 문예창작학과의 학과 포기 각서를 요구했었다. 이제 길욱은 학과를 폐지하려는 학교 측과 싸워야 한다. 그 분노의 대가는 또 무엇일까? 「순응의 복」의 모기출처럼 거리로 나서게 되지는 않을까?

그 답은 중편 「밥」에 있다.

한때 위장취업까지 해가며 민주화운동에 청춘을 바쳤던 '나'는 대종시에서 '林커뮤니케이션스'라는 업체를 운영하고 있다.

> 나이 마흔다섯에 접한 사회생활은 만만치가 않았다. 운동의 세계와 사회는 또 달랐다. 명분이 아닌, 이해(利害)의 세계였다. 훈수가 아니라 직접 몸으로 부딪쳐 뛰어야 했다. 내가 핏대를 세우며 싸웠던 권력자들과 자본가들이 깍듯이 모셔야 할 클라이언트가 되었다. 이것은 악몽 속에서조차 생각지 못한 처참한 상황이었다.(145쪽)

작은 일감 하나를 따내는 데도 접대를 하고 뒷돈을 요구받는다. 그럼에도 적자를 보아야 하는 한심한 처지의 '나'는 운동을 하러 다니던 산에서, 묘를 쓰기 위해 공사 중인 현장을 목격한다. 그린벨트임을 확인한

'나'가 구청에 신고를 하면서부터 벌어지는 온갖 우여곡절이 소설의 줄거리다.

구청의 담당 직원은 변명하고, 피하고, 떠넘기면서 그저 시간을 끌 뿐이다. 그러는 사이 호화 분묘는 완성되고 진입로까지 닦아놓는다. 바뀐 담당 직원은 지역의 문중에서 하는 일이라며 은근한 회유와 협박까지 해온다. 산 자체가 그 문중의 사유지라는 것이다. 하지만 사유지라도 그린 벨트는 훼손할 수 없는 게 원칙이다. '나'는 끝장을 보기로 한다. 구청장에게 전화 연락을 시도한다. 구청장은 대학 시절부터의 운동권 후배로, '나'는 선거 때도 그에게 큰 도움을 주었었다.

하지만 구청장도 문중 편을 든다. 그에게 그 문중은 다음 선거의 표밭이기 때문이다. 정식 문건으로 보내도 반응이 없고, 지역 신문사도 제보를 외면한다. 환경단체마저도 '나'의 편이 아니다. 결국 '나'는 감사원에 민원을 낸다. 무력한 한 개인이 할 수 있는 극한의 분노 표출이라 하겠다. 그 결과는?

후배인 구청장은 배신감을 토로한다. 감사원의 감사관은 처리 지시를 내렸으니 그것으로 그만이라는 태도를 보인다. '林커뮤니케이션스'는 재정난에 허덕인다. 산에는 '사유재산이므로 통행을 금한다'는 푯말이 세워진다. 문중의 대표는 벌금형을 받았지만 원상복구는 거부했다. 구청장은 추억의 고갈비집에서 '나'에게 결별을 선언한다. 결국 달라진 것은 없고 '나'만이 상처받았다.

그러나 반전이 있다. S구청의 비리가 경찰의 수사로 밝혀지면서 구청장이 위기에 몰린다. 구청장은 '나'에게 전화를 걸어 울먹인다. 정치적 음모라는 것이다. '나'는 경찰에 진정서를 낸다. 구청장을 편드는 내용이다. 상황은 최악으로 치닫는다. 인터넷으로 비난의 글이 쇄도하고 친구들도 절교를 선언한다. 구청장에게, 즉 권력에 빌붙어서 먹고산다는 것이었다. '나'는 사무실을 폐쇄하고 길을 떠난다. 분노한 결과는 참담했지만, 그 분노를 접은 결과는 몇 배나 더 심한 것이었다. 구청장은 아마도 사임할 것이다. '나'와의 우정은 회복되지 않을 가능성이 높다. 그 구청장은 언젠가는 재기할지도 모른다. 아니, 틀림없이 그렇다. 오늘도 산은 푸르고 그 문중의 호화 분묘는 위용을 자랑하리라. 하지만 '나'에게 덧씌워진 허물은 두고두고 벗겨지지 않을 게 뻔하다. '밥'의 논리, '고깃덩어리'의 질서에 순응하지 않은 벌이다.

정치도, 사업도, 교육도, 심지어 혁명마저도 그 논리, 그 질서에 따라 움직여간다. 그 길에 감히 반기를 드는 자는 고광률 소설의 주인공 같은 최후를 맞을 뿐이다. 이 잔인한 도축장의 세계를 고광률은 현미경을 들이대듯 보여준다.

고광률이 보여주는 지옥도는 분량부터 묵직한 중편 「영춘(迎春)」에서 절정, 극한의 끔찍함을 보여준다. 지방 사립대학 신문사의 간사인 백승경은 감사관으로부터 이유도 명분도 모호한 광고비 사용 내역을 추궁받는다. 학생 기자들을 대상으로 한, 신문사 내의 경조사비로 혹은 회식비로 영수증도 없이 써오는 게 관례였던 돈이다. 몇 년간의 사용 내역을 밝히려고 동분서주하지만 기실 문제는 돈 몇 푼이 아니다. 위로는 총장에서부터 전·현직 주간교수, 아래로는 기성 정치인 찜 쪄먹을 학생회장까지 백승경을 압박해온다. '수혜당사자'였던 학생 기자들마저도 그의 편이 아니다. 그들의 요구는 결국 하나다. 고분고분 말 잘 듣는 신분이 되라는 것이다. 학교 홍보를 위해, 영달을 위해, 비리를 감추기 위해, 심지어는 쉽게 신문을 만들기 위해…… 교수도 아닌, 교수가 되어야 하는 일개 간사의 몸으로 그 모두에게 맞서는 백승경의 싸움은 승산이 없어 보인다. 학생회장도 깡패를 동원하는 학교가 아닌가 말이다.

그런 그에게 다급할 때마다 돈을 부탁하는 친구 오영춘은 또 어떤가.

이 사업 저 사업 모두 말아먹고 지금은 작은 건설사의 도로 공사 현장에 나와 있다. 거기까지 이른 내력도 구구절절이지만, 지금 처한 상황도 필설이 무용이다. 말인즉슨 현장감독인데 일꾼은 달랑 셋. 그것도 조선족 불법체류자들이다. 거기다 사채업자의 수금원인 땅딸보가 아예 맨투맨으로 들러붙어서 푼돈을 뜯고 폭력까지 행사한다. 오죽 처절했으면 조선족 인부들이 꼬깃꼬깃 삼십만 원을 모아서 건넸겠는가. 하지만 인부들은 잡혀가고, 승경이 보낸 오십만 원을 받고도 수금원은 떨어질 줄 모르고, 공사는 중단되고, 진작 남이 되어버린 가족들에겐 전화 한 통 할 용기도 낼 수 없다. 인부들의 돈 삼십만 원은 수금원에게도 주지 않고 버텼건만, 한잔 술에 취해 억지로 끌려간 사창가에서 십만 원을 쓰고 만다. 그리고 죽기 위해 모항으로 간다.

끝까지 저항할 결의를 다지던 백승경은 오영춘의 마지막 전화를 받는다. 이십만 원을 송금했다면서 십만 원을 보태서 출입국관리사무소에 잡혀 있는 조선족들에게 전해달라는 것이다. 사태를 짐작한 백승경은 "안 돼!" 하고 외치며 달려나간다.

우리는 안다. 오영춘은 죽을 것이다. 그리고 백승경은 더욱 더 궁지에 몰릴 게 뻔하다. 다른 작품에서도 그렇듯 고광률은 일말의 희망도 던져주지 않고 소설을 끝내버린다.

하지만 한 가닥 암시는 있다. '迎春'이라는 제목이다. 죽으러 떠난 친구의 이름도 영춘이다.

봄은 올까.

올 것이다. 꼬깃꼬깃 건네준 삼십만 원 때문에라도. 마지막으로 그 돈을 부탁하는 오영춘의 양심과, 출입국관리사무소를 찾아갈 게 분명한 백승경의 도리 때문에라도.

봄은 올 것이다.

발문

생각보다 더디더라도, 기대만큼 화사하지 않아도, 봄은 온다. 왜 오지 않겠는가. 하늘이나 권력의 시혜가 아니라, 우리끼리 맞잡은 손의 따뜻함으로 결국 봄은 온다. 오고야 만다.

이런 믿음이 없이는, 날고기의 피비린내 가득한 고광률의 소설집을 차마 덮을 수 없다. 한국 문학은 참으로 '독한' 리얼리스트를 하나 가진 것 같다. 좀 으스스하다.

　굳이 상상을 붙이지 않아도 현실이 소설보다 더한 세상입니다. 그래서 소설이 무용해지고 소설 쓰기가 꺼려지는 것이 아닌가 싶습니다.

　이런 소설보다 모진 현실을 '품위' 지키며 사는 이들을 보면 부럽기도 합니다. 저는 그렇게 살 수 없나 싶습니다. 꿈꾸는 대로 이루어진다는데, 내 꿈은 강퍅한가, 점점 더 미심쩍어집니다.

　사람이 저마다의 욕심으로 살기에, 나의 이기(利己)가 결국 나와 모두의 희망을 앗아간다는 사실을 잊은 것 같습니다. 아랫돌 빼 윗돌 괴는 세상이 됐지요.

　생각이 많아야 올바로 사는 길이라도 찾아볼 터인데, 생각을 통째로 앗아가는 것들의 횡포가 날로 극심해지는 것 같습니다.

　걱정인데, 긍휼과 부끄러움으로 어찌어찌 쓴 글들입니다.

　오래되고 '깊은 인연' 탓에 변변찮은 글을 읽고 발문을 달아주신 고원정 선배님께 감사드립니다. 그리고 늘 걱정 한가운데서 가슴 조이며 살아온, 또 그렇게 살아갈 내 친구들과, 많이 보고 싶으나 더는 볼 수 없는 故 김이구 형께 이 글들을 바칩니다.

2018년 8월
고광률

수록 작품 발표 지면

깊은 인연 _「문장웹진」 2010년 5월호

복만이의 화물차 _「리토피아」 2010년 겨울호

포스터칼라 _「작가세계」 2016년 봄호

순응의 복 _「문학나무」 2010년 겨울호

밥 _「호서문학」 2012년 50-52호 분재

영춘(迎春) _「호서문학」 2012년 겨울호

복만이의 화물차

© 고광률

1판 1쇄 발행 │ 2018년 8월 15일

지은이 │ 고광률
펴낸이 │ 정홍수
편집 │ 김현숙 이진선
펴낸곳 │ (주)도서출판 강
출판등록 │ 2000년 8월 9일(제2000-185호)

주소 │ 서울시 마포구 동교로 17안길 21(우 04002)
전화 │ 02-325-9566
팩시밀리 │ 02-325-8486
전자우편 │ gangpub@hanmail.net

값 15,000원
ISBN 978-89-8218-232-7   03810

이 도서의 국립중앙도서관 출판예정도서목록(CIP)은 서지정보유통지원시스템 홈페이지
(http://seoji.nl.go.kr)와 국가자료공동목록시스템(http://www.nl.go.kr/kolisnet)에서 이용하실 수 있
습니다.(CIP제어번호: CIP2018024020)

* 잘못 만들어진 책은 구입처에서 교환해드립니다.